本书资助单位：

1.杭州师范大学

2.杭州师范大学外国语学院

3.杭州师范大学跨文化研究所

本书资助项目名称：

2018年度杭州市哲学社会科学规划课题重大项目： 杭州师范大学

外国文学与话语传播研究中心，"中国话本小说与英美民间故事比论"

（项目号：2018JD17）

外国语言文学浙江省一流学科A类建设项目

杭州师范大学攀登工程二期高水平培育学科建设项目

｜光明社科文库｜

中国话本小说与英美民间故事的比较研究

石 松◎著

光明日报出版社

图书在版编目（CIP）数据

中国话本小说与英美民间故事的比较研究 / 石松著
. --北京：光明日报出版社，2019.3
ISBN 978 - 7 - 5194 - 5127 - 1

Ⅰ.①中… Ⅱ.①石… Ⅲ.①话本小说—小说研究—
中国②民间故事—文学研究—英国③民间故事—文学研究
—美国 Ⅳ.①I207.41②I516.077③I712.077

中国版本图书馆 CIP 数据核字（2019）第 039890 号

中国话本小说与英美民间故事的比较研究
ZHONGGUO HUABEN XIAOSHUO YU YINGMEI MINJIAN GUSHI DE
BIJIAO YANJIU

著　者：石　松	
责任编辑：刘兴华	责任校对：赵鸣鸣
封面设计：中联学林	责任印制：曹　净

出版发行：光明日报出版社
地　　址：北京市西城区永安路 106 号，100050
电　　话：010 - 67014267（咨询），63131930（邮购）
传　　真：010 - 67078227，67078255
网　　址：http://book.gmw.cn
E - mail：gmcbs@ gmw.cn
法律顾问：北京德恒律师事务所龚柳方律师

印　　刷：三河市华东印刷有限公司
装　　订：三河市华东印刷有限公司
本书如有破损、缺页、装订错误，请与本社联系调换，电话：010 - 67019571

开　本：170mm×240mm		
字　数：260 千字	印　张：15.5	
版　次：2019 年 6 月第 1 版	印　次：2019 年 6 月第 1 次印刷	
书　号：ISBN 978 - 7 - 5194 - 5127 - 1		
定　价：85.00 元		

序　言

　　石松博士的《中国话本小说与英美民间故事的比较研究》即将出版,令人高兴,这部著作能否得到认可,还有待学界检验。这个研究课题是我和石松反复讨论后拟定的。我本人一直从事中国古代通俗小说和俗文学研究,近些年来,先后主持的两个国家社科基金项目,都是中国说唱文学研究课题。我对外国民间文学、口述文学很关注,希望多了解外国口述文学的发展与特点,这有助于更好地比较认识中国说唱文学。近些年我多次参加北美口述文学学会的活动,为参加这个学会的会议,去过美国和加拿大几个城市,觉得了解北美同行的研究情况对自己很有帮助,在研究视野、研究方法、评判标准诸多方面,都有不少收获。石松的知识结构、学术背景比较独特,他随我攻读中国古代文学的博士学位,我们师生二人的知识结构特点,使我们的合作具有互相补充的性质。

　　石松的父亲是很有成就的中国古代文学教授,石松受家庭影响,对中国历史文化和古代小说很有兴趣,相关知识比较厚实。据说他父亲曾经很遗憾自己英语不过硬,影响了事业发展。这给石松很深印象,他想避免这种遗憾,有意追求中西贯通的学术境界,于是报考英语专业,在大学从事英语专业教学,同时他一直有进行比较研究的愿望。石松在 2010 年到 2011 年,曾在美国田纳西州工作两年。紧邻密西西比河的田纳西州,在历史上是美国最大棉花贸易市场,还是最大的奴隶买卖市场,直到现在,黑人人口仍然达到总人口半数之多。田纳西州的节日很有趣,每年 5 月举行棉花狂欢节,听说在密西西比河畔还有烧烤节和全国烧烤大赛。田纳西州的乡村音乐发达,乡村音乐名人堂就在这里。蓝调音乐火爆,著名歌手猫王就出生并长期活跃在这里,猫王故居和唱片公司现在都成为很受欢迎的旅游景点。田纳西州的历史文化很独特,可以说这里是美国民间文学最重要基地。东田纳西州立大学,专业设置很独特,有讲故事专业,美国的国家讲故事中心就设在这里。石松在田纳西州两年,对美国讲故事和民间说唱文化等等,产生了浓厚兴趣。他对英国民间文学也一直很有兴趣,有一些研究成果。石松的博士论文围绕中国话本小说与英美民间文学进行比较。希望通过比较研究,加深认识有关中国和英美文学中折射的社会大众诸多方面文化观念,也了解认识双方不同的叙述方式。

作为跨文化比较研究,最理想的比较方式应当是双方具备对等性质。然而本课题中与英美民间文学进行比较的,却不是中国民间文学,而是中国的话本小说。这种选择,是反复讨论才决定的。在中国文化漫长的发展过程中,民间文学的发展可能不够充分,正统观念的影响甚至压制,是一层原因。汉语文字特点造成记载和保存的困难,可能有不少民间文学口头创作自生自灭,这是另一层原因。“五四运动”以后,在民间文学受到重视、受到整理的背景下,有人总结出民间文学四大代表作或者几大代表作的说法,孟姜女故事、白蛇传故事、梁祝故事、牛郎织女故事、董永七仙女等等故事被看作这方面的优秀代表作。这些作品题材集中于某些领域,客观上讲,不能全面反映中国社会大众的精神文化生活。另一方面,有些这类故事也在戏曲和小说中得到加工丰富,我们应该尽量重视研究这类故事,同时也要扩大研究视野。如果我们想认识社会大众的历史观、英雄史观,追寻把握文化哲学意蕴,深刻了解与万花筒般的现实生活相对应的人生态度,通过民众日常生活感受其美学倾向,那么显然需要包容更广的研究对象。与中国民间文学的发展道路相比,中国话本小说的演变则呈现另一种风貌。话本小说是联系民间说唱艺术“说话”而形成的小说,不管在瓦肆勾栏演出或者在书场中演出,说话艺术必须经受广大民众的审美检验和感受。因此话本小说在表述形式和叙事语言等很多方面,富有民间文艺特点。

话本小说包括长篇话本和短篇话本,这些作品包括民间艺人、书会才人的创作,也包括下层文人根据说书整理的文本,还包括文人的拟话本作品。时间范围从唐代的变文话本直到现代说书话本。杭州大学著名学者胡士莹先生的《话本小说概论》可以作为本课题重要参考书,然而本课题研究领域却超过《话本小说概论》的涵盖范围。长篇话本中包含了三国故事、水浒故事、西游记故事、隋唐故事、封神演义等故事的发展,这些话本小说的发展都经历宋元说话阶段,也都经历明清和近现代说书活动一再加工。话本小说与讲唱文学经常有密切联系。不同的话本小说故事有不同意义，其中关公故事彰显的忠义精神，水浒故事蕴含的民族忠义精神和个性反抗精神，矛盾交织的组合形式，具有很高研究价值。西游记故事的求索精神和浪漫想象，白蛇传故事在不同戏曲宝卷小说中富于变化，但是坚贞的爱情和舍己救人的精神，始终如一。皮五辣子等生活故事显示的民俗风情和民俗学价值，随着时间推移可能更受重视。这类生活故事与英美民间文学之间，比较研究的意义及前景如何，应该给予思考和关注。

　　跨文化语境的比较研究容易激发调动研究者的主观能动性，在比较研究当中，为了追求深刻把握研究对象，追求鉴别力度，可能迫使研究者主动加强"文本细读"，甚至加强"原典求证"式的探寻和解释。比较研究带来视野拓宽，思维活跃，这是比较研究的好处。从难度来讲，比较研究要求大幅度扩展阅读范围，要求理性认识层面提高素养，这些繁重任务会带来很大压力。为了做到客观准确、恰如其分，最忌讳一知半解与主观愿望相结合，作出似是而非的的判断评价。记得上个世纪80年代初，"意识流"研究一度比较盛行，曾经看到一些比较研究文章，拿李白诗歌与西方"意识流"代表作品进行比较，作出结论说唐代李白也是"意识流"大作家，随后又看到说屈原《离骚》是"意识流"代表作品的宏论。李白和屈原都是性情豪放、才情过人、思维敏捷的诗人，他们的创作活动中可能确有符合"意识流"现象的精神活动，但是我们如果缺少自己的审美观念和话语系统，总是做"跟风派"，经常跟着不同的潮流走，总在后面重复别人说过的话，那实际上降低了比较研究的深度。

　　在比较研究中，有时候会感觉到类比定位容易变得简单化，甚至可能发生"越比越错"的现象，比如本书第四章第二节，比较研究中涉及到西方文学理论关注的"圆形人物"、"扁平人物"，中国说书活动重视的"书筋"和"书胆"人物的研究及评论。研究中进行了类比分析，但是深感问题复杂，切忌简单类比。"书筋"是说书活动的行话术语，清代以来逐渐广泛运用。"书筋"在故事中属于正面营垒的重要配角，他的职责是为故事的正面主人公作陪衬，他的形象通常富于丑角特征，与主人公截然不同。他性情言语诙谐，擅长调笑，擅长营造欢乐气氛。他可能经常出点差错，闯点小祸，引出新情节新话题。有些爱听说书的朋友总结几句顺口溜，专门调侃书筋人物——书里有个小矬子，要不就是小瘦子。说话不是公鸭嗓，就是天上打闷雷。手里拿着小棒槌，要不就是小刀子……

　　书筋类型的人物越来越多，比如《水浒传》时迁、《三侠五义》蒋平、《施公案》

赵璧、《彭公案》杨香武、《三侠剑》贾明、《白眉大侠》房书安、《说唐》程咬金、《说岳》牛皋等等。多数人外貌有丑角特征，比如时迁、蒋平、杨香武、贾明、房书安都是小个子，贾明发胖，手拿小棒槌，他是小矬子；其他人都是小瘦子。从时迁到房书安等多人的武器，都是寒酸可笑的小片刀。程咬金牛皋身材不低，但是憨傻，也是制造话题的笑料人物。赵璧身材不低但是瘦的出奇，外号就叫小脑瓜，说书人都喜欢考证他脑袋多大，常见说法是超过大号鹅蛋。扬州评话和袁阔成都喜欢仔细描绘时迁形象，他的脸叫做磨刀石脸，瘦长瘦长，而且中间凹下去，两头翘起来。"书筋"越来越活跃，已经成为很多书目的特点。书筋追随主人公左右，却不断惹是生非，出鬼点子，胡说八道，制造笑料。没有"书筋"，书场就不热闹。说书人一学粗嗓子或者尖嗓子说话，听众就知道谁来了。这种"书筋"毫无疑问是类型化人物，称之为扁平人物很恰当。被称为"书胆"的故事主人公，通常很有内涵，写得很有深度，称之为圆形人物也合适。但是随着下层社会扩大和文化方面日渐成熟，美学领域受到很多影响，审丑意识的发展，带来很多新风气新变化。有些"书胆"型人物，写得高大全概念化，越来越受到批评。这种人物"圆形化"程度不够，也得不到听众观众喜爱。有很多"书筋"形象发生全新变化，比如时迁在扬州评话《后水浒》成为短小精悍、足智多谋、文武双全、风趣乐观的人物，他实际已经成为梁山泊头号人物。袁阔成《水浒外传》系列故事也把时迁变成头号人物，时迁戏弄生铁佛，大战生铁佛，成为核心故事。从生铁佛这种人物名称，就能感受道美学观念的巨大变化。蒋平、杨香武本来就有严肃冷峻、重视尊严的一面，他们也越来越成为独当一面的英雄，成为相关故事的主人公。程咬金、牛皋的故事内容、形象特点和美学趣味都发生很多变化。最近几年，以程咬金为正面主人公的电视剧出现四五部之多，什么郭冬临版、张卫健版，相互有差别但是总体倾向颇为一致。某些具体人物形象，已经不能称为"书筋"，但是类型化的"书筋"仍然属于扁平人物，这个文学命题和评价标准，当然可以成立，而且长久有价值。通过对相关概念术语和文学命题的讨论，也对具体人物形象变化和审美风气变化的梳理讨论，使我们的理论认识得到提升，对中国文学与英美文学共性特点与个性特点的认识，都有所深化。

　　一部著作想要比较全面地比较研究特定的中国话本小说和英美民间文学，显然难度很大，不大容易取得满意成效。但是作为一次研究实践，积累经验，提高研究能力，却是很有意义的。相关文学作品的文化内涵复杂厚重，研究难度很大。

对此石松博士早有心理准备,专门辟章节,梳理分析比较研究的可能性,也分析研究当中可能存在哪些客观障碍和难点,以冷静态度面对这些困难,以不断努力的精神迎接这方面长期挑战。我觉得石松这种积极态度很值得肯定。相信对于石松博士来讲,这次比较研究只是初涉,只是试手,坚持不懈地努力下去,一定会取得系统的有开创价值的可喜成绩。

董国炎于扬州瘦西湖畔
2018 年草长莺飞之际

前　言

　　从上个世纪到现在,中国话本小说研究逐渐成为一个热门的研究领域,无论是从历史或者美学的角度,还是运用传统古代文论的方法,或者从宏观-微观的视野,学者们都有非常丰富的论著。然而,由于语言的障碍与文化背景的差异,不同民族以口耳相传的语言文学在一定程度上限制了比较分析的发展。中国话本小说中独有的民族特色与艺术特征在同类作品的分析中容易被忽视,只有将不同民族文化背景、不同语境下具有相似性的文学在发生、发展等多个方面进行比较,才有可能更多地发掘出中国话本小说的独特魅力与价值。

　　本文研究分析的一个目标和焦点就是通过将中国话本小说与英美民间故事中的部分作品进行比较分析,尝试发掘中国话本小说独有的艺术魅力和特点。本文主要关注两个方面:其一,中国话本小说与英美民间故事中各自蕴含的民族文化、心理积淀以及文学价值是不同的,通过两者的比较分析,找出它们在题材、思想内涵、人物塑造和叙事技巧方面的特点与演变,揭示不同地域与文化背景下的思想观念与道德标准的发展特点。其二,中国话本小说与英美民间故事题材广泛,体裁也不尽相同,不同时代文人的艺术加工使两种不同文学具有雅俗共赏的相似特征。通过对不同题材、体裁作品的对比研究,发掘中国话本小说中的文化传统和价值观念,以及潜存于俗文学之中的生活智慧与普世观念,充实中国话本小说研究的意蕴。雅俗共赏的特征既有一定的文化价值,也是广泛传播的重要前提,这也是中国话本小说经典作品得以流传至今的根本原因。本文主要选取中英美文学中流传较广、影响力较大的作品进行对比分析，所采用的版本尽可能选用较为权威的版本。从宏观上把握中国话本小说与英美民间故事之间的关联，在微观上揭示两者在各自发展演变中的特点，从而分析它们在各个层面的艺术表现和文化价值，进而分析中国话本小说在发展过程中所取得的艺术成就，肯定其在文学、文化发展过程中的地位和影响。对二者的分析研究主要采取整体研究和个体分析相结合的方法，在整体把握中国话本小说与英美民间故事异同点的基础上，具体对比分析其代表作品。在分析的过程中，本文也多采用文学、文化、历史等多个角度结合的方法进行比较，注重这些方面之间的相互影响与作用。

　　中华民族与英格兰民族在形成与发展的过程中，各自的传统与文化深深地影响了同时期的文学创作。关于英雄形象的塑造问题，在不同民族的文学中有不少较为典型的例子，英雄形象既有历史的真实性，又含有民族精神的核心内容。在不同文化语境下，文人的着眼点也不同，讲史话本中强调其"整体性"，而英格兰历史题材中体现的却是"个体性"，这也体现了中英文化的差异。关于传统道德与时代精神的问题，二者在其文学文本上的体现既有"超越"，又有"回归"。文本中"出格"的描写既是一种现实生活的夸张，又是一种文化回归。历史题材故事的构成方式问题，同样体现了不同民族的社会意识形态、民族心理与文学创作之间的相互影响，将宋元讲史话本和英美民间故事中的历史题材作品进行比较之后，两者在不同层面上的异同揭示了各自民族的文化传统的特点。民族传统中的审美心理问题不仅受到了历史和时代的影响，更与世俗密不可分。不同民族的审美情趣也反映出了各自的民族智慧。进一步说明中国话本小说与英美民间故事的多层面异同。市民生活是民众喜闻乐道的题材，话本小说中有很大一部分作品都与市民生活相关；英美民间故事也是如此。中国话本小说和美国牛仔的民间故事常有探险遇奇的情节，这类情节具有独特的审美价值和传奇性，经过分析可以看出两者流传至今的深层原因。民族传统来自于不同时代人民的心理积淀。话本小说中的侠义公案类与英美民间故事中的游侠故事再次反映了这个问题。"集体精神"与"个体精神"分别是两者的特点,这与前文提出的"整体性"与"个体性"是相互关联的。"集体精神"中的核心是"服从",而"个体精神"中的核心则是"突破"。侠义公案类故事中强调的服从封建传统和道德观念的描写随处可见,而在英美民间故事的游侠类文本中,狂傲不羁的个性"突破"则是民族精神的缩影。然而,更多的心理积淀则来自于平凡的生活内容,毕竟探险、奇遇只是发生在一部分民众的生活之中。爱情、家庭和婚恋的问题直接反映了各自民族传统观念中某些发展演变过程中的特点,女性是婚姻爱情故事中的主体,女性的地位变迁与爱情婚姻观念的变化既反映了时代和地域的不同,又体现了不同民族在传统观念和民俗思想发展过程中的不同特点。中国话本小说与英美民间故事不仅在题材方面体现了诸多异同,在人物塑造方面,也显示出了不同的手法和特点。前文中所提到的英雄形象的塑造,在处理历史真实和艺术真实、英雄与反英雄之间这两种对立统一的关系过程中,中国话本小说与英美民间故事的塑造手法各有千秋,然而,人性的复杂与同一却是不同塑造手法所达到的共同目标。在剖析人性不同层面的过程中,中国话本小说与英美民间故事的取舍并不相同,而对于人性深处的共同点,例如向善、勇敢等特点,两者又是不谋而合地进行歌颂。由此可见,在民族心理和传统文化的构成过程中,英雄人物的塑造是一个十分重要的因素。英雄是一种典型化的人物,然而,典型人物在语言、行为、心理方面的描写又是不尽相同的。如何通过这些细节描写来凸显典型人物的特点,这是中国话本小说与英美民间故事中的人物塑造方面的另一问题。描写的细节问题不仅反映了创作者的写作目的和情怀,而且还涉及到了读者的阅读体验和心理感受,同时,这也是不同民族的审美趣味与意识形态在文本中的投射。叙事是中国话本小说与英美民间故事的具体创作特点中不可避免的问题之一。因为不论是典型形象的塑造手法,还是细节描写的审美趣味,它们都与叙事方法密不可分。"讲故事"即叙事,而"讲故事"是两种文学最初的来源和存在方式，也是最根本的特点。中西方的叙事理论各有特色，两者虽有很大程度上的异同，但仍然可以将"时"、"空"进行概括。叙事的"时""空"在中国话本小说与英美民间故事中是不容忽视的基本问题。趋于"封闭式"的固定叙事结构在中国话本小说发展过程中因为发展阶段的不同而产生了不一样的作用，带有一定"开放式"的部分英美民间故事则向着"去中心化"的特点发展。不同的发展方式并不能分出孰优孰劣，比较的结果只能使两种文学各自的特点更加清晰，不同的叙事方式、叙事风格以及发展特点反映了不同民族的心理与情感。

　　在中国话本小说和英美民间故事的文献资料中，具有相似特点的文本不一定产生于相应的时代，而具有相对应时代的作品往往又相隔甚远，加之中国古代文学与英美文学相互之间并没有较为直接的文化影响和文学交流，选取两者文本中的能够进行比较的作品或文本是一个让人困扰的问题。因此只有分析文学的内在特点，突破固有的比较方式和角度，从文本出发，以两种文学所具有的文化、文学的两重视角进行比较分析，才能更好地理解不同民族的文学发展规律。

目 录
CONTENTS

第一章 导 论 …………………………………………………… 1

第一节 本文研究的范围及内容 ………………………………… 1

第二节 国内外研究现状 ………………………………………… 6

一、话本小说研究的情况 ……………………………………… 6

二、英美民间故事研究的情况 ……………………………… 13

三、话本小说与外国文学作品比较研究的情况 …………… 16

第三节 中国话本小说与英美民间故事的可比性与意义 …… 18

第二章 历史题材作品的着眼点、文化蕴含与构成方式 …… 22

第一节 附着于历史的英雄与英雄自身的历史 …………… 22

一、宋元讲史话本"前佳后劣"现象的背后 …………… 22

二、英国历史英雄故事中的"骑士传统"及其精神内核 … 24

三、文化差异所导致的不同着眼点 ……………………… 27

第二节 出格:更大范围的文化回归与张扬个性的不归路 … 31

一、讲史话本对伦理道德多层次表达的中国特色 ……… 32

二、英美民间故事渴望人性自由的执着诉求 …………… 37

三、突破·回归·绝境的凄美 …………………………… 42

第三节 宋元讲史话本与英美民间故事的构成方式 ……… 47

一、一朝一代兴亡的整体观照 ……………………………… 47

二、英雄故事集锦 …………………………………………… 52

三、异趣,存在于不同的构成方式之中 ………………… 54

第三章　现实题材作品的生活化、揭秘性与情感追求 ·················· 59

  第一节　万花筒般的现实生活写照 ······························· 59

    一、苦海中挣扎而企盼"奇遇"的中国市民 ····················· 59

    二、为了生存而竞争的美国西部牛仔 ························· 64

    三、失之毫厘而差之千里的生活态度 ························· 66

  第二节　游侠背后的文化密码 ································· 69

    一、世俗气息极浓的侠义公案小说 ·························· 69

    二、我行我素的绿林游侠 ······························· 73

    三、奴性与傲气：两个色彩各异的肥皂泡 ···················· 76

  第三节　恋爱·婚姻·家庭 ·································· 78

    一、话本小说婚恋故事中的"人道情怀" ····················· 78

    二、英美民间故事中婚姻爱情生活的悲喜剧 ·················· 82

    三、哀怨惨烈与幽默诙谐 ······························ 84

第四章　人物塑造：同一性与差别性 ·························· 89

  第一节　对立统一的人物思想性格塑造 ························· 89

    一、历史真实与艺术真实 ······························ 89

    二、英雄与反英雄的对立统一 ··························· 99

  第二节　"复杂"与"单一"人物形象的不同蕴含 ·················· 108

    一、书筋类人物与扁平人物 ···························· 109

    二、书胆类人物与圆形人物 ···························· 112

    三、戏仿英雄的替身 ································· 117

  第三节　细节描写与人物塑造 ······························ 124

    一、揭示人物内心世界的生活细节描写 ····················· 125

    二、表现人物举止言行的生活细节描写 ····················· 128

    三、细节描写与审美感受 ····························· 130

  第四节　描写语言与人物语言 ······························ 133

    一、故事·人物·描写语言 ···························· 133

    二、使读者由说话看出人来 ···························· 140

  第五节　外在行为与内在心理的多层面描写 ···················· 149

一、中国话本小说人物行为与心理的"双重奏" …………………… 149

二、英美民间故事人物行为与心理的"多重奏" …………………… 153

第五章　叙事角度与手法的比较分析 ……………………………… 157

第一节　叙事时间与故事时间 ……………………………………… 157

一、打破时间顺序的叙事 …………………………………………… 158

二、"补叙"种种 …………………………………………………… 167

第二节　叙事空间与叙事角度 ……………………………………… 171

一、叙事空间与人物聚焦 …………………………………………… 171

二、全知视角与限知视角 …………………………………………… 176

第三节　叙事形式反映的文化异同 ………………………………… 182

一、潜移默化的教育与喋喋不休的训导 …………………………… 182

二、民间文学叙事方式不同的发展演变 …………………………… 189

第六章　余论:比较研究的基本点、难点与展望 …………………… 194

第一节　基本点:中国话本小说与英美民间故事的诸多异同 …… 194

一、具有可比性的一个重要基本点:通俗而又复杂的思想蕴含 …… 194

二、具有可比性的另一个重要基本点:迥然有异的人物塑造 ……… 200

第二节　中外文学比较的困境与解决途径、遗留问题 …………… 203

一、时间差异及解决途径 …………………………………………… 203

二、体裁交错与问题的遗留 ………………………………………… 204

参考文献 ……………………………………………………………… 207

致　谢 ………………………………………………………………… 227

第一章

导 论

第一节 本文研究的范围及内容

中国话本小说与英美民间故事都源于各自民族的口头文学,两者虽然在发展过程、体裁形式以及传播方式等方面有所不同,然而它们却都与其自身的民族传统和民俗文化密不可分,故而,两者之间具有很大程度的可比性。

英美文学中并没有一个特定的文学体裁与中国的话本小说相对应。英国文学中的《贝奥武甫》是史诗,之后是中世纪较长时期的罗曼斯(Romance),这种从法国传入的特定"文体",被直接翻译成"罗曼斯"或者"传奇",但是这种文体与中国的"话本小说"还是不同,罗曼斯与话本小说在内容和形式上不能完全对等,尤其是在内容上有较大区别。罗曼斯多是骑士传说故事,但话本小说则涉及社会生活的多个方面。美国文学在早期由多个源头汇集而成,其中影响较大的是英国文学与土著印第安人文学。从文艺复兴时期到启蒙运动,英美文学的小说逐渐形成,虽然中外文学中都有"小说",但中国的话本小说与英美文学中的小说是不一样的。正如浦安迪所说:"十九世纪西学东渐以来,中国早期的近代翻译家如严复和林纾这一代人,经过苦心'格义',把 novel 译成'小说',在当时实在只是一种不得已的权宜之计,后来随着时间的推移,'小说'不仅成为今天 novel 的约定俗成的译名,而且在读者的心目中渐渐潜移默化地变成了 novel 的同义词。"①在不同的演进过程中,中国的话本小说明显与英美文学中任何一种体裁都不能完全契合,那么最接近的是哪一种呢?

---

① [美]浦安迪著:《中国叙事学》,北京:北京大学出版社,1996 年版,第 26 页。

鲁迅先生对话本的定义影响深远:"说话之事,虽在说话人各运匠心,随时生发,而仍有底本以作依凭,是为'话本'。"①中国话本小说来自于说书艺人的底本,而说书的内容涵盖生活的方方面面,包罗万象的题材同时也印证了人们生活内容的逐渐丰富。英美民间故事则是相对接近中国话本小说的一个体裁,它包括了部分英雄传说,也有反映不同时代社会生活的内容,更有一些世代相传的故事。"讲故事"是英美民间文学中与中国民间"说话"最为接近的交织点,两者有相似之处。英美文学中的"讲故事"有大量的内容与民间故事相关,甚至有部分故事就是口述记录。"讲故事"的源头与中国的话本小说的源头十分相似,如英国"讲故事"的源头至少有两个:其一,是吟唱荷马史诗的吟游诗人,这些文人在歌颂伟大史诗和英雄传说的过程中,也进行了文学创作,《坎特伯雷故事》实际上就是一个由多个短篇故事组成的集子,很明显的是书中的各个故事正是多个不同社会职业的人的所见所闻。至少在形式上,这部作品非常接近中国的话本\拟话本小说集"三言"。其二就是民间传统的流传,市民生活丰富多彩,有些故事因为情节曲折动人,形成了口头文学的基础内容。在美国,口述的传统大多来自于土著印第安居民,在殖民者还未来到美洲的时候,"讲故事"就是印第安人的传统了。故事中的人物经久不衰,一直传颂到今天,传说中的人物附带着人性和神性,高贵与低俗同时附着在这些人物身上,这样的故事如今也是美国民间故事中的一部分,它与中国话本小说中的灵怪、神仙、妖术等题材也十分相似。

话本小说是历代说书艺人在一定的基础上不断加工而成的,话本小说的故事情节也是经历漫长的岁月,文本与口述多次转换和演变发展而来。现代的评话小说系列如"武十回"、"宋十回"、"火烧赤壁"等,积累了无数前人的创作与艺术加工。英美民间故事中有很多内容也是经过数代人的加工和创作而流传至今的,如亚瑟王系列故事、英国国王和民族英雄故事、美国印第安的惹事者故事,以及由民间传说改编而来的短小故事。这些民间故事与英美文学的"小说"并不等同,虽然它们也有以小说的形式存在的,但它们与作家纯粹虚构的内容不同——民间故事为题材的小说是前人创作的积累。如高文骑士与绿色骑士这个故事,就有无数文人在原故事的基础上进行创作,不少作品都与之相关,除了小说、诗歌,还有戏剧和电影,又如人们熟悉的英雄人物,马克·吐温就曾写过圣女贞德和亚瑟王的故事,亚瑟王故事更是流传深远,据统计平均每隔十年就有一部相关的文学作品

---

① 鲁迅著:《鲁迅全集·中国小说史略》,北京:人民文学出版社,2005年版,第117页。

面世。

根据胡士莹先生的《话本小说概论》,中国话本小说中主要有"讲史","说经","小说"等几大类,而"小说"中又有灵怪、烟粉、传奇、公案、朴刀、杆棒、神仙、妖术等小类。英美民间故事虽然没有如此细致的分类,然而其内容却也与上述分类颇有联系,其中朴刀和杆棒略少,恐怖故事却较多。虽然两者在内容方面并不完全重合,仍有很多有趣的共通之处,值得研究和探索。

在历史题材方面,中国话本小说很多都是"真假相半"的长篇叙写,并进行艺术加工;英美的民间故事也很类似,真实与虚构共存其中,借用历史背景和历史人物的逸闻趣事改编的故事不在少数。例如英国早期的国王传说就为后来的罗曼斯提供了故事基本框架和素材,到了现代,这些故事已经发展成了很多不同的版本。

在中国话本小说和英美民间故事中,市民人物是一类极具时代特点的角色,这类人物的身上都有关于生活智慧方面的描述,体现了同时代人们的价值观和审美情趣;这些作品中常有劝善惩恶的思想倾向,还有一些含有民主自由的思想。两者之间也有相异之处,由于社会历史背景以及传统、制度等方面的影响,英美民间故事的来源较多,有欧洲流传已久的传说,有本土印第安的古老传说,还有黑奴之间流传的故事等,这些故事都与英美两国的形成历史以及文化传统紧密相连。两者相比而言,英美民间故事中宣扬着个人英雄主义、个性解放等思想;中国话本小说中则更多的是鼓吹封建伦理道德观念。

中国话本小说与英美民间故事都有文人参与加工创作的基本特征,但具体情况又有所差别。中国话本小说经过了很多代艺人与文人的不断加工和艺术创作,世代相传,因此形成了一定的系统性。而英美民间故事来源广泛,"讲故事"虽然是一种表演形式,但缺少较为固定流传的文本,另外,英美也没有类似中国"说话"这门艺术的传承,显得极为庞杂,因此在内容上常常是故事人物相同,而情节各异。总之,中国话本小说的发展是一种系统化的发展,而美国民间故事是一种民众参与的零散化、无固定文本的发展趋势。

最后,需要特别说明的是,本文所谓"中国话本小说"指的是在唐宋说话的基础上产生的以下几方面作品:

第一,唐代的话本和部分接近于话本的变文。如《庐山远公话》《韩擒虎话本》《唐太宗入冥记》《叶净能诗(话)》《秋胡变文》《伍子胥变文》《王昭君变文》等。

第二,宋元长篇话本小说。如讲史话本《五代史平话》(五种)、《全相平话五种》、《宣和遗事》、《薛仁贵征辽事略》共计十二种以及说经话本《大唐三藏取经诗话》等。

第三,宋元短篇话本小说。如《红白蜘蛛》残页以及收在明代话本小说集《清平山堂话本》、《熊龙峰刊行小说四种》、"三言"中的部分作品,大概有数十篇。

第四,明清拟话本小说。保存至今(含残存)的如《古今小说》《喻世明言》《警世通言》《醒世恒言》《拍案惊奇》《二刻拍案惊奇》等几十个作品集。

第五,明清的词话小说与评话小说。前者如"明成化说唱词话十三种"、《大唐秦王词话》等,后者如《龙图耳录》《施公案》《彭公案》《永庆升平前传》《永庆升平后传》《清风闸》以及根据南方评话、北方评书整理出版的关于"三国""水浒"的书目等数十种,多为长篇巨制。

必须说明的是,这里将"三言""二拍"等含有拟话本的小说集放在本文中进行研究,是出于以下考虑:其一,"三言""二拍"中本来就含有若干宋元话本,虽然冯梦龙等人进行了修订,但仍具话本小说特性。其二,还有若干明代的话本小说,因为存在以上两类无法准确划分剥离,因此,这些作品就值得在此研究。其三,冯梦龙等人模仿话本小说创作的这些拟话本小说思想内容比较复杂,其中也有继承宋元话本的进步方面,而且在形式上继承"话本"而又有所发展,故而,也具有一定的研究价值。

本文所谓"英美民间故事"主要指的是以下五类作品:

第一类,早期英国与美国文学中,与欧洲史诗与英雄传说的主要故事内容相关,并且广泛流传于世的作品。如《贝奥武甫》、《武功歌》、《不列颠诸王史》、《亚瑟王之死》、《高文骑士与绿色骑士》等作品,需要说明的是,如果对这类作品进行严格的划分,那么很难将所有这些作品纳入英美民间故事一类之中,将这类作品进行研究,主要因为:其一,这类作品中的部分故事情节或大致的故事框架在后世的民间故事中经常出现,例如托马斯·马洛礼的《亚瑟王之死》就是最典型的例子,该作品的文体是罗曼斯,而在英美民间故事中,亚瑟王的系列故事多如繁星,大部分的故事都与该作品相关,经久不衰。其二,史诗与英雄传说在早期多为吟游诗人口头传述,具有很强的口语性,之后才形成文本,这又与中国的话本小说具有类似的特点。因此将这类作品纳入本文的研究范围之中。

第二类,英美中世纪的民间传说故事以及相关作品。这类作品内容较为庞杂,文体也不尽相同,不少民间故事是通过诗歌或韵文的形式传播的。例如《夏洛特女士》《坎特伯雷故事》《戈黛瓦夫人》,也有后期以小说流传的《艾凡赫》《过去与现在的王》《仙后》《见闻札记》《圣女贞德传》等作品。这类作品之所以被纳入研究范围,其原因主要有二点:其一,它们的内容都是历经数代文人或民众加工创作的,其故事本身具有很强的生命力,不仅贯穿于文学作品之中,而且也普遍流传于民间,这类作品虽然无法找到权威、详实的从口头文学流传下来的文本,但仍然可以从代表作中看到基本的结构与框架;其二,这类作品中,存在不少在结构上与中国话本小说相似的特点。如《艾凡赫》不仅叙述了绿林大盗罗宾汉的传奇故事,而且在每个章回的开头都有卷首名言摘录。《坎特伯雷故事》的多个短篇更直接以讲述故事的方式进行,其中某些章回的起始部分还有导入式的故事。

第三类,英美民间故事中的经典作品。这类作品涵盖了大部分民间故事,选取这些故事的标准主要还是以"经典"二字概括。英美民间故事的分类较多,例如寓言类、童话类、滑稽类、短篇故事类、幼儿类、神魔类、龙与巨人类等等,因为分类较细,而且作品繁多,在繁多的作品之中,还有不少情节类似并且内容重复较多的故事。因此选取其中具有代表性的经典之作作为本文研究的对象。包括以下故事系列:杰克与巨人故事、骑士传奇故事、惹事者故事以及少数具有地域特色的传说和动物故事。

第四类,英美民间歌谣以及口头作品。英国的民谣来自于中世纪,少数作品被纳入研究范围之中,如《木匠》;美国的民谣则具有强烈的时代感,因为兴盛于近现代,科技进步让更多的口头作品能够保存于世,虽然作品涉及的范围扩大了,却也带来了作品的筛选问题,因此考察美国民谣的标准仍然是以"经典"为主,广泛流传并且具有一定历史渊源的作品被纳入研究范围,如《密苏里州苏利文郡谋杀案》《百协拉号》《十字路口》等民谣都具有以上特点。它们不但具有较为完整的故事,而且叙事手段高超,语言简洁,内容丰富,具有一定的研究价值。

第五类,穿插在英美经典名作或传统习俗之中的民间故事。这些民间故事并没有经典之作,而是散见于英美的经典名作之中。例如凯尔特传说中王后美芙(Medb)的民间传说,既有一部存在于莎士比亚的《罗密欧与朱丽叶》和《仲夏夜之梦》中,又有一部分存在于雪莱的诗作《麦布女王》之中;圣乔治与龙的传说则附于英国军队纹章和假日的习俗之中。这类民间传说同样具有强大的生命力与艺术感染力,因此也被纳入比较研究的范围。

第二节　国内外研究现状

本节介绍中国话本小说与英美民间故事的研究现状,分为三个部分:第一,话本小说研究情况;第二,英美民间故事研究情况;第三,话本小说与外国文学作品比较研究情况。

一、话本小说研究情况

虽然在清代后期就已经有人对中国古代白话小说进行了某些片段性的研究,但对白话小说大规模整体宏观的探讨却无疑始于五四运动以后,而其间就包含了对话本小说的收集整理和初步探究。鲁迅先生在《中国小说史略》中介绍了从宋元话本到元明讲史方面的内容,胡适先生也在《白话文学史》中对话本的分类、体制等进行了论述,郑振铎先生研究成果很多,写有《宋人话本》《明清两代的平话集》等文章介绍话本小说。此外,蒋瑞藻、孙楷第、赵景深等多位先生对话本小说均有论述,如《小说考证》《三言二拍源流考》《小说旁证》《中国通俗小说书目》《小说闲话》《中国小说论集》等,均涉及话本小说的考证和论述。陈汝衡先生的《说书小史》则从"说书源流""宋代说书概况"一直论述到明清的"评话""弹词"和"说书"。

20世纪五六十年代,话本小说研究进一步深化,郑振铎先生在《中国古典文学的小说传统》中探讨了古典短篇小说的分类,从小说的源头开始分析,由此引出了口头文学与小说关系论题,同时也论证了话本小说的由来,他指出:

中国小说与别国小说不大相同,有它自己的特点,(特点是)口头的传说写下来的……既是口头传说写下来的,所以保留了许多口语,并且是第二声称的,句句都针对听众来说,对群众不断的交代情节和问题,中间还常常夹杂一些议论……许多小说是讲唱的,讲完一段就由歌伴唱一段,形容一种东西或人物的时候,也唱一段,所以中国小说的特点就由了"有诗为证"或"有词为证"的形式……因为是讲唱的,所以保留许多说书的样式,开头时总要说一篇闲话,作为引子,……长篇小说为了掌握住听众,故多卖关子,到紧张之时就说"欲知后事如何,且听下回分解",所以中国小说常有惊险之处。①

同时,还有谭正璧先生的《话本与古剧》,从中国古代戏剧、曲艺与话本的关系上着跟进行研究,对后来的话本小说以及说唱文学的深入探寻产生了深远影响。此外,还有孙楷第先生的《俗讲、说话与白话小说》从俗讲、说话等方面进行了研究;程毅中先生的《宋元话本》则集中讨论了宋元讲史话本和小说话本的相关问题。

从20世纪60年代到80年代,胡士莹先生四易其稿的《话本小说概论》出版,这是专门讨论话本小说的第一部鸿篇巨制,全书近60万字,赵景深先生在序言中多有赞誉,如:"说这部书是总结性的著作,是由于著者旁搜博采,凡是一切有关话本研究的重要著作,著者都有选择地予以采用,随时写出著者自己的意见。"并称之为"研究话本的百科全书"。② 书中对宋元以来官私著述中所载的话本进行了归类,述录详细,是研究话本小说不可绕行的著作。20世纪八九十年代到本世纪之初,还有一大批学者出版了与话本小说相关的论著,如董国炎先生的《明清小说思潮》、张兵先生的《话本小说史话》、欧阳代发先生的《话本小说史》、萧相恺先生的《宋元小说简史》、程毅中先生的《宋元小说研究》、石麟先生的《话本小说通论》、王昕先生的《话本小说的历史与叙事》、俞晓红先生的《佛教与唐五代白话小说研究》以及中国艺术研究院曲艺研究所的《说唱艺术简史》等,或宏观研究,或断代分析,或史论结合,或从文化背景入手,均从各自的角度对中国古代话本小说进行了深入的探讨。同时,话本小说的资料整理方面也成绩斐然。陈桂声先生的《话本叙录》、田汉云先生的《神妖怪事》等不少与话本小说相关的资料陆续出版。此外,还有多种"中国文学史""中国古代小说史"著作,也往往开辟专门的章节讨论"宋元话本小说""三言二拍""明清拟话本小说"。

以上是对话本小说宏观研究的论著,与此同时,在个案研究方面也有不少著述面世。如董国炎先生的《扬州评话研究》、高洪钧先生的《冯梦龙集笺注》、缪咏禾先生的《冯梦龙和三言》、聂付生先生的《冯梦龙研究》、傅承洲先生的《冯梦龙与侯慧卿》、黄强先生的《李渔研究》、双翼先生的《今古奇观杂谈》等论著,均有真知灼见体现其中。这一时期,对话本小说个案的资料收集也取得很大的成绩,其

---

① 郑振铎著:《郑振铎全集》,第六卷,石家庄:花山文艺出版社,1998年版,第189页。
② 胡士莹著:《话本小说概论》,北京:中华书局,1980年版,卷首第4-5页。

中之荦荦大者如:谭正璧先生的《三言两拍资料》、李忠明先生的《17 世纪中国通俗小说编年史》、文革红先生的《清代前期通俗小说刊刻考论》、刘永文先生的《晚清小说书目》、陈大康先生的《中国近代小说编年》、蒋瑞藻的《小说考证》、孔另境先生的《中国小说史料》、朱一玄等先生的《中国古代小说总目提要》、刘世德先生的《中国古代小说百科全书》、孙楷第先生的《中国通俗小说书目》、《日本东京所见小说书目》、柳存仁先生的《伦敦所见中国小说书目提要》、谭正璧等先生的《古本稀见小说汇考》、江苏省社会科学院明清小说研究中心的《中国通俗小说总目提要》、周钧韬先生的《中国通俗小说家评传》等,或书目、或本事、或作者、或作品,这些著录,都提供了无比丰富的话本小说资料。至于话本小说作品本身的整理出版,更是如雨后春笋一般,从《元刊全相平话五种》、《武王伐纣平话》、《宣和遗事》、《宋元说经话本集》、《古代白话小说选》、《明成化说唱词话丛刊》、《清平山堂话本》、《熊龙峰刊行小说四种》、《古本平话小说集》一直到"三言""二拍"等几十部话本、拟话本小说集,在二三十年间几乎全都被整理出版,这就使得我们的研究资料异常丰富多彩。

以上著述中的某些观点和材料,将在本文下面的论述中得以引用和展现。

关于话本小说研究的论文也可分为两个方面:宏观研究与个案研究。从二十世纪五十年代到世纪末,关于话本小说宏观研究公开发表的论文至少有七十多篇,数量虽然不算大,但有不少文章质量很高,有的甚至可以说对后辈学人具有指导性意义。其中,与本文关联度较大的如:中文系四年级宋元话本研究小组《宋元小说话本的艺术成就》(《北京师范大学学报》1959 年第 4 期),王起《"拗相公"拗得好!——有关王安石的两篇话本小说》(《中山大学学报》1974 年第 4 期),谈凤梁《宋元小说话本的艺术特点》(《南京师大学报》1978 年第 2 期),程千帆、吴新雷《关于宋代的话本小说》(《社会科学战线》1981 年第 3 期),王庆菽《宋代"话本"和唐代"说话"、"俗讲"、"变文"、"传奇小说"的关系》(《社会科学》1982 年第 1 期),吴红《中国古代话本小说的典型塑造浅探》(《社会科学研究》1984 年第 6 期),陈午楼《从长篇小说发展到长篇评话——扬州评话话本发展规律探索》(《扬州师院学报》1985 年第 1 期),张兵《话本小说史的分期问题》(《复旦学报》1988 年第 4 期),崔子恩《浅论清初话本小说的个性焕发》(《学习与探索》1988 年第 5 期),啸马《历史悲剧向人间喜剧转化的艰难历程——话本拟话本爱情小说审美意蕴片谈》(《浙江学刊》1989 年第 3 期),张兵《话本小说再评价》(《贵州文史丛刊》1990 年第 1 期),黄进德《论宋代的话本小说》(《扬州师院学报》1990 年第 3 期),

蔡铁鹰《宋话本"小说"家数释名》(《杭州师范学院学报》1990 年第 5 期),张兵《话本小说的美学特征》(《人文杂志》1990 年第 6 期),杨汉辉《宋代城市商品经济与话本小说》(《贵州商专学报》1991 年第 3 期),张兵《话本小说艺术初探》(《徐州师范学院学报》1991 年第 3 期),卢兴基《白话小说系统中的话本和拟话本》(《阴山学刊》1993 年第 1 期),谢桃坊《论宋人话本小说的市民女性群像》(《社会科学研究》1993 年第 2 期),林校生《金代话本小说刍议》(《齐齐哈尔师范学院学报》1993 年第 3 期),黄建国《短篇话本小说的结构艺术和审美价值》(《宝鸡文理学院学报》1994 年第 2 期),吴建国《明清拟话本小说创作与时代文化精神》(《湖南师范大学社会科学学报》1994 年第 4 期),程国赋《从唐传奇到话本小说之嬗变研究》(《江苏社会科学》1995 年第 1 期),莫山洪《宋代爱情话本小说与市民的反思》(《柳州师专学报》1995 年第 4 期),刘立云《简论宋元话本小说的艺术结构》(《四川教育学院学报》1996 年第 1 期),纪德君《"春浓花艳佳人胆"——论宋代话本小说的女性形象》(《海南大学学报》1996 年第 2 期),陈平原《说书人与叙事者——话本小说研究》(《上海文学》1996 年第 7 期),林辰《关于话本小说发展的轨迹——答台湾和法国学友》(《中国图书评论》1996 年第 11 期),石麟《论冯梦龙对旧话本小说的改造——兼谈《京本通俗小说》的成书时间》(《湖北师范学院学报》1997 年第 1 期),倪钟之《小说话本与话本小说》(《教师博览》1997 年第 5 期),宁俊红《市民阶层与拟话本小说的兴起》(《社科纵横》1997 年第 5 期),刘兴汉《"因果报应"观念与中国话本小说》(《吉林大学社会科学学报》1997 年第 5 期),陈敏直《"市井细民"的文学革命——简论宋代话本小说》(《人文杂志》1998 年第 4 期),朴完镐《敦煌话本小说叙事模式的定型》(《社科纵横》1998 年第 5 期),王毅《明代拟话本小说之文化理念与历史哲学的发生——拟话本作为平民社会伦理小说的成因》(《文学遗产》1999 年第 5 期),周广秀《话本小说的衰落探因》(《徐州师范大学学报》1999 年第 2 期),蒙世南《冲破理学的藩篱——从话本小说看中晚明的女性》(《玉林师专学报》1999 年第 2 期)等等。

进入 21 世纪,话本小说宏观研究的论文逐渐增多,2000 年至 2005 年就有 70 多篇,尤其是 2006 年以后,差不多每年都有十几篇到四十多篇这方面的文章面世。下面,仅摘其要者而作排列:范嘉晨《宋代话本小说的市民情爱型态》(《青海社会科学》2000 年第 1 期),张勇《说话的艺术特征及其对话本小说的文体影响》(《苏州大学学报》2001 年第 2 期),纪德君、洪哲雄《明末拟话本小说中的贞节与情爱》(《四川大学学报》2001 年第 4 期),程毅中《明代的拟话本小说》(《明清小说研究》2002 年第 2 期),欧阳代发《话本小说的美学特征》(《孝感职业技术学院学报》2002 年第 3 期),王庆华《话本小说文体形态研究》(《华东师范大学学报》2003 年第 3 期),纪德君《宋元话本小说的时空设置及其文化意蕴》(《学术研究》2003 年第 4 期),梁梅《宋代小说话本中的奇幻世界》(《宁夏大学学报》2004 年第 1 期),胡莲玉《关于"话本小说"概念的一些思考》(《明清小说研究》2005 年第 1 期),伍雪平《论话本小说中的预叙》(《湖南科技学院学报》2005 年第 2 期),马晓坤《宋元小说话本中的民俗信仰论略》(《浙江学刊》2006 年第 3 期),程毅中《从〈三侠五义〉、〈小五义〉看清代的话本小说》(《南京师范大学文学院学报》2006 年第 2 期),王庆华《论清中后期话本小说文体之变异》(《北方论丛》2006 年第 5 期),杨东方《论话本小说对清官的反思》(《贵州文史丛刊》2007 年第 2 期),赵勖、吴建国《明末清初拟话本小说婚恋叙事的基本走向》(《中国文学研究》2007 年第 4 期),樊庆彦《宋元话本小说娱乐功能探析》(《太原理工大学学报》2008 年第 4 期),朱玲《叙述节奏:话本小说的一种话语秩序建构》(《文艺研究》2008 年第 4 期),杨宗红《明清话本小说中的善恶报应与和谐社会的构建》(《贵州民族学院学报》2009 年第 6 期),马圣玉《宋元话本小说的基本特征及成因研究》(《广西民族大学学报》2009 年第 6 期),赵益《明代拟话本小说中的道教角色及其意义》(《江西师范大学学报》2010 年第 2 期),黎藜《易性乔装与话本小说的女性观》(《明清小说研究》2010 年第 2 期),王委艳《论话本小说"场面化"叙事》(《文艺评论》2011 年第 8 期),夏明宇《葫芦与双环:宋元话本小说的空间结构》(《河南师范大学学报》2012 年第 1 期),杨宗红《世俗社会的终极关怀——拟话本小说物欲叙事研究》(《重庆师范大学学报》2012 年第 2 期),张巧妮《公案类话本小说叙事逻辑探析》(《长春师范学院学报》2013 年第 11 期),杨宗红《明末清初拟话本小说善恶报应与社会治疗》(《沈阳大学学报》2013 年第 1 期),梅东伟《话本小说中的婚俗叙事研究》(《华东师范大学学报》2013 年第 11 期),秦川《试论明清话本小说的民族特征与社会风习》(《明清小说研究》2014 年第 1 期),张一《宋元神怪类小说话本研究》(《广西大学学报》2014 年第 2 期),冯英华《明清话本小说中的清官形象研究》(《宁夏大学学报》2014 年第 8 期),蒲日材、杨宗红《行善的资本与利润——话本小说善恶叙事的经济考察》(《广西社会科学》2015 年第 10 期),梅东伟《论宋元小说话本中的叙事空间》(《信阳师范学院学报》2015 年第 6 期),祝婷婷《明代拟话本小说中尼姑形象研究》(《安徽大学学报》2015 年第 12 期)等等。

与此同时,对话本小说单集、单篇的个案研究更是如火如荼,除专家教授外,还有大量的硕士、博士学位论文,几乎每一部话本、拟话本集都被进行"地毯式搜索"。其中,尤以介乎"宏观"与"个案"之间的以"三言二拍"为研究对象的论文最多,竟达400余篇。当然,也有寥若晨星的一两篇论文研究的拟话本作品集,如《八段锦》《都是幻》《飞英声》《壶中天》《载花船》之类。

初步统计,个案研究的论文总数在1200篇以上,加上宏观研究的论文400多篇,"话本小说"研究的学术论文应该在1600篇以上。

这些文章的研究水平当然是良莠不齐的,相比较而言,上世纪的一些论文多半是专家学者们在阅读了大量的原始资料以后,形成自己的观点,经过打磨,最终形成文章,有的甚至是"十年磨一剑"。总体而论,在"说话"与"话本"研究领域对笔者影响最大的文章有以下诸作:

路工先生写作于1962年的《唐代说话与变文》一文,对"说话"的"家数"分得很清楚:"宋代说话分成四类:小说、讲史、合生、说经。这四类是按内容分的,也概括了当时说话的几种不同的艺术流派。"①程毅中先生的《怎样读宋元小说家的话本》则对"话本"的含义做了令人信服的解释:"话本的确是一个很宽泛的名称。我们现在见到的刻本,讲史家的往往称作'平话',如《五代史平话》、《三国志平话》等;小说家的往往标明为'小说',如洪楩清平山堂刻本的《新编小说快嘴媳妇李翠莲记》、《新编小说陈巡检梅岭失妻记》等。还有叫作《大唐三藏取经诗话》的,也许可以归入说经一类,但有人认为它也是小说。清人钱曾《也是园书目》里把《种瓜张老》、《错斩崔宁》等称作'宋人词话',恐怕并没有什么版本上的根据。现代人往往用话本一词专指小说家的底本,并不符合宋元时代的习惯,然而已经约定俗成了,我们只要记住话本并不限于'小说',而通称话本则当然可以包括'小说'在内的。"②胡士莹先生1963年1月23日发表在《文汇报》上的《"说话"艺术溯源》一文,对"说话"的起源分析最为中肯,他最后的结论是:

从以上的叙述和分析,我们可以看到,来自民间的说故事艺人的活动,是后来的"说话"的起源。在漫长的周秦汉魏时代,俳优侏儒在说故事方面的活动,是广泛的民间"说话"活动的代表,是"说话"发展史上重要的一个环节。在这一时期内,说话艺术职业化了,但在艺术的分工上还未独立。"说话"完

①　路工著:《访书见闻录》,上海:上海古籍出版社,1985年版,第178页。
②　《古典文学知识》1992年第6期,南京:江苏古籍出版社,1992年版,第4页。

全成为独立的职业化伎艺,而且面向人民群众,那是城市经济繁荣,市民阶层形成以后的事了。①

此外,苗壮先生的《回头看"平话"》是专门研究《三国志平话》的论文,文章最后说:"总之,作为讲史话本的代表作《三国志平话》,不仅为《三国演义》的问世奠定了基础,而且其自身也有独立存在的价值,特别是在体现民情民趣方面,尤其值得注意。"②袁世硕先生2007年撰写的《〈永乐大典〉平话探佚》一文首先指出:"《永乐大典》所收录的平话并非只是'话'字部'平话'二十六卷所收录者。"③随后,他又对可能存在于《永乐大典》中的平话进行了详细的考证。朱全福先生的《论"三言""二拍"中的商贾之道》认为:"《三言》、《二拍》这两部拟话本小说集中,不仅有大量的篇幅描写了市民的日常生活和经商生活,而且通过对他们的经商致富过程的描述,对其经商之道作了生动的表现和揭示,为中国古代文学增添了新的内涵和价值。"④叶庆炳先生的《短篇话本的常用布局》则指出:"这种经常出现的布局,笔者称之为常用布局。常用布局是把整篇话本故事清楚地划分成几个阶段,每一个阶段都包括进展、阻碍、完成三部分。"⑤徐志平先生的《叙事者干预在早期话本中的表现》一文,"针对收录在《清平山堂话本》中的早期话本,分别从'对话语的干预'以及'对故事的干预'两方面,全面考察其叙事者干预的情形。"⑥杨宗红先生的《明末清初拟话本小说疾病叙事的理学隐喻》从一个特殊视角来谈问题:"明末清初的拟话本小说中有很多关于疾病的叙事,且大多与善恶报应相关联,属于生理范畴的疾病因此被转换成一种道德评判或者政治态度。由于明末清初的理学语境,拟话本小说的疾病叙事更多地传达出小说家的理学旨趣,即疾病叙事具有理学隐喻。"⑦诸如此类的言论和观点,加上前辈学者们的专门著述,使笔者对话本小说有了逐步深入的认识,获益匪浅,也对学位论文的撰写帮助

---

① 胡士莹著:《宛春杂著》,杭州:浙江文艺出版社,1984年版,第14页。
② 沈伯俊 蒋志 黄晓林主编:《三国演义学刊2004》),成都:四川大学出版社,2005年版,第26页。
③ 袁世硕著:《敝帚集》,济南:山东大学出版社,2009年版,第155页。
④ 《明清小说研究》1996年第4期,南京:《明清小说研究》编辑部,1996年版,第119页。
⑤ 刘世德编:《中国古代小说研究——台湾香港论文选辑》,上海:上海古籍出版社,1983年版,第32页。
⑥ 《明清小说研究》2011年第3期,南京:《明清小说研究》编辑部,2011年版,第151页。
⑦ 《明清小说研究》2013年第2期,南京:《明清小说研究》编辑部,2013年版,第71页。

极大。

二、英美民间故事研究的情况

国外学者对英美民间故事的研究兴起于 20 世纪初,随着结构主义人类学的兴起而兴起。民间故事与俗文学密不可分,俗文学又与人类学关系紧密。人类学的两大分支:体质人类学和文化人类学,20 世纪以来,这两大分支逐渐开始分离。文化人类学研究整个人类文化的发生发展以及变异演进等多个过程,并且研究与比较各民族之间的文化异同,其中就包含了不同国家俗文学的比较研究,通过研究以发现不同文化之间的通俗性与特殊性。文化人类学在英美都很兴盛,英国称之为社会人类学。在英美民间故事的研究论著中,有很多涉及到了人类学、社会学以及通俗文化理论等方面的内容。其中非常重要的论著有美国摩尔根(1818—1881)的《古代社会》,英国爱德华·泰勒(1832—1917)的《原始文化》,英国弗雷泽(1854—1941)的《金枝》,安德鲁·兰(1844—1912)的《神话、仪式和宗教》,哈特兰德(Edwin Sidney Hartland,1848—1927)的《神话和民间故事》等。英美研究学者注重民族特性的研究,他们从自身民族的传统出发,寻找本民族特性的构成、发展的影响因素,具体的研究文本则大多来自于他们的民间故事与传说。英国人类学家泰勒在《原始文化》中有两章专门论述神话,其中还涉及故事,例如通过比较方法研究世界动物故事:"动物故事在波利尼西亚人和北美印第安人那样的社会中间极为流行……这些故事,从蒙昧人的传说中被成十成百地搜集起来,仍然保留着原始形式,任何训诫都还没有渗入。"[1]泰勒认为从原始的动物故事过渡到寓言或寄托训诫内容的民间故事是人类文化得到进一步发展的反映。又如哈特兰德的《民间故事研究》中,首先就指出了"讲故事的艺术",他从讲故事的功能出发,继而讨论了讲故事的缘起、本质以及讲故事者的特点。其次,他还强调了民谣与民间故事之间的紧密联系。在讲故事的传承方面,哈特兰德的观点是讲故事者要忠实于故事内容的准确细节,还要对讲故事这个活动持有良好的信仰。"如实地传达其传统是各种(讲故事)方式中最基本的原则;并且这种原则在不同的种族

---

① [英]爱德华·泰勒著,连树声译:《原始文化》,上海:上海文艺出版社,1992 年版。

和民族中都是通用的。这并不是对故事传承过程中发生一些变化的否定……"①哈特兰德还在文中指出了口头文学在早期并未归于"正统文学"之中,这种认识与中国话本小说早期的地位非常相似。

除了人类学之外,民俗学者也有很多相关的论著。阿尔奈与汤普森的《民间故事类型》(AT 故事形态分类法)将民间故事进行了类型化的分类,从故事结构出发,加以统一编码,编成索引。美国民俗学家斯蒂·汤普森的著作《世界民间故事分类学》则在前者的基础上进一步详细论述了民间故事的类别和故事结构,进一步完善了民间故事类型的研究,也奠定了民间故事研究的基础。然而民间故事的内涵丰富,虽然故事结构可以按照类型分类,然而在内容上却蕴含了各民族的传统与文化,在漫长的流传过程中,还体现了这些故事在文学文本上的演变规律,这是本文试图通过寻找与中国话本小说相类似的英美民间故事进行比较分析的目的。英美民间故事的主要相关著作有《英国民间故事全集》《美国民间故事百科全书》《凯尔特神话与传说》《民间故事与传说百科全书》,这些典籍提供了大量的文献资料和民间故事,搜集面非常广泛。口头表演与基于民间故事框架的再创作是两个不可忽视的因素,在随后的相关研究中如《故事歌手》《表演研究》《表演研究读物》《表演方式》《作为表演的口头艺术》等著作都有相关论述。另外,还有民谣一类较为特殊,这些民谣篇幅短小,却叙述了很多具有故事情节的事件,这种文学体裁不仅是以说唱的方式进行表演,其间还会附带少量的评语,因此也值得进行比较研究。弗朗西斯·柴尔德(Francis James Child)的《英格兰与苏格兰流行民谣》(*The English and Scottish Popular Ballads*)是该领域中的重要著作,这部五卷文集本收集了大量的英国民谣,为研究者提供了权威的民谣版本。《中古英语抒情诗、民谣与颂歌》则评论并收集了中世纪流传至今的民谣,具有一定的参考价值。

本文进行比较研究的"英美民间故事"作品共五类,第一类是与欧洲史诗与英雄传说的主要故事梗概相关,并且广泛流传于世的作品。布鲁斯·罗森伯格(Bruce A. Rosenberg)在《传奇的研究方法与中世纪文学》中所说,"大多数的中世纪叙事源于口头传统",英雄史诗与传说最初都是通过口头流传,行吟诗人或讲故事的艺人们经历数代,形成了相对稳定的文本,其中包括《贝奥武甫》、《不列颠诸

---

① Edwin Sidney Hartland: The Science of Fairy Tales《民间传说研究》: "The faithful delivery of the tradition is the principle underlying all variation of manner; and it is not confined to any one race or people. It is not denied that changes do take place as the story passes from one to another." London: Paternoster Row, 1891, p16.

王史》《亚瑟王之死》《高文骑士与绿色骑士》等作品。《贝奥武甫》的研究论文很多，从民间故事的角度对它进行研究的论文约为329篇，《民间故事形态学与贝奥武甫的结构》从AT故事形态分类法的基本观点出发，着重解析了贝奥武甫的故事结构，不同于此前学者们大多都是从史诗的角度进行的研究。《不列颠诸王史》《亚瑟王之死》《高文骑士与绿色骑士》这三部作品之间则存在内在的联系，《亚瑟王之死》的人物历史背景多以《不列颠诸王史》中的亚瑟王家族谱系为依据；《高文骑士与绿色骑士》中的高文骑士则是《亚瑟王之死》中的一位主要人物。《亚瑟王之死》的研究论文多不胜数，据粗略统计，仅相关论文就已经超过万篇，另外还有浩如烟海的著作和研究论集。该作品的影响力十分深远，18世纪塞缪尔·约翰逊(Samuel Johnson)在评论莎士比亚的文章中，借用《亚瑟王之死》的例子，类比分析了为什么莎士比亚在戏剧创作中不得不把大量的传说与奇迹融入作品的情节之中，其主要原因是因为亚瑟王传说的民俗性容易被平民所接受，莎士比亚戏剧情节中的传说与奇闻异事使其更能被广大民众接受。①

第二类研究对象是英美中世纪的民间传说故事以及相关的作品。这类作品有不少是第一类作品的改编或再创作。例如《夏洛特女士》《过去与现在的王》《仙后》这三部作品就是以亚瑟王系列故事为背景的。田尼生的《夏洛特女士》相关研究有近2000篇论文，戈兰德·加农将该作品与《一千零一夜》进行对比，他认为田尼生在创作《夏洛特女士》的时候，除了借用了亚瑟王系列故事，还借用了《一千零一夜》中的故事结构，这也进一步说明了《夏洛特女士》与民间文学的紧密联系。《坎特伯雷故事》是英国文学研究中的焦点之一，相关的研究成果十分丰富，约有10000多篇论文专门论述，它与《亚瑟王之死》被语言学家认为对现代英语语言形成影响最大的两部作品。"朝圣与讲故事"对整部《坎特伯雷故事》的结构是至关重要的，该观点在约翰·费肖(John Fisher)的论文《坎特伯雷故事中的朝圣与讲故事》中有详细的分析。"讲故事"不仅反映了该作品所处时代民间文学的传播方式，也与我国话本小说的形成具有相似的特点。《戈黛瓦夫人》的以及该故事的异化"偷窥的汤姆"的相关研究约有450多篇论文。以小说创作而得以流传的《艾凡赫》《见闻札记》《圣女贞德传》都有很强的民间传说色彩。《艾凡赫》的作者司各特被称为"讲故事的高手"，该作品的研究论文约有4000多篇；《见闻札记》的

---

① Marylyn Parins Edit：*The Critical Heritage*：*Sir Thomas Malory*《批评遗产：托马斯·马洛礼》，New York：Routledge，1987，p66.

研究论文近万篇,其作者华盛顿·欧文与民间故事有着千丝万缕的联系,在丹尼尔·霍夫曼(Daniel Hoffman)的论文《〈睡谷的传说〉中欧文对美国民间故事的运用》一文中,作者高度评价了华盛顿·欧文——"华盛顿·欧文是将欧洲浪漫主义与哥特主义用于美国文学写作的先驱者……他将美国的神话与民俗传统,以及在十九世纪早期广泛流行的口头传统加入到了写作之中。"[1]同样作为讲故事高手的马克·吐温则取材于广泛流传在欧洲大陆的典型女英雄圣女贞德,小说《圣女贞德传》的研究论文约为8442篇,该故事中的主人公圣女贞德的人物形象并不限于小说之中,其丰富的人物内涵流传于相关的民间故事之中。

后三类是英美民间故事中的经典故事、歌谣或文化传统中的某些形象,他们没有相对固定的文本,也没有如圣女贞德一样,"幸运"地被著名作家马克·吐温改写成小说。这些故事来自于《英国民间故事全集》、《美国民间故事百科全书》、《民间故事与传说百科全书》。以英国民间故事为关键词的研究论文约有2476篇,美国民间故事为关键词的研究论文约有5618篇,这些数据并不能全面地反映当前研究英美民间故事的基本状况。英国民间故事中有不少在前文中提到的专门研究,而美国民间故事中还包括印第安口头传统与民间故事,因此后三类故事文献的研究论文至少在万篇以上。

三、话本小说与外国文学作品比较研究的情况

国外的民间故事研究对我国上世纪初的民俗研究有着深远的影响,在20世纪二三十年代,英国人类学派研究神话和民间故事的方法、理论在我国的民俗研究中得到了广泛的应用,茅盾的《中国神话研究初探》就是采用了人类学派的神话学理论,周作人、赵景深、钟敬文等人也都接受并采用这类方法对我国的民间故事进行了研究。

至于将中国的话本小说与外国文学作品进行比较论证的论文,至少有30多篇,如:颜宗祥《〈春香传〉与中国话本小说》(《国外文学》1990年第2期),诸国忠、李珠《浅论哈代小说中的偶然现象——兼谈中国古代话本小说中的巧合》(《徐州师范学院学报》1991年第2期),胡邦炜《中印文学"结婚"的硕果——谈变

---

① Danial G. Hoffman: *Irving's Use of American Folklore in "The Legend of Sleepy Hollow"*《论欧文在〈睡谷的传说〉中对美国民间传说的运用》, PMLA, Vol. 68, No. 3(Jun. , 1953), pp. 425–435.

文与话本小说的产生》(《文史杂志》1991 年第 3 期),王晓平《仿构与翻新——江户时代翻案的话本小说十三篇》(《明清小说研究》1993 年第 3 期),梁建军《莫里哀的喜剧与明代的拟话本小说》(《南京大学学报》1995 年第 1 期),申相星、李芳《中国敦煌话本小说与韩国古代小说的比较研究》(《世界文化》2004 年第 9 期),吴延华《宋元话本小说与朝鲜朝盘梭利脚本系列小说比较研究》(《延边大学学报》2009 年第 1 期),李虹颖《朝鲜朝国文小说〈玉丹春传〉与中国话本小说〈玉堂春落难逢夫〉之比较》(《延边大学学报》2015 年第 1 期),汪俊文《日本江户读本小说对中国白话小说的"翻案"——以〈雨月物语·蛇之淫〉与〈警世通言·白娘子永镇雷峰塔〉为例》(《上海师范大学学报》2009 年第 1 期),付江涛《窥视文本的契合——对比〈警世通言〉和〈十日谈〉中两个文本》(《电子科技大学学报》2012 年第 6 期),齐华丽《浅析〈警世通言〉与〈茶花女〉中主人公的命运》(《语文建设》2014 年第 29 期),杨雄琨、罗显克《从平行研究角度看〈十日谈〉和〈拍案惊奇〉中爱情主题之比较》(《南宁师范高等专科学校学报》2007 年第 3 期),李洁《文学视域下东西方文化语境比较——以〈鲁宾逊漂流记〉与"三言""二拍"经商题材小说为例》(《西北农林科技大学学报》2013 年第 6 期),朱湘莲、曾光《"三言二拍"与〈一千零一夜〉商人形象之比较》(《四川文理学院学报》2009 年第 1 期),王若茜《作家命运与文学观——试论"三言二拍"与西鹤的"好色物"比较研究》(《东北亚论坛》2005 年第 5 期),肖扬碚《〈十日谈〉与"三言二拍"的人文意识与文化精神》(《柳州师专学报》2003 年第 4 期),张永平《日本对"中国白话小说"的接受——以〈三言二拍〉为例》(《青年记者》2008 年第 23 期),宋子俊、张帆《张扬个性异曲同工——〈十日谈〉与"三言"、"二拍"中爱情故事比较》(《西北师大学报》2000 年第 2 期),林曼《〈三言〉、〈二拍〉与〈十日谈〉比较研究》(《汕头大学学报》1990 年第 3 期),文淑慧《相同时代精神的不同内涵——〈三言〉、〈二拍〉与〈十日谈〉比较研究》《殷都学刊》1992 年第 4 期),李树果《〈三言二拍〉与读本小说》(《日语学习与研究》1996 年第 2 期),孙逊《东西方启蒙文学的先驱——"三言"、"二拍"和〈十日谈〉》(《文学评论》1987 年第 4 期),苏静《"三言二拍"与〈一千零一夜〉的信仰观比较》(《边疆经济与文化》2015 年第 4 期),袁盛财《井原西鹤的町人物与"三言""二拍"中商人题材的比较》(《现代语文》2009 年第 7 期),魏崇新《〈十日谈〉与"三言"、"二拍"文学精神之比较》(《国际汉学》2012 年第 2 期),付江涛《凡心未泯的修行女人——"三言二拍"与〈十日谈〉中犯戒尼姑和修女对比研究》(《恩施职业技术学院学报》2013 年第 3 期),王立、黄晔《〈石点头〉申屠娘子复仇形象母题的中印文学来源》(《广东技术师范学院学报》2009 年第 10 期),易俪俪《中西文学中的焦点透视与散点透视比较——以契诃夫短篇小说与〈醒世恒言〉为例》(《濮阳职业技术学院学报》2016 年第 1 期),邵复昌《中国有无《十日谈》——读《一片情》》(《名作欣赏》1995 年第 4 期)等等。在以上论文中,中国文学方面主要是单集、单篇的话本、拟本话本小说,外国文学比较的对象则多为具体作品如《十日谈》《一千零一夜》之类,另外,与日本、韩国、印度等亚洲文化圈的作品进行比较的论文占量较大,所缺乏者,恰恰在于将中国古代话本小说从宏观的层面与英美民间故事进行多角度比较的论文。也正是基于这一点,笔者才选择了这个题目,希望通过本书,能在这个薄弱环节上体现出一定程度的创新尝试。

第三节　中国话本小说与英美民间故事的可比性与意义

中国话本小说与英美民间故事并不属于同一范畴,两者发展演变的过程与历史也不相同,很多作品所处的时代背景与历史背景也不一样。另一个问题就是中国也有民间故事,那么,为什么要将话本小说代替本是"名正言顺"的比较对象?在进行两者比较分析之前,必须考虑到上述问题。

笔者认为,中国古代的话本小说与英美民间故事之间是具有相当程度的可比性的。

中国话本小说来自于说书艺人的口头表演,话本即为说话人的底本。从宋元时期开始,"说话"成为民间主要娱乐形式之一,旋即,话本也从说话人的底本逐渐演变为下层文人整理、改造、拟作的拟话本小说。从口头文学到书面文学,这个转变的过程也是中国古代文学演变发展的一个基本规律:口头与书面交替进行,或并行发展,但民众喜闻乐见的艺术形式还是以口头表演为主的说话,毕竟口头文学的观众更广泛一些。流行得最广泛的作品也是最有生命力的,迄今为止仍然可以阅读的话本小说从某个程度来说,应该是最受欢迎的故事。形成相对固定的文本,即话本小说,是延续中国传统说唱文学的一个有效的途径之一。中国古代没有音像录制工艺,因此只能通过文字将"说话"内容记录下来,这个矛盾是一个得失参半的过程。得到的好处是因为形成相对稳定的文字文本之后,艺术加工已经不限于表演过程中了,文字的叙述方式并不完全依赖于实际表演情况的限制,因此从口头的说话底本到话本小说,艺术表现方式更加灵活多样,在后来的拟话本中可以更加清晰地看到这一点。书面化的发展也让作品流传的时间和空间更加久远和广阔，否则，当今能够看到的话本小说也许就会寥寥无几。另一方面，这种"书面化"的过程所失去的则是艺人们对作品的现场表现力，这些表演过程无法重现的确是一件令人遗憾的事，因为同样内容的"说话"，艺人们会有不同的理解和阐发。柳敬亭说书"每至丙夜，拭桌剪灯，素瓷静递，款款言之，其疾徐轻重，吞吐抑扬，入情入理，入筋入骨，摘世上说书之耳而使之谛听，不怕其不齰舌死也。"①在说话底本形成文字后，艺人们的精彩表演便湮没在历史尘埃之中，虽然有部分表演细节世代传承，但仍然以不得全貌而让人感到遗憾。英美民间故事中，有一部分故事来自于早期的英雄史诗和神话，这类故事最初是由吟游诗人进行传播和表演的，虽然吟游诗人们并不一定会如中国说话艺人那样进行绘声绘色的表演，但是口头表演的基本特点仍然与中国的"说话"相仿。吟游诗人传播的故事经过节取和改编，成为一部英美民间故事，这部分故事既有历史积淀，又有文字文本，而且在后世也还有相关的发展与进一步的创作，它们与中国的话本小说的源流是最接近的。相反，中国各地各民族的民间故事，有很多内容并没有如话本小说这样的文本，而且情节也有很多雷同之处，其故事来源也非常复杂，加上范围过于广泛、民族语言的隔阂以及本人学养和能力的限制，实在很难全面把握。因此，本文就没有将中国民间故事纳入研究对象的范围。

中国话本小说与英美民间故事都对本族语的形成与发展产生了一定的影响。宋元时期，中国的"说话"艺术非常兴盛，而说书人表演时的语言则是有别于书面语言的，例如：

《宣和遗事》前两集中，有不少宋代方言市语，如元集提到阎婆惜，"婆惜"二字为宋代民间习语，言为祖母所怜惜。张岑绰号叫"火舡工"，宋代称船夫为"柁工"或"火儿"。董平绰号叫"一撞直，"撞直是形容军卒上阵时勇往直前之意。又张横绰号"一丈青"，龚圣与《燕青赞》云："平康巷陌，岂知汝名？太行春色，有一丈青"。一丈青当为宋代俗语，指年少貌美之男子或妇人。又称李师师为"上厅行首"，"行首"乃宋时上等妓女的称呼。这些方言市语和书中其他部分，特别是后两集典雅的文言，显然不同，……②

① 〔明〕张岱撰：《陶庵梦忆·西湖梦寻》，上海：上海古籍出版社，1982年版，第45页。
② 胡士莹著：《话本小说概论》，北京：中华书局，1980年版，第717页。

这不仅反映了市民生活描写的普及,而且也在一定程度上影响了民族语言的发展与变化。通俗易懂的语言老少皆宜,虽然"说话"的听众中文化程度参差不齐,但通过这种通俗语言做媒介,并不影响他们欣赏高雅的艺术,也不影响民众的审美情趣。同时,民间的俗语、日常用语也因为某些"说话"故事的广泛传播而受到滋润,话本小说的通俗用语对大众时代语言产生了深远的"反作用力"影响。

与话本小说有着相似滋润作用的英美民间故事则在更深的层次上影响了民族的形成与文化传统的发展。以《亚瑟王之死》与《坎特伯雷故事》两部作品为例,可以很好地说明这一问题。从1066年的诺曼底征服开始,英格兰文化处于接受外来民族的语言和文化时期,尚处于一个"从属"文化状态。对于经历多次民族文化冲击和融合的英格兰来说,"从属"时期很快就结束了。经过两三百年之后,英格兰民族独有的文化观念逐渐形成,其具有代表性的作品正是《亚瑟王之死》和《坎特伯雷故事》。这两部作品不仅代表了当时英格兰民族的文学高度,也代表了这一时期的民族语言,是古英语转变为中世纪英语与早期现代英语过渡时期的里程碑。卡克斯顿出版印刷的这两部作品,使英语从地方性口语慢慢统一并且规范化。现今大多数英语史都把1500年作为现代英语的开始,而这两部出版于15世纪后期的作品,对英语语言的影响是显而易见的。例如18世纪塞缪尔·约翰逊(Samuel Johnson)在评论莎士比亚的文章中,借用《亚瑟王之死》的例子类比分析了莎士比亚在戏剧创作中把大量的传说与奇迹融入作品的情节的主要原因。美国的马克·吐温则在其小说中运用了大量的方言和口语,虽然他的作品并非全都是民间传说,但其中的部分著作和章节实与美国的民间故事密不可分。

因此,从语言的发展和影响的层面来看,中国话本小说与英美民间故事所起的作用十分相似。这也成为了将两者进行比较的理据之一。

然而更深层次的原因,则是两者对本族文化传统所形成影响的相似性。中国话本小说中的不同体裁和内容,对后世小说、甚至文学的发展起到了不可估量的作用。拟话本、章回小说,包括清末民初的小说都受到了话本小说的影响,他们之间具有一定的继承和发展关系。人们的思想观念以及民族精神也受到了影响,例如历史类、神异类、现实类等多种题材中的内容,都为当时的人们提供了道德模范或反例。通过这些故事的讲述,观众潜移默化地接受了教育和艺术感染。英美民间故事也是如此,中世纪的传统精神,民主、自由以及个性解放,一直就孕育于那些脍炙人口的罗曼斯传奇中;而俗世道德的颂扬、社会现实的针砭则一直传诵于美国民谣的歌词之中。中国的话本小说是历代口头文学积淀下来的文字文本,具有很高的参考价值,英美文学虽然也有口头文学,除了现今世人仍然可见的几本史诗传奇外,大量的口头文本并未形成固定的文字被记录下来,这些口头文本在英美文学中星星点点地分散在各处,有的附着在诗歌中,有的被改编成歌剧,有的则被截取运用于某部小说作品中,但是,更多的还是存在于"英美民间故事"中。因此,选取英美民间故事中与中国话本小说相类似的篇章进行比较分析,不仅能够感受到异国情调,更能凸显中国话本小说的特点。

总的来说,本文选择进行比较的作品大多经过世代流传,并且具有一定的积淀,并非选取形似而神疏的作品;比较的目的并非为了比较,而是运用比较的手段,找到中国话本小说或者以此为载体的民间通俗故事流传至今的原因,从中挖掘出更多的文化价值与审美意义。中国话本小说和英美民间故事在历史题材的讲述的过程中,其着眼点、文化蕴含与构成方式既有相同的一面,又有很大的差异性。

第二章

历史题材作品的着眼点、文化蕴含与构成方式

中国话本小说和英美民间故事在历史题材的讲述过程中,其着眼点、文化蕴含与构成方式既有相同的一面,又有很大的差异性。

第一节 附着于历史的英雄与英雄自身的历史

英雄创造历史,是古代世界各民族一般民众的共识,因此很多民族都有自己的英雄史诗。中国话本小说和英美民间故事作者们在对历史题材内容讲述的过程中,都将着眼点放在"英雄"身上,这一点是共同的。但是,细分下去,他们的着眼点也有不同的地方:宋元讲史话本表现的是"附着于历史的英雄",而英美民间故事讲述的则是"英雄自身的历史"。

一、宋元讲史话本"前佳后劣"现象的背后

现存的宋元讲史话本有十二部,即:《新编五代史平话》(含《梁史平话》《唐史平话》《晋史平话》《汉史平话》《周史平话》五种)、《宣和遗事》、《全相平话武王伐纣书》、《全相平话乐毅图齐七国春秋后集》、《全相平话秦并六国》、《全相平话前汉书续集》、《全相三国志平话》、《薛仁贵征辽事略》。这些讲史话本具有"前佳后劣"的共同特点。

之所以如此,主要是因为每一部讲史话本都是以一朝一代的更迭为基本线索而展开叙事的,而每一个朝代的开国君王一般都会有"故事",而且是英雄传奇故事。民间艺人对这些开国君王的传奇故事津津乐道,因为这中间有很多内容其实并非历史事实而是民间传说。但讲到后来,那些继位的君王们的"故事"日渐减少,或者说他们的故事不为普通民众所了解。故而说话艺人就开始敷衍了事,或

一带而过，或草草收场。如此一来，要想保持某一个朝代故事的完整性，就只好将史书中的记载稍作通俗化处理而塞进讲史话本中了。

进而言之，为什么说话艺人熟悉开国君王的故事而不熟悉继位君王的生活呢？根本原因是，开国君王大都是由"平民"到"将军"最后登上皇帝宝座的，平民的生活大家都了解，讲起他们的故事来，说话艺人得心应手，甚至如数家珍；军队的生活说书艺人可以通过身边的军人（特别是宋朝实行禁军制度，大量军人驻扎在城市里，而且经常光顾瓦舍勾栏）间接了解，尽管不太生动，但也可以勉强对付。而继位君王一生下来就是储君，他们一辈子过的都是宫廷生活，民间艺人无从了解他们的衣食住行、日常生活。因此，每一部讲史话本将开国君王"出身"的故事讲完了以后，精彩的内容也就戛然而止，接下来的就是虎头蛇尾的延续。

这方面最典型的例证是《新编五代史平话》，其中梁、唐、晋、汉、周每一朝历史故事的开头部分，几乎都是一篇市井小说，尤其是《梁史平话》叙黄巢出身，《汉史平话》叙刘知远出身，《周史平话》叙郭威出身，几乎都是以现实化、世俗化的方式来介绍某些历史英雄人物发达前的寒微状况，均带有浓烈民间传说意味。然每每叙到后来，便成流水账，甚或近于抄袭史书。例如：

　　且说曹州冤句县，有个富人黄宗旦，家产数万，贩盐为生，喜聚集恶少。是那懿宗皇帝咸通元年上，黄宗旦妻怀胎，一十四个月不产。一日，生下一物，似肉球相似，中间却是一个紫罗复裹得一个孩儿。忽见屋中霞光灿烂，宗旦向妻道："此是不祥的物事？"将这肉球使人携去僻静无人田地抛弃了。归来不到天明，这个孩儿又在门外啼叫。宗旦向妻子道："此物不祥，害之恐惹灾祸。"遣伴当每送放旷野，名佐青草村，将这孩儿要顿放乌鸢巢内，便是撷下来，他怎生更活。过个七个日头，黄宗旦因行从青草村过，但听得乌鸢巢里孩儿叫道："耶耶！你存活咱每，他日厚报恩德！"宗旦使人上到巢里，取将孩儿下来，抱归家里看养，因此命名佐黄巢。（《新编五代梁史平话》卷上）①

这是《梁史平话》中黄巢出身的片段，黄巢的"皇帝"身份虽然正史不予以承认，但他毕竟是相当于"开国君王"级别的英雄人物，故而民间有大量的关于黄巢

---

①　程毅中、程有庆校点：《新编五代史平话》（《宣和遗事等两种》），南京：江苏古籍出版社，1993年版，第5页。

的传说。这一段"卵生"的传说,显然不可能是历史事实,但却被民间艺人展现在讲史话本中间,因为它带有传奇性,能吸引听众。但是,到了由黄巢曾经的部下朱温(全忠)建立梁朝后的故事,就不那么精彩了:"光化二年正月,刘仁恭调发幽州、沧州等十二州兵马攻贝州。城中千余户,尽为仁恭屠杀。三月,刘仁恭进兵攻取魏州,有节度使罗绍威到朱全忠军前纳款求援。"(同上)①将这两段描写对照一下,就必然得出一个结论:前佳后劣。

　　这绝非个案,几乎所有的讲史话本都是如此。故事的开头往往很精彩,中间也有不错的片段,但越写到后来就越粗糙。与之相联系的另一种现象就是,讲史话本每讲到某些英雄人物的传奇经历和特别表现的时候,往往精彩异常,而讲到历史演变或军国大事的时候就单调乏味。"英雄"和"历史"在这里有一个奇妙的组合和"互助":英雄附着于一朝一代兴衰的历史大事而使故事大放异彩,历史则负责将英雄的故事联缀起来成为一个整体。

　　尽管五代群雄的故事很精彩,但是,表现他们故事的话本却不能叫"朱全忠传""李克用传""石敬瑭传""刘志远传""郭威传"而只能叫《新编五代史平话》;尽管梁山好汉的故事很精彩,但他们活跃其中的那本书却不能叫"宋江传奇""梁山传奇"或者"李师师传奇",而只能叫《宣和遗事》;尽管诸葛亮、曹操、关羽的故事很精彩,但不能将承载他们故事的话本叫做"伏龙传""曹瞒传""关公传",而只能称之为《全相三国志平话》。以此类推,《全相平话武王伐纣书》《全相平话乐毅图齐七国春秋后集》《全相平话秦并六国》《全相平话前汉书续集》《薛仁贵征辽事略》均乃如此。总之一句话,这些话本只能叫"讲史话本"而不能叫做"英雄话本"。

　　宋元讲史话本的"前佳后劣"现象背后隐藏着的,正是宋元讲史话本带有本质特征的常态——英雄人物附着于历史线索从而大放异彩。

二、英国历史英雄故事中的"骑士传统"及其精神内核

　　英美历史题材的民间传说多以短篇为主,英国现存并且影响深远的历史题材的民间故事巨著是罗曼斯传奇作品《亚瑟王之死》。至于美国,由于建国历史不长,其历史题材的民间故事并没有流传久远的作品。在民间,只有一些与美国总

---

① 程毅中、程有庆校点:《新编五代史平话》(《宣和遗事等两种》),南京:江苏古籍出版社,1993年版,第26页。

统的逸闻趣事相关的传说,比较零碎,不成系统。另有与西部拓荒者相关的"皮袜子五部曲",虽有历史背景,却属于现实生活题材,不在本章论列。因此,这一节的论证对象主要是英国的"亚瑟王"系列民间传说故事。

"亚瑟王"系列民间传说故事,是与中国的宋元讲史话本比较接近的讲述历史英雄人物故事的作品,但与宋元讲史话本不同,这些故事涉及历史英雄人物时,总有一种"骑士传统"的精神内核贯穿其中。

亚瑟王的故事最早出现在英国,法国人也对这位传说中的国王非常感兴趣。亚瑟王被记载于公元6世纪,也有学者追溯到了希腊神话①。12世纪蒙茅斯的杰弗里(Geoffrey of Monmouth)撰写的《不列颠诸王传》(*Historia Regum Britanniae*)为亚瑟王的故事提供了一个基本的结构框架。② 这是英国早期文学中与中国讲史话本较为相似的一部著作,成书时间大约在1136年。书中记载了很多大不列颠早期国王的故事。这部作品主要是在1106年的诺曼底公爵威廉成为英国国王后,为了巩固其统治地位而写成的一部作品,其中既有历史上真实的国王,也有虚构的人物,甚至还有魔法师一类的传说故事,在内容和语言的层面上来看,它与中国讲史话本颇为相似。在《不列颠诸王传》中,作者杰弗里虽然吸收了不少威尔士人和凯尔特人的民间传说,但是所述的故事背景却以英格兰和欧洲为背景。由于这部书在民间大受欢迎,另一位名叫瓦斯(Wace)的人用盎格鲁 – 撒克逊语改写了这部作品,进一步扩大了它的影响。

另一部重要的作品是法国作家克雷蒂安·德·特洛阿(Chrétien de Troyes)的亚瑟王系列作品,其中包括《马车上的骑士》《狮子骑士》《圣杯故事》等。③ 在法国的1215到1235年间,一位或者多位作者编写了《兰斯洛特(Sir Lancelot) – 圣杯传奇》。而在此之前,还有关于圣杯与魔法师梅林(Merlin)故事的汇编,加上后来关于亚瑟王之死等故事的汇编,所有的故事合在一起称为"亚瑟王故事环"④。法

① Graham Anderson：*The Earliest Arthurian Texts：Greek and Latin Sources of the Medieval Translation*《早期亚瑟王文学文本:希腊与拉丁来源的中世纪译文》,Lewiston：The Edwin Mellen Press,Ltd.,2007.

② Norris J. Lacy：*The New Arthurian Encyclopedia*《新编亚瑟王百科全书》,New York & London：Garland Publishing,Inc.,1991. "*Geoffrey of Monmouth.*"

③ David Staines translated：*Chrétien de Troyes*《克雷蒂安·德·特洛阿作品集》,Bloomington & Indianapolis：Indiana University Press,1993. "*The Knight of the Cart*"；"*The Knight with the Lion*"；"*The Story of the Grail*".

④ The Arthurian Vulgate and Post – Vulgate Cycles.

国的亚瑟王故事主要包括:圣杯历史;梅林故事;兰斯洛特故事;追寻圣杯故事;亚瑟王之死;以及续编中关于梅林故事、追寻圣杯故事和亚瑟王之死故事的扩充。①最终形成了《亚瑟王本末》,这是来自不同国家作者以不同目的、方法而创作的内容丰富的作品。它们虽然独立成章而各具风采,却无法统一成完整的、富有逻辑性的故事系统。然而,15世纪情况发生了变化:"对于英语读者而言,《亚瑟王本末》这部书如此重要,主要是因为托马斯·马洛礼骑士受过它的影响,他把这部书列在众多故事来源的首位:虽然他作品的每一部分都有不同的故事来源,但其中的第一、三、六、七和第八个故事都极大程度的取材于《亚瑟王本末》"。②

英国作家马洛礼根据各种不同来源的亚瑟王故事,较为系统地整理和改编了这些故事,把他们整合成为了一个体系,这就是《亚瑟王之死》(Le Morte Darthur)。马洛礼的《亚瑟王之死》成书于1469—1470年,书中蕴涵的英国骑士传统深刻地影响着后世的文学创作和文化观念的形成。这部书人物众多,故事主要围绕亚瑟王(King Arthur)和他的圆桌骑士(Knights of the Round Table)展开,以亚瑟王的一生为主线,圆桌骑士的丰功伟绩为辅,讲述了骑士世界里的一段又一段传奇历史,成为包容性很强的一部杰作。1485年,英国第一位出版商人卡克斯顿将《亚瑟王之死》进行分章分节刊印出来,才使得这些历史英雄人物的故事流传达到顶峰。

从亚瑟王故事的发展来看,最初从公元6世纪就已经在大不列颠民众口耳相传的故事一直到了蒙茅斯的杰佛里时代才终于落于纸上,这是一个漫长的过程。1485年的《亚瑟王之死》,跨越数百年的口头传说最终形成了类似于中国讲史话本的罗曼斯传奇,这是与民众的民间信仰分不开的,而民众信仰的精神核心就是这部作品彰显了英国的骑士精神与传统。

那么,这些故事中"骑士传统"的精神内核究竟是什么呢? 从古至今,人们说法不一,讨论一直在进行。虽然骑士制度早已灭亡,然而骑士传统中的精髓——骑士精神却经历了遥远的年代一直影响至今。在《大不列颠百科全书》(Encyclo-

①　Norris J. Lacy, General Editor, *Lancelot – Grail: The Old French Arthurian Vulgate and Post – Vulgate in Translation*《亚瑟王本末》, Cambridge: D. S. Brewer, 2010.

②　Norris J. Lacy, General Editor, *Lancelot – Grail: The Old French Arthurian Vulgate and Post – Vulgate in Translation*, Cambridge: D. S. Brewer, 2010. Preface: "*But for the English – speaking readers, the importance of the Vulgate is indicated most clearly by its influence on Sir Thomas Malory, who took the cycle as the principal of his numerous sources: although each part of his work has multiple sources, his first, third, sixth, seventh, and eighth tales were drawn largely or principally from the Vulgate Cycle.*"

pedia Britannica)中,骑士精神被描述为"尊贵与礼貌是骑士的行为规范"①;在《新编亚瑟王百科全书》(*The New Arthurian Encyclopedia*)中的解释则详细得多,主要内容为:骑士精神首先来自于政治和军事的制度,先是军事中的一种称呼——"骑马的人",后来象征着一种社会地位。"13世纪早期的专著《骑士制度》中列举了骑士的义务:热爱上帝以致为他流血;要具备正义感和忠诚感,保护穷人和弱者;保持外表的整洁和精神上的纯洁,远离和谨防淫邪的罪恶;……从不拒绝对女士或少女的保护,要有节制并且每天都要做弥撒。"②骑士精神被分成三个层面来理解:封建制度层面、宗教层面和骑士之爱(Courtly Love)层面。封建制度层面主要强调的是骑士对其领主和国王的军事义务,其中包括了勇敢、力量、忠诚以及对决斗技巧的掌握等各方面的要求;宗教层面与基督教文化结合较紧,强调德行高尚,其中不仅包括了基督教中的教义在现实生活中的指导和要求,还包括了骑士们必须保持纯洁,追求圣杯等;骑士之爱则是骑士对女性的爱慕和殷勤,被认为是一种高尚、典雅的爱情。《亚瑟王之死》体现了骑士精神中的三个层面丰富而生动的描写。

然而,《亚瑟王之死》的包容性却有着一个内在脉络,那就是以亚瑟王为中心的"英雄人物"的系列故事,或者干脆就叫"亚瑟王故事环"。这些故事的组合不是以某一个朝代的兴衰为线索,而是以那些英雄的骑士们的生命历程为线索。因此,它们不叫作"某某王朝史""某某宫廷秘史",而被称为"梅林故事""兰斯洛特故事""亚瑟王之死"等。可见,在怎样对待历史英雄人物故事采写的着眼点方面,英美民间故事与中国话本小说大相径庭、大异其趣。

三、文化差异所导致的不同着眼点

中华民族与英格兰民族在文化上的差异有许多可以比照的视角,但笔者认为最根本的一条就是中国人比较强调"整体性"原则,而英国人比较重视"个体性"精神。

即以"英雄崇拜"为例,中英不同的文化背景就造成了英雄人物具有本质差异的性格底蕴。这在中国话本小说和英美民间故事中有突出体现。

---

① Chivalry, Encyclopedia Britannica, *Encyclopedia Britannica Ultimate Reference Suite*《大不列颠百科全书》, Chicago: Encyclopedia Britannica, 2012.
② Chivalry, Norris J. Lacy: *The New Arthurian Encyclopedia*《新编亚瑟王百科全书》. New York & London: Garland Publishing, Inc., 1991.

　　中国的英雄人物只是在"上古神话传说"中有着"个性化"的流光一现,从春秋战国时代开始,几乎所有的英雄人物都不约而同地具有了对某一政治集团负责的"君主情结"。为了集团利益,甚至为了君主的个人利益,中华民族的英雄们可以抛弃自己的一切。中国的英雄特别强调"知遇之恩",只要某一个政治集团的领袖对某一位英雄有知遇之恩,这位英雄就得死心塌地地贡献自己的一切。战国时代"四公子"的养士,一方面"养"的是多种人才,另一方面"养"的就是为了"家国"利益而"泰山一掷轻鸿毛"的死士。《燕丹子》被认为是中国最早的小说作品,其中的荆轲刺秦王也就是为太子丹所代表的燕国利益卖命。此后,在以儒家思想为主导的传统文化影响之下,中华民族从英雄人物到庶民百姓的"整体化"原则逐步牢固。从汉魏到唐宋,几乎所有的英雄人物都没有什么个人的荣誉和利益,他们所承担的多半是"国家"重任。而当这些人物被宋元民间艺人纳入他们的"讲史话本"时,英雄们就必须依附于封建王朝的兴衰成败而存在,从而缺乏个体价值追求的动力。或者说,一开始他们有一些个体利益的考虑,然一旦跨入统治者的行列,或者成为叱咤风云的大人物之后,他们的价值取向就会自觉不自觉地向"政治化""集团化"的方向靠拢,最终被同质化。

　　这样的文化背景,不提倡、甚至不允许文学作品过分强调英雄人物的个性,他们的生死存亡、荣辱毁誉全都属于"王朝"而不属于个体。宋元讲史话本中的绝大多数的英雄人物终身追求的就是在"王朝兴衰"的过程中实现个人能量的最大化,从而在历史上留下浓墨重彩的一笔。或由平民经历将军直到当上皇帝;或不得已而求其次,当不上皇帝就当个开国元勋;再次,也要弄他个拜将封侯;实在时命不济,那就战死沙场而马革裹尸,博得个青史留名。在中国人看来,尤其是在中国古代的英雄人物看来,这种追求不仅是正常的,而且是正义的。

　　弄清了这种文化背景下英雄人物的价值取向,就可以进一步明白为什么宋元讲史话本中的英雄人物大多只有附着于王朝兴衰的历史线索才能大放异彩。

　　英格兰民族英雄崇拜的文化内核与中华民族不太一样。他们的英雄也追寻"正义",而且不同时代"正义"的内容和方式也不尽相同。就是在追寻过程中,英格兰特性逐渐形成,同时,也造就了英格兰的"骑士传统"。

　　社会意识形态与文化观念离不开时代历史背景。英法百年战争(Hundred Years' War)与红白玫瑰战争(War of the Roses)使英国封建制度的弊端处处显露。马洛礼参与了玫瑰战争,战争期间多次入狱,《亚瑟王之死》即在狱中写成。短短几十年间,英国的君主屡次更迭,社会动荡不安。在经济上,英国的"圈地运动"已经开始，自然经济开始走向衰败，资本主义经济萌芽，社会经济处于转型期，这一转型也孕育了新生资产阶级对改变现有的社会意识形态的诉求。来自于民族层面对文化观念与社会意识形态的渴望，要远远大于新生资产阶级的诉求。对于构建能够支撑整个民族的精神世界来说，文学作品会起到很大的作用。同时，文学也承载着这个民族的精神和梦想。

在文化方面，从1066年的诺曼底征服开始，英格兰文化还处于接受外来民族的语言和文化时期，可以说，这一时期尚处于一个"从属"文化状态。对于经历多次民族文化冲击和融合的英格兰来说，这一"从属"时期很快就结束了——经过两三百年之后，英格兰民族独有的文化观念在逐渐形成，其具有代表性的作品是乔叟的《坎特伯雷故事集》和《亚瑟王之死》。

《亚瑟王之死》的故事从口头流传变成了用一种统一语言叙述的故事，而且这种语言是当时流行于下层平民的现代英语的雏形。用当时民众通用的英语叙述国王贵族们的思想和生活，其中还充满了各种奇迹与传说。它在内容与形式上实现了一个民俗化的过程，极大地扩展了读者范围，这也骑士传统精神的传播创造了一个必要的客观条件。其次，书中宣扬的思想正是人们在这一社会转型时期排除焦虑的解药，骑士传统虽然是过去的旧思想和观念，但在这些传统思想与道德规范当中，人们仍然能够吸取新鲜的成分，"正义感"的体现就是其一，而"纯洁性"则是传统观念的体现。对这一时期的英格兰特性来说，人们虽然还没有刻意去参与构建这种共同价值，但他们却已经参与了这一活动。这也为后来的英格兰特性的发展奠定了一块基石。

英格兰特性是随着民族的形成而形成的。独有的文化观念的形成，除了社会经济、政治等各方面的影响之外，文学影响自然首当其冲。《亚瑟王之死》中描述的骑士传统对当时英格兰特性的形成和发展可谓影响深远。

具体而言，"忠诚""勇敢""虔诚""耐心"等一系列的词汇都可以用来形容"亚瑟王故事环"中英格兰骑士们的传统精神，然而，当我们用这些词来理解这种传统的时候，却发现骑士精神离我们已经很远了，直接定义它容易以偏概全。要分析这个时期的英格兰特性，关键还是要理解骑士传统精神在这个时期的转变——这种代表着封建社会的主流意识形态是如何演变或内化于适应社会发展的文化观念当中的。这里，重点谈谈"平等"问题，而这种观念强烈体现在骑士们的"决斗"过程之中。

《亚瑟王之死》中描写的骑士间的决斗，是中世纪骑士生活中最有特色的一项内容。决斗的前提是"平等"。书中的"圆桌制度"本身就是"平等"的代名词。"圆桌骑士"这一名称也非常明显地说明了"平等"这一信条是通用于骑士之间的,决斗也一样。在"平等"的条件下进行决斗,那么接下来的就是骑士精神中的"勇敢"了。在《政治正义论》(*An Enquiry Concerning Political Justice*)一书中,决斗是这样被分析的:

> 如果说勇敢具有可以理解的性质,它的主要表现一定是敢于在一切时候,对一切人,在正确理解的责任感可能要求的一切场合下,阐明真理。除了缺乏勇气,什么也不会阻止我说:"先生,我不接受你的挑战。是我伤害了你吗? 我会马上主动地纠正我对你哪怕是最微小的不公正。你对我有误会么?请对我详细说明,……我不是那种胆小鬼,因为经不起错误的人的嘲笑就去做违背良心的事情。丧失名誉是个严重损失。……"如果一个人坚定地讲得出这些话并且做得到,他一定会很快摆脱掉任何可耻的污名。①

这是英国 18 世纪政治哲学家威廉·葛德文(William Godwin)对决斗的理解。《亚瑟王之死》中的决斗并不全是以性命相搏,然而就"勇敢"意义而言,书中的骑士几乎都能勇敢地提出或接受决斗。由此还可看到另一个骑士精神的关键含义——追逐荣誉。决斗的目的在书中主要分为两种:一是为了荣誉,即为了领主、国王的利益或荣耀;二是为了女性,即骑士之爱。

如果说,英格兰的圆桌骑士们为"荣誉"而决斗是为了维护领主、君王的利益这一点与中国话本小说中英雄人物为君王血战沙场有着一定意义的"雷同"的话,那么,圆桌骑士们决斗的另一个目的是为了"女人"和决斗过程的"平等化"原则,则与中国话本小说迥然不同。

宋元讲史话本中,为了女人而格斗的英雄人物很难看到,在那里,女人多半是作为政治利益的牺牲品或红颜祸水论的证据而出现的,没有多少英雄人物在内心深处对她们保持真正意义上的尊重和呵护。儿女情长势必导致英雄气短,爱美人就有可能失去江山,这是中国古代几乎所有话本小说的基本观念。其实,这也正是一种"整体化"原则的曲折体现。而英国圆桌骑士的传说故事中,女人可以被骑士们当做心中的太阳,甚至达到高于一切的地步,这可能会让中国的英雄和读者

---

① 威廉·葛德文著,何慕李译:《政治正义论》,北京:商务印书馆,1980 年版,第 96 - 97 页。

感到不可思议。而这一点,恰恰是英国圆桌骑士传奇乃至整个英美民间故事中张扬英雄人物"个体人格"的一个窗口。因为只有摆脱"整体性"原则而强调个体生命意识的圆桌骑士们才会将"女人"当做"人"来看待,甚至是当做至高无上的"人"来看待。

另一点是关于"决斗"的平等体现,这又与中国话本小说所描写的英雄们之间的人际关系大相径庭。宋元讲史话本中的"英雄"们是永远不可能"平等"的。任何一个开国之君在当皇帝之前可能会和他患难与共的结义兄弟"平等"一阵子,但他一旦"登基"以后,这种"平等"就不复存在。甚至于,就在他们"打江山"的过程中,哪怕是结为兄弟,又何曾有过真正的平等? 即便是亲戚之间、亲人之间,这些英雄人物也不可能有真正的"平等"。刘备与关羽、张飞兄弟之间,李克用与李存孝父子之间,潞王与石敬瑭郎舅之间其实都没有真正"平等"过,更不用说李世民与薛仁贵君臣之间有什么"平等"。这些英雄人物之间,从来就没有真正的平等。而在英国的圆桌骑士们那儿,有时候是真正平等的。当他们环绕同一张"圆桌"而坐的时候,他们是平等的;当他们拔剑决斗的时候,他们也是平等的;甚至当两位英雄人物向同一女人竞献殷勤的时候,他们也是平等的。众所周知,不平等的等级划分,是符合"整体性"原则需要的,而"平等"、哪怕是在某一个特殊氛围中暂时的"平等",也是一种张扬个性的表现。

文化背景的不同产生了不同的文学作品——宋元话本小说和英美民间故事,而巨大的文化差异,又导致这两类作品虽同样取材于历史英雄人物故事却有着不同的着眼点:宋元话本小说是将英雄人物附着于历史得以表现,而英美民间故事则是直接描写英雄人物自身的历史。

第二节　出格:更大范围的文化回归与张扬个性的不归路

在中外文学作品中,往往会有一些"出格"的描写,宋元话本小说与英美民间故事也不例外。就历史题材的作品而言,所谓"出格",主要指的是思想、行为脱离伦理道德的正轨,或者就是一种"反常"表现。然而,宋元讲史话本与英美民间故事的"出格"描写,竟然也具有迥然不同的文化意蕴。

一、讲史话本对伦理道德多层次表达的中国特色

孔子的儒家学说博大精深，然其核心内容却是"仁"与"礼"的统一。"仁"所提倡的是"合同"关系，"同"指的是人类所固有的爱心，"合同"就是希望和合各种身份地位不同的人的"爱心"，大家相亲相爱。合同的原则是"亲亲"，所表达的是人与人之间的情感关系。孔子所说的"礼"指的是"别异"，也就是区别对待各种不同的人群，而这种区别又是以血缘关系的亲疏远近为标准的，是一种区分上下贵贱的等级观念。别异的原则是"尊尊"，所体现的是人与人之间的行为规范。在孔子倡导的早期儒学的思想体系中，"仁"与"礼"是两个最基本的范畴。仁受礼的制约，行仁不能超出礼所规定的范围，同时，仁又规定着礼的内涵。过于偏重"仁"而无视"礼"，就会上下不分、贵贱不明。相反，过分强调"礼"而无视"仁"，就会激化矛盾、影响社会稳定。那么，"仁"和"礼"二者之间有机结合的最佳状态是什么呢？孔子的答案是"中庸"。"庸"通"用"，"中庸"，就是"中用"，这是倒装短语，倒过来，就是"用中"，亦即"用乎其中"的意思，通俗一点说，也就是追求"中正""中和"的境界。"中庸"既是一种理想境界，也是一种方法论原则。"中庸"有两个对立面——"过"和"不及"。"过犹不及"，只有排除了这两种极端性的思维方式或行为准则，才能维系事物内部诸多矛盾的平衡、和谐、统一。

孔子的儒学，经过后世不同阶层人士各取所需的接受、改造，又形成很多伦理道德的观念或范畴。对于广大民众而言，最容易理解和接受的就是忠、孝、仁、义、礼、智、信等概念。一开始，这些概念在人们头脑中是平列的，同等重要。但是，当这些概念与所指导的行为发生矛盾时，人们就开始逐步区分这些概念的重要性和在各自心灵中的分量。每个人的选择都不会完全一样，甚至同一个人在不同的背景和时间段所作出的选择也可能有出入。然而，从全民族的"集体无意识"出发，还是有一定的普遍性原则的。譬如，当一个人"忠孝不能两全"的时候，社会主流意识形态会在不知不觉间引导人们去"舍孝全忠"，就连被孝顺的父母往往都会要求子女离开自己去尽忠报国。其他道德观念，在人们付诸社会实践的时候，往往也会有这种"多层次表达"的状况发生。然而，问题也就出在这里，当这种"多层次表达"不能维护和谐、统一、平衡的"中庸"理想状态时，或者说，某些人的某些行为超越了道德规范的"格式"时，这种行为就会被认为是"出格"。

文学作品全面反映人们的社会生活，宋元讲史话本又是广大民众喜闻乐见的文学样式，它当然更要在历史题材的故事中反映社会生活的方方面面，其中就包

括伦理道德的多层次表达。一个层次是正面反映忠、孝、仁、义、礼、智、信等道德观念,这方面的例子多如牛毛,是一种常态,此不赘述。另一个层次就是对超越伦理道德的"出格"描写,这是需要讨论的。还有一个层次就是建立在更大的伦理道德范围内"回归"的"出格"描写,这更是需要重点讨论的。

不妨先从一些普通民众的"出格"说起,如《全相平话乐毅图齐七国春秋后集》,写齐王被燕兵追赶,在淄河边向一洗衣妇人讨饭吃,妇人与饭吃罢,问:"官人姓甚?"王曰:"我乃齐王也。"妇人言曰:"可惜饭与这无道之君吃。"①齐国的臣民接济了逃难中的齐王一顿饭,过后在明确君王身份的时候,竟然当面表示可惜,并直接说对方是"无道之君",这种行为毫无疑问是"出格"的。与之相类似的还有《宣和遗事》中的一段描写:

> 又诏书颁行天下,将元祐贤臣籍做奸党,立石刊刻姓名。时诏至长安立石,有石匠姓安名民的,复官道:"小匠不知朝廷刻石底意,但听得司马温公,海内皆称其正直忠贤,今却把做奸邪,小匠故不忍刻石。"官司怒,要行鞭挞。安民泣道:"小匠刻则刻也,官司严切,不敢辞推;但告休镌'安民'二字于石上,怕得罪于后世。"官吏闻之惭愧。②

区区石匠,一介小民竟然敢于议论朝廷得失,且义正辞严,令官吏闻之惭愧。这里所表达的,毫无疑问也是一种"出格"的行为。

还有更大的"出格",《全相平话武王伐纣书》中周武王以臣伐君;《全相平话秦并六国》中秦王将周天子分封的诸侯全部吞掉,自己做了"始皇帝";《新编五代史平话》中一连串短命王朝的更迭大都是源于前代君王殿下之臣反叛自立。这些行为,均属于"犯上作乱",与"忠君""君为臣纲"的思想是格格不入的,是一种最大的"出格"。更为典型的"出格"行为在《全相平话武王伐纣书》中,作者歌颂了商纣王的儿子殷交以臣伐君、以子伐父的双重叛逆。尤其是最后殷交"斩纣王"一段:

---

① 钟兆华著:《元刊全相平话五种校注》,成都:巴蜀书社,1990 年版,第 130 页。
② 曹济平校点:《宣和遗事》(《宣和遗事等两种》),南京:江苏古籍出版社,1993 年版,第 11 页。

太公传令,教建法场。大白旗下斩纣王,小白旗下斩妲己。帝问曰:"教甚人为刽子?"问一声未罢,转过殷交来:"奏陛下,小臣愿为刽子。陛下听吾诉之。"曰:"纣王昔信妲己之言,逐臣到一庙中,似睡朦胧。赐臣一杯酒,饮之,力如万人,又赐臣一具百斤大斧,教斩无道之君,以此神祇所祝,臣合为刽子。"武王曰:"据有此事,依何之言。"……武王并众文武尽言:"无道不仁之君,据此,合斩万段,未报民恨。"言罢,一声响亮,于大白旗下,殷交一斧斩了纣王。①

　　殷交"斩纣王",按照封建社会的伦理道德而言,是绝对的大"出格"行为。为什么从作者到读者的几乎所有的中国民众并不去谴责殷交呢? 这只要看一看书中的另外几处描写就明白一切了:"比干闻言大哭,久之言曰:'君主不明,自乱天下,弃妻斩子,不修国政,乃信妇人之言,不信忠臣之谏。'"(《全相平话武王伐纣书》卷上)②"每日纣王共妲己在摘星楼上,取乐无休。万民皆怨不仁无道之君,宠信妲己之言,不听忠臣之谏,损害人民之命。"(《全相平话武王伐纣书》卷中)③由此,就可以明白为什么殷交斩纣王这种以臣杀君、以子杀父的双重叛逆行为会得到广大读者的理解和接受,会得到作者的赞扬和称许。因为殷交杀的并不是他私人情感的"父亲",也不是正常情况下大臣心目中的"君王",而是一个独夫民贼、无道昏君。正如书中所写到的殷交太子的决心:"必杀无道之君,不顾其父。"(《全相平话武王伐纣书》卷上)④其实,这已经不是"殷交"视角,而是广大民众的立场,殷交"斩纣王"所代表的是人民大众的民心所向。平民百姓最关心的,并非殷交投奔周武王反过头来斩杀其君其父的行为是否合理,也不在于周文王周武王父子消灭商纣王在君位继承的血统关系方面是否合法,人民所关心的只是君王本身的"有道"或"无道"、他们施行的是"仁政"还是"暴政"。下面这段描写明确地表达了这种民心所向:

　　礼毕,姬昌仍旧且理天下,重赏三军,轻收差税,重修有道,除去不仁;济赡生民,恤孤怜寡,招贤良,用忠直。天下军民尽喜。画地为牢,刻本为吏;治

　　① 钟兆华著:《元刊全相平话五种校注》,成都:巴蜀书社,1990年版,第87 - 88页。
　　② 钟兆华著:《元刊全相平话五种校注》,成都:巴蜀书社,1990年版,第18页。
　　③ 钟兆华著:《元刊全相平话五种校注》,成都:巴蜀书社,1990年版,第41页。
　　④ 钟兆华著:《元刊全相平话五种校注》,成都:巴蜀书社,1990年版,第19页。

政恤民，囹圄皆空；行人让路，耕夫垂道，结绳为政，坐朝问道；吊民伐罪，三分天下有其二，以服事殷，周乃行仁政之德。"(《全相平话武王伐纣书》卷中)①

　　从这个意义上讲，武王伐纣，其实也就是以有道伐无道，以仁政取代暴政。这种思想，并非仅存于《全相平话武王伐纣书》之中，在所有的宋元讲史话本中都有这方面的表现，例如，《全相三国志平话》在叙述"三国因"的时候，就有这么一段奇思妙想："这秀才姓甚名谁？复姓司马，字仲相。坐间因闷，抚琴一操毕，揭起书箱，取出一卷文书展开，看至亡秦南修五岭，北筑长城，东填大海，西建阿房，坑儒焚书。仲相观之，大怒不止，毁骂始皇。'无道之君！若是仲相为君，岂不交天下黎民快乐！'"(《全相三国志平话》上)②

　　当皇帝是为了天下黎民快乐，这是一种非常崇高的政治理想。但是在实现这个理想之前，必须要进行一个非常"出格"行为：消灭旧君王。现存的几部宋元讲史话本多写乱世，而乱世之所以"乱"，其根源正在于历朝历代末世君王的昏庸、残暴。但对于讲史话本的编撰者、讲述者而言，要想写好这一改朝换代过程中的人物和故事，就势必涉及一个很难处理的问题：几千年的正统观念、皇权天授的思想与人们改良政治的强烈愿望的矛盾。因为在位的正统君王并非每一个都是"有道明君"，尤其是其中有些"无道昏君"甚或"暴君"却稳稳坐在"君权天授"的正统宝座上，给国家、民族、民众带来无以复加的痛苦和灾难。必须打倒这些昏君，但打倒他们必须找到理论根据，为"出格"的行为寻求更为广阔的伦理道德空间。宋元讲史话本的作者们终于找到了一个理论：天下非一人之天下，有德者居之。请看话本小说中的曹操对于改朝换代的立论：

　　　操曰："帝不闻尧、舜、禹、汤，有德者立。"帝曰："谁为有德者？"曹相言："臣子曹丕，天下皆称，可立为天子。"无半年，长安西南五十里有一村，名凤凰村，此处筑一台，名受禅台。……曹丕受禅台，众官贺新君，改年号黄初元年，即帝位。(《全相三国志平话》下)③

―――――――

①　钟兆华著：《元刊全相平话五种校注》，成都：巴蜀书社，1990年版，第48页。
②　钟兆华著：《元刊全相平话五种校注》，成都：巴蜀书社，1990年版，第371页。
③　钟兆华著《元刊全相平话五种校注》，成都：巴蜀书社，1990年版，第472－473页。

曹操的说法虽然是为自家儿子当皇帝制造舆论,但也并非空穴来风,而是大有理论根据的。《吕氏春秋》中早就涉及这一问题:"天下,非一人之天下也,天下之天下也。"(《孟春纪第一·贵公》)①而汉代谷永对这一问题的论述更为透彻:"臣闻天生蒸民,不能相治,为立王者以统理之,方制海内非为天子,列土封疆非为诸侯,皆以为民也。垂三统,列三正,去无道,开有德,不私一姓,明天下乃天下之天下,非一人之天下也。"(《汉书·谷永杜邺传》)②

正是在这种理论的指导下,人们才可能承认周武王吊民伐罪、魏蜀吴三分天下、殷交太子斩杀纣王、残唐五代军阀灭国弑君的合理性,并且在宋元讲史话本中反复宣扬、大力表彰。而且,在宋元讲史话本演变而成的明清章回小说中,这种思想得到愈来愈强烈的反映。由《全相三国志平话》演变而成的《三国志通俗演义》中,"天下者,非一人之天下,乃天下人之天下也,惟有德者居之"之类的言论至少六次分别出自王允、薛综、诸葛亮(二次)、张松、华歆之口,而在《新编五代史平话》的后裔《残唐五代史演义传》中对此更有一针见血的阐述:

> 左仆射张文蔚曰:"陛下差矣!古之帝王,无德让有德,自古皆然。天下者,非一人之天下,乃天下人之天下,须不是陛下祖宗自古传到今。请陛下思之。"(《残唐五代史演义传》第三十五回)③

根据《全相平话武王伐纣书》发展而来的《封神演义》中,主人公姜子牙也说过类似的言论:"老将军之言差矣!尚闻:'天下者非一人之天下,乃天下人之天下也。'故天命无常,惟眷有德。"(《封神演义》第九十四回)④

这一口号的鼓吹,实际上是为那些洞察人心背向、顺应历史潮流、起而取代旧王朝的历史英雄们的"不合法"的行为制造"合理"的舆论。

上述而外,其他讲史话本亦大略如此。它们多写乱世、多写朝代更替本身就蕴含着一种与占统治地位的统治者的思想相悖逆的意味。所有这些都是"出格",是不成体统的"出格"。而这些"出格"的叛逆思想,无论其后来如何变化,总是一

---

① 吕不韦撰,高诱注:《吕氏春秋》(《二十二子》),上海:上海古籍出版社,1986 年版,第 631 页。
② 班固撰:《汉书》,北京:中华书局,1962 年版,第 3466 – 3467 页。
③ 王述校点:《残唐五代史演义传》,北京:宝文堂书店,1983 年版,第 139 页。
④ 许仲琳编:《封神演义》,济南:齐鲁书社,1980 年版,第 974 页。

种以下犯上的行为。究其实,这种"出格"的意识形态并非来自某些文人的头脑之中,其发源地正在广大民众之中。这里有一个顺理成章的逻辑过程:宋元讲史话本所描写的历史王朝更迭.多半是因民众的反抗所引起的,在《全相平话前汉书续集》《全相三国志平话》《新编五代史平话》《宣和遗事》中,也都分别写到了秦末、汉末、唐末、宋末的农民大起义。而民众之所以反抗,多半是因封建王朝的统治者的施行"暴政"所引起的;而民众之所以铤而走险反抗"暴政",无非是希望统治者施行仁政而已。因此,宋元讲史话本描述的这些反对暴政、渴望仁政的故事,所表现的正是包括讲史话本的作者和读者在内的广大人民群众的民心所向和历史诉求。进而言之,如果鸟瞰中国封建时代历史发展的长河,这种"拥护仁政、反对暴政"的思想,恰恰是中华民族最大的伦理文化。

宋元讲史话本用民众心目中博大的伦理道德观念去解释某种破坏传统伦理道德的"出格"行为,这种做法,其实是一种带有更大实践意义和适用范围的传统文化回归。这种文化回归,是建立在孔子"仁者爱人"(樊迟问仁。子曰:"爱人。")①的认识基点上的,也是符合孟子"民为贵,社稷次之,君为轻"②的仁学思想的,因此,它是带有中国特色的伦理文化书写。

二、英美民间故事渴望人性自由的执着诉求

英美民间故事中,描写"出格"的人物、行为的内容也有不少,如《北美印第安故事集》中的"惹事者"、《艾凡赫》中的绿林大盗罗宾汉等。但这些人物都不是历史上的著名英雄人物,更不是帝王将相,故而他们"出格"的故事将在"现实生活题材"的相关章节中展开分析。这里,主要还是来看看英美民间故事在那些重量级的人物的"出格"行为透露出什么样的文化意义。

在英国作家马洛礼的小说《亚瑟王之死》中,与爱情相关的叙事很多,不妨先看这方面一个小小的"出格"故事。

特里斯丹骑士与公主伊索尔德的爱情故事在马洛礼编写《亚瑟王之死》之前就已经独立存在。《亚瑟王之死》第八卷,主要讲述的就是特里斯丹(崔思痛)的传奇故事,其中写到特里斯丹与公主伊索尔德相遇,双双萌生爱情:"君王特别优待崔思痛骑士,就把他交托给自己的女儿去照顾,她就是尊贵的外科医生琦秀·

① 刘宝楠撰:《论语正义》,北京:中华书局,1990年版,第511页。
② 杨伯峻译注:《孟子译注》,北京:中华书局,1960年版,第328页。

婉儿。她检查他伤口的深处，发现有矛毒的存在，可是不多时就把他医好了；从此崔思痛就热烈地爱上了绮秀·婉儿，绮秀是当时世上最美丽的贵族女郎。崔思痛教她弹竖琴，她也开始对他发生了美丽的幻想。"①（这段描写中的"君王"指的是安心国王，崔思痛为《亚瑟王之死》旧版本中特里斯丹（Tristan）的翻译，绮秀·婉儿为《亚瑟王之死》旧版本中伊索尔德（Isolde）的翻译。）后来，情况发生了出人意料的变化，崔思痛一方面向安心国王提出："我全心全意向您请求的，就是求您把公主绮秀·婉儿交给我；这不是我想要他，乃是为了我的舅父马尔克王；因为他很希望娶她做王后，我也曾经允过，代他办理这件事。"②但另一方面，当安心国王答应了这门婚事并且派崔思痛护送绮秀·婉儿嫁给马尔克王的途中，这两个爱恋着的青年男女又"同进爱杯"，喝下了情深意长的美酒：

　　他们又说又笑地彼此对饮，都认为是从未喝过的，又香甜又可口的美酒。他们把酒咽下喉咙，传到全身，就能从此相敬相爱，心心相印，不论祸福得失，他们之间的爱情，永久存在。崔思痛骑士和绮秀·婉儿这样的一见倾心，爱到了终生不曾变心。（第八卷第二十四回）③

　　崔思痛的行为，中国读者大多会感到不可思议，而这种不可思议的行为，其实也就是一种"出格"。首先，他竟然提出将心爱的女人嫁给自己的舅父，这是不合伦理、人情的双重"出格"。后来，他在护送绮秀·婉儿嫁给舅父的途中，居然又和这个女人"同进爱杯"，面对着未来的"舅母"，他表现出"心心相印""永久存在"的爱恋。这更是一种"乱伦"的爱，毫无疑问更是"出格"。但是，从崔思痛故事的早期传播到《亚瑟王之死》的作者，似乎没有任何人来非议、谴责这种"爱"，反而大力歌颂赞扬。这当然与西方的道德观念与中国不同有关，这个问题，下面再分析。现在要弄清楚的是，崔思痛为什么要这样做？这样做体现了什么？

　　为什么要将自己心爱的女人嫁给舅父？崔思痛自己回答得很清楚："因为他

---

① ［英］托马斯·马洛礼著 黄素封译：《亚瑟王之死》，北京：人民文学出版社，1960版，第323页。
② ［英］托马斯·马洛礼著 黄素封译：《亚瑟王之死》，北京：人民文学出版社，1960版，第351页。
③ ［英］托马斯·马洛礼著 黄素封译：《亚瑟王之死》，北京：人民文学出版社，1960版，第352页。

很希望娶她做王后,我也曾经允过,代他办理这件事。"也就是说,作为马尔克国王的舅父希望娶安心国王的女儿做王后,而且,作为晚辈的崔思痛曾经答应玉成此事。因此,即便自己爱上了这位公主,也要实践诺言。这种做法,虽然与中国的"信"有点相像,但却比中国人的诚信更带有"个性特色"。至于护送"舅母"而又旧情难断,所体现的就更是崔思痛这样的骑士渴望自由的精神,是这位英雄人物为了一己私情而不顾一切的极端"个性",而且是忘掉一切的随心所欲的执着个性诉求。当然,崔思痛与其舅父马尔克国王的关系是不可能处理好的,他们之间矛盾不断,最终,这位"忘情"而又"多情"的"出格"人物来到了亚瑟王朝廷,做了第二骑士。

相比较而言,亚瑟王朝廷第一骑士兰斯洛特和桂乃芬王后的恋情更为引人注目,也更具"出格"意味。

毫无疑问,兰斯洛特是《亚瑟王之死》中的一个英雄形象。兰斯洛特正式登场后,作者更是对他各方面的事迹作了精彩的描述。他是亚瑟王最信任的骑士,他曾经履行骑士精神和施展高超武功,救出了一个少女。他的英雄特质,尤其是他乐于助人的性格和英勇正义的形象在书中多次得到淋漓尽致的表现。总之,《亚瑟王之死》中的兰斯洛特武艺超群、胆识过人、气宇轩昂、举止高贵,他与大多数读者对某一位英雄人物审美期待是完全吻合的,因此,广大读者也就自然而然接受了这么一位具有阳刚之气和高贵品格的英雄人物。

然而,在兰斯洛特作为一个英雄形象留在许多读者的脑海的同时,他的"出格"表现却让故事发生了翻天覆地的变化。他虽给予亚瑟王许多帮助,但因与王后格尼薇尔(Guenivere)相恋,他背叛了亚瑟王,并且导致了圆桌骑士团的分裂。

兰斯洛特的爱情故事是和整个亚瑟王之死的情节息息相关的。兰斯洛特和桂乃芬(格尼薇尔)王后的爱情,在某种程度上导致了亚瑟王的死。兰斯洛特、桂乃芬王后和亚瑟王之间形成的三角关系被视为英国"亚瑟王传说"系列中的经典。兰斯洛特身为亚瑟王朝的第一骑士,不但武艺超群,而且具有高尚的骑士精神和优雅的风度,最重要的是,桂乃芬王后对他一见钟情。他和桂乃芬王后的爱情可以用风雅来形容。在《亚瑟王之死》第十八卷和十九卷中有很多关于他们之间爱情的描写:

　　　　郎世乐(或译兰斯洛特)回来之后,又同桂乃芬王后开始暧昧起来,把追求圣杯的时候,要保持身心纯洁的誓言,置诸脑后。……他一心只想念着王

后,甚至比以往更热烈万分,两人私下里幽会,惹得全朝上下人等闲言琐语,侧目相向。(第十八卷第一回)①

郎世乐拾起宝剑,秘密来到预先放置一只扶梯的地方,他一手挟着扶梯,走进花园,将梯子依靠王后的楼窗立着,凭梯爬上,王后等候已久了,他俩隔着窗子谈心,叙述了别后的惊险遭遇。……且说郎世乐骑士急忙跳到王后床上一同睏去,竟忘却一只受了重伤的手掌,只贪纵情欢乐,直到东方大白为止。"(第十八卷第六回)②

兰斯洛特和桂乃芬王后相识,然后产生爱情,接着他们为了相互间的情感满足,千方百计地避开亚瑟王,开始了轰轰烈烈的地下恋情,这个过程经历了不短的时间。然而,当这段爱情进行到高潮的时候,亚瑟王发现了这个秘密,旋即,整个爱情分崩离析,经过一系列的风云变幻之后,形成悲剧结局:兰斯洛特做了隐士,桂乃芬郁郁而死。

兰斯洛特与桂乃芬王后的爱情,是为世俗所不容的一种"禁爱",是一种严重的"出格"行为。这种"禁爱"主要来自于伦理方面的"出格",是对君臣关系的背叛,是情欲与人伦之间水火不相容的"错误"爱情,而且,这种伦理与等级双重叛逆的"出格错爱"最终以悲剧收场。然而,爱情刚刚开始的时候,一切都是美好的,所有的事情正如马洛礼描写的那样,似乎亚瑟王永远不会发现这个秘密。作者对他们的爱情叙事在达到高潮之前一直是一帆风顺的。在逐渐达到高潮之后,这段爱情立即陷入危机,而且是一石激起千层浪。作者通过生动的描写告诉读者:这镜中花水中月般的爱情终究是虚幻的,它们不可能功德圆满。这段"禁爱"随着国王的"发觉"和"发现"而进入低谷,甚至跌入万丈深渊。这段故事的叙事线条正如一个抛物线,从低到高,逐步到达顶点后却又一落到底。从这个角度来看,英国人的伦理道德观与中国人似乎并没有什么差异。

但是,换一个角度看问题,情况立马复杂起来。故事中的男主人公兰斯洛特对这种"出格的禁爱"的追求却又是痴迷而执着的,甚至到了舍生忘死的地步。这位亚瑟王手下的第一骑士始终坚持着自己的色欲和恋情,从而破坏了双重的纲常

---

① [英]托马斯·马洛礼著 黄素封译:《亚瑟王之死》,北京:人民文学出版社,1960版,第898页。
② [英]托马斯·马洛礼著 黄素封译:《亚瑟王之死》,北京:人民文学出版社,1960版,第962—963页。

伦理。更为令人瞩目的是,兰斯洛特甚至将这种极端个性化的情绪发展到极致,当他与王后的地下恋情被亚瑟王发现之后,他不是恐惧,而是更有激情,尤其是当格尼薇尔王后即将被亚瑟王处以火刑的时候,第一骑士兰斯洛特竟然单枪匹马杀入重围,他要解救王后。那场面是惊心动魄的:

> 他得信以后,立时偕同各个战友,飞马赶到火场。凡是抗拒他们的,全被打死。因为郎世乐的武功特高,所向无敌,所有披戴武装的优秀骑士,一经交锋,当时送命。在这次战役死亡的,计有奥鸠拉斯的比雷安士骑士、莎各瑞茂骑士……伯突莱浦骑士和薄利蒙奈斯骑士,最后两个,一名绿骑士,一名红色骑士。(第二十卷第八回)①

在这样一场令人荡气回肠却又生死攸关的战斗中,当场送命的骑士就有二十四名。后来,兰斯洛特又逃回法国迎战亚瑟王,在"背叛"的路上越走越远。这种行为,在中国的文化氛围中,一般不会被接受,除非亚瑟王是一个十恶不赦的暴君。但即便如此,也没有人可以想象如同商纣王那样的暴君没死之前,他的某一个臣下会将妲己抢过去做老婆,甚至为了一个女人与君王大打出手。更何况,亚瑟王根本就不是一个暴君。

然而,人们阅读了《亚瑟王之死》以后,奇妙的审美效果发生了。很多读者不知不觉或者自欺欺人地逐步接受了兰斯洛特的"出格禁爱"故事,并且为书中随之而来的情爱高潮的描写欢欣鼓舞,从而得到一种审美享受。尽管在悲剧发生之前,甚至在故事一开始的时候就有很多读者已经预见到这种"出格禁爱"的悲剧结局,因为现实终究是残酷的,爱情必须接受伦理道德的约束。几乎所有读者都会看到这种悲剧的结尾,而作者也实事求是地描写了这种悲剧结局。然而,作者却不动声色地通过生花妙笔引导读者在阅读过程中不断产生的一种联想:这段爱情是如此的完美,如果除去君臣之间的伦理矛盾,也许它们可以称为世间少有的纯粹爱情了。且看作者对兰斯洛特救出王后之后的一段描叙:

> 他便冲到桂乃芬王后的跟前,用一件外衣把她包着,抱到马上,放在背

---

① [英]托马斯·马洛礼著 黄素封译:《亚瑟王之死》,北京:人民文学出版社,1960版,第998页。

41

后,还劝她宽心,免得受吓。这时,王后能得死里逃生,她的快乐情趣,读者可想而知。随后她一再感谢上帝和郎世乐骑士。他们两个便同骑而去。据法兰西文著作所记,后来抵达了快乐园,郎世乐安顿桂乃芬在这里殷勤招待,尽了英雄爱护美人的责任。(同上)①

尽管后来是一个悲剧的结局,但这一段带有诗情画意的英雄美人的故事还是打动了很多读者。兰斯洛特和桂乃芬王后之间的爱情是人间真爱吗?这种"爱"可以被允许吗?这就是马洛礼在小说中设下的一个矛盾,这个矛盾深深地隐藏在人们在对真爱的追求和对禁爱的摒弃之中。真爱的追求来自于人们的情感层面,而禁爱的摒弃来自于道德的约束。说到底,人们处于情感和道德相互矛盾的阅读心理,使这个爱情故事的叙事极富张力贯穿全程。这段故事的叙事张力还来自于人们对美好事物的追求,这段爱情在开始的时候是美好的,读者的思维也存在着惯性,在大家不断追求幸福美好的同时,即使出现了情节上的大转折,即使悲剧即将发生,但是读者不免会将自己想象层面的美好结果去比较现实中出现的悲剧。"如果某某事情没有发生,那么故事的结局一定很美好"的思维定式经常在悲剧发生后萦绕在读者的读后感里。读者内心深处不希望美人死去,也不希望英雄对自己心目中美丽的情人见死不救,在这一强烈的审美期待中,读者甚至可以一定程度上无视甚或原谅这对"英雄美人"的"出格"——王后的不贞和兰斯洛特的叛逆。这就是人们向善(追求和谐团圆)、耽美(沉溺于美好境界)的复杂心态的一种具体体现,其实也是人类在面临痛苦与悲剧的折磨时的一种可望而不可及的"镜花水月"般的梦幻追求。但必须指出:这种梦幻追求是反理性的,是充分人性化、个性化的,同时它本身也是"出格"的。

事实证明,正是英国民间故事中如同崔思痛、兰斯洛特这样的骑士英雄人物渴望人性自由的执着诉求,导致了作为读者的我们的思维"出格"。

三、突破·回归·绝境的凄美

以上,笔者分别列举和分析了宋元讲史话本和英美民间故事中的一些"出格"描写,那么,中外这些"出格"描写在文化蕴含和审美意味方面有什么异同之处呢?

---

① [英]托马斯·马洛礼著 黄素封译:《亚瑟王之死》,北京:人民文学出版社,1960版,第998页。

首先必须肯定，二者所描写的这些"出格"的故事都是一种突破，一种历史性的进步。在这一点上，宋元话本小说与英美民间故事是具有共同性的。试想，如果宋元话本小说中没有那些"有道伐无道"的"出格"描写，即便君王再昏庸残暴也不能悖逆，那广大民众不是永远生活在水深火热之中？武王伐纣，秦末起义，黄巾起义，唐末起义，都是犯上作乱的行为，但如果没有这些"出格"的行为，历史岂不是将永远由商纣王、秦二世、汉灵帝、唐僖宗这些或残暴、或偏狭、或昏庸、或幼稚的无道君王"书写"下去？英美民间故事中的"出格"描写，虽然不像宋元讲史话本那样带有强烈的政治性色彩，但书中人物的行为也是一种突破：对传统旧道德的突破；也是一种进步，人性冲越伦理的进步。崔思痛将心爱的女人"让"给舅父的时候，是一种人性向伦理的屈从；而他与走向婚姻的"舅母"共饮"爱杯"的做法，则是人性对伦理的突破。因为公主绮秀·婉儿根本就不爱马尔克国王，她爱的是崔思痛。她之所以嫁给马尔克国王，一是充当两国政治联姻的工具，二是帮助心上人兑现诺言。而当书中描写崔思痛与绮秀·婉儿这种"出格"的真爱挑战伦理、挑战政治联姻的时候，读者看到的应该也是一种人性的突破和进步。

然而，宋元讲史话本和英美民间故事各自描写的这些"出格"故事的文化指向却是迥然有异的。大体而言，宋元讲史话本的"出格"描写最终是向着更大的文化视阈的"回归"，而英美民间故事"出格"人物所面临的则是永远向前的"不归路"。

宋元讲史话本的"出格"描写，其实是一种带有更大实践意义和适用范围的传统文化回归。这类例子在前面已经列举了不少，下面再看一个与"爱情"相关的例证。

吕布与貂蝉的故事，在历史上是不存在的，但在民间讲唱文学中却被"炒"得沸沸扬扬。而宋元讲史话本《全相三国志平话》在中间起到了极大的作用。这段故事的起因在书中是这样写的：

> 王允归宅下马，信步到后花园内小庭闷坐。独言献帝懦弱，董卓弄权，天下危矣！忽见一妇人烧香，自言不得归乡，故家长不能见面。焚香再拜。王允自言："吾忧国事，此妇人因甚祷祝？"王允不免出庭问曰："你为甚烧香？对我实说。"唬得貂蝉连忙跪下，不敢抵讳，实诉其由："贱妾本姓任，小字貂蝉，家长是吕布，自临洮府相失至今，不曾见面，因此烧香。"丞相大喜："安汉天

下,此妇人也!"(卷上)①

这是一段意味深长的描写,丞相王允与侍姬貂蝉在后花园邂逅,二人都是忧心忡忡。然而,二人所"忧"的对象却不大一样:丞相所忧为国,侍姬所忧为家。这本来是两件"同中有异"的情感,不料,却被作者捏合在一起。王允了解到貂蝉之"忧"后,居然得出一个令人匪夷所思的结论:"安汉天下,此妇人也!"为什么这样说?王允随即实行的计划就是利用貂蝉的"忧家"来解决自己"忧国"的问题。说得直率一点,就是利用吕布与貂蝉的夫妻关系来离间吕布与董卓的父子关系,最终达到让吕布杀掉董卓为国锄奸的目的。这样,就势必以貂蝉为诱饵来实施"连环计"。

王允实施连环计的过程大家比较熟悉,此不赘述。总之,王允计划实现,吕布杀了董卓:

> 吕布提剑入堂,见董卓鼻息如雷,卧如肉山,骂:"老贼无道!"一剑断其颈,鲜血涌流,刺董卓身死。吕布速忙出宅,奔走于丞相宅内。王允急问:"为何?"吕布具说其由。丞相大喜曰:"温侯世之名人,若不杀董卓,汉天下危如累卵!"说话间,门人报曰:"外有李肃提剑来寻吕布。"丞相火速出宅,见李肃至曰:"吕布杀了太师身死,我若见吕布,碎尸万段!"王允曰:"将军错矣。今汉天下四百余年,尔祖李广扶持汉室。今董卓弄权,吕布除之,尔言杀吕布,天下骂名,不类尔之上祖。可以除昏立明,是大丈夫也。"李肃掷剑在地,叉手曰:"丞相所言当也,请温侯说话。"二人相见,吕布具说董卓无道。李肃大怒:"吾不知其是。"(卷上)②

此段描写,有一个令人瞩目的地方:吕布和王允杀董卓的动机是否完全相同?答案显然是否定的。吕布杀董卓,主要是出自"夺妻之恨",而且是"翁霸子媳"的"乱伦"的夺妻之恨。尽管董卓一直被蒙在鼓里,并不知道貂蝉是吕布的原配,但在吕布看来却完全是这么一回事。因此,当吕布举起宝剑刺向"义父"的时候大骂董卓"老贼无道",主要指的就是太师"翁霸子媳"的无道。王允却完全不同,他从

---

① 钟兆华著:《元刊全相平话五种校注》,成都:巴蜀书社,1990年版,第391页。

② 钟兆华著:《元刊全相平话五种校注》,成都:巴蜀书社,1990年版,第392页。

一开始设计除掉董卓就是为了国家大事,为了大汉基业。因此,当吕布杀了董卓来丞相府避难时,王允对吕布行为的鼓励并不是"将军了却夺妻之恨"一类的话,而是"温侯世之名人,若不杀董卓,汉天下危如累卵",完全是政治视角。随后,当董卓的亲信李肃杀上门来找吕布寻仇的时候,王允对李肃的一番开导也是站在政治立场上说话的。这样,一个有趣的现象就出现了:吕布出于"情感"而杀董卓,他的理由是作为"义父"兼"上司"的董卓在伦理问题上"出格"在先,因此,作为"义子"兼"属下"的吕布就可以在伦理问题上"出格"于后。董卓"翁霸子媳"于前,吕布就可以"以子弑父"于后。这就是一个"情感"冲决"伦理"的"出格"行为。但是,这一切又都在王允的掌控之中,是王允利用吕布除掉董卓,而王允的行为所昭示的却是更大的伦理范畴——"为国锄奸"。如此一来,事件的结果就从双重出格的"突破"又"回归"到更大的伦理文化视阈。

《全相三国志平话》中吕布、貂蝉、董卓之间的关系与《亚瑟王之死》中兰斯洛特、桂乃芬王后、亚瑟王之间的关系有惊人的相似之处——"乱伦"与"女色"之关联。当然,这两个三角关系之间并非纯然相同,甚至在人际关系中出现截然相反的情状。《全相三国志平话》是"翁霸子媳"而"以子弑父",《亚瑟王之死》中却是"臣占王妻"进而"刑场救美"。然而,就在这些关键词中,已经让人看到了二者之间由于文化差异而造成的文学描写的巨大差别。吕布的"出格"行为被王允"设计"而回归到更大的伦理文化视阈,兰斯洛特却踏上了为自己"出格"行为承担罪责的"不归路"。

当兰斯洛特救出了桂乃芬王后以后,他就站到了与亚瑟王对立的立场。在《亚瑟王之死》第二十卷的第十回,亚瑟王向兰斯洛特发动了战争,后来,经过教皇颁布训谕,双方媾和,兰斯洛特将桂乃芬王后交还亚瑟王。国王的外甥卡文英骑士绝不放过兰斯洛特,因为在兰斯洛特搭救王后的过程中,卡文英的两个弟弟被杀死。此时,他对兰斯洛特说:"假使我们还没奉到教皇的训谕,我要一命抵一命的,在你身上证明你是个出卖国王和我两人的叛徒,今后即使你离开了,不论你走到哪里,我也不愿放过你啊。"(第二十卷第十六回)[1]在这种咒骂声中,兰斯洛特只得离开国王和快乐园走向海边。随后,他渡过大海,又遭到亚瑟王和卡文英骑士的追击,在兰斯洛特建立的新领地,他们发生了殊死战斗。后来,因为亚瑟王国

---

① 　[英]托马斯·马洛礼著 黄素封译:《亚瑟王之死》,北京:人民文学出版社,1960 版,第 1016 页。

内发生另外的事变,他们撤兵回国。在回国平叛的过程中,亚瑟王和卡文英骑士先后离世,桂乃芬王后做了修女。最后,兰斯洛特回到英格兰,见到了桂乃芬。桂乃芬对兰斯洛特说:"郎世乐骑士啊,我真诚地求您明了,正由于我俩过去的恩爱;今后您永远不能再见到我了;靠了上帝的恩典,我嘱咐您不要再同我作伴,您尽速回国,将国家治理太平,切勿轻易用兵,招致了战乱和破坏。"兰斯洛特向桂乃芬提出:"夫人啊,请您最后同我亲一次吻吧。"王后答道:"不可以,不可以,您永远不要这样想吧。"(第二十一卷第十回)①故事的结局是桂乃芬忧郁而死,兰斯洛特患病身亡。他们所走的,是一条在痛苦和忏悔中通往死亡的不归路。

宋元讲史话本中乱世英雄"出格"行为最后的结局大都是完满的,通过这种完满结局的设置,作者向读者表达了一种在更高层面的道德领域回归的精神追求。《全相平话武王伐纣书》中殷交用大斧头砍死父亲商纣王之后,作者用四个字表达当时的场景:"万民咸乐。"②《宣和遗事》中宋江等人"掠州劫县,杀人放火"大闹一通之后,作者又写他们"三十六人归顺宋朝,各受武功大夫诰敕"。③ 这种"破格"后更高层次"回归"的写法,符合中华民族广大民众希求完满、团圆的审美心理。因此,在《红楼梦》之前,中国通俗小说领域没有真正的"悲剧"之作。英美人的审美习惯可不相同,他们更看好那种绝境的悲剧之美。这种民族审美心理,在英美民间故事中表现得尤为充分。即以上面展开的兰斯洛特骑士与桂乃芬王后的"出格"爱情走向"不归路"的过程为例,作者描述了一幅又一幅"凄美"异常的画面。当兰斯洛特送桂乃芬回国的时候:

> 凡是看见他的,多是两眼热泪。等待他来到宫前,骑士随即下马,扶着王后,走到亚瑟王的宝座前面,这时卡文英骑士和文武百官,均在两旁。郎世乐望见了国王和卡文英,又扶着王后一同下跪。亚瑟王面前一些强悍的武士看见他们,恍似久别重逢的骨肉,无不涕泪交流。(第二十卷第十四回)④

---

① [英]托马斯·马洛礼著 黄素封译:《亚瑟王之死》,北京:人民文学出版社,1960 版,第 1050 – 1051 页。

② 钟兆华著:《元刊全相平话五种校注》,成都:巴蜀书社,1990 年版,第 88 页。

③ 曹济平校点:《宣和遗事》(《宣和遗事等两种》),南京:江苏古籍出版社,1993 年版,第 35 – 36 页。

④ [英]托马斯·马洛礼著 黄素封译:《亚瑟王之死》,北京:人民文学出版社,1960 版,第 1012 页。

这场由"出格"爱情引发的战争,对双方而言都是悲剧,而在教皇的教谕下,双方不得不接受的暂时和解场面中,所有的人都是神情悲怆的。此后的兰斯洛特,简直就像换了一个人一样,抑郁和悲伤永远统治着他的心灵,眼泪也成为他面颊上的"常客"。请看几个镜头:"郎世乐骑士听过这话,长叹一声,热泪滴满颊上。"(第二十卷第十七回)①"当郎世乐骑士听了使者的回报之后,止不住地热泪直流,滴满两颊。"(第二十卷第二十回)②"他们这一幅悲惨的景象,即使一个心肠最硬的人,也要为他们洒下同情的热泪;他们内心的沉痛,好像被长矛刺穿似的。"(第二十一卷第十回)③"这时,郎世乐骑士望见了桂乃芬的遗容,内心悲痛,欲哭无泪,惟有叹息。"(第二十一卷第十一回)④看到这些镜头,所有的读者应该能领略到兰斯洛特被"出格"爱情逼上不归路之后所体现的绝境的"凄美"了。

第三节　宋元讲史话本与英美民间故事的构成方式

宋元讲史话本和英美民间历史题材的故事虽然都以历史上的英雄人物为讲述对象,但二者之间的构成方式却有很大的不同。

一、一朝一代兴亡的整体观照

宋元讲史话本基本上都是长篇,其内容多为朝代更迭的宏大历史故事,顾名思义,讲史话本多利用历史背景或直接截取某段史实进行艺术加工,其内容非常丰富,因此篇幅很长。现存的讲史话本一般都长达数万字,有的甚至长达十几万字,如《五代史平话》。

宋元讲史话本在构成方式上最大的特点是对一朝一代兴亡的整体观照。

由于宋元讲史话本篇幅漫长,在一个单位时间肯定不能完成全部故事,因此

---

① 　［英］托马斯·马洛礼著 黄素封译:《亚瑟王之死》,北京:人民文学出版社,1960版,第1016页。
② 　［英］托马斯·马洛礼著 黄素封译:《亚瑟王之死》,北京:人民文学出版社,1960版,第1023-1024页。
③ 　［英］托马斯·马洛礼著 黄素封译:《亚瑟王之死》,北京:人民文学出版社,1960版,第1051页。
④ 　［英］托马斯·马洛礼著 黄素封译:《亚瑟王之死》,北京:人民文学出版社,1960版,第1053页。

必须分段讲述。为了让读者对前后情节有一个系统的了解,并让其具有连贯性,因此讲史话本通常根据故事的内容分节立目。而分节立目的情况却又有不同,一种是图文并茂,上图下文。在元刊本《全相平话五种》中,每一页上栏的图中都有标题,而下栏的文字中偶有标目。例如在《三国志平话》中,"侯成盗马"、"白门斩吕布"、"关公袭车胄"①等标目就出现在正文之中。这种情况,一般是正文用"阳文",标目用"阴文"。还有一种情况是在全书的卷首将各目列出,如《新编五代唐史平话》就有从"论沙陀本末"到"废帝自焚死"一百零七条目录。② 然而不论是上述情况中的哪一种,都是为了体现对一朝一代兴亡的整体观照。

为了体现这种整体观照,宋元讲史话本还在篇首与篇末出现了"开场诗"和"散场诗"。开场诗大多简要叙述说话人所处时代上溯至三皇五帝的七言绝句或律诗,如《薛仁贵征辽事略》开场诗为七绝:"三皇五帝夏商周,秦汉三分吴魏刘,晋宋齐梁南北史,隋唐五代宋金收。"③如《全相平话秦并六国》的开场诗为:"世代茫茫几聚尘,闲将《史记》细铺陈。便教五伯多权变,怎似三王尚义仁。六国纵横易冰炭,孤秦兴仆等云轮。秦吞六代不能鉴,且使来今复鉴秦。"④有的则着重本书中所描述的那段历史,《全相平话乐毅图齐七国春秋后集》有诗两首:"诗曰:七雄战斗乱春秋,兵革相持不肯休;专务霸强为上国,从兹安肯更尊周? 又诗曰:"战国诸侯号七雄,干戈终日互相攻;燕邦乐毅齐孙膑,谋略纵横七国中。"⑤有的却是直接评判历史或主要人物,《新编五代唐史平话》的开场诗为:"朱邪部族出西夷,始如中原号执宜;开创后唐基业主,至今传说李鸦儿。"⑥"散场诗"与开场诗类似,它出现在中国话本小说的篇末,也多是绝句和律诗。如《全相平话乐毅图齐七国春秋后集》卷下就有散场诗:"齐国功成定太平,诸邦将士各还京。纵横斗智乐孙辈,青史昭垂万世名。"⑦该散场诗就是对前文的总结与评论。散场诗与开场诗的作

---

① 钟兆华著:《元刊全相平话五种校注》,成都:巴蜀书社,1990 年版,第 398、399、416 页。

② 程毅中 程有庆校点《新编五代史平话》(《宣和遗事等两种》),南京:江苏古籍出版社,1993 年版,第 29 – 35 页。

③ 佚名著:《薛仁贵征辽事略》(《中国古代珍稀本小说续》第五册),沈阳:春风文艺出版社,1997 年版,第 495 页。

④ 钟兆华著:《元刊全相平话五种校注》,成都:巴蜀书社,1990 年版,第 176 页。

⑤ 钟兆华著:《元刊全相平话五种校注》,成都:巴蜀书社,1990 年版,第 98 页。

⑥ 程毅中 程有庆校点:《新编五代史平话》(《宣和遗事等两种》),南京:江苏古籍出版社,1993 年版,第 37 页。

⑦ 钟兆华著:《元刊全相平话五种校注》,成都:巴蜀书社,1990 年版,第 170 页。

用很相似,正如"有诗为证"四字所起的作用一样,带给受众的是历史的庄重感与真实感。更重要的是这些"开场诗"与"散场诗"给读者一种历史"线索感",作者通过这样的文字,是在向读者表示,我所讲的故事绝不是孤立的,而是与历史线索勾连在一起的。从小处说,就是与故事本身相勾连"这一段"历史,如《全相平话乐毅图齐七国春秋后集》的那两首"开场诗",它所讲的就是对"战国"历史的整体观照。从大处说,就是表明我所讲的这段故事在某一段历史中所处的"位置",如《全相平话秦并六国》的"开场诗"就是从春秋战国讲到秦并六国。还有更大的整体观照,它所表现的是我所讲的这段故事在整个中国历史长河中所处的"位置",如《薛仁贵征辽事略》的"开场诗"就从"三皇五帝"一直讲到"五代宋金",然后紧接正文"话说昔日唐太宗皇帝即位,贞观十八年,天下太平,诸国来朝。"①一下子拉到故事讲述的背景时代。"开场诗"和"散场诗"这种"有点有线"、"由线到点"的表述方式,其主要目的就是为了增强读者对历史的"整体性认识",以免大家在听故事或看故事的时候忘记了作者们是在"讲史"。

在宋元讲史话本的正文中,所用语言常常是文白相间,这也是受到唐五代"俗讲"的影响,从中也可以看出从宋代开始,说书人与受众的审美已经趋向平民化的语言。一朝一代兴亡的历史故事来源也不再仅仅是史官记载的史书中的资料,更多的则是由说书人以朝代兴衰为线索,将正史记载与民间流传的逸闻趣事通俗故事集合在一起加以编排而成为一个整体。《宣和遗事》中所采集的关于梁山好汉的故事和李师师的故事就是最好的例证。

为了强调对一朝一代兴亡的整体观照,宋元讲史话本的创作者们往往能做到"首尾关照",如《宣和遗事》开篇从"历代君王荒淫之失"讲起,逐步讲到"徽宗即位",经过绵长的讲述,最终到北宋灭亡,"康王即位南京"直到"秦桧定都临安",②这样,就完整地叙述了北宋灭亡、南宋偏安的全过程。再如《全相平话秦并六国》,其正文部分以"三代"以降作为引子,故事开始于"怎知世变推迁,春秋五伯之后,又有战国七雄。天下龙虎相争,干戈涂炭,未肯休歇。"③顺理成章地进入"秦并六国"的"正话"。而在全书的最后,作者又总结秦代灭亡的历史教训:"夫以始皇诈

---

① 佚名著:《薛仁贵征辽事略》(《中国古代珍稀本小说续》第五册),沈阳:春风文艺出版社,1997年版,第495页。

② 曹济平校点:《宣和遗事》(《宣和遗事等两种》),南京:江苏古籍出版社,1993年版,卷首第1-18页。

③ 钟兆华著:《元刊全相平话五种校注》,成都:巴蜀书社,1990年版,第177页。

力取天下,包举宇内,席卷天下,将谓从一世事至万世为皇帝。谁料闾左之戍卒一呼而至七庙隳,身死人手,为天下笑。"①

如果说,上述这些讲史话本所讲述者只是"某一个朝代"的兴亡过程,比较容易把握其间的"整体性观照"的话,那么,连续讲述几个朝代兴亡过程的讲史话本能否也做到这一点呢? 答案是肯定的。下面,以《新编五代史平话》为例来探讨这一问题。

《新编五代史平话》可以说是一本书,那它所讲的就是"五代"的历史;但是,它又可以被看做是五本书,分别是《梁史平话》《唐史平话》《晋史平话》《汉史平话》《周史平话》,那就可以看做是后梁、后唐、后晋、后汉、后周五个朝代的历史讲述。如果是后者的视角,就将出现一个问题:五个朝代之间是怎样做到各有起讫而又相互衔接的?

《梁史平话》卷上除了照例从伏羲、皇帝讲起的"引子"之外,正文始于"大唐第十八个的皇帝,唤做僖宗皇帝"。② 接着叙王仙芝起义、黄巢出身等故事,直到黄巢自立为"大齐皇帝"。这是全书最精彩的部分,随后,基本上是"大事记"的写法。由于《梁史平话》现在只看到上卷而下卷缺佚,故而没有看到朱全忠登基当上大梁皇帝的描写。值得注意的是,就在朱温(朱全忠)未曾当上"后梁"皇帝之前,下一个朝代"后唐"的开国君王的父亲李克用的故事就已经开始了叙述,而且是与朱全忠放在一起"夹叙":"乾宁三年闰月,李克用遣李存信将兵救兖州、郓州。二月,朱全忠遣庞师古统所部兵攻郓州,数月不下。"③这两个老对手在唐朝还没有灭亡的时候就打上了,后来,他们一个建立了"后梁",一个的儿子建立了"后唐"。

《唐史平话》虽然是从李克用写起,但在介绍完李克用的出身以后,很快就写他与黄巢的战斗,与朱温的战斗,一直写到"天祐四年,梁王朱全忠改名晃,称皇帝。"④也就是说,朱全忠自称大梁皇帝,在《唐史平话》中竟然大书一笔。而李克用的儿子李存勖称帝则到了《唐史平话》的下卷:"晋王存勖就魏州牙城之南隅,筑

① 钟兆华著:《元刊全相平话五种校注》,成都:巴蜀书社,1990 年版,第 273 页。
② 程毅中 程有庆校点:《新编五代史平话》(《宣和遗事等两种》),南京:江苏古籍出版社,1993 年版,第 3 页。
③ 程毅中 程有庆校点:《新编五代史平话》(《宣和遗事等两种》),南京:江苏古籍出版社,1993 年版,第 24 页。
④ 程毅中 程有庆校点:《新编五代史平话》(《宣和遗事等两种》),南京:江苏古籍出版社,1993 年版,第 52 页。

一高台,择日登坛祭告皇天后土,即皇帝位,国号大唐。"①而在《唐史平话》的最后,又写道:"晋主入洛阳,唐兵皆解甲投戈待罪,下诏追废从珂为庶人,时年五十一也。晋高祖石敬瑭兵既至洛阳,命军士收拾其烬骨,葬于徽宁城中。"②可见《唐史平话》的叙事上挂"后梁",下连"后晋",完全是"五代整体观照"的写法。

《晋史平话》亦如是,前面从后唐明宗女婿石敬瑭和"后唐"的关系写起,有的地方甚至与《唐史平话》重叠。但在卷下,"后汉"皇帝刘知远已经出现,并埋下了刘知远与后晋嗣君石重贵的矛盾:"初,晋主有疾,亟招刘知远入朝,欲托刘知远辅政。重贵寝其命,不遣使宣召,由此刘知远怨望新主重贵。"③《汉史平话》做得更绝,其开篇处竟然从后唐说到后晋,又从后晋说到后汉,甚至说到后周:

> 话说里石敬瑭为后唐国戚,只因为潞王猜疑,激发石郎借援契丹,举兵篡唐,自立为晋。唐之潞王从珂虽赴火自焚,其骨已烬。敬瑭信用刘知远,君倡臣和,义同一家。至齐王重贵,专任景延广,好大矜功,失欢北虏,卒使祸生于所恃。刘知远初欲竭节尽忠,不负晋高祖的恩义,奈齐王猜嫌之心一萌,故知远观望之意始决。拥精锐之兵,据形胜之地,闻危急而不援,伺衅隙以自图。真是齐王与契丹互相吞噬,如鹬与蚌相持。知远旁视伺隙,一举而取之,如渔者坐收鹬蚌之利一般。惜乎天道好还,得国之后,坐席未温,而郭威睥睨其间,已挈汉鼎而为周矣。(卷上)④

这一段话,从整体上概述了后唐、后晋、后汉、后周的演变历程,是再典型不过的"整体观照"。更有甚者,在《晋史平话》与《汉史平话》中甚至有大量内容重叠的记载:"天福四年三月,加刘知远、杜重威同平章事。知远谓重威起自外戚,无大

---

① 程毅中 程有庆校点:《新编五代史平话》(《宣和遗事等两种》),南京:江苏古籍出版社,1993 年版,第 66 页。

② 程毅中 程有庆校点:《新编五代史平话》(《宣和遗事等两种》),南京:江苏古籍出版社,1993 年版,第 85 页。

③ 程毅中 程有庆校点:《新编五代史平话》(《宣和遗事等两种》),南京:江苏古籍出版社,1993 年版,第 118 页。

④ 程毅中 程有庆校点:《新编五代史平话》(《宣和遗事等两种》),南京:江苏古籍出版社,1993 年版,第 139 - 140 页。

功,耻与同制,杜门不受。晋主大怒。"(《晋史平话》卷下)①"天福四年,晋王加授刘知远做同平章事,与那杜重威同制。知远心下不悦道:'咱有佐命的大功,重威起自外戚,无甚功劳,耻与之同制。'制下数日,杜门不肯拜受。晋王怒。"(《汉史平话》卷上)②像这样大致相同的"事迹"在《新编五代史平话》的各朝代"平话"中还有不少重复"互见"。至于《周史平话》,当然顺理成章从周太祖"郭威事汉高祖刘知远"说起,完成交接以后,一直说到周世宗柴荣显德六年以后的事,但由于这本书最后缺佚,详情不得而知。尽管如此,读者还是可以从书首"回目"中的最后几条看出故事梗概:"军次陈桥驿"、"军士推戴赵太祖"、"赵太祖收恭帝禅"、"赵太祖改国号为宋"。可见,《周史平话》是一直讲到陈桥让位,大宋王朝建立的。如此,中国历史上一个非常混乱的过渡时期的衔接——从唐代末年到宋代建国的衔接,就由《五代史平话》的作者们用这种朝代兴亡整体观照的形式得以完成。

二、英雄故事集锦

与宋元讲史话本不同,英美民间故事中的历史题材之作并不重视这种一朝一代兴亡的整体观照,作者们更重视富有传奇色彩的英雄故事。因此,他们在叙写过程中就不是根据朝代兴衰为线索来结构故事,而是将作品写成了英雄故事集锦。

以《亚瑟王之死》为例,这部宏伟巨大的作品并不是严格依照时间先后顺序来写亚瑟王及其身边圆桌骑士们的故事的,读者从中也很难得到亚瑟王王朝兴衰成败的整体的明晰的"历史"观照。恰恰相反,它却是关于很多英国的和其他国家的"罗曼斯"骑士传说故事汇集而成,每一个英雄人物在某一卷中成为故事的核心人物,到其他卷次他就可能成为配角,就连亚瑟王都如此。为了说明问题,不妨来看各卷的"内容提要"及其篇幅分配。

第一卷:记述由士·潘左干王怎样生出高贵的亚瑟王,计分二十七回。

第二卷:记述一个高贵的骑士巴令,计分十九回。

第三卷:记述亚瑟王与桂乃芬王后的结婚,以及其他琐事,计分十五回。

第四卷:记述魔灵怎样为爱发痴,以及当日列王对亚瑟王的战争,计分二十

---

① 程毅中 程有庆校点:《新编五代史平话》(《宣和遗事等两种》),南京:江苏古籍出版社,1993 年版,第 115 页。

② 程毅中 程有庆校点:《新编五代史平话》(《宣和遗事等两种》),南京:江苏古籍出版社,1993 年版,第 147 页。

九回。

第五卷:记述对罗马卢夏诗皇帝的征服,计分十二回。

第六卷:记述郎世乐骑士及梁纳耳骑士的冒险奇迹,计分十八回。

第七卷:记述高贵的卡力滋骑士被凯骑士命名叫卜曼的经过,计分三十五回。

第八卷:记述高贵骑士崔思痛的出生,以及生平的事迹,计分四十一回。

第九卷:记述凯骑士替一个青年骑士起诨号,叫他拉·克特·梅尔·太耳的经过,以及崔思痛骑士战斗的情况,计分四十四回。

第十卷:记述崔思痛骑士以及其他冒险奇迹,计分八十八回。

第十一卷:记述郎世乐骑士及高明翰骑士,计分十四回。

第十二卷:记述郎世乐骑士及其狂妄行止,计分十四回。

第十三卷:记述高明翰骑士初次觐见亚瑟王,又如何开始追求圣杯,计分二十回。

第十四卷:记述追求圣杯的经过,计分十回。

第十五卷:记述郎世乐骑士,计分六回。

第十六卷:记述卜尔斯骑士及其同胞梁纳耳骑士的事迹,计分十七回。

第十七卷:记述圣杯,计分二十三回。

第十八卷:记述郎世乐与王后,计分二十五回。

第十九卷:记述桂乃芬王后与郎世乐骑士,计分十三回。

第二十卷:记述亚瑟王悲惨之死,计分二十二回。

第二十一卷:记述亚瑟王的身后事迹,以及郎世乐骑士如何为他复仇,计分十三回。①

稍作分析就可看出,《亚瑟王之死》在编辑撰写"亚瑟王故事环"众多故事的时候,采取的是一种松散型的结构方式,或者说,就是英雄传奇故事集锦。以上各卷,除了与"圣杯"相关的二三十回以外,其他都是以骑士英雄传记的方式"并列"存在的。当然,这中间有详有略,有的是个人独传,有的是数人合传,但无论如何都是英雄人物的传记。其中,记述亚瑟王以及郎世乐、卡力滋、巴令、梁纳耳等骑士故事的篇幅均有数十回之多,而崔思痛骑士的故事甚至长达一百多回。并且,

---

① [英]托马斯·马洛礼著 黄素封译:《亚瑟王之死》,北京:人民文学出版社,1960版,第1、53、85、113、165、195、233、307、387、477、685、721、749、789、809、821、851、897、951、981、1031页。

这些故事都不是严格按照"时间先后顺序"来展开的,它体现出一种参差错落、相互穿插的"时空交叉"状态。特别是中间的亚瑟王以及崔思痛、郎世乐等骑士英雄的故事,完全可以独立出来,形成"英雄史诗"般的传奇故事。

这样一种构成方式与中国的宋元讲史话本的构成方式是完全不同的,它不追求"整体观照"而喜爱"个体凸显",它不以一朝一代的兴亡为线索,而追求英雄传记的相对独立和自我完善。因此,英美民间故事关于历史英雄人物故事的叙写,就形成了与宋元讲史话本迥然不同的结构方式,而这两种不相同的结构方式又体现了迥然有异的民族文化品格。

三、异趣,存在于不同的构成方式之中

其实,在上面讲到的宋元讲史话本所体现的"整体观照"还只是一个表面化的东西,如果深入挖掘,就可发现还有一个更深层次的"整体观照"——历史殷鉴。以《新编五代史平话》为例,它给读者的初步印象已如上述,反映了一朝一代的兴衰治乱,诚如《梁史平话》开场诗所言:"龙争虎战几春秋,五代梁唐晋汉周。兴废风灯明灭里,易君变国若传邮。"①然而,如果我们进一步追问,五代之乱的根源是什么?答案是非常明确的:"手握兵权者的叛乱"。梁、唐、晋、汉、周的开国君王,几乎全部当过前面一个朝代手握兵权的"节度使"或掌握比节度使更高的兵权:"朱全忠为宣武宣义天平节度使。"(《梁史平话》卷上)李克用死后,其子"存勖出,袭位为节度使"。(《唐史平话》卷上)"朝廷上遂差石敬瑭充河东节度使。"(《晋史平话》卷上)刘知远兵权更大,石敬瑭当皇帝后"宣授刘知远做侍卫马军都指挥使"。(《汉史平话》卷上)郭威则益发得到刘知远信任,"知远悉以军府事委郭威提督"。(《周史平话》卷上)②朱全忠、李存勖、石敬瑭、刘知远、郭威分别是"五代"时梁、唐、晋、汉、周的开国皇帝,但在"开国"以前,都掌握着前朝的兵权,他们称帝,就是"兵权"在起作用。尤其是郭威,在赵匡胤之前,也是"黄袍加身"而当上皇帝的,赵匡胤的"陈桥兵变"其实是学着郭威的"照葫芦画瓢"。再往前看,这种"军阀兵变"的模式并非始于五代,早在"安史之乱"以后的中唐,就已经形成"藩镇割据"的局面,唐朝的灭亡,就与"藩镇割据"有很大的关系。到残唐五代,

---

① 程毅中 程有庆校点:《新编五代史平话》(《宣和遗事等两种》),南京:江苏古籍出版社,1993年版,第1页。

② 程毅中 程有庆校点:《新编五代史平话》(《宣和遗事等两种》),南京:江苏古籍出版社,1993年版,第25、52、98、147、169页。

这种军阀混战的局面"经常性"出现,并左右着历史进程达半个多世纪,直到宋太祖赵匡胤统一天下。更为有趣的是,赵匡胤本人夺得天下之前就当过周世宗柴荣手下的"殿前都检点",最后,他也就是借助"检点"的兵权而变为"天子"的。这一段故事,虽然在《周史平话》中缺佚,但在根据《新编五代史平话》改写的章回小说《残唐五代史演义传》中,却有详细描写:

　　正值黄昏,左侧兵至陈桥驿。军士相聚谋曰:"主上幼弱,我等奋力破敌,谁则知之,不如先立点检为天子,然后北征,此为上策。"众皆然之。即日厉声一呼,皆袒臂相从,环列待旦,而匡胤醉卧,实不知也。比及天色微明,军士皆环甲执兵,直叩寝门,匡胤觉悟,慌问其故。诸将答曰:"某等无主,愿策太尉为天子。"匡胤惊起披衣,诸将相与扶出,被以黄袍,山呼齐拜,掖之上马,拥还汴来。①

这段故事,残酷的叫法是"陈桥兵变",温柔的说法是"陈桥让位",但后者多半是赵宋的捍卫者们编造的托词,最后在民间通俗文学中得以体现。但无论如何,事情的实质是赵匡胤借助"兵变"而"黄袍加身"当了皇帝。这位靠兵权当上皇帝的赵太祖,他上台以后的一个重大举措就是将五代之乱的经验总结变成一次剧烈而不动声色的行动——"杯酒释兵权"。

　　乾德初,帝因晚朝与守信等饮酒,酒酣,帝曰:"我非尔曹不及此,然吾为天子,殊不若为节度使之乐,吾终夕未尝安枕而卧。"守信等顿首曰:"今天命已定,谁复敢有异心,陛下何为出此言耶?"帝曰:"人孰不欲富贵,一旦有以黄袍加汝之身,虽欲不为,其可得乎?"守信等谢曰:"臣愚不及此,惟陛下哀矜之。"帝曰:"人生驹过隙尔,不如多积金、市田宅以遗子孙,歌儿舞女以终天年。君臣之间无所猜嫌,不亦善乎?"守信谢曰:"陛下念及此,所谓生死而肉骨也。"明日,皆称病,乞解兵权,帝从之,皆以散官就第,赏继甚厚。(《宋史·石守信传》)②

---

① 王述校点:《残唐五代史演义传》,北京:宝文堂书店,1983 年版,第 230 页。
② 脱脱等撰:《宋史》,北京:中华书局,1977 年版,第 8810 页。

赵匡胤自己黄袍加身当上皇帝,他对五代史的解读就是防止那种"军阀兵变"模式的再度发生,如此,"杯酒释兵权"就是他必然的行为。说到这里,一个有趣的现象发生了,唐代后期的"藩镇割据"造成了五代"军阀兵变"的混乱,而宋代初年的"杯酒释兵权"则从根本上终止了这种混乱,这其实就是参透历史殷鉴的结果。赵匡胤的表现是当事人的醒悟,而《新编五代史平话》则是事后说书人将自己的醒悟告诉广大读者、听众的一种行之有效的通俗方式。实在话,这种历史殷鉴其实正是《新编五代史平话》这种宋元讲史话本的根本价值之所在。不仅《新编五代史平话》如此,几乎所有的讲史话本都是如此,不仅宋元讲史话本如此,由讲史话本发展而成的章回小说中历史演义一派更是如此。毛宗岗修订后的《三国演义》开篇的那句话大家都很熟悉:"话说天下大势,分久必合,合久必分。"①这是更高层次的对历史进程的醒悟和解读。众所周知,《三国演义》的蓝本之一就是宋元讲史话本《全相三国志平话》。

再进一步,宋元讲史话本的这种历史殷鉴的文化价值和审美趣味是通过什么样的方式来实现的呢?应该是作者们对一朝一代兴亡的整体观照。只有通过这种以朝代兴衰为线索的连续不断而又反反复复的故事的叙写,才能达到向读者和观众传达自己带有历史殷鉴意味的价值判断和文化追求,这就是宋元讲史话本的作者们为什么要对自己笔下的作品采取这种"整体观照"的构成方式的道理。

相比较而言,英美民间故事中历史题材作品的构成方式却大不相同,那些短篇作品很少,暂且不论,就以篇幅浩繁的罗曼斯而言,它主要叙说骑士传说故事,而不太在乎"历史殷鉴"之类的内容。以《亚瑟王之死》为例,上面排列的二十一卷的"内容提要",并没有涉及多少朝代兴衰、历史教训之类的内容,相反,倒是大讲特讲"英雄美人"的故事,如亚瑟王、桂乃芬、兰斯洛特之间的婚恋纠葛,如崔思痛与绮秀·婉儿之间的爱情故事等等。这些英雄美人的故事,在宋元讲史话本中基本看不到,即便有些美女出现,也多半作为"红颜祸水""女色亡国"的代名词,如貂蝉、妲己之类。

《亚瑟王之死》不仅大力书写英雄美人的故事,而且让这些故事成为全书的主线。试想,如果删去了亚瑟王、桂乃芬、兰斯洛特之间的婚恋纠葛,删去了崔思痛与绮秀·婉儿之间的爱情故事,这本皇皇巨著还可能存在吗?即使存在,它还有

---

① 罗贯中著,毛宗岗评:《全图绣像三国演义》,呼和浩特:内蒙古人民出版社,1981年版,第2页。

可读性或艺术魅力吗？既然要以英雄美人的故事作为全书的主要线索，那就不能采取以一朝一代兴亡为主要线索的构成模式，因为那样写，英雄故事就会为王朝兴衰服务，英雄就会成为历史故事的附属品，英雄的传奇事迹就会淹没在浩淼无极的历史殷鉴资料之中。宋元讲史话本的那种写法是"以事带人"，而《亚瑟王之死》则是"以人带事"。二者之间这种构成方式的区别，导致不同的审美趣味和艺术效果。"以事带人"的写法以"历史进程"为线索构成作品，能够表达对过往事迹高屋建瓴的宏观观照，从而得出历史殷鉴。在这里，文学创作是服从于历史的、政治的。"以人带事"的写法则以"英雄人物"为线索构成作品，能够深入细致地表达人们对历史上、甚或传说中英雄人物的崇拜情结，从而形成民族英雄史诗。在这里，文学创作是服务于情感的、艺术的。

过去，大家一般认为中国古典文学中缺乏"英雄史诗"。这种说法也对也不对。就历史上汉民族的文学创作而言，的确缺少英雄史诗；但就现在的版图而论，中国某些少数民族的文学创作中，英雄史诗却存在不少。其中，比较著名的作品如藏族的《格萨尔王传》、柯尔克孜族的《马纳斯》、蒙古族的《格斯尔传》和《江格尔》、维吾尔族的《乌古斯可汗的传说》等等。只不过这些少数民族的作品没有占到中国古代文学的主流地位而已。更为有趣的是，这些中国少数民族的民族英雄史诗类的作品，在很多方面、尤其是作品结构方式方面却与英国的《亚瑟王之死》大略相同。他们都是以英雄人物的成长经历为叙事中心的，都是"以人带事"之作，而且，在更多的时候，都是服务于情感的、艺术的。

为什么英美民间和中国少数民族的文学创作中会出现"英雄史诗"而中国汉民族文学创作却没有出现呢？原因当然是多方面的，但其中最根本的一点就在于中国先秦时代经过百家争鸣之后而形成的以儒家学说为中心的传统思想成为统治阶级的思想，几千年来统治着以汉民族人群为中心的广大区域。这是一个讲究整体性、集体性、系统性的思维体系，它不强调个体，甚至扼杀"出格"的个体追求。因此，个人英雄主义在封建的中国是很难得到提倡的。一切服从于家国的利益、君王的利益，即便是某些"昏君"被推翻，也是由"圣君"取而代之，仍然回归到儒家"拥护仁政，反对暴政"的范畴。因此，在这种汉民族文化领域中产生的宋元讲史话本，它就只能表彰附着于历史的英雄，只能书写一朝一代的兴衰以提供历史殷鉴，而不能像那些带有"民族英雄史诗"色彩的英美或在当时处于"边缘化"地带的中国少数民族作品那样去歌颂英雄个体的成长史，去津津乐道那些"出格"的英雄美人之间的风流韵事，最终形成"民族英雄史诗"之类的作品。当然，这个问题是一个很大的题目,并非三言两语就能说清楚。

　　一定社会意识形态和民族心理决定了某一个地域、某一段时间的文学创作,而某种文学创作反过来又影响了这一民族、这一地域此后的文学创作路径。将宋元讲史话本和英美民间故事中的历史题材作品进行多维比较之后,笔者更加相信这句话的合理性。

第三章

现实题材作品的生活化、揭秘性与情感追求

中国话本小说也罢，英美民间故事也罢，从作者到读者最关心的题材都是三个方面：历史的、神异的、现实的。前文简略分析了历史题材和神异题材的若干问题，本章就现实题材的有关问题略作探究。

第一节　万花筒般的现实生活写照

就人类每一个个体的"人"而言，最复杂、最精彩同时也最熟悉的不一定是时间上的"过去"和空间中的"另外"，而是此时此地现实生活的世界。因此，任何题材的文学作品都会不知不觉地映照、影射、模拟、暗示现实生活，而那些直接写照万花筒般的现实生活的作品，也往往会给受众留下最为不可磨灭的印象。

一、苦海中挣扎而企盼"奇遇"的中国市民

市民文学与平民文学是两个不同的概念，其区别主要来自于市民和平民的范畴，谢桃坊先生的《中国市民文学史》对市民进行了定义和阐释："市民阶层的基本组成部分……是代表新的商品生产关系与交换关系的手工业者、商人和工匠。城郭户中的地主、没落官僚贵族、士人、低级军官、吏员以及城市的统治阶级附庸，都不应属于市民阶层的；只有手工业者、商贩、租赁主、工匠、苦力、自由职业者、贫民等构成坊郭户中的大多数，他们组成了一个庞杂的市民阶层。"[1]"市民"这个概念是欧洲中世纪对城市居民的称呼，由于欧洲城市格局与中国同时期城市的格局有很大区别，因此"市民"这个概念并不容易作出一个准确的定义。因此，平民文学

---

① 谢桃坊著：《中国市民文学史》，成都：四川人民出版社，1997 年版，第 13 页。

和市民文学这两个概念的厘清直接关系到了中国话本小说和英美民间故事中所涉及到的城市生活问题。在董国炎先生的论文《市民文学与平民文学之争》中，他指出了两者之间的关系与区别："只有社会经济和城市都比较发达，有了比较稳定的市民群体之后，相应的文学艺术活动才能发展起来。既然如此，就叫做市民文学不是更好吗？对此需要分析二者的差别，分析哪种更适合中国国情。平民文学与市民文学并无根本矛盾，但平民文学侧重社会地位，广大下层民众都是平民。城市平民因为集中，因为城市娱乐业更发达，所以城市成为平民文学最主要的创作和消费地点。市民文学是平民文学的核心，但平民文学绝不限于城市，农村平民也是市民文学的基础。"①

市民文学与平民文学中指涉的对象，都含有商人、知识分子和游民的形象以及与他们相关的社会生活内容。中国的话本小说中，与城市生活相关的作品很多，其中，较为著名的作品有：《清平山堂话本》之《快嘴李翠莲记》，《喻世明言》之《蒋兴哥重会珍珠衫》，《警世通言》之《宋小官团圆破毡笠》，《醒世恒言》之《张廷秀逃身救父》等，以上作品，多以城市生活为主要描写对象。城市居民的兴趣多种多样，他们最关心的还是平日与生活息息相关的故事：家庭纠纷、街坊矛盾、风流逸事、传闻异录、谣言野史、人际关系、悲欢离合、世态变迁等等。而其中表现得最为充分的则是城镇中的芸芸众生在生活苦海中的苦苦挣扎。不妨来看两个市井生活的片段：

> 曹十三也挨进去看看，见他老鼠招头有三四十个，口里唠唠叨叨高声大叫："赛狸猫，老鼠药。大的吃了跳三跳，小的闻闻儿就跌倒。"曹十三心中道："俗煞，俗煞！我另到一处去试试。"走向西去一二里，人烟辏集。将这草鼠吊起来，高擎着那梳头匣子，高叫道："老，老，老，"叫得满面羞惭，自己到好笑起来，却叫不出。看看肚里有些饥了，自思道："啐，啐，啐，大丈夫为龙为蛇，变化不测。子胥也吹箫，伯鸾也佣春，勾践也行酒，申蟠也作佣。一时行权，何损终身。啐，啐，我好妇人女子气！"不免大叫起来："老鼠药，老鼠药，买了家家睡得着。锦诗书，绣衣裳，美珍馐，不用藏！天上天下老鼠王，惹着些儿断了肠！"将这草鼠高高擎起，掉来掉去。（《生绡剪》第十一回《曹十三草鼠金

① 董国炎著：《平民文学与市民文学之争》，吉林：吉林师范大学学报，2014 年第 4 期，第 58 页。

章 李十万恩山义海》)①

　　有的问说:"各安生理怎的唱? 唱得好,我与你一百净钱,买双膝裤穿穿,遮下这两只大脚。"却又随口换出歌儿。唱道:"大小个生涯没总弗子个同,只弗要朝朝困到日头红。有个没弗来顾你个无个苦,阿呀! 各人自己巴个镶底热烘烘。"又有人问道:"毋作非为怎么唱?"长寿姐道:"唱了半日不觉口干,我且说一段西江月词,与你众客官听着:本分须教本分,为非切莫为非。倘然一着有差池,祸患从此做起。大则钳锤到颈,小则竹木敲皮,爹生娘养要思之,从此回嗔作喜。"说罢,踏地而坐,收却鼓板,闭目无言。众人喝彩道:"好个聪明叫化丫头! 六言歌化作许多套数,胥老人是精迟货了。"一时间,也有投下铜钱的;也有解开银包掂一块零碎银子丢下的;也有盛饭递与他的;也有取一瓯茶与他润喉的。(《石点头》卷六《乞丐妇重配鸾俦》)②

　　第一例是一位书香人家子弟穷途落魄去卖老鼠药的窘境,第二例是孤苦无依的女子街头卖唱的情景。这些社会最底层的民众,他们艰难的生活场景被话本小说真实记录下来,成为最具市井化、民俗化的内容。同时,这些生活片段,也是广大市民读者最为熟悉的内容,因为他们自己就过着这样的生活,他们与书中人物同呼吸共命运。故而,每当听到或看到这些人物或故事,广大市民读者就会有感同身受的亲切感,甚至角色认同感。

　　当然,市民生活也不尽都是泥潭中的挣扎,他们也有生活理想,不过社会各色人等的理想不太相同而已。知识分子希望"一举成名天下知",直上青云;生意人则希望"财源茂盛达三江",大发横财;市井闲汉、城市游民则希望发迹变泰,飞黄腾达。如此等等,不一而足,市井各阶层都希望奇迹在自己身边出现,这就是此类作品中"遇奇"之作产生的文化土壤。

　　先看市井游民的理想追求,这方面的作品兴于宋代,《都城纪胜》中记载了此类"说话"的范围:"说公案,皆是搏刀赶棒,乃发迹变泰之事。"③(《瓦舍众伎》)可知,话本小说中最早描写的发迹变泰故事的主人公,多是舞枪弄棒的市井武夫,例如:"方才说宋朝诸帝不贪女色,全是太祖皇帝贻谋之善。不但是为君以后,早期

①　[清]谷口生等著:《生绡剪》,沈阳:春风文艺出版社,1987年版,第230页。
②　[明]天然痴叟著;《古本小说集成》编委会编:《石点头》,上海:上海古籍出版社,1993年版,第397 – 398页。
③　[宋]灌园耐得翁撰:《都城纪胜》,北京:中国商业出版社,1982年版,第11页。

宴罢,宠幸希疏。自他未曾'发迹变泰'的时节,也就是个铁铮铮的好汉,直道而行,一邪不染。则看他《千里送京娘》这节故事便知。"(《警世通言》卷二十一《赵太祖千里送京娘》)①"却说未发迹变泰国家节度使郑信到得井底,便走出篮中,仗剑在手,去井中一壁立地。初下来时便黑,在下多时却明。郑信低头看时,见一壁厢一个水口,却好容得身,挨身入去。"(《醒世恒言》卷三十一《郑节使立功神臂功》)②此类作品还有"三言"中的《史弘肇龙虎君臣会》《临安里钱婆留发迹》等等,这些人,或凭借武功,或施展绝技,总之是刀枪棍棒,横行天下,最终结局,小则拜将封侯,大则称孤道寡。

然而,随着时间的推移,发迹变泰的故事主人公由市井武夫逐步扩散到更多的市井各色人物。如描写下层文人希冀咸鱼翻身、风云际遇的作品有《赵伯升茶肆遇仁宗》《俞仲举题诗遇上皇》《钝秀才一朝交泰》《老门生三世报恩》等,这些读书人的"奇遇"就是碰到大贵人、大救星,从而改变命运,进入官场。另一类型作品主要描写商人经商发财的故事,这类故事不仅贴近市民生活,而且具有出人意料的结局。一开始,这些商人还只是希望通过辛勤劳作或行善积德,从而获得一定的报酬或利益。"三言"中多此类作品,如《吕大郎还金完骨肉》《刘小官雌雄兄弟》《施瑞泽滩阙遇友》《徐老仆义愤成家》等。到"二拍"中,则转而以市井中人尤其是商人的遇奇探险故事为主要描写对象。如《转运汉遇巧洞庭红,波斯胡指破鼍龙壳》《叠居奇程客得助,三救厄海神显灵》等。

《转运汉遇巧洞庭红,波斯胡指破鼍龙壳》是一个海外经商发家致富的故事。该篇通过文若虚经商的命运和致富过程的描写,对商人发财欲望加以肯定。文若虚先是因为碰巧卖了一批名为"洞庭红"的橘子而发财,后经一孤岛,在岛上偶见一只巨大的龟壳,带回舟中。后上岸到达福建一带,碰到波斯商人高价买这个龟壳。书中写龟壳是传说中的鼍龟壳,壳里长有夜明珠,文若虚也因此而暴富。在作品中,商人的形象得到了很大程度上的肯定。其中既有奇遇,也有运气,还有文若虚的德行。作品竭力渲染一个"奇"字,文若虚从卖橘到捡龟壳,从破产到暴富,究其原因,还是因为海外的奇遇。虽然在故事中可以找到众多的商业规律和特点,如"洞庭红"道明了物以稀为贵的道理,而"鼍龙壳"则更多地通过叙述其来历而肯定了它的价值,说明经商不仅要懂得价值规律,更要懂得商品本身的价值。

---

① [明]冯梦龙编:《警世通言》,北京:人民文学出版社,1956年版,第290页。
② [明]冯梦龙编:《醒世恒言》,北京:人民文学出版社,1956年版,第664-665页。

然而,作品真正的着眼点还是在于赞扬奇遇和德行。文中描写的重点其实从题目上就可以看出来了——"转运"就是强调运气。所谓运气就意味着对个人努力的某种程度上的否定,投机和巧遇成了故事叙述中的有趣之处,这也是吸引受众的地方。虽然文中描写的是经商故事,但谈论更多的则是文若虚的海外奇遇。

《叠居奇程客得助,三救厄海神显灵》的前半说的是商人的生意经如囤积居奇之类,后半则强调了商业囧途的风险性。徽商程宰,字士贤,经商过程中得遇海神娘娘,两情相好七载,并多次得到海神帮助而发了大财,后大数已终而别。别时,海神娘娘说程宰有三大厄难,她定然会来相救。那是怎样的三大厄难呢? 第一难是兵变之灾,第二难是牢狱之灾,第三难是风浪之灾,每一次都是惊心动魄,每一次也都是海神娘娘救程宰与厄难之中。且看最为危险的一次:

> 到了淮安府高邮湖中。忽然:黑云密布,狂风怒号。水底老龙惊,半空猛虎啸。左掀右荡,浑如落在簸箕中;前踑后攊,宛似滚起饭锅内。双桅折断,一舵飘零。等闲要见阎王,立地须游水府。正在危急之中,程宰忽闻异香满船,风势顿息。须臾黑雾四散中,有彩云一片,正当船上。云中现出美人模样来,上半身毫发分明,下半身霞光拥蔽,不可细辨。程宰明知是海神又来救他,况且别过多时,不能厮见,悲感之极,涕泗交下。对着云中只是磕头礼拜。美人也在云端举手答礼,容色恋恋,良久方隐。船上人多不见些甚,但见程宰与空中施礼之状,惊疑来问。程宰备说缘故如此,尽皆瞻仰。此是海神来救他第三遭的大难。①

与《转运汉遇巧洞庭红,波斯胡指破鼍龙壳》的带有一定想象成分的写实手法不同,《叠居奇程客得助,三救厄海神显灵》完全是商人一夜暴富的梦幻。然而,这个故事同样是现实性极强的。尽管海神娘娘三次救程宰于厄难的描写充满理想主义的梦幻色彩,但该篇对于厄难的描写却是真实无差的。古代中国,在交通不太便利、信息不太发达的境况中,商人,尤其是跋山涉水、四处奔波的"行商"其实是很辛苦的。不仅辛苦,而且还是"高危"职业。长年奔波在外,难免有天灾人祸的困扰。除上面描写过的兵变之灾、牢狱之灾、风浪之灾而外,还有水灾、火灾、雪

---

① ［明］凌濛初著,《古本小说集成》编委会编:《二刻拍案惊奇》,上海:上海古籍出版社,1995年影印本,第1716－1717页。

灾、风灾等"天灾"，还有疾病、打劫、偷盗、谋杀等"人祸"。这样一些天灾人祸往往是"一次性"的"买卖"，毁灭性的打击，谁碰上谁倒霉。故而，长年经商在外的"行商"们，既可能有某种奇遇，像文若虚拾龟壳、程士贤遇海神那样，也极有可能像故事中后半段的程宰那样，遭遇到种种厄难。对于中国古代的"行商"而言，"遇奇"与"探险"，正是他们生活的矛盾存在。由此可见，《叠居奇程客得助，三救厄海神显灵》在某种意义上也是当时商人冒险生活的见证。这与英美民间故事中西部牛仔"遇奇探险"的故事异曲同工，但同时又具有不同的文化背景的反光和地域特色的映照。

二、为了生存而竞争的美国西部牛仔

十九世纪美国的西进运动中，生活在北美大陆广阔平原上的游牧人俗称西部牛仔。他们以自由奔放的生活态度活跃在人们的视野之中。在十九世纪、二十世纪的美国文学中，西部牛仔形象贯穿于西部小说、民间故事、音乐之中，在这些西部牛仔的故事中，绝大部分都是关于开拓者形象的描绘，对开拓者的歌颂和对他们遇奇探险生活的描写则是这类故事的主题。

在西部牛仔传奇故事中，牛仔的形象并不能以一部作品来概括，在普遍的认同之下，牛仔的形象大致是："头戴宽边帽，身着花哨衬衣和皮套裤，脚蹬长筒靴；白天挥鞭跃马，驰骋草原，放牧着大群嗥叫的长角牛；入夜，伴着冉冉篝火，哼着小调，守护着卧地的牛群；或单枪匹马，或三五成群；或与野狼厮杀，或与邪恶搏斗；或英雄救美，或杀富济贫——这就是美国西部电影和小说中塑造的西部牛仔的典型形象。"[1]牛仔们在与天地自然搏斗的过程中，形成一种粗犷独立的人文精神，正义感和冒险精神是被不断歌颂的主题。西部牛仔的故事被传颂上百年，虽然西部小说中的牛仔们的名字不断更替，情节大同小异，情节也大多模式化，不过令人称奇的是，这类小说却并未因为情节的相似而不受欢迎，直到今天，从平民百姓到美国总统都会饶有兴致地读一些西部牛仔小说。由此提出了一些值得思考的问题，究竟是什么使这类故事、或者说是什么能让牛仔形象经久不衰呢？

美国牛仔故事起源于殖民地时期的边疆小说。到了十八世纪的时候，美国官方的勘察员进入西部勘察，进入了有许多冒险家、皮草商人、士兵、土著等鱼龙混

---

[1] 彭文奉著：《拓荒者的浪漫传奇——浅析美国文化中的西部牛仔形象》，作家杂志，2009 年第 4 期，第 67 页。

杂的西部,可谓探险。很多记录下来的书信、笔记、自传和回忆录都为西部探险故事提供了广泛的素材。十九世纪二十年代,詹姆斯·库伯的《开拓者》诞生了,加上后来的《最后的莫希干人》、《大草原》、《探路者》和《猎鹿者》一起构成了一个西部英雄——"皮袜子"纳蒂·班波(Natty Bumppo)的形象,这也为后世的西部小说以及牛仔形象提供了素材。库伯也被称为"西部小说之父"。小说本身所塑造的人物也许是虚构的,但是在后来的牛仔小说中,"皮袜子"形象中的某些英雄因子蕴藏在这皮袜子之中了,因为连牛仔的名字都变成无数其他的名称了,但仍旧存在没有改变的东西:如道德、民族矛盾以及个人与自然的和谐与共存、爱情等多方面的问题,这些问题既是严肃的,也是民俗的,毕竟老百姓关心的也是这些问题。

美国西部牛仔故事所反映的根本问题是他们为了生存而竞争,与大自然竞争,与社会竞争,甚至与着同类竞争。

西部牛仔的生活貌似浪漫实则艰辛:"牛仔的露营生活是单调乏味的。他的食物大多数情况下都是简陋的常规。土豆或者洋葱这样的美味是不可多得的。由于常常需要转换放牧的地点,所以吃上蔬菜就变得非常困难,而因此也容易得上坏血症。……牛仔们常常睡在地上,两条毯子当铺盖。也没有帐篷,更没有炊具或所谓的炉子。水是直接喝附近水塘或河里的,这些水往往泛黄或含有碱类的有毒物质。因此牛仔们往往气色不好,身体不健,这些不足为怪。"[1]这还是在正常的环境中,牛仔们的生活就如此艰难,如果碰上恶劣的天气,他们的日子就更难过了。例如《水牛科迪·比尔》的故事:

> 第三天,卡尔和他的人在一个好像叫冰冻峡谷的地方遭遇了暴风雪。所有人没有别的选择,只好停下来露营,等待暴风雪过去。……卡尔命令科迪带上四个人顶着狂风去寻找盆若斯栈道,他们只找到了过去营地的旧址,却无法继续向前走了。……第二天,大家顶着风雪用锹铲雪开路。开尔选择了另一条路,这是科迪给出的建议。[2]

面对变化莫测的大自然,牛仔们只能为了自己的生存而艰苦奋斗。除了大自

---

① Savage, William W.: *Cowboy Life: Reconstructing an American Myth*《牛仔生活:美国神话的重构》, Denver: University Press of Colorado, 1993, p29.

② Reis, Ronald A.: *Buffalo Bill Cody*《水牛科迪》, New York: Chelsea House Press, 2010, p43.

然以外,牛仔们面临的还有来自社会乃至同类之间的生存竞争,而且,许多悲剧事件就发生在他们自以为最轻松、幸福的时刻:

> 当牛群被送到买家并被卖掉的时候,这一天是牛仔盼望已久的好日子,他会自由地找到一处地方好好享受一番。他会去理发店修剪蓄了长达半年的头发和胡须,然后去服装店买衣服,还有鞋子和帽子。最后,他会去酒吧、电影院、赌场或妓院,或者舞场,任何一个场所,他都会遇到和他一样的新朋友,而这往往会让他死于他自己的手枪或朋友的欺诈,然而这并没有关系,因为他的脾气和劣质的威士忌都促使他走在这条充满着鲜血和死亡的路上。①

牛仔形象是一种个人主义和英雄主义的缩影,这些与牛仔相关的传说饱含着人与自然的永恒话题,也反映着文明社会与土著原始社会之间的交错复杂的影响与过渡。在这些宏大的描写之下,牛仔形象鲜明而生动地展现了个人主义与自由主义的思想。

三、失之毫厘而差之千里的生活态度

无论是神州大地上的东方市民还是太平洋彼岸的西部牛仔,他们都渴望过上幸福美满的生活,为了能过上好日子,他们都必须艰苦奋斗,甚至挑战自然、挑战社会,甚至面临丢失生命的风险。在"生存目标"这一点上,他们是一致的。但是在艰苦奋斗乃至冒险涉奇的过程中所表现出来的"生活态度"方面,他们之间却失之毫厘而差之千里。

《转运汉遇巧洞庭红,波斯胡指破鼍龙壳》中的文若虚并非循规蹈矩的文弱书生,从某种程度来看,他是一位敢于冒险,尝试常人不做之事的商人。然而,由于时代、环境的影响,文若虚又体现了早期"儒商"的温文尔雅。

文若虚并非只是一介"一切向钱看"的商人,他除了运气好和具有看准商机的本领而外,更具有早期儒商的品质,诚实守信,宅心仁厚。当他将捡来的"鼍龙壳"卖掉,赚取了大笔财富之后,对于中间人的手续费的处置却是公平合理、大得人心的:

---

① Savage, William W.: *Cowboy Life: Reconstructing an American Myth*《牛仔生活:美国神话的重构》, Denver: University Press of Colorado, 1993, p30.

　　张大道:"还有一千两用钱,未曾分得,却是如何? 须得文兄分开,方没得说。"文若虚道:"这倒忘了。"就与众人商议,将一百两散与船上众人,余九百两照现在人数,另外添出两股,派了股数,各得一股。张大为头的,褚中颖执笔的,多分一股。众人千欢万喜,没有说话。内中一人道:"只是便宜了这回回,文先生还该起个风,要他些不敷才是。"文若虚道:"不要不知足,看我一个倒运汉,做着便折本的,造化到来,平空地有此一主财爻。可见人生分定,不必强求。我们若非这主人识货,也只当得废物罢了;还亏他指点晓得,如何还好昧心争论?"众人都道:"文先生说得是。存心忠厚,所以该有此富贵。"大家千恩万谢,各各赍了所得东西,自到船上发货。①

　　中国人对于发横财者讲究"见者有份",更何况文若虚与波斯胡的这宗大买卖是张大介绍、褚中颖执笔写成合同的。因此,波斯胡所付的"手续费"必须给现场的人均分,甚至连船上的水手等人也要"阳光普照"。文若虚的处置让所有人"千欢万喜",说明他做得面面俱到、滴水不漏,坚持了公平公正的原则。但这里更让人刮目相看的却是后面一段对话,充分体现了东方商人"知足常乐"的心态,也就是众人所夸赞的"存心忠厚"。可见文若虚是一位深谙经商德行的人,他不会唯利是图,也不会过度贪婪。谋求利益而讲信用,利益分配而讲公平,对待他人宅心仁厚,要求自己知足常乐,所有这些加在一起,就是儒家精神与商人头脑的结合,就构成了早期儒商的文化底蕴。明末清初的"三言""二拍"等由话本转化为拟话本的小说作品中,有很多这样的商人形象,如对失足妇女独具人道情怀的蒋兴哥(《蒋兴哥重会珍珠衫》),如捡到大宗银子不远千里送还失主的吕玉(《吕大郎还金完骨肉》),如拾金不昧最终善有善报的施润泽(《施润泽滩阙遇友》),还有上面提到的在海神指导下深谙经商之道的程宰《叠居奇程客得助,三救厄海神显灵》。如果把范围扩大到商人以外的整个市民群体,这种体现东方生活态度的例证则更多。如《吴保安弃家赎友》《范巨卿鸡黍死生交》《老门生三世报恩》《三孝廉让产立高名》《刘小官雌雄兄弟》《白玉娘忍苦成夫》《徐老仆义愤成家》等等,这些作品既体现了中国资本主义萌芽时期的城镇市民生活的方方面面,又以儒家精神为核

---

① [明]凌濛初著,《古本小说集成》编委会编:《拍案惊奇》,上海:上海古籍出版社,1995 年影印本,第 55 – 56 页。

心的"三教合一"的文化思想来"规定"这些生活中的奇闻趣事，其中有的作品还以一个"奇"字遮盖了早期资产阶级的开拓性和冒险精神，所有这些，都深刻反映了那个时代以商人为代表的东方城镇市民的生活态度。

美国西部牛仔的生活态度与东方商人迥然不同，尽管他们都在骨子里希望通过探奇冒险而博得财富。西部牛仔的性格是粗犷狂放的，经常接触大自然而四处流浪的生活，极少受到传统的或正统的思想教育，这些使得他们对身边一切的态度比较粗暴强硬。他们只相信自己，不相信一切来自社会、自然乃至超自然的力量。显示自己，处处争先，决不让步，成为他们对生活的基本态度。不妨来看一位西部牛仔的领袖人物科迪·比尔的做派："人们都想与科迪·比尔交朋友，因为他不怕印第安人、强盗或野马。他能够将所有的人喝倒而自己不醉，他能通宵玩扑克并在清晨叫醒所有人，而他自己还可以清醒地骑马。没有人比他的枪法更好，也没有人比他骑得更快。"①

如果只有一个科迪·比尔是这样的生活态度，那么他可能成为"美国式"的钱婆留、史弘肇、郑节使甚至宋太祖。然而，基本上每一位西部牛仔都是这样，只不过程度不同而已。如此一来，当这种相同的生活态度酿成的性格发生碰撞的时候，就会发生很多壮烈的悲剧。有一篇题为《约瑟夫·麦克维》的作品，是这样讲述的：

在那个时候不论是在街上还是在屋子里都是不安全的，喝醉了酒的牛仔会像疯了一样地往某间屋子里或者别的地方开枪。很多事故都是由于这些疯狂而怪异的牛仔们惹出的，而更多的则来自于牛仔之间的逞能。1868年在艾比伦那里有一帮年轻的牛仔，大约有六七个人，他们比平常晚了大概一个小时，走在回家的路上。突然他们听到了非常急促的马蹄声，好像立刻就要跑到跟前一般，在他们还没弄清是怎么一回事的时候，一个醉醺醺的牛仔骑着马出现在他们面前，像魔鬼一样地停了下来，嘴里带着脏话、誓言和责骂。当这群年轻人刚弄清状况的时候，这个牛仔已经用他的两把左轮手枪对着他们的脑袋开火了，在黑暗中，那个喝醉的牛仔其实是想让在场的年轻人每人

①　Reis, Ronald A. : *Buffalo Bill Cody*《水牛科迪》, New York : Chelsea House Press, 2010, p45.

都给他十个美元,然而他还没有等他们回答就已经开火了。①

　　在酒精的作用下,如此疯狂,如此残暴,如此丧失理智,这应该是西部牛仔生活态度劣根性一面的充分表现。这个粗暴与勇敢并存、正义与邪恶同在的人群,他们与东方商人的温文尔雅、宅心仁厚同时又患得患失、克制忍让的生活态度迥然不同。但是,从审美的角度出发,这两类人物形象及其作为却同样是能让人兴味盎然的。

　　总的来说,中国话本小说中的东方商人和美国民间传说中的西部牛仔的故事,通过对他们"遇奇探险"过程的讲述,通过对不同地域的大自然风光和民风民俗的的细致描写和对不同民族、不同文化圈人物内心世界的揭示,能让受众产生如临其境、设身处地的感觉。读者在安全的情境下体验"遇奇探险"的过程和"心灵搏斗"的历程是有趣的,也是一种高级娱乐和享受,这也正是这些现实题材的作品能够与历史故事、神异故事一样流传久远的原因之一。

第二节　游侠背后的文化密码

　　韩非子尝言:"侠以武犯禁。"②游侠与官府本来应该是敌对的存在,但在中国话本小说中,官府与游侠却由一开始的敌对逐步变成了后来的携手。而英美民间故事却不是这样,那些绿林好汉根本不愿意与官府携手共进。探讨这种不同描写背后隐藏的文化蕴含,是本文这一节的根本任务。

一、世俗气息极浓的侠义公案小说

　　中国的春秋战国时代就有了"侠",太史公的《史记·游侠列传》对此作了生动的描述。汉代的《燕丹子》可以说是中国最早的写侠客的小说作品。唐代,这类作品越来越多,在那里出现了男男女女、老老少少的侠客形象。宋元话本小说到明代拟话本中反映侠客精神的作品也不少,如《清平山堂话本》之《杨温拦路虎

---

① Savage, William W.: Cowboy Life: Reconstructing an American Myth《牛仔生活:美国神话的重构》, Denver: University Press of Colorado, 1993. P27.
② 梁启雄:《韩子浅解》,北京:中华书局,1960 年版,第 476 页。

传》，"三言"中的《杨谦之客舫遇侠僧》《宋四公大闹禁魂张》《万秀娘仇报山亭儿》《李汧公穷邸遇侠客》，"二拍"中的《刘东山夸技顺城门，十八兄奇踪村酒肆》《程元玉店肆代偿钱，十一娘云岗纵谭侠》《乌将军一饭必酬，陈大郎三人重会》《伪汉裔夺妾山中，假将军还姝江上》《神偷寄兴一枝梅，侠盗惯行三昧戏》等。入清之后，侠义小说又与公案小说融合形成侠义公案小说，然而到了清末民初，侠义小说又从公案小说中分离出来，成为武侠小说。

侠义公案小说虽为章回小说的一个类别，但其中有些作品却仍然是一种话本小说的形态，如《施公案》《龙图耳录》《三侠五义》《忠烈小五义传》《续小五义》《续侠义传》《彭公案》《儿女英雄传》等等。

侠义小说与公案小说的合流有其历史契机和文学自身发展的必然性。千百年来，备受欺凌的普通劳苦大众热切希望社会的公平，并盼望着有某种强大力量来实现这种公平。在文学作品中，这种力量被形象化地描写成三类人物：神仙、清官、侠客。但在现实世界中，正直之神灵毕竟比较虚幻，而清官和侠客则相对离现实生活距离较近。于是"公案"、"侠义"两类小说便走进文学领域。一开始，公案小说的任务是写清官的平反冤狱，为民除害，但写着写着，统治阶级的意识形态逐渐渗透进来，清官的主要任务由为百姓伸冤变成了维护封建秩序。侠义小说的变化更大，那些为民除害、抱打不平的英雄豪杰，逐渐演变成以强凌弱的地方豪强，或者投靠官府、为虎作伥。这样一些"清官"和"侠客"结合在一起，就成为一群精明勇武的奴才，清官是皇帝的奴才，侠客则是清官的奴才，在他们身上，都充满了世俗的"奴气"。

但是，清代的这一批侠义公案小说却是最接近市井中酒楼茶馆的说话艺术的，有的作品本来就是说书人的"话本"。诚如鲁迅先生所言："《三侠五义》及其续书，绘声状物，甚有平话习气，《儿女英雄传》亦然。……《小五义》序亦谓与《三侠五义》皆有石玉昆原稿，得之其徒。……是侠义小说之在清，正接宋人话本正脉，固平民文学之历七百年而再兴者也。"①这种与书场紧密相关的长篇话本小说，决定了它艺术表现方面的一些特点：首先是必须在一定时间内将故事内容告一段落，其次是必须留下一些"话头"而无穷无尽地"讲"下去，行话叫做"蔓活儿"。如《施公案》续至十集，《彭公案》续至八集，《三侠五义》亦有《小五义》《续小五义》《续侠义传》等后续之作。

---

① 鲁迅著：《中国小说史略》，北京：人民文学出版社，1973 年版，第 249 - 250 页。

《施公案》出现在乾隆、嘉庆间,是"清官"与"侠客"合流的代表作。书中的主人公施仕纶,原型施世纶,是当时著名的清官。陈康祺《郎潜纪闻》所言:"少时即闻乡里父老言施世纶为清官。入都后则闻院曲盲词,有演唱其政绩者。盖由小说中刻有《施公案》一书,比公为宋之包孝肃、明之海忠介,故俗口流传,至今不泯也。"(卷四《施世纶政绩》)①这位施世伦,《清史稿》亦有记载:"施世纶,字文贤,汉军镶黄旗人,琅仲子。……世纶当官聪强果决,摧抑豪滑,禁戢胥吏,所至有惠政,民号曰'青天'。"②然而,从民间传说而进入小说作品中的"施公",已由平反冤狱的清官变成替朝廷卖力的贤臣。与此同时,那些江湖侠客,则蜕变成为报效清官政治斗争工具。且看黄天霸行刺施公失败被俘后的表现:

> 施公说道:"有眼不识泰山!他乃盖世英雄,今日何以至此?"二役无奈,闪在左右。但见与那人把绳子全解。那人翻身扒起,盘膝坐在地上,闪目垂头不语。施公见他也不跪,带笑说:"壮士受惊了!"又善化一回。野性知化,下跪说:"老爷今释放我,心下何忍,愧见朋友,愿求一死。不然,投到老爷台下,少效犬马微劳,以报饶命之恩。"施公说:"你有真心,施某万幸。"那人说:"小人若有私心,死不善终。"施公听说,伸手拉起,说:"好汉,你的大名,本县不知。"那人回答:"小的名叫黄天霸。"施公说:"此名叫之不雅,改名施忠,壮士意为如何?"天霸说:"太爷吩咐就是。"(第三十四回)③

在施公循循善诱的教育感化之下,像黄天霸这样的江湖侠客就背叛了绿林,成为封建官府的鹰犬。另一部著名的侠义公案小说《三侠五义》的情况与《施公案》大略相同,清代同治年间,石玉昆以在北京演讲述说包公故事的"龙图公案"而轰动一时,以致为自己迎来了极高的声誉:"高抬身价本超群,压到江湖无业名,惊动公卿夸绝调,流传市井效眉颦。编来宋代包公案,成就当时石玉昆。"(《石玉昆》子弟书)④当石玉昆讲唱《龙图公案》时,有受众将其内容逐日记载下来,成为话本《龙图耳录》,该书有同治六年(1867)藏本。后又有人将《龙图耳录》改编为《三侠五义》,有光绪五年(1879)刊本。最终,俞樾先生又将该书第一回中的"狸

---

① 陈康祺撰:《郎潜纪闻》,北京:中华书局,1984 年版,第 387 页。
② 赵尔巽等撰:《清史稿》,北京:中华书局,1977 年版,第 10095 – 10097 页。
③ 谢振东校订:《施公案》,北京:宝文堂书店,1982 年版,第 72 页。
④ 关德栋 周中明编:《子弟书丛钞》,上海:上海古籍出版社,1984 年版,第 734 页。

猫换太子"删去,并从"散侠"中提拔小诸葛沈仲元、黑妖狐智化、小侠艾虎为大侠,改书名为《七侠五义》。究其实,《龙图耳录》、《三侠五义》、《七侠五义》绝大多数的描写相差无几,当视为同一部话本小说作品。

《龙图耳录》中的清官是包公,侠客则是展昭、白玉堂等江湖好汉。但这些人同样先后归附了官府,而且同样具有十足的奴性。且看号称"南侠"的展昭在皇帝面前卑躬屈膝的表现:

> 此时展爷显弄本领,走到高阁柱下,双手将柱一搂,身体一纵,双足一飘,两腿拳起,嗤、嗤、嗤,顺柱而上。到了柁头,用左手把住,左腿盘在柱上,将虎体一纵,右手一扬,右腿伸个四平,做了个"探海势"。天子看了,连声赞好。群臣以及楼下人等无不暗暗喝采。又见他右手抓住檐椽,滴溜溜,身体一转,把众人唬了一跳。谁知他却转过左手,找着椽头,脚尖儿登定檩枋,上边双手倒把,下面两脚拢步;由东边串到西边,由西边又串到东边,串来串去,串到正中间,忽然把双脚一拳,用了个"卷身势"往上一翻,脚跟登定瓦陇,将双手一撒,平平的将个身子翻上房去。天子看至此,不由的失声道:"奇哉!奇哉!这那里是个人,分明是朕的御猫一般!"谁知展爷在高处业已听见,便在房上与圣上叩头。(《龙图耳录》第二十二回)①

展昭是《龙图耳录》中品位最高的"侠",但在皇帝面前却如此献媚讨好,将一身为民除害的武功变成君前特技表演的游戏,甚至心甘情愿接受皇帝赐予的"宠物"一般的称号。从《刺客列传》到《水浒传》中的"以武犯禁"和"抱打不平"的侠义精神于此处消亡殆尽。其实,这种思想并不是石玉昆等个别说话艺人所独有的,而是清代普通民众的一种"集体无意识"的曲折表现。中国封建社会发展到晚清,各种思想、各种崇拜,都已经在普通民众那儿转来转去不知多少个来回。儒家的、道家的、墨家的、法家的、佛教的、道教的、基督教的、理学的、心学的、实学的以至于东渐的西学,五花八门,千奇百态,市井众生和下层知识分子简直无所适从。最后,绝大多数的人只好有意无意地在接受统治阶级思想的同时留下一小片自己的空间——世俗的现实主义。盲目地崇拜权力,盲目地崇拜金钱,盲目地崇拜大人物,在此基础上逐步形成了俗气十足的奴性意识,同时,也将英雄豪侠"培养"出

---

① 石玉昆述:《龙图耳录》,上海:上海古籍出版社,1981年版,第239—240页。

十足的奴性。《施公案》《龙图公案》等在茶肆酒楼广为传颂的新"话本小说",就是这种奴性"英雄"的载体。

从《龙图耳录》到《三侠五义》再到《七侠五义》之后,续书层出不穷,而奴性意识也愈演愈烈。《忠烈小五义传》、《续小五义》是一个系列,所谓"小五义"者,北侠欧阳春义子艾虎、钻天鼠卢方之子卢珍、彻地鼠韩彰之子韩天锦、穿山鼠徐庆之子徐良、锦毛鼠白玉堂之侄白芸生,"小五义"诸人均有其父叔辈之流风余韵,但同样具有奴性的"侠义",在行侠仗义的同时,他们更多的行动仍然是服从清官、铲除豪强、剿灭叛逆。至于《续侠义传》一书,堪称白玉堂外传,可惜的是在《龙图耳录》中最具叛逆精神的锦毛鼠性格发生巨大转变,原先的心高气傲变成老到圆熟,结果是锋芒尽敛,成为包公的继任颜查散之走卒鹰犬。"三侠五义"其他人物也都成为颜查散的棋子,听任其摆布,侠客精神几乎趋向于零。

综上所述。《施公案》《龙图耳录》等侠义公案小说实乃清代中后期出现的活跃于茶肆酒楼的新"话本小说"。它们继承了从宋代开始而绵延七百多年的"评话"正脉,充满民间口头讲唱文学的气息,并扩大成为"蔓活儿"。书中的侠客,从血气方刚打斗到年老力衰;书中的清官,从区区七品升级到当朝一品;至于故事,老辈的讲完了讲小辈、师傅的说尽了说徒儿。与此同时,统治阶级思想和小市民世俗精神共同培养的奴性意识又不知不觉成为清官侠客的行动指南。于是世俗气息极浓的侠义公案小说很快就占据了世俗小说的主流地位。然而,中国的老百姓就喜欢看这种东西,其奈他何?市井细民不仅喜欢看,还喜欢讲,不仅到书场中去听专业的讲唱,还在民众间形成非专业的讲述,于是,这类俗气冲天的作品也就绵延不绝了。

二、我行我素的绿林游侠

英美民间故事中的侠客与中国话本小说中的侠客的表现有很大的差别,他们的行为,倒有些像《水浒传》中某些我行我素的英雄人物,如敢于叫大官高俅"吃洒家三百禅杖了去"①的鲁智深。(第七回)如高喊"杀去东京,夺了鸟位"②的李逵。(第四十一回)还有"穿了御衣服,戴着天平冠,在那里嬉笑"③的阮小七。(第九十

---

① 施耐庵 罗贯中著:《水浒传》,北京:人民文学出版社,1975年版:第101页。
② 施耐庵 罗贯中著:《水浒传》,北京:人民文学出版社,1975年版,第574页。
③ 施耐庵 罗贯中著:《水浒传》,北京:人民文学出版社,1975年版,第1363页。

九回)但《水浒传》不属于话本小说,因此,这里不作为讨论对象。

在英美民间故事中,绿林好汉的故事常常与游历、冒险有关,充满机遇和挑战,主人公克服重重困难后最终功成名就。其中,最有名的作品当属罗宾汉系列了。罗宾汉的传说已经很难考证到底起于何时,目前可知的是他的传说至少在威廉一世时期。罗宾汉的出身和生平的考证纷繁复杂,只知道在苏格兰和英格兰一带流传着他劫富济贫、锄强扶弱的英雄事迹。司各特在这些传说的基础上进行再加工,写成《艾凡赫》。艾凡赫也就是罗宾汉,这是一个不畏强暴的绿林大盗。根据传说,罗宾汉是一个出色的弓箭手,他英勇机智,不畏强暴,在司各特笔下,罗宾汉最终成为了一个游侠。而他身上所谓"侠"气,并非单指高超的武功和气力,而且还包括人们普遍认可的道德精神。因此,在罗宾汉身上,"侠"与"义"是紧密联系在一起的。

罗宾汉与中国话本小说中那种从平民中诞生的豪侠略有不同,他出生于贵族家庭,本身就具有一些贵族品质,例如超凡的智慧、卓越的勇气、礼貌的谈吐,就连容貌也与众不同,因此,他向人们展现的是另一种游侠状态。作者对他的描写甚至已经脱离了普通"人"的范畴,而接近于"神"的品格。由于历史的需要,罗宾汉在一个民族融合与封建统治需要巩固的时代背景下应运而生。罗宾汉既是英国传统贵族的代表人物,具有骑士的高尚品格,另一方面他又与诺曼底大陆有着千丝万缕的联系,这就使他具有复杂的身份,而这种复杂身份的人物成为侠义英雄之后,两种不同民族之间的矛盾便不再那么尖锐。罗宾汉作为一个中间人物,缓冲了民族融合时期的矛盾。因此,从这个层面看,罗宾汉的故事与中国话本小说中的侠义公案故事具有完全不同的历史文化背景。

不同的文化背景当然会培养出不同的侠客,罗宾汉与中国的黄天霸、展昭们奴性意识最大的不同在于他蔑视权贵的"我行我素"。且看《艾凡赫》中描写的罗宾汉与高层人物搏斗时的片段:

"我现在不高兴跟你斗,"圣殿骑士道,他的声调变得瓮声瓮气。"等你把伤养好,备上一匹好马,那时你老爷也许高兴管教管教你,把你这孩子的狂妄脾气治一治。""哈!骄傲的圣殿骑士,"艾凡赫道:"你忘记你两次输在我手里吗?你回想一下阿克尔的比斗,回想一下阿什贝的交锋,回想一下罗泽伍德大厅上的吹牛,那时节你曾用你的金链条和我的圣物匣打赌,你说你一定要和艾凡赫较量一下来恢复你失掉的名誉。凭着我的圣物匣以及匣子里所装的圣物,我要向欧洲的每个宫廷——向你们教派的每个寺院——把你这个圣殿骑士宣布为一个胆小鬼——除非你不再拖延,立刻和我交手。"①

面对贵族地位的圣殿骑士,罗宾汉的表现是如此目空一切,我行我素。在他眼里,已然没有了等级、没有了畏惧,这是一种真正的完全自由状态的"骑士品格",没有任何的奴颜媚骨。如此人物,在中国古代侠义人物的长廊中,只有像唐人传奇小说和《水浒传》这样的精光四射的作品才偶尔露峥嵘,在其他武侠小说尤其是晚清公案侠义小说中是很难看到其身影的。而在《凡尔赛》中,罗宾汉这样的表现可谓比比皆是。不仅如此,在罗曼斯集大成的辉煌巨著《亚瑟王之死》中,许多圆桌骑士也都具有这种蔑视等级、我行我素的风范,尤以兰斯洛特和崔思痛为甚。如该书第八卷第十三回写的就是"崔思痛和马尔克王两人共同爱上了一个贵妇,互相嫉忌,恶感颇深。……崔思痛无奈,扬起长矛,猛烈地对准舅父马尔克王打还,把他打下马来,栽倒地上。"②当然,崔思痛并非标准的绿林好汉,但他至少曾经当过"游侠"。由此亦可见得,在英美民间故事的"游侠"题材作品中,罗宾汉我行我素的行为,并非个别的特例,而是一种普遍的存在。

罗宾汉之所以能成为大侠,当然不仅仅因为他傲气凌云,更重要的是他具有"一切平等"的要求和人类固有的恻隐之心。有一次,发生了这样一件小事:

在塞得利克招待众多客人的时候,艾萨克(犹太人)这样受着众人的白眼,和他的在各国的同胞一样,不仅没有人欢迎,连个歇息的地方都没有;正在这时,那个坐在壁炉旁边的游方僧人(罗宾汉)见了,倒起了恻隐之心。他让出了自己的座位,随便说了一句:"老头儿,我的衣服已经烤干,肚子也饱了;你还是一身湿的,没有吃到东西呢。"他一面说着,一面把散放在壁炉边上没有烧透的木柴收集了一下,放在火苗上,然后从大饭桌上舀了一些浓汤,拿过一块炖羊肉,放在他原来吃饭的小几上,不等那犹太人说声谢谢,就走到大厅的另一边去了。③

---

① [英]司各特著 刘尊棋 章益译:《艾凡赫》,北京:人民文学出版社,2004 年,第 446 页。

② [英]托马斯·马洛礼著 黄素封译:《亚瑟王之死》,北京:人民文学出版社,1960 版,第 331 –332 页。

③ [英]司各特著 刘尊棋 章益译:《艾凡赫》,北京:人民文学出版社,2004 年,第 38 页。

不分种族,不分等级,不分职业,人与人之间平等相处、珍重相处,这才是真正的大侠风范。罗宾汉用他看似不经意的行为,完成了对"侠"的深刻内涵的生动诠释。这样的罗宾汉,才是一个完整自足的罗宾汉,才是一个能代表英国民间故事中最具大侠风范的艺术典型。

三、奴性与傲气:两个色彩各异的肥皂泡

虽然中国话本小说和英美民间故事中游侠题材作品的主题或者说立意不同,然而二者之间还是有不少相同之处的。如故事都来源于民间传说,绿林大盗罗宾汉并非作者司各特独创,故事早就在民间流传,黄天霸、展昭、白玉堂之流也在民间有很多传说故事。其二,对于游侠行为的描写多有相似之处,如性格直率,做事光明磊落,武功高超,有胆有谋。第三,这些游侠不同程度地具有为民除害、杀富济贫的动机和行为。

但二者之间的不同之处也很明显,那就是精神品格的迥然有异。黄天霸之流"奴性"十足,罗宾汉等人"傲气"逼人。

为了说明问题,先看两个极端的例子:

> 圣上召见,便问:"访查那人如何?"包公趁机奏道:"那人虽未弋获,现有他同伙三人自行投到。臣已讯明,他等乃陷空岛内卢家庄的五鼠。"圣上听了,问道:"何以谓之'五鼠'?"包相奏道:"是他五个人的绰号:第一是盘桅鼠卢方;第二是彻地鼠韩彰;第三是穿山鼠徐庆;第四是混江鼠蒋平,第五是锦毛鼠白玉堂。"……包相心下早已明白:这是天子要看看他们的本领,故意的以御审为名。但则包公为何将钻天鼠改做"盘桅",翻江鼠改做"混江"?这是包公自从那日卢方要面圣时已然筹思良久,惟恐说出"钻天"、"翻江",有犯圣忌,故此改奏。……包公见他三人罪衣罪裙俱已穿妥,包公道:"何必如此之早?俟圣旨召见时,再穿不迟。"卢方道:"罪民等今日朝见天颜,理应奉公守法。若到临期再穿,未免简慢。"(第四十八回)[1]

作为群侠之主心骨的包大人在向皇帝介绍侠客们绰号的时候,竟然连"钻天""翻江"这样的字眼都不敢用,而改成"盘桅""混江"云云,这真是典型的奴性品

①　石玉昆述:《龙图耳录》,上海:上海古籍出版社,1981 年版,第 521–524 页。

格。在这样的清官影响之下，侠客们的奴性更可想而知，展昭因为一个"御猫"的称号就在屋顶上向皇帝叩首谢恩，而卢方等"五鼠"中人，原本也没有什么过错，竟然就在朝见皇帝的时候提前穿上"罪衣罪裙"，这种行为，在今天的中国和那时的西方都是不可想象的，但在《龙图耳录》的世界里，这却是最真实不过的事。那么，西方的罗宾汉们的表现又如何呢？

> 他在马上非常娴熟自然，显出一种青年人的飒爽风度。观众看见他这个样子都不由对他产生好感，有些下层观众就向他喊叫说，"碰拉尔夫·德·维朋的盾牌——碰那个医护骑士的盾牌！他骑得最不稳，战胜他最容易！"那个应战者在这些好意的鼓舞声中继续前进，出了比武场的场门，登上斜坡。使全场观众大为惊异的是，他一直奔到土台中间那座帐篷前面，用他的矛尖敲着布里昂·德·波阿—基尔勃的盾牌，发出铛铛的响声。众人看他居然如此狂妄，都大吃一惊，而最感到惊愕的莫过于布里昂本人。①

　　医护骑士是圣殿骑士中的一类，他们不仅"护理"贵族的身体，还"护理"贵族的灵魂，地位非常崇高。而罗宾汉却平视乃至俯视这般高贵的人物，向他主动发出攻击，并做出用矛尖敲击对方盾牌的狂妄的挑衅动作，使在场的贵族人群包括对方那位"医护骑士"在内都大吃一惊。可见，罗宾汉这种行为是傲气逼人的，甚至可以说几近疯狂。

　　中国话本小说中侠客的"奴性"与英美民间故事中游侠的"傲气"形成鲜明的对比，这当然都是由东西方不同的文化土壤培养的结果。问题在于，这种明显的相异之处意味着什么？它的文化指向又将是一个什么样的状况？质言之，这些"同中有异"的游侠背后具有什么样的文化密码？

　　大致而言，上述这种奴性和傲气其实就是两个色彩各异的肥皂泡。

　　人类发展进程中有两种精神在左右着历史走向，一是集体精神，一是个体精神。集体精神的核心是"服从"，个体精神的核心是"突破"。没有个体精神，没有对固有一切的突破，社会就不能发展；但如果没有集体精神，没有对当下权威的服从，社会就会紊乱。突破时，社会处于无序状态，但这种无序造成了社会的向前发展；服从时，社会由无序变成有序，但这种有序又形成了社会的停滞休整。人类社

---

　　①　[英]司各特著　刘尊棋　章益译：《艾凡赫》，北京：人民文学出版社，2004年，第76页。

会的发展过程,从某种意义上讲就是在不断的突破、休整,无序、有序的循环往复中曲折前进的。

中国话本小说中侠客们的浓厚的"奴性"意识,实际上是对"集体性"的过分强调,这是当时的封建统治阶级意识形态干预的结果。英美民间故事中侠客们近乎疯狂的"傲慢"习气,实际上是对"个体性"的过度渲染,这是当时日益高涨的资产阶级思潮鼓动的结果。而当这两种文化现象都成为过眼烟云的今天,回过头来再看这些"奴性"与"傲慢"的表现,它们其实都是暂时有利于社会而长远不利于社会的。因为,社会不可能永远的凝固而不发展,也不可能永无休止地发展而不整顿。从这个角度出发,过分现实化地强调"奴性"意识形态是一个肥皂泡,因为它很快就会被社会发展的要求而"吹破";同样,过分理想化地强调"傲慢"的意识形态也是一个肥皂泡,因为它很快会被社会必须调整的需求所"浇灭"。因此,二者的社会效用都只是暂时的。当然,那些已经成为艺术典型的侠客人物,无论其"奴性"也罢、"傲气"也罢,他们身上所具有的借鉴作用和审美效果却又都是永恒的。

第三节 恋爱·婚姻·家庭

恋爱、婚姻、家庭,是正常人生应该度过的三部曲。如果一个人一辈子没有经历这三个阶段中的某一个阶段,他的人生就可能会被别人视为有缺憾。然而,就是在对这些人生必修课的艺术讲解中,中国话本小说和英美民间故事体现了基本的相同和较大的差异。

一、话本小说婚恋故事中的"人道情怀"

中国话本小说中的爱情婚姻题材作品占了很大的数量,如果扩大一点,话本小说中涉及妇女问题和婚恋题材的作品更是不胜枚举。仅《清平山堂话本》中,就有《柳耆卿诗酒玩江楼记》、《简帖和尚》、《风月瑞仙亭》、《蓝桥记》、《快嘴李翠莲记》、《风月相思》、《刎颈鸳鸯会》、《戒指儿记》等作品从不同角度描绘了女性、爱情、婚姻以及当时的伦理道德标准。

从宋元话本到明清拟本,有各种各样的婚恋故事展示,也有形形色色的妇女生活描写。上述《清平山堂话本》诸作,有的让读者看到了地方官员是怎样为所欲为地作践妓女,有的却描写了才子佳人卿卿我我的爱情,有的描写了追求爱情的不屈不挠,有的则体现了公子小姐偷情的缠绵悱恻,有的作品的女主人公为了爱欲可以抛弃一切,有的作品中的青年男女却又带着迷梦一般境界偷尝禁果……。至于"三言""二拍"等话本、拟话本中婚恋题材的作品,更是名篇如林,不胜枚举。如"三言"中的《众名姬春风吊柳七》《杜十娘怒沉百宝箱》《王娇鸾百年长恨》《卖油郎独占花魁》;"二拍"中的《宣徽院仕女秋千会,清安寺夫妇笑啼缘》《通闺闼坚心灯火,闹图圄捷报旗铃》《李将军错认舅,刘氏女诡从夫》《同窗友认假作真,女秀才移花接木》《错调情贾母罥女,误告状孙郎得妻》;其他拟话本集中还有《花二娘巧智认情郎》《乖二官骗落美人局》《吹凤箫女诱东墙》《谭楚王戏里传情,刘藐姑曲终死节》等等。这些作品,或写爱情与礼法之间的矛盾与容纳、抗争与妥协、冲越与回归、游移与决绝等种种关系;或让书中的男女主人公摇摆于情、欲之间,以情制欲者有之,以欲胜情者亦有之,甚至还有作品表现了"情"与"欲"的彼此消长与相互作用。有的作品,描写的是一种动物本能欲望的发泄;有的作品,却表现了人们正常的性欲与封建礼法的矛盾;有的作品,进而展现了青年男女情欲混杂而冲越种种束缚的勇敢作为;有的作品,甚至讴歌了情痴情种们以其真情至爱与封建礼法的持久抗衡、激烈搏斗。如此等等,不一而足。前人对这些作品之评价、议论、鉴赏、分析车载斗量、见仁见智。面对如此众多的名篇佳作,笔者也无法全面论述。这里,仅以"人道情怀"为标尺,来分析这些作品的思想蕴含。

此所谓"人道情怀",主要指的是爱情、婚姻、家庭生活方面男方对女方的情感观照。因为在中国封建时代,男性是核心而女性处于附庸、从属地位,能否将对方当"人"看待,主要是男子的态度起作用。

首先来看缺乏"人道情怀"的例子。《简帖和尚》中的受害者是弱女子杨氏,而他的丈夫则是一位"官人"。杨氏被简帖和尚设计骗去做了老婆,这是她的一层不幸。但是,她更大的不幸却不是被骗本身,而是丈夫皇甫大官人对她的不信任。在简帖和尚设计托人送去物品后,皇甫殿直的反应异常激烈:"殿直左手指,右手举,一个漏风掌打将去。小娘子则叫得一声,掩着面,哭将入去。"①随后,皇甫继续逼供家中女童,见还是找不到证据,便将杨氏押至衙门审问。最后,整个过程都

① [明]洪楩编 谭正璧校点:《清平山堂话本》,上海:上海古籍出版社,1987年新1版,第12页。

按照简帖和尚设计的阴谋进行着,然而能够促成这种结果的动力是什么呢? 很显然,这就是当时的女性贞德观念的过分强调。皇甫大官人对妻子杨氏的所有行为:殴打、逼讯、审问、冤枉、休弃,都是建立在不信任妻子贞操品德的基点上的。对结发妻子的无端怀疑,皇甫大官人的做法,本身就是缺少"人道情怀"的体现。

《快嘴李翠莲记》中的女主人公个性鲜明,历来被视为市井女性反对封建伦理道德、反压迫,争取女性独立的典型代表。这位家喻户晓的人物以嘴快不饶人而著名。故事主要讲述了她不畏公婆、丈夫、父母、媒人等代表着封建礼制的人物,公然以"快嘴"顺口溜的方式表达自己的意见和看法,由此惹恼了众人,也惹恼了用来维持当时社会秩序的封建道德规范。于是,这个人物的悲剧结局就不可避免。由于社会和家庭的压力、影响,李翠莲最终出家为尼,永远闭上了她的"快嘴"。这个故事充分体现了在当时的社会历史背景下,女性人格被"贱视"的现实。快言快语,本是正常人格的一种正常表现,但却因为她是一个女人,尤其不能被社会包容,最终,她只能被丈夫离异,过上孤独的尼庵生活。她的丈夫、亲人,乃至整个社会对她缺失的正是"人道情怀"。

中国话本小说中,也有丈夫对妻子具有持久而真诚的"人道情怀"的描写。先看冯梦龙笔下的《蒋兴哥重会珍珠衫》中的展示。

蒋兴哥得知妻子有了外遇,并没有将罪过全算在女方身上,而是想到"当初夫妻何等恩爱,只为我贪着蝇头微利,撇他少年守寡,弄出这场丑来"。① 这种想法,实际上是将妻子"红杏出墙"的责任一半算到自己头上。随后,蒋兴哥又通过妻子王三巧回娘家的机会,婉转休妻。最终,当被休弃的妻子王三巧改嫁吴知县时,"临嫁之夜,兴哥顾了人夫,将楼上十六个箱笼,原封不动,连匙钥送到吴知县船上,交割与三巧儿,当个赔嫁"。② 蒋兴哥的这些行为,在当时可算是对妇女尤其是那种"有过失"的女人极其人道的行为。这种行为建立在把女人当作"人"来看待的思想基点之上,而不是将她们视为发泄性欲或生儿育女的工具。蒋兴哥的行为,表现了他内心深处对妻子的"人道情怀"。

与之相近似的还有"二拍"中《酒下酒赵尼媪迷花,机中机贾秀才报怨》一篇,贾秀才的妻子不幸被歹徒骗奸,此女欲自杀以明其节烈,她的丈夫贾秀才反而劝慰她说:"不要短见,此非娘子自肯失身,这是所遭不幸,娘子立志自明。今若轻身

---

① [明]冯梦龙编:《喻世明言》,北京:人民文学出版社,1958年版,第26页。
② [明]冯梦龙编:《喻世明言》,北京:人民文学出版社,1958年版,第30页。

一死,有许多不便。"①当妻子被歹徒诱奸之后,贾秀才不是站在自己的角度来考虑个人荣誉、男性尊严等问题,而是站在妻子的角度认识到这是一种"不幸",并积极劝阻妻子自杀,进而谋求报仇雪耻。这毫无疑问也是一种"人道情怀"的表现。

冯梦龙、凌濛初都是极具"人道情怀"的作家,这不仅体现在他们的拟话本创作,还体现在他们对旧话本的改造。在这方面,冯梦龙的表现尤其突出。为了说明问题,就来看看他是怎样将《柳耆卿诗酒玩江楼记》改造成《众名姬春风吊柳七》的。

冯梦龙曾在署名绿天馆主人的《古今小说叙》中说:"如《玩江楼》、《双鱼坠记》等类,又皆鄙俚浅薄,齿牙弗馨焉。"②这里所说的《玩江楼》就是保存在《清平山堂话本》中的《柳耆卿诗酒玩江楼记》。看来,冯梦龙对这篇旧话本小说是很看不起的。该篇不到三千字,主要叙柳永为余杭县宰,修"玩江楼"自乐。他看上了美妓周月仙,调戏之,月仙不从。柳永打听到周月仙与黄员外相好,每夜坐船赴约,便买通舟人奸污了月仙。月仙写下一诗:"自恨身为妓,遭淫不敢言。羞归明月渡,懒上载花船。"③舟人以此诗回复柳永,柳永设宴玩江楼,于酒席上歌此诗,迫使月仙就范而狎之。这篇作品中的柳永倚仗权势,并以极其下流卑劣的手段凌辱妓女,堪称"惨无人道"。冯梦龙鄙弃旧话本中的柳耆卿,将此篇脱胎换骨,改造成《众名姬春风吊柳七》。改编后的作品长达七千字,作者把捉弄周月仙之柳县宰改为刘二员外,又将月仙所爱之人改作黄秀才,故事最后写县宰柳永主持公道,最终"将钱八十千作身价,替月仙除了乐籍。一面请黄秀才相见,亲领月仙回去,成其夫妇"。④《众名姬春风吊柳七》中的柳永与《柳耆卿诗酒玩江楼记》中的同名人物截然不同,其间,思想性格的分水岭即是否具有"人道情怀"。《玩江楼》中的柳永对社会底层的妓女是"惨无人道"的侮狎和迫害,而《吊柳七》中的柳永则对沦落风尘的"卑贱"女性充满真淳的体贴和同情。作者冯梦龙在这篇作品中所赋予柳七最宝贵的精神品格不是别的什么,恰恰就是深切的"人道情怀"。

由上可见,话本小说中涉及爱情、婚姻、家庭题材的作品,大多以是否具有"人

① [明]凌濛初著,《古本小说集成》编委会编:《拍案惊奇》,上海:上海古籍出版社,1995 年影印本,第 253 页。
② [明]冯梦龙编:《喻世明言》,北京:人民文学出版社,1958 年版,卷首。
③ [明]洪楩编 谭正璧校点:《清平山堂话本》,上海:上海古籍出版社,1987 年新 1 版,第 3 页。
④ [明]冯梦龙编:《喻世明言》,北京:人民文学出版社,1958 年版,第 193 页。

道情怀"作为塑造人物、评判人物的精神试金石和性格分界线。

二、英美民间故事中婚姻爱情生活的悲喜剧

乔叟的《坎特伯雷故事》中有不止一篇描述男女情爱的故事。其中《磨坊主的故事》特具讽刺意味和喜剧色彩。故事讲的是一个名叫尼古拉的穷书生诱哄木匠房东约翰年轻迷人的妻子阿丽生和他共度良宵。他设计让房东相信第二场洪水即将来临,并出谋划策,骗他晚上躲在悬挂在谷仓屋梁的木桶里。同时,教区年轻的管事阿伯沙龙也爱上了阿丽生,他经常来到尼古拉和阿丽生卧室的窗前吟唱心中的爱慕之情,然而遭到了阿丽生的奚落。一次,阿伯沙龙请求阿丽生赐他一吻,阿丽生却趁着夜色将臀部挪出窗外,让他吻了一下。阿伯沙龙跑去找来一根烧得通红的拔火棒,又回到窗前请求再吻一次,这时尼古拉代替阿丽生,也把臀部露出窗外,却被阿伯沙龙在上面烙了一块印记。尼古拉疼痛难忍,大声呼喊"水",一直躲在木桶中的木匠却以为洪水来了,于是把绳子砍断,木桶从屋梁上掉了下来,结果摔断了一只手臂。整个故事荒诞不经,却成功地叙述了社会底层人民的真实生活,也揭露讽刺了教区管事的阿伯沙龙的神职人员的形象,如此辛辣的讽刺在此前的作品中实属罕见。

这种通过夸张手法而达到讽刺意味和喜剧色彩的作品还有一篇题为《卖妻》的故事。说的是一个布莱克伯恩的补鞋匠对他的妻子非常不好,尽管他的妻子是一个非常善良的女人。一天,补鞋匠将绳索捆着她,说要卖掉妻子。妻子也受够了他。于是补鞋匠开始拍卖他的妻子,而人们也开玩笑式地开始了竞价,有一位善良的老人非常喜欢这个女人的容貌,但是他没有钱,只好向一个小贩借了两块钱,但还是不够,因为拍卖的价格是两块六角钱。最终,老人还是得到了这个女人,因为女人说她愿意跟他走。她说,"你拥有了我,也拥有了我的所有。"老人说,他从一开始就并不在乎她所拥有的。这时,女人悄悄拿出了两百英镑。老人用这些钱做起了生意,他们过起了安定的生活。人们编了一首歌来讽刺这位补鞋匠:"哎呀!达克沃斯先生,你真是太聪明了。你为了啤酒卖掉了你的妻子,然后生活在荒郊野外。"①

英美民间故事中还有一些婚恋题材的作品,除了具有讽刺意味和喜剧色彩外,同时还包含着某些哲理意味,如乔叟《坎特伯雷故事》中的《巴斯妇的故事》。

---

① Katharine Briggs:*British Folk – tales and Legends*, Routledge Classics, 2002, p290.

该篇以"女人最大的欲望是什么"为标题，直接点中"婚恋"的要害，指出女性希望自由、平等的核心内容。故事以亚瑟王时代为背景，叙述了一个年轻骑士因为犯错而即将遭到亚瑟王的处决。在众人的乞求劝阻之下，亚瑟王答应，如果这个年轻的骑士能够去寻找到一个问题的正确答案，或许可以活命。"问题"即"女人最大的欲望是什么"，骑士询问了很多人，得到的答案形形色色，但都不正确。最终骑士遇到了一位丑陋的老妇，老妇要骑士立誓努力完成她要求的一件事情，才会告诉他正确的答案，骑士欣然答应。答案毫无疑问是正确的："这世上所有的女子最愿能控制得住她们的丈夫或情侣，做他们的主宰。"[1]然而，老妇人此时要骑士完成的事情却是娶她为妻。骑士虽然心中难以接受这样又老又丑的妻子，但由于已经立誓，只好应允。起初骑士表现得非常冷淡，他对老妇说："你如此丑老，出身又如此微贱，我这样翻复不安有何足怪呢。啊，上帝，我的心要爆裂了！"这段描写非常直白地道出了世间男人普通的心理，面对老朽丑陋的妻子，也许并非骑士一人会有此想法，只是骑士将它公开说出来罢了。老妇对骑士的劝导堪称对当时骑士制度约束女性的重磅炸弹：

> 不可依仗着富足的祖先，就有恃无恐。因为他们虽有产业名位传给我们，但使他们成为高士的德行，却丝毫不能传与，而需要我们模仿学习……你还嫌我贫穷；……贫穷虽然可恨，却是一个好友……丈夫，你还嫌我年老……丑貌与老年，老实说，都是守贞的护符。不过我既然懂得了你的心愿，我将满足你这个世俗之念。[2]

接着，老妇让骑士选择："你还是愿意我丑老，却一生做你的忠诚谦和的妻，决不违拗你的心意呢，还是愿意我年轻貌美，却说不定为了我的原故，你要在家中或其他地点偶尔忍受些烦扰？"[3]这真是一道艰难的选择题，但这种选择本身就是俗情的写真，充分体现了世俗男子对妻子美貌与贞洁难以两全的复杂心理。

以上故事，或夸张，或讽刺，大多具有喜剧色彩，但英美民间故事中的某些作品，却在喜剧色彩中蕴含着某些悲剧意味。如下面这篇《牛津的学生》，就让人读

---

① ［英］乔叟著 方重译：《坎特伯雷故事》，上海：上海译文出版社，1983 年版，第 130 页。
② ［英］乔叟著 方重译：《坎特伯雷故事》，上海：上海译文出版社，1983 年版，第 133 页。
③ ［英］乔叟著 方重译：《坎特伯雷故事》，上海：上海译文出版社，1983 年版，第 134 页。

了以后产生奇怪的感受:轻松与沉重共存。

从前有一个牛津的学生,他与镇子里的一个啤酒商的女儿相爱,并让她怀了孕。于是她催促他结婚,但是这个牛津的学生一直推诿,不过最终他答应说如果她能够在下一个月圆夜的时候在神圣大道上等他,那么就结婚。月圆夜的那天晚上,女孩去得很早,她沿着果园的边界走到了神圣大道,她来得如此的早,为了安全起见,她爬上了一棵苹果树藏了起来。过了一会儿她听到了沉重的脚步声,她看到她的心上人肩上扛着一把铁锹。他刚巧停在了女孩藏身的那棵树下,并开始挖土,他挖了一个墓穴,又深又长,还很窄。然后他手里拿着匕首站在那里等待女孩的到来。女孩没有做声,丝毫不敢有一点声响,等到他走了之后,她慌忙跑回家把一切告诉了她的父亲。第二天,当她走在酿酒街的时候,他看到了她,并亲切地向她致意。但是女孩子说:"一个月圆的晚上,我坐得很高,等待他的到来,枝桠弯下来的时候,我的心碎了,因为我看到了那只狐狸为我挖好的洞。"正当她说着,这个牛津的学生抽出他的匕首,刺向了女孩的心脏。于是在托恩与戈恩两地发生了远近闻名的打斗,酿酒街血流成河,这个残酷的学生最终被打死了,但是这并不能挽回女孩的生命,人们说女孩被安葬在了她选择的错误的情人为她挖好的墓穴之中。①

这样的故事在中国古代的文学作品中很难看到,它的逻辑性不是很强,但悲剧意味和喜剧意味同时存在。故事的讲述者并不一定要将故事编得天衣无缝,但却强调自己的某种观念或寄寓一定要在故事中得到体现。

英美民间故事中婚恋题材的作品虽然不少,但多半是以上几种范型,夸张、讽刺、喜剧色彩,更复杂的状态就是悲剧隐藏在喜剧色彩之中。

三、哀怨惨烈与幽默诙谐

在爱情、婚姻、家庭题材的作品中,女性往往是故事的主体,而且她们多半是悲剧主人公。中国话本小说写到苦难妇女的遭遇或结局时,给人的感觉是哀婉惨烈的。《简帖和尚》中的小娘子被丈夫休弃之后:"只有小娘子见丈夫不要他,把他

---

① Katharine Briggs:British Folk – tales and Legends《不列颠民间故事与传说》, London:Routledge Classics, 2002, p260

休了,哭出州衙门来,口中自道:'丈夫又不要我,又没一个亲戚投奔,教我那里安身? 不若我自寻死后休!'上天汉州桥,看着金水银堤汴河,恰待要跳将下去。"①一个无辜的女子,就这样被淫僧、丈夫"联手"逼上绝路。快嘴李翠莲的日子更不好过,就因为嘴巴快乐一点,身边没有任何人能够接受她,且看她自己的对这种窘况的诉说:

> 孩儿生得命里孤,嫁了无知村丈夫。公婆利害犹自可,怎当姆姆与姑姑? 我若略略开得口,便去搬唆与舅姑。且是骂人不吐核,动脚动手便来拖。生出许多情切话,就写离书休了奴。指望□家图自在,岂料爹娘也怪吾。夫家、娘家着不得,剃了头发做师姑。身披直裰挂葫芦,手中拿个大木鱼。白日沿门化饭吃,黄昏寺里称念佛祖念南无,吃斋把素用工夫。头儿剃得光光地,那个不叫一声小师姑。②

一个天真活泼的女性,就这样被毁了。"凶手"包括她娘家、婆家所有的人:爹娘、兄嫂、公婆、丈夫、姆姆、姑姑。这个女人最后的倾诉虽然仍然带有快人快语的调笑意味,但那只是话本小说的发源地——瓦舍勾栏中调笑之风的必然要求,而主人公的内心一定是苦不堪言的。

这样的例子在话本小说中举不胜举,《金玉奴棒打薄情郎》中的负心汉莫稽当官后,嫌弃曾经帮助过自己的妻子出身不好,"闷闷不悦,忽然动一个恶念,除非此妇身死,另娶一人,方免得终身之耻"。竟至将妻子"出其不意,牵出船头,推堕江中"。③《王娇鸾百年长恨》中的女主人公被负心汉始乱终弃,最后只能含恨自尽:"关了房门,用杌子填足,先将白练挂于梁上,取原日香罗帕,向咽喉扣住,接连白练,打个死结,蹬开杌子,两脚悬空,煞时间三魂漂渺,七魄幽沉。刚年二十一岁。"④《卖油郎独占花魁》中的妓女美娘只因为没有遂恶霸公子心意,竟然被当场抛弃在荒郊野外:"八公子分付移船到清波门外僻静之处,将美娘绣鞋脱下,去其

---

① [明]洪楩编,谭正璧校点:《清平山堂话本》,上海:上海古籍出版社,1987年新1版,第14页。

② [明]洪楩编,谭正璧校点:《清平山堂话本》,上海:上海古籍出版社,1987年新1版,第66页。

③ [明]冯梦龙编:《喻世明言》,北京:人民文学出版社,1958年版,第438页。

④ [明]冯梦龙编:《警世通言》,北京:人民文学出版社,1956年版,第532页。

裹脚,露出一对金莲,如两条玉笋相似。教狠仆扶他上岸,……美娘赤了脚,寸步难行。……越思越苦,放声大哭。"①如此种种,罄竹难书。中国封建时代的妇女,是越到后期越痛苦,政权、神权、族权、夫权四大绳索将她们死死绞住,还有无赖、负心汉、黑恶势力对她们的迫害与纠缠。当时的绝大多数女性,真正是无边苦海中可怜虫,而话本小说以哀怨惨烈的笔调状写了她们的生活,也可算得上本质地反映社会。

英美民间故事在反映以妇女为主人公的关乎爱情、婚姻、家庭题材时,与中国话本小说大异其趣,它们是充满幽默诙谐意味的。

《坎特伯雷故事》中的《磨坊主的故事》恰好是《简帖和尚》的水中倒影一般:内容相仿而结果却相反。文艺复兴时期的"人性"在文中显现得清晰且夸张。爱情自由的主题使乔叟唤醒了民众,个性解放成为该时期文学创作的重要内容之一。作为全书的第二个故事,《磨坊主的故事》出现在《骑士的故事》之后,本应沿续以骑士文学这种被当时人们视为正统文学的故事,然而磨坊主却打断这种延续,乔叟在故事集中的安排,非常巧妙地摆脱了仅供上层人士欣赏的高雅休闲文学而融入社会下层的幽默调笑。在《骑士的故事》之后,爱情的主题似乎又走上寻常路——宫廷高雅爱情和绅士谦逊风度被热情地歌颂。然而在乔叟的安排下,一个俗不可耐的故事由磨坊主道出。试想尼古拉和阿丽生两人的故事如果发生在皇甫殿直所处的社会环境中,那么结果是什么呢? 众人也许会对此嗤之以鼻,也许会被抓起来以通奸论处。寄宿在木匠家的尼古拉虽然并未得到众人的青睐和赞扬,还在故事的最后被烫伤,却"抱得美人归"。在这个故事中,最大的受益者其实是阿丽生,这个幸福的女性不仅摆脱了木匠的婚姻束缚,还逃离了阿伯沙龙纠缠,最终和她相爱的尼古拉在一起。这个结果也是一种圆满,却与皇甫妻杨氏最终回到丈夫身边的圆满有着不一般的文化内涵。《简帖和尚》的"圆满"是历经苦难的妇女回归伦理道德和正常秩序的大团圆,而《磨坊主的故事》的"圆满"却是以幽默诙谐的笔调对女性自由和解放的迫切愿望的一首冲越束缚的颂歌。

与《快嘴李翠莲记》最为相近的作品当数《坎特伯雷故事》中的《巴斯妇的故事》了。巴斯妇的形象本身就是对当时妇女形象的一种夸张和颠覆:"她一脸傲态,皮肤洁净红润。她一生鲜有作为,在教堂门口嫁过五个丈夫,年轻时其他有交

---

① ［明］冯梦龙编:《醒世恒言》,北京:人民文学出版社,1956 年版,第 60 页。

往的人不计在内,但关于这一点可以暂且不提。"①该篇开场语中巴斯妇叙述评价了五任丈夫,并"欢迎第六个来,不论何时。"②在这个故事中,巴斯妇显然是一位女性解放的典型形象,在贞洁观和婚姻观方面,巴斯妇有别于当时的普遍认识。从巴斯妇的叙述中,也可以看到当时的社会阶层正在发生着变化。从总序中对巴斯妇的说明可见巴斯妇大致属于手工业者阶层:"她善织布,简直超过了伊普勒和根特的技能。"③自然经济的分崩离析体现在手工业者能够相对地脱离土地而养家糊口,这也为巴斯妇胆敢违背传统的封建道德提供了一定的经济与生活上的支撑。在巴斯妇的自述中,充满了对现实婚姻生活的控诉和不满,同时还教会了人们如何进行反抗。巴斯妇的开场语是全书中最长的,她所讲述的故事也是饶有趣味的。在乔叟时代,能够写出如此饱满的关于女性争取自由独立的故事实属不易。如果从女性主义的角度来看,《快嘴李翠莲记》中李翠莲那一点多嘴多舌的"毛病",在巴斯妇的狂放行为面前简直算不得什么。然而,中国话本小说写这一点原本不足挂齿的"出格行为"却用了足够凝重的笔墨,而英美民间故事在叙述巴斯妇狂放的"冲越"时,笔调却是那样的幽默轻松。最令人拍案叫绝的却是乔叟在最后展示的高超之笔,世俗男子面对妻子美貌与贞洁难以两全的选择题,竟然做出了最为轻松愉悦的选择:

> 骑士自忖,忧伤地叹息着,最后这样说:"我的夫人,爱者,我的好妻子,我把我自己交托给你,听你的调遣;请你决定,只看哪一种于你最合适,最为正当。我不管是哪一种,因为你觉得合适,我也就认为满意了。"④

骑士忧伤的叹息,只是暂时的、表面的,很快,他就会为自己的正确选择而高兴得发狂。故事最后,丑陋的老妇因为骑士做出了一个让她满意的选择而变成了一位美丽的妇人,于是两难的选择题得到了两全的答案。故事的结尾不仅是浪漫的、圆满的,富有哲理性的,而且是具有幽默轻松的讽刺意味的,这与中国话本小说的曲调迥然不同。

中国宋元明清时期,是妇女生活最为黑暗的时代,也是爱情、婚姻、家庭生活

---

① [英]乔叟著　方重译:《坎特伯雷故事》,上海:上海译文出版社,1983 年版,第 4 页。
② [英]乔叟著　方重译:《坎特伯雷故事》,上海:上海译文出版社,1983 年版,第 111 页。
③ [英]乔叟著　方重译:《坎特伯雷故事》,上海:上海译文出版社,1983 年版,第 4 页。
④ [英]乔叟著　方重译:《坎特伯雷故事》,上海:上海译文出版社,1983 年版,第 134 页。

最为固定和凝重的时代,因此,话本小说中涉及此类题材的作品,其曲调必然是哀怨惨烈的凝重;而西方大致相近的这一时期,正是人文思潮逐步兴起直至突飞猛进的时代,人性解放尤其是妇女解放,已经成为很多文学作品争相反映的主题,反映爱情、婚姻、家庭生活的故事,必然会受到这种风潮的影响,从而形成幽默诙谐的轻松。尽管二者之间描写的题材是相同的,但由于时间的推移和空间的位移,也由于中国话本小说与英美民间故事所体现的"情感追求"的大相径庭,它们给人的阅读感受注定不同。

第四章

人物塑造:同一性与差异性

中国有句俗话,一方水土养一方人。中国话本小说与英美民间故事中人物形象由东西方不同文化土壤孕育,因此,二者之间具有颇为明显的差异。然而,尽管这些人物形象本身千差万别,但作者塑造他们的方法却在具有差异性的同时又具有相当程度的同一性。

第一节　对立统一的人物思想性格塑造

对立统一是世上万事万物存在与发展的基本法则,文学作品中的人物塑造也不例外。然而,在人物塑造过程中遵循对立统一法则的方法很多,本节不能全面论证,只从两个最主要的方面来举例说明,一个是"真"与"假"的对立统一,一个是"正"与"反"的对立统一。

一、历史真实与艺术真实

古今中外,但凡反映历史题材的文学作品都会碰到一个问题:怎样处理历史真实与艺术虚构的关系。过于"实"了不行,那将会成为历史通俗读物;过于"虚"了也不行,那将会成为其他题材的作品而失去"真实性"。

从人物塑造的角度看,宋元讲史话本中很多作品都能达到虚实结合而又对立统一的水平,例如《全相三国志平话》中对关羽的介绍:"话说一人,姓关名羽,字云长,乃平阳蒲州解良人也。生得神眉凤目虬髯,面如紫玉,身长九尺二寸。喜看《春秋左传》,观乱臣贼子传,便生怒恶。因本县官员贪财好贿,酷害黎民,将县令杀了,亡命逃遁,前往涿郡。"①在平话上卷的开端,这段介绍就为关羽的英雄形象奠定了基础。然而,这段描写与历史真实是有出入的,或者说,作者是在历史真实的基础上进行了一定程度的艺术加工。陈寿《三国志》中对关羽描述十分简洁:"关羽字云长,本字长生,河东解人也。亡命奔涿郡。"通过平话作品与历史著作对关羽介绍这一段的"对读",可以看出民间艺人对关羽其人、尤其是其身材长相等方面进行了艺术加工,这种艺术加工对塑造关羽这样的英雄人物非常有利。

历史人物与文学作品中的艺术形象是一种巧妙的对立统一,上述关羽外貌描写的"有无"充分体现这种方法的成功运用。除了长相身材,还有事迹和行为方面的不同,甚至相反。如"单刀会",史书中是这样记载的:

> 及羽与肃邻界,数生狐疑,疆场纷错,肃常以欢好抚之。备既定益州,权求长沙、零、桂,备不承旨,权遣吕蒙率众进取。备闻,自还公安,遣羽争三郡。肃住益阳,与羽相拒。肃邀羽相见,各驻兵马百步上,但诸将军单刀俱会。肃因责数羽曰:"国家区区本以土地借卿家者,卿家军败远来,无以为资故也。今已得益州,既无奉还之意,但求三郡,又不从命。"语未究竟,坐有一人曰:"夫土地者,惟德所在耳,何常之有!"肃厉声呵之,辞色甚切。羽操刀起谓曰:"此自国家事,是人何知!"目使之去。备遂割湘水为界,于是罢军。(《三国志·吴书·鲁肃传》)②

孙、刘两家为荆州而生争执,在历史上确有其事,在《三国志平话》《三国志通俗演义》乃至很多三国故事的戏曲、民间说唱艺术表演中都是常见的话题。"单刀会"就是体现这种矛盾争执白热化的一个场面和焦点。《三国志》中对于"单刀会"的记载,让读者看到一个强势的鲁肃,还有一个忍耐性较强的关羽,而且,事件最后的结局是刘备妥协:"割湘水为界。"但是,在宋元间的通俗文学中,对这个问题的反映却恰恰相反,关汉卿杂剧《单刀会》的描写此不赘言,只看《三国志平话》中的"单刀会"片段:

> 有一日,探事人言:"江吴上大夫鲁肃引万军过江,使人将书请关公赴单

---

① 钟兆华著:《元刊全相平话五种校注》,成都:巴蜀书社,1990 年版,第 371 页。
② [晋]陈寿撰 裴松之注:《三国志》,北京:中华书局,1959 年版,第 1272 页。

刀会。关公："单刀会上，必有机见，吾岂惧哉！"至日，关公轻弓短箭，善马熟
人，携剑，无五十余人，南赴鲁肃寨。吴将见关公衣甲全无，腰悬单刀一口。
关公视鲁肃，从者三千，军有衣甲，众官皆挂护心镜。君侯自思，贼将何意？
茶饭进酒，令军奏乐承应，其笛声不响三次。大夫高叫："宫商角徵羽！"又言
"羽不鸣"，一连三次。关公大怒，捽住鲁肃。关公言曰："贼将无事作宴，名曰
'单刀会'，令军人奏乐不鸣。尔言'羽'不鸣，今日交'镜'先破！"鲁肃伏地，
言道："不敢。"关公免其性命，上马归荆州。(《三国志平话》卷下)①

　　这段描写，与历史事实截然相反，尤其是关羽、鲁肃二人，简直换了个个儿。
关羽强势，鲁肃孱弱。在此后的文学创作和民间创造过程中，这两个人物形象越
来越丰满，终于成为不朽的艺术典型。这样的事例足以说明，历史上的真实存在
为人物形象的塑造奠定了真实感的基础，而艺术虚构则让这个人物的形象不断丰
富，使其广为流传，两者之间是对立统一且相互依存的。
　　在英美民间故事中，也有一些人物同样是历史真实与艺术虚构的对立统一和
相互依存，最著名的便是圣女贞德(Jeanne d'Arc)了。本文前面已经对这一人物形
象做过介绍，这里仅从历史真实和艺术虚构的角度来对这一人物形象进行分析。
圣女贞德是法国的民族英雄，在英法百年战争中多次打败英国侵略者。这位女英
雄在历史上真实存在过，原本是一位农村女性，后于1430年在贡比涅一次战斗中
被勃艮第公国所俘，不久被英国用重金购买，最终被英国的宗教裁判所判处火刑，
于1431年5月30日在现在法国的鲁昂当众处死，在她死后二十多年的1456年终
于得到平反。而在英美民间关于她的传说故事中，却添加了许多传奇的经历，例
如她声称曾经在年少时遇到过天使，收到过上帝的启示，如此等等，很多艺术虚构
而形成的故事使她成为西方文化的一位重要角色，在辗转反复的民众创作过程中
成为了一位法国著名的女英雄。圣女贞德，这位本身就具有历史真实性与艺术虚
构性相结合的传奇人物，后来又被众多的作家作为素材进行文学创作，萧伯纳与
马克·吐温都分别著有关于她的故事的小说作品。
　　与此相似的还有英国的亚瑟王传说，这位人物在英美家喻户晓，而亚瑟王是
否真实存在过，人们的答案却各不相同。这就就如同中国水浒人物武松一样，人
们大多更相信他的存在，但是至今也无法拿出非常确凿的证据。

---

　　①　钟兆华著：《元刊全相平话五种校注》，成都：巴蜀书社，1990年版，第467－468页。

历史真实与艺术虚构对立统一而相互依存的人物形象塑造一般具有以下共同点：

其一，这类人物往往出现在历史上较为混乱的时期。宋元讲史话本所涉及的时代，如战国七雄、楚汉相争、三国鼎立、残唐五代，无一不是大动荡的时代。至于英国的亚瑟王时代，本身就是一个缺乏历史记录的混乱空间，在《牛津英国通史》中有这样的记载：

> 有关五世纪和六世纪的资料非常少，甚至在这里就可以立即列出全部资料的目录。这些资料非常不充分，因此这里必须清楚说明它们的种种欠缺。一部分是考古资料，这大多是从异教徒墓地中挖掘出来的器物。尽管这些材料准确无误，但所能说明的问题很有限。另一部分是一小组文献、编年史和若干残缺不全的篇章。这些资料中唯一具有份量的古代作品是修道士吉尔达斯在六世纪四十年代写下的一本小册子《不列颠的毁灭》，它的写作目的是用最恣激的言语来谴责他那个时代的种种罪恶……仅有的叙述资料是由后人编纂而成的编年史片断、一些诗歌和欧陆作家偶然留下的材料。与此迥然不同的是后期撒克逊年代记，它被汇总为著名的《盎格鲁撒克逊编年史》……①

不仅历史记录不详，而且当时也是战争频仍。历史真实中的混乱却可以孕育出艺术创作中的真实感，这是一种相互作用的关系。因此，作者笔下所描写的故事往往是基于历史真实又兼以作者的理解而进行编造的，故而在艺术真实的层面上反映了作者所处时代或者说作者所想象的时代的某些特征。在这个问题上，中国话本小说与英美民间故事的作者基本是一致的。某些细节描写可以帮助读者理解这一问题，如殷交斩妲己一段：

> 二声鼓响，于小白旗下，刽子待斩妲己。妲己回首戏刽子，用千娇百媚妖眼戏之，刽子坠刀于地，不忍杀之。太公大怒，令教斩了刽子，又教一刽子去斩。刽子持刀待斩妲己，妲己回首戏刽子，刽子见千娇百媚，刽子又坠刀落

---

① ［英］肯尼斯·摩根主编，王觉非等译：《牛津英国通史》，北京：商务印书馆，1993 年版，第59 页。

地,不忍斩之。太公大怒,又斩了刽子。有殷交来奏武王:"臣启陛下,小臣乞斩妲己。"武王:"依卿所奏。"殷交用练扎了面目,不见妖容。被殷交用手举斧,去妲己项上中一斧。不斩万事俱休,既然斩着,听得一声响亮,不见了妲己,但见火光迸散。似此怎斩得妲己了?太公一手擎着降妖章,一手擎着降妖镜,向空中照见妲己,真性化为九尾狐狸,腾空而去。被太公用降妖章叱下,复坠于地。太公令殷交拿住,用七尺生绢为袋裹之,用木碓捣之,以此,妖容灭形,怪魄不见。(《全相平话武王伐纣书》卷下)①

这一段描写,出现了姜太公、周武王、妲己、刽子手、殷交等人物,除了刽子手是一种"集体形象"而外,其他人物都是历史上真实存在的,但这几个人物的表现,尤其是妲己、殷交、姜太公的表现,却根本不可能是"历史真实",而只能是"民间传说"。妲己作为亡国之君商纣王宠爱的女人,在国破家亡之后,怎么可能还有那么大的"能量"来通过"千娇百媚"迷惑、软化刽子手,而且一而再再而三?就连刚刚斩杀了商纣王的勇敢的殷交都斩不了她,一定要法力无边的姜太公亲自动手让她原形毕露。这样写,无非是中国封建时代许多民众坚信不疑的"女人祸水""狐媚惑人"的心理定式在文学作品中的反映。而作者就顺理成章地将这些"艺术虚构"的故事强加在"历史真实"的人物身上,并且产生了被广大读者津津乐道的艺术效果。同样的道理,亚瑟王的传说多与骑士故事相关,而在公元五、六世纪的大不列颠,还没有这样的社会环境与生活特点,故而某些作家就将历史事实与民间传说结合在一起来塑造人物。《牛津英国通史》也是这样看问题的:

> 这段岁月中,一位今天人人皆知的人物不用说就是亚瑟,遗憾的是亚瑟却是难以经得起历史事实验证的一个国王。真正的情况可能是这样的:纯粹传说中的两三个片断在后来几个世纪被记录下来,围绕着这个名字的种种传奇是十二世纪以来虚构出来的。就历史真实性来说,我们只能认为有过一个名叫亚瑟的军事领袖,他与蒙斯巴多尼库斯战役和随后一些战役有联系。可能有过这样一位首长或霸主,他是将从前罗马行省中的不列颠人和盎格鲁撒克逊国家拼凑起来的最后一位人物。我们无法得知的重大政治事件实在太

---

① 钟兆华著:《元刊全相平话五种校注》,成都:巴蜀书社,1990年版,第88页。

多了,因而无法作进一步的推测。①

总的来说,"乱世"更有利于留出巨大的驰骋空间让作者们进行艺术虚构,并且使得这种艺术虚构呈现出特有的历史真实感,这种真实感是基于历史真实和生活真实的,然而它高于历史和生活的真实,而成为一种艺术真实。

其二,这些历史题材的作品中的艺术形象大多是乱世中非同凡响而又性格复杂的英雄人物。《新编五代史平话》中的朱全忠、李存勖、石敬瑭、刘知远、郭威,《宣和遗事》中的宋江,《全相平话武王伐纣书》中的姜子牙、周武王、商纣王,《全相平话乐毅图齐七国春秋后集》中的乐毅,《全相平话秦并六国》中的秦始皇,《全相平话前汉书续集》刘邦、韩信,《全相三国志平话》中的曹操、孙权、刘备、诸葛亮、关羽、张飞,《薛仁贵征辽事略》中的薛仁贵等等,无论其是"正面"形象还是"反面"形象,都是生活于乱世中的英雄人物。英美历史故事中的圣女贞德、亚瑟王等人也都是众所周知的英雄人物。这些人物大多是历史上的真实存在,同时也有作者根据民间传说的艺术虚构,故而,这些英雄人物、尤其是正面英雄人物形象,往往成为具有一定的时代特点与民族精神的结晶体,很容易被广大民众所接受。与此同时,这些英雄的性格是富有一定特点的,或者说大都是多层面性格特点的融合。如关羽大义凛然而又傲慢偏激,张飞作战勇猛而又行为莽撞,……所有这些,都是在历史真实基础上的加工改造。例如关羽就有爱虚荣的一面:

> 羽闻马超来降,旧非故人,羽书与诸葛亮,问超人才可谁比类。亮知羽护前,乃答之曰:"孟起兼资文武,雄烈过人,一世之杰,黥、彭之徒,当与益德并驱争先,犹未及髯之绝伦逸群也。"羽美须髯,故亮谓之髯。羽省书大悦,以示宾客。②

这一片段,在《三国志平话》中也有对应描写,而且更为生动细腻:

> 使命到荆州见了关公,谢了皇叔,管待来使。言:"马超英勇,猿臂善射,

---

① [英]肯尼斯·摩根主编,王觉非等译:《牛津英国通史》,北京:商务印书馆,1993年版,第64页。
② [晋]陈寿撰,裴松之注:《三国志》,北京:中华书局,1959年版,第940页。

无人可当。"关公曰:"自桃园结义,兄弟相逐二十余年,无人可当关、张二将!"令人将书入川见军师。无半月,复回书至。关公看毕,笑曰:"军师言者甚当。"关公对众官说:"马超者,张飞、黄忠并为,俏比吾,难。"(卷下)①

史书中还有关于这位关老爷傲慢的例子:"先是,权遣使为子索羽女,羽骂辱其使,不许婚,权大怒。"②这种傲慢无礼的行为,同样被民间艺人收入说话艺术之中,并且添枝加叶,更为精彩:

有人告:"江南使命来到。"江吴上大夫言曰:"吴王之子体知荆王有一女,两家结亲,如何?"关公带酒,言曰:"吾乃龙虎之子,岂嫁种瓜之孙!"使命去了。(《三国志平话》卷下)③

正是因为有了历史著作、民间传说、下层文人的创造等多方面的结合,才有了《三国志通俗演义》中"集大成"的不朽的关公形象。而且,这样的英雄人物,在中国古代话本小说乃至通俗文学中大量存在。

英雄的鲜明个性让他们能够成为说书人或文人笔下的典型形象,而在这种典型性的内容中,可以隐约看到历史与艺术的统一。这些英雄的传说就是立足于历史的真实,而被人们口耳相传,在这种"传说"的过程中,人们记住了他们鲜明的个性和性格,兼之在他们身上又被作者们附加了人们所熟悉的生活内容,这就使得这些英雄人物重新在历史长河中"活"了过来。从中,可以看出艺术真实在人物塑造上对真实历史人物的某种"还原",《亚瑟王之死》中也有这方面的例证:

卡文英和葛汉利的性命,都时时危险万分;旁边还有地方一个射箭的能手,他拉足了弓,一箭射穿了卡文英骑士的肩膀,使他疼痛得难以言喻。就在他们快要弄死卡文英兄弟二人的时候,突然进来四个娟秀的贵妇,向四个骑士为卡文英求情;因为她们请求得很诚恳,那四个骑士就饶恕了卡文英和葛

---

① 钟兆华著:《元刊全相平话五种校注》,成都:巴蜀书社,1990年版,第467页。
② [晋]陈寿撰,裴松之注:《三国志》,北京:中华书局,1959年版,第941页。
③ 钟兆华著:《元刊全相平话五种校注》,成都:巴蜀书社,1990年版,第471页。

汉利两条性命。(第三卷第八回)①

明明是一些圆桌骑士在那儿性命相搏,但最后出面调解的却是几位娟秀的贵妇人,而那些骑士也很听从贵妇人的吩咐。这种描述,不太符合历史上的"亚瑟王时代",但却符合作者马洛礼"艺术虚构"的"亚瑟王时代",因为那个时代的骑士们绝大多数都是拜倒在"石榴裙"下的。

其三,历史真实与艺术虚构相结合而塑造出的人物往往被当成某种典型形象而永久性存在。从受众的角度来看,他们容易将这类人物的历史真实性与艺术真实性混为一谈,而这正是历史真实与艺术虚构对立统一又相互依存所塑造出的人物形象的艺术魅力之所在。这种混为一谈实际上体现了受众群体热切的英雄崇拜心理,这方面的例证多如牛毛,且看其中几个不朽的艺术典型。

首先是诸葛亮,从《三国志》到《三国志平话》,诸葛亮的相关情节增加了不少,如诸葛亮气周瑜等情节,不仅突出了诸葛亮的足智多谋,更增强了故事的趣味性。以"草船借箭"为例,历史上本来是孙权的行为:"权乘大船来观军,公使弓弩乱发,箭着其船,船偏重将覆,权因回船,复以一面受箭,箭均船平,乃还。"(《三国志·吴书·吴主传》裴松之注引《魏略》)②这里写得很清楚,是孙权向曹操借箭,但是到了《三国志平话》中,却变成了周瑜的行为:

> 却说曹操知得周瑜为元帅。无五七日,曹公问言:"江南岸上千只战船,上有麾盖,必是周瑜。"被曹操引十双战船,引蒯越、蔡瑁江心打话。南有周瑜,北有曹操。两家打话毕,周瑜船回。蒯越、蔡瑁后赶,周瑜却回。周瑜一只大船,十只小船出,每只船一千军,射住曹军。蒯越、蔡瑁令人数千放箭相射。却说周瑜用帐幕船只,曹操一发箭,周瑜船射了左面,令扮棹人回船,却射右边。移时,箭满于船。周瑜回,约得数百万只箭。周瑜喜道:"丞相,谢箭!"(卷中)③

然而,到了《三国志通俗演义》,"草船借箭"的故事又从周瑜身上挪到了诸葛

① ［英］托马斯·马洛礼著 黄素封译:《亚瑟王之死》,北京:人民文学出版社,1960版,第99页。
② ［晋］陈寿撰,裴松之注:《三国志》,北京:中华书局,1959年版,第1119页。
③ 钟兆华著:《元刊全相平话五种校注》,成都:巴蜀书社,1990年版,第434页。

亮身上了。诸如此类的故事,越积越多,即便是《三国志通俗演义》之后,诸葛亮的形象也远远没有最后定型,他仍然在经受着民间说话艺术的不断改造。如在康派三国的评话小说《火烧赤壁》中,诸葛亮的形象不断丰富,艺术加工的成分越来越多,这个"诸葛亮"离历史上的真实人物越来越远,但广大的受众群体偏偏就接受这么一位诸葛孔明先生,这是艺术虚构的力量。

其次是亚瑟王,如前文所述,历史上是否真的存在亚瑟王,有两种意见。有坚信亚瑟王一定存在的,或者是某个英雄的艺术形象,也有因为缺乏历史材料而否定他存在的,然而人们还是更偏向亚瑟王真实地存在过,正如卡克斯顿在《亚瑟王之死》的序言中所说:

> 亚瑟王生在我国,又做过我国的国王,而且他和骑士们的伟绩,在法文里已有了许多部书。我曾回答他们说,据许多人的意见,在历史上并没有这样一位亚瑟,所有记载他的文字都是伪造的,或是神话;试看历代史籍里,有的人从没有提过他,也没曾提过他的骑士。于是又有许多人回答说,特别有一个人说道:凡是认为历史上从来没有亚瑟王这人的,可断定他是一个愚笨的瞎子;因为他说,曾有人提供好多相反的证据,证明了这个人是有的;第一点你可以在克拉斯登堡看见他的坟墓。再有一部《世界博物志》,在第五册第六章和第七册第三十二章里都曾提到埋葬他的遗体的地方,后来被人发现了,又重新葬在这座寺院里……此外,在英国各处地方,你可以看见亚瑟王及其骑士们所留下的永久纪念品……根据以上的事实,对于英国有这么一位名叫亚瑟的君王,那是没有人可以提出反驳的理由的。不论我们在什么地方,基督教国也好,异教国也好,他终是九个著名的人当中的一个,又是三个基督徒中第一人。①

历史真实与艺术虚构之间的平衡,在亚瑟王的形象刻画与演变中显得较为突出,人们更偏向于一位富有英雄事迹的国王。在英美民间故事中,处于这种状况的并非只有亚瑟王一例,圣女贞德也是如此,传说中在她身上显现的神迹被人们当成真实的事情而世代传颂。在历史人物给后世留下模糊不清的"影像"时,人们往往会不断添加许多关于他的英雄事迹来塑造自己心中的偶像。

---

① [英]托马斯·马洛礼著 黄素封译:《亚瑟王之死》,北京:人民文学出版社,2005年版,第8页。

中国话本小说中更有许多例子可以证明这一点,在《大宋宣和遗事》中的武松,仅提及名字,而在后来的章回小说《水浒传》中却形成了数万言的故事,再往后,在王派水浒的评话小说中《武松》自成一书,多达百万言,这足以说明人们对代表着时代道德与正义感的英雄人物的追崇。如果仅仅是文字多少,尚不能完全说明问题,且看民间传说向"实物"的求证。今天的杭州六和塔下,还可见武松的遗迹,而在西湖边还有"宋义士武松墓"。在历史真实缺乏材料佐证的时候,人们特别希望用各种方法去证明这些英雄偶像的真实存在。

由此可见,相对于历史真实而言,广大民众更喜爱艺术加工后的"真实"。因此,在中外这种"人同此心,心同此理"的潜意识影响之下,受众群体都承认这些经过艺术加工的人物是英雄典型。这些典型来自于生活,却高于生活。崇高的道德品质与传奇的丰功伟绩是民众所向往的,生活中的理想依附在这些人物身上得到实现。人们更加希望将这种艺术真实转变为历史真实,毕竟现实生活也是历时性的,在若干时间以后,它也就成为后人探究的历史。

在历史真实与艺术虚构相结合而塑造人物这个问题上,中国的话本小说与英美民间故事的同一性远远大于差异性。相对于强大的同一性而言,其间的差异性甚至可以忽略不计。但为了全面考察这一问题,这里还是要对其中最主要的东西做一点揭示。

中国话本小说与英美民间故事在历史真实与艺术虚构相结合而塑造人物这个问题上最大的差异性就在于衡量人物的角度。中国话本小说塑造人物时,大多是对书中人物进行一种道德评判,是从伦理道德的高尚与否的角度作为根本点来塑造人物的。如《全相三国志平话》开篇处著名的"三国因"一段就是明显的例证:

> 玉皇敕道:"与仲相记,汉高祖负其功巨,却交三人分其汉朝天下:交韩信分中原为曹操,交彭越为蜀川刘备,交英布分江东长沙吴王为孙权,交汉高祖生许昌为献帝,吕后为伏皇后。交曹操占得天时,囚其献帝,杀伏皇后报仇;江东孙权占得地利,十山九水;蜀川刘备占得人和。刘备索取关、张之勇,却无谋略之人,交蒯通生济州,为琅玡郡复姓诸葛,名亮,字孔明,道号卧龙先生,于南阳邓州卧龙冈上建庵居住。此处是君臣聚会之处,共立天下,往西川益州建都为皇帝,约五十余年。交仲相生在阳间,复姓司马,字仲达,三国并

收,独霸天下。"①

历史上错综复杂的魏、蜀、吴三国之间的政治、军事、外交方面的矛盾斗争,在这里却被"道德"的准绳简化为皇帝迫害忠良而忠良冤魂转世向无道君王的报复。最为有趣的是,作为公正的裁判官的司马仲相,最后又化身司马仲达创造了三国归晋的历史。这是典型的市民趣味,土得掉渣,而且全然不顾历史事实,只是借历史王朝的更替来宣泄自己的因果轮回的好恶爱憎,同时也加上一点大众化的世俗趣味性。

英美民间故事则不是这样,它们对书中人物的塑造是建立在人性价值评判的基点上的,伦理道德退居其次。圣女贞德的故事如此,亚瑟王的故事如此,亚瑟王手下骑士们的故事都是如此。例如崔思痛骑士爱上了另一个骑士赛瓦瑞底斯的妻子,而崔思痛的舅父马尔克国王恰恰也爱上这个贵妇人,于是甥舅之间的矛盾爆发了。舅舅带着两个骑士去杀外甥,而外甥崔思痛打败了舅父和两个亲信骑士,他们"都直挺挺地不会动弹。随后,崔思痛骑士带着身上的伤痕,跑去会见他的女友"。(《亚瑟王之死》第八卷第十三回)②崔思痛毫无疑问是非常勇敢的,但他的勇敢并非建立在为什么什么而献身的政治或伦理道德基点上,而是为了爱欲、极端性格化的爱欲。为了对一个有夫之妇的占有,他与舅父兼国王马尔克兵戎相见,并勇敢地击败了对方。这种勇敢行为不仅是不道德的,而且是反道德的,但他却这样做了,而且得到作者与读者的双重认同,因为这种做法是符合"骑士精神"的,为了心中的太阳——某一个贵妇人,骑士们是可以贡献自己一切的,包括身体、荣誉、伦理、道德直至生命。这样一种文化背景,并非真实地发生在亚瑟王时代,而是英国的作者和读者根据自己对历史的"文化理解"而臆想的"亚瑟王时代"。但无论如何,这种思想和这种思想指导下的行为,在遥远东方的中国的话本小说中,是不能当作正面英雄形象的行为而被肯定和歌颂的。

二、英雄与反英雄的对立统一

关于"英雄"的定义,有很多不同的诠释。《汉语大词典》有三项释义:1. 指才

---

① 钟兆华著:《元刊全相平话五种校注》,成都:巴蜀书社,1990 年版,第 374 页。
② [英]托马斯·马洛礼著 黄素封译:《亚瑟王之死》,北京:人民文学出版社,1960 版,第 332页。

能勇武过人的人。2. 指具有英雄品质的人。3. 无私忘我，不辞艰险，为人民利益而英勇奋斗，令人敬佩的人。第三项显然是后起的现代义，前两项则主要是侧重点不同，一个指"英雄之才"，一个指"英雄之德"。本文所谓"英雄"的含义，则是第一第二两项的结合，即"才能勇武过人"而又"具有英雄品质"的人。"反英雄"概念的提出要比"英雄"的概念晚了很多，反英雄来源于十九世纪作家罗伯特·路易斯·史蒂文森笔下的化身博士的"哥特式双重性格"。然而反英雄和英雄却是同时存在的。当英雄出现的时候，反英雄势必出现，就像孪生兄弟一样，或者竟像正常人的两只耳朵一样。反英雄在中外很多作品中都有体现，比如《伊利亚特》中的阿喀琉斯、《三国演义》中的曹操等等。这些反英雄具备英雄的品质，然而他们却具有先天的缺点或者悲剧的命运。英雄人物并非都是完美无缺的，一旦英雄身上所固有的弱点或缺点得到了强化，"反英雄"就会旁若无人地登上英雄人物的人生舞台。

中国话本小说有几篇作品写到楚霸王项羽，综合而言，他就是一个典型的英雄与反英雄的对立统一。先看《全相平话前汉书续集》中对他的评价：

> 司马迁言曰："项王不知己，不能用贤人，失天下，言天亡项王，非战罪，岂不谬哉。"西汉君臣论言，司马迁论项王失人甚也。不审项羽为人，则司马迁以为过矣。夫项王有八德：起于陇亩威服天下者，英雄之至，一也；斩宋义而存权国，断之明，二也；大小七十余阵，未尝败，勇略之深，三也；与仇敌，而不敌人之父者，仁之大矣，四也；割鸿沟，而不质汉之妻子，言之厚，五也；势力屈，言天亡我，是知其命者，六也；至乌江而不肯渡者，羞见父老有耻之不爱其生，七也；引剑自杀者，知死有分定，八也。细察项王之事，有终有始，功以多矣，过以寡矣。项王言"天亡我"，非为谬也。（卷上）①

这里有司马迁的观点，也有反驳司马迁的说法，但大体上是将楚霸王项羽作为英雄人物来看待的，其中，项羽"反英雄"的一面，在司马迁的观点中初露端倪。而将这种对楚霸王"反英雄"一面的批判上升到一个新的高度的，是一篇小说话本《雪川萧琛贬霸王》，且看吴兴太守萧琛对楚霸王项羽生前功过的评价：

---

① 钟兆华著：《元刊全相平话五种校注》，成都：巴蜀书社，1990 年版，第 299 页。

吾思之,乃临淮项籍也。生为人时,有扛鼎之力,勇敌万夫,遂灭秦而有天下。复独专自大,不能任人;群贤皆去,诸侯皆叛,数十万之师,闻楚歌而散,乌骓不逝,虞姬自刎,单马奔逃,尤叹曰:"天亡我!"由其不明也如此。至乌江岸口,与舟师曰:"吾无面目见江东父老!"遂自刎而死。则为有耻矣。今则为江东弁山之神,何无耻也如此!自合净守弁山润国利民。不即安分,却来拒吾之公厅。此又不知耻也如此。希宰牛为祭,前后妄杀太守于公厅,何不仁也如此。生不能与汉高祖争天下,死拒一州之厅;一厅之大,何比天下?生而惜爵,死而望祭;一牛之祀,何比诸侯?而其愚也甚。①

生前的楚霸王是一个正面英雄捎带反英雄特征的人物,然而,这里所写的死后楚霸王则是一个以"反英雄"为主导面而保留英雄底色的人物形象,但无论如何,中国古代话本小说中的项羽就是这么一个意味深长的英雄反英雄对立统一的人物典型。

历史上的真实人物项羽如此,历史上极有可能并不存在的艺术形象武松更是这样。武松形象堪称英雄与反英雄性格对立统一的典型,其故事流传已久,深受民众的喜爱。在《宋江三十六赞》中,已有武松一席之地,《宣和遗事》中的武松也赫然在玄女天书的三十六人名单之中,元代戏剧舞台上,武松也是一个非常活跃的人物。随后的章回小说《水浒传》,将武松形象基本定型,但并没有固定化。到了清代说书艺人那里,武松的形象继续发展。评话小说《武松》又被称为"武十回",是扬州评话的传统节目,其集大成之作王少堂演出本"武十回"中的武松,基本性格继承了《水浒传》中的武松形象,其情节在《水浒传》武松故事的基础上进一步扩展与发挥,最终达到对作品文本外的一种文化语境延伸。评话"武十回"中的武松是一个兼具英雄与反英雄特点的文学形象。他不仅是一位普通的英雄人物,更兼有"侠"的特点。简而言之,他是一位有卓绝武功和侠义精神的英雄人物。

《墨子·修身第二》中提到:"据财不能以分人者,不足与友;守道不笃、遍物不博、辩是非不察者,不足与游。"②武松是一位仗义疏财的大侠:景阳冈打虎后,五十两纹银的赏钱全分给了猎户:"他们众猎户辛苦多时,求大老爷把这个赏号赏于

---

① [明]洪楩编,谭正璧校点:《清平山堂话本》,上海:上海古籍出版社,1987 年新 1 版,第 321 - 322 页。

② [清]孙诒让撰:《墨子閒诂》,北京:中华书局,2001 年版,第 10 页。

众猎户分派吧。"①至于他的神勇神力，更不用说，在"景阳冈打虎""斗杀西门庆"
"天王庙举鼎""醉打蒋门神""大闹飞云浦""夜走蜈蚣岭"等章节中表现得淋漓尽
致。此外，扬州评话中的武松还具有多重性格特征。他"两膀有双千斤的梢
力"。②"只好两个字：好贪杯，好动不平气。财、色二字无他之份。"③这位武二郎
还是那么精细，在斗杀西门庆之前，想到可能坐牢，因此，"我何不请胡正卿把我家
里这一点烂产变卖一下子，以备以后坐牢有钱零用。"④他尤其明白事理，如打倒
蒋门神后反而劝施恩不要杀蒋以扩大事端："把他头砍下来事小，这一场官司就不
好打，玩出两个凶手来了……"⑤尤为感人的是他对兄长武大郎那一份天生诚挚
的骨肉亲情，斗杀西门庆而被充军，哥哥的"枯骨包"他一直带在身上。即将到张
都监家去时，面对忧心忡忡的施恩，武松做了最坏的打算，他说："这个酒店也不能
便宜他，最好不过你放把火烧掉。但有一件：在你放火烧店的时期，我家哥哥这个
枯骨包，你要当心，把他保存起来。海大的油锅让哥哥来跳，你不要多烦！"⑥当他
被张都监诬陷再一次充军时，还让施恩把武大郎的枯骨包卷在自己身上："我到哪
块，枯骨包到哪块。……我们弟兄也是死在一处。"⑦所有这些，勇敢、侠义、善良、
精细、孝悌以及明白事理等等方面，都体现了武二郎的英雄精神内质，均应视为
"武十回"对《水浒传》中武松形象优秀品质的发扬光大。

　　然而，"武十回"中的武松同样也是一个英雄与反英雄对立统一的艺术形象。
他有极端残忍的嗜血心理和行为，如杀嫂剜心："（武松）刀尖对着金莲心门，一刀
进去，把金莲这颗鲜红的心取出，托在手中，也朝哥哥灵前一放。"⑧血溅鸳鸯楼的

---

① 王少堂口述，扬州评话研究小组整理：《武松》，南京：江苏人民出版社，1959 年版，第 30 -
　　31 页。
② 王少堂口述，扬州评话研究小组整理：《武松》，南京：江苏人民出版社，1959 年版，第 505
　　页。
③ 王少堂口述，扬州评话研究小组整理：《武松》，南京：江苏人民出版社，1959 年版，第 2 页。
④ 王少堂口述，扬州评话研究小组整理：《武松》，南京：江苏人民出版社，1959 年版，第 328
　　页。
⑤ 王少堂口述，扬州评话研究小组整理：《武松》，南京：江苏人民出版社，1959 年版，第 575 -
　　576 页。
⑥ 王少堂口述，扬州评话研究小组整理：《武松》，南京：江苏人民出版社，1959 年版，第 603
　　页。
⑦ 王少堂口述，扬州评话研究小组整理：《武松》，南京：江苏人民出版社，1959 年版，第 806
　　页。
⑧ 王少堂口述，扬州评话研究小组整理：《武松》，南京：江苏人民出版社，1959 年版，第 320
　　页。

杀戮过程更是惨不忍睹。此外,武松还有极端糊涂的一面。他得知哥哥死因之后,自以为在"在官面前也不是不能说话的",①可以告倒西门庆。更有甚者,当张都监对他虚情假意施以小恩小惠时,更是被迷了双眼:"张都监决不会有害我之心,他如害我,还代我忙亲事么? 他既能代我把这个亲事定下来,就决无害我之意……"②所有这些,也毫无疑问是对《水浒传》中武松性格缺陷的一种渲染和放大。

武松是一个英雄与反英雄对立统一的范本,与之堪可一比的是兰斯洛特。在《亚瑟王之死》中,兰斯洛特是主要人物之一。这是一位勇敢而且乐于助人的英雄人物,在书中,他被描述成亚瑟王最信任的骑士。他虽给予亚瑟王许多帮助,但因与王后格尼薇尔(Guinevere)相恋使他背叛了亚瑟王,导致了圆桌骑士团的分裂。

在《亚瑟王之死》第二卷第八回,兰斯洛特很早就被提及:"魔灵接着就把将要在这里交战人的姓名,用金子写在碑石上,那便是湖上的郎世乐和崔思痛。"③这预示着与之相关的故事将成为亚瑟王故事环的重要线索之一。在兰斯洛特正式登场后,作者更是对他各方面的事迹进行了精彩的描述。他是亚瑟王最信任的骑士,在第六卷,他出场不久,武功和品德就已经征服了好几位贵妇人:

> 那侍女道:"骑士,你的话诚然不错,她们震于您的大名,又爱上了您的宽宏大量,因此都想得到您的欢心;可是,骑士,她们说您叫湖上的郎世乐,是骑士中的精华,因为她们向您求爱,被您拒绝了,惹得她们都怒气冲天。"(第四回)④

后来,他又履行骑士精神和施展高超武功,救出了一个少女。第九卷中,兰斯洛特再度体现其英雄特质,尤其是他乐于助人的性格和英勇正义的形象再次被淋漓尽致的表现。在这一卷中,作者将兰斯洛特与书中另一位英雄特里斯坦的故事交织在一起进行了细致的描写,通过两位英雄人物之间的相互衬托,使得兰斯洛

---

① 王少堂口述,扬州评话研究小组整理:《武松》,南京:江苏人民出版社,1959年版,第278页。

② 王少堂口述,扬州评话研究小组整理:《武松》,南京:江苏人民出版社,1959年版,第621页。

③ [英]托马斯·马洛礼著 黄素封译:《亚瑟王之死》,北京:人民文学出版社,1960版,第65页。

④ [英]托马斯·马洛礼著 黄素封译:《亚瑟王之死》,北京:人民文学出版社,1960版,第202页。

特的英雄形象不断与读者心中英雄的定义缩短距离。且看描写兰斯洛特英勇作战的片段：

　　　　忽然碰见了六个骑士，都准备立刻围攻郎世乐；于是郎世乐竖起长矛，向最前面的一个人猛击，轰然把他的脊背打开了；遭到打击的有三个，未被击中的有三人。这时，郎世乐骑士由他们当中通过，急忙转回，举矛一击，正击中一个骑士的胸膛，由背后刺穿，伤口约有四五十吋，同时把矛杆也搠断了。那其余四个骑士又都拔出利剑，对着郎世乐骑士冲来，郎世乐骑士所发出的每一击，手法各不相同，有四击中在那四个人的身上，迫使他们从马上跳下，各个都受伤很重；然后郎世乐骑士冲向堡寨里去了。（第六回）①

　　这样的场面，在《亚瑟王之死》中屡屡可见。总之，经过反复描写和精心塑造，兰斯洛特成为一位武艺超群、胆识过人、气宇轩昂、举止高贵的超级英雄人物。这种人物，与大多数读者的审美期待是完全吻合的。因此，广大读者也就自然而然接受了这么一位具有阳刚之气和高贵气质的英雄形象。
　　然而，在兰斯洛特作为一个英雄形象留在许多读者的脑海的同时，他的"反英雄"的一面也得到充分的表现。他虽给予亚瑟王许多帮助，但因与王后格尼薇尔相恋使他背叛了亚瑟王，并且导致了圆桌骑士团的分裂。
　　英雄兰斯洛特与美人王后格尼薇尔的恋情是全书的一个关键所在，也是许多人物命运的转折点。亚瑟王的死，圆桌骑士团的瓦解，以及兰斯洛特自身的悲剧，都与这一段恋情脱不了干系。兰斯洛特之所以成为"反英雄"，其根源也在于这段恋情。
　　作为英雄人物，兰斯洛特身上很早就有"反英雄"的性格因素存在。《亚瑟王之死》中对兰斯洛特从"英雄"到"反英雄"的转变的描写是非常自然的，可以说是瓜熟蒂落、水到渠成。像兰斯洛特这样的英雄人物绝对不是完美无缺的，例如色欲、情感冲动等等。一旦英雄人物身上固有的弱点或缺点的种子碰到了合适的"温床"，得到了催化，英雄的另一面——"反英雄"就会毫无顾忌地登上他人生的舞台。

---

　　①　［英］托马斯·马洛礼著 黄素封译：《亚瑟王之死》，北京：人民文学出版社，1960版，第398页。

　　到了傍晚，桂乃芬王后已经代伊兰公主安排了歇夜的所在，把她的卧房就布置在王后自己寝室的隔壁，同在一个屋檐的下面，这一切全是照着王后的意思，安顿妥当的。同时，王后又派人去通知郎世乐骑士，叫他当夜来陪伴王后同眠，并且对他说："如若您不来和我同床，那一定就是您要去陪伴高朗翰的母亲伊兰去睡啦。"郎世乐骑士情急地回答王后说："哎，太太，请您再也不要这样说了，我同伊兰的勾当并不是出于我的心愿呀。"王后又说："瞧着吧，我叫了你，看你来不来就是了。"郎世乐骑士答道："太太，我决不会失约的，您叫过我，就一定会来的。"（第十一卷第七回）①

　　兰斯洛特就是这样周旋于王庭的桂乃芬王后和伊兰公主之间，如此，他身上"反英雄"的一面展露无遗，为了自己的色欲和恋情破坏了伦理纲常。按现在中国人的话说，这就是第三者插足，而且是大逆不道的第三者插足，是伦理和等级的双重叛逆。而兰斯洛特"反英雄"的一面发展到极致，是在他与王后的地下恋情被亚瑟王发现之后，尤其是当格尼薇尔王后即将被处以火刑的时候，兰斯洛特竟然单枪匹马杀入重围解救王后。在这样一场荡气回肠生死攸关的战斗中，当场送命的骑士约有二十四名。后来，兰斯洛特又逃回法国迎战亚瑟王，在"背叛"的路上越走越远。所有这些，使得本来是"英雄"的兰斯洛特迅速成为了一个"反英雄"人物。

　　由此可见，在兰斯洛特身上，也出现了如同武松一样的"英雄"与"反英雄"的对立统一。然而，有意味的是，兰斯洛特这种"英雄"与"反英雄"的矛盾并没有让他的形象受到任何损坏，也没有使书中的故事情节有任何的减弱或衰退。恰恰相反，兰斯洛特这个人物形象因其内在的对立统一的矛盾反而显得更加丰满厚实，而关于他的故事也随之变得更为跌宕起伏，愈发引起读者的审美期待。读者期待着兰斯洛特超人的武艺再次得以显现，甚至期待着兰斯洛特必须要救出桂乃芬。

　　为什么会这样？至少有两点值得注意：第一，如果桂乃芬死了，故事很难发展，情节也不合逻辑了，读者也会感到万分遗憾。第二，因为兰斯洛特"反英雄"的行为中又带有英雄的本色，如果他不能救出王后，那么，在此之前对他的英雄行为

---

① ［英］托马斯·马洛礼著 黄素封译：《亚瑟王之死》，北京：人民文学出版社，1960 版，第 703 页。

的描写就成为了毫无意义的赘笔。读者内心深处不希望美人死去,也不希望英雄对自己心目中美丽的情人见死不救,在这一强烈的审美期待中,读者甚至可以一定程度上无视甚或原谅王后的不贞和兰斯洛特的叛逆。

不仅英国读者对兰斯洛特如此,中国读者对武松也是这样。当杀死了很多人而成为英雄与反英雄对立统一的人物形象的时候,人们也会在他英雄行为光辉的照耀下,有意无意之间淡忘了他滥杀无辜的罪过。也就是说,不仅仅是兰斯洛特、武松以及更多的英雄人物具有这种对立统一的特点,其实在每一位心理正常的读者的灵魂深处也是"英雄"与"反英雄"形成对立统一的。由此亦可看出,中外普通读者在鉴赏传奇英雄人物时,其审美心理有着极大的相同之处。

然而,中国话本小说与英美民间故事在塑造英雄反英雄对立统一的人物形象时,除了能引发读者共同的审美共鸣外,其审美效果又有很大的相异之处。下面,还是以武松与兰斯洛特这两位英雄反英雄对立统一的人物来作论证。

在《亚瑟王之死》中,历尽磨难的兰斯洛特对以前感情开始忏悔。这样一来,就使得这位英雄人物走向了平凡。英雄 – 反英雄 – 英雄 – 平凡人物,兰斯洛特的生命历程和情感历程都是几经转换的,而且,每一次转换都是极其合理的。这一合理转换的过程在书中得到了完美的表现,使这个人物形象不断丰富、深化,也有力推动了情节的发展,从而,也给读者留下了永不磨灭的深刻印象。

兰斯洛特的英雄 – 反英雄是伦理道德与个性张扬所形成的对立统一。兰斯洛特所有的言行都是一种率性而为,他是要做一个人性色彩十足的英雄。爱情、性欲、背叛、复仇、忏悔、回归。兰斯洛特的英雄 – 反英雄的对立统一则是建立在人性的基础上的,都出自他天然的本性,最终是可以归于平凡的。兰斯洛特是一位英国人笔下的英雄,他根本没有可能像封建时代的武松那样戴上"中国式"的伦理道德的面具。武松的英雄 – 反英雄的对立统一是建立在伦理道德的基点上的,它是永远不可能悔悟的。王少堂的"武十回"只讲到二龙山聚义,但在《水浒传》中却写征方腊回来后,鲁智深在六和寺坐化,"武松自此只在六和寺中出家"。(第九十九回)①似乎与兰斯洛特一样回归了平凡。但是民间传说和下层文人对"武松"的塑造并没有停止,陈忱的《水浒后传》写梁山余部海外建功路过杭州探望武松,有这样一段描写:

---

① 施耐庵 罗贯中著:《水浒传》,北京:人民文学出版社,1975 年版,第 1369 页。

　　萧让道:"兄长往日英雄,景阳冈打虎、血溅鸳鸯楼本事都丢下么?"武松道:"算不得英雄,不过一时粗莽。若在今日,猛虎避了他,张都监这干人还放他不过。"众人齐笑起来。问道:"李俊做了暹罗国王,只怕还是浔阳江上打鱼身段。公明一生心事,被他完了,难得难得。"呼延灼道:"兄长同我们到哪里,老年兄弟须得常在一块。若好清静,同公孙胜住静,一个和尚,一个道士,香火正要盛哩。"众人又笑起来。武松道:"在此惯了,鲁智深的骨塔,林冲的坟墓,都在这里,要陪伴他。我的塔院也寻在半边了。"(第三十八回)①

　　这段描写主要有两层意思,一是武松虽然做了出家人,但世俗雄风不减当年,他自己说得好:"若在今日,猛虎避了他,张都监这干人还放他不过。"意谓年纪大了,打不动山间猛虎,但"人间猛虎"如张都监之流,碰上了,还是要以命相搏的。这就是市井说话塑造出的市民英雄人物的本色。第二层意思是"鲁智深的骨塔,林冲的坟墓,都在这里,要陪伴他"。梁山兄弟的骨塔、坟墓需要看守、陪护,这是从伦理道德出发的兄弟情义。因此,《水浒传》之后的武松,虽然皈依佛门,但留在广大读者心中的仍然是一个勇敢、侠义、善良、精细、孝悌的市民英雄人物形象,"云空未必空"。可见,武松的英雄－反英雄的对立统一是建立在伦理道德的基点上的。兰斯洛特却不同,他最终穿上了修士的服装,并在参加了桂乃芬王后的葬礼之后,发出了终身的忏悔:

　　郎世乐骑士看见了这口棺材埋进土里,立即晕厥,许久不曾醒转;待那修士促他醒来,又向他说道:"您这样悲痛去追悼她,不惟上帝不会喜悦,还要遭到他的谴责。"郎世乐骑士答道:"是的,上帝了解我的心愿,我绝不会触犯他,不论过去和现在,完全不是为着罪恶的享受,而我的悲哀,是为了她的美丽和高贵,那么将永不会停止。所以我每想到她的美貌,或者是她的高贵,就会联想到国王同她当日的威严;如今看到他们这两具尸体,放在眼前,使得我身心交瘁,无法支持。还有一点,我想到我的猖狂和傲慢,使得他们落到今天的下场;可是当他们活在世上的时候,乃是基督徒中最高贵的人物。"郎世乐骑士接着又说:"我想起这些遭遇,都由于他们过于宽厚,而我过于刻薄啊。如今

---

① 　[明]陈忱著:《水浒后传》,长沙:岳麓书社,1998年版,第278页。

我愈回想愈是痛心,几乎使我迷离恍惚,不能支持了。"(第二十一卷第十一回)①

这是真正的发自内心的忏悔,对过去所作的一切坚决否定,是真正的绚烂之后的归于平静,是身同槁木、心如死灰的垂死心理状态。果然,"从此郎世乐骑士谢绝饮食,有时虽吃一点,但分量很少,一直到死,不愿多吃。当他患病的时候,病况逐日加重,终于枯萎而死"。(同上,第十二回)②由此可见,兰斯洛特的英雄-反英雄的对立统一均是建立在人性的基础上的。

由于中西文化基因的差异,中国话本小说和英美民间故事的作者们即便是同样采用对立统一的方式塑造英雄反英雄的人物,这些人物身上所具有的文化元素是绝对不一样的。武松与兰斯洛特的巨大文化差异已如上述,一个在"道德"层面上归于平凡,一个却在"任性"的痛苦中回归平静,不知这能否算作"殊途同归"。

不论从文本的角度,还是作者的角度,或者读者的角度,都能够体味出武松、兰斯洛特甚至楚霸王这样一些人物形象身上所拥有的英雄与反英雄的矛盾统一。正因为如此,这样一些艺术形象才能在几百年来的文学史和文化史中不断发展演变,不断完善,人们心中的"楚霸王""武松""兰斯洛特"或者其他的英雄形象才得以成为一个真正意义上的英雄典型。

第二节 "复杂"与"单一"人物形象的不同蕴含

中国说书讲究"书根"、"书领"、"书胆"、"书筋""梁子"等组成的"四梁八柱"故事框架。在评话小说中显得尤为明显。"梁子"就是情节框架,书筋和书胆则主要代表两种不同的人物形象,"书筋"人物大多幽默诙谐,"书胆"则常常是故事中的主要人物,具有复杂的思想内涵和性格。

复杂和单一的人物性格内涵,在某种程度上与福斯特(E. M. Foster)在其著作《小说面面观》中所提出的概念暗合,即扁平人物和圆形人物。"'扁平人物'称为

---

① [英]托马斯·马洛礼著 黄素封译:《亚瑟王之死》,北京:人民文学出版社,1960 版,第1054 页。

② [英]托马斯·马洛礼著 黄素封译:《亚瑟王之死》,北京:人民文学出版社,1960 版,第1055 页。

'性格'人物,而现在有时被称作类型人物或漫画人物。他们最单纯的形式,就是按照一个简单的意念或特性而被创造出来。如果这些人物再增多一个因素,我们开始画的弧线即趋于圆形。真正的扁平人物可以用一个句子表达出来……扁平人物的一大长处是容易辨认,他一出场就被读者那富于情感的眼睛看出来……第二个长处是他们事后容易为读者所记忆。"①圆形人物则与之不同,这种人物有更加复杂的心理和性格,从这些人物身上可以看到真实的人性所显露出来的某些特点。

上节讨论的是人物塑造中的对立统一,那么在圆形人物与扁平人物的关系上,则是一种相辅相成的关系。中国话本小说中有不少扁平人物和圆形人物的代表,但是如果从较为精确细致的角度去考察分析这些人物,是不能将他们一一对号入座的,因为扁平人物中有圆形人物的成分,而圆形人物却有时也会呈现出扁平人物的特征。

一、书筋类人物与扁平人物

书筋类人物在话本小说的故事情节中,能造成令人意想不到的喜剧效果,在评话表演中更是如此。他们的性格趋向单一,而这种单一却又是相对的。扁平人物也是如此,简单中孕育复杂,他不仅可以与圆形人物造成互补、反差等多种效果,而且其自身也具有深层次的复杂性。扁平人物与中国评话中的"书筋"有一些共性。书筋类人物,如扬州评话康派三国"三把火"之一的《火烧赤壁》中的鲁肃就是一个典型。在他试图左右逢源的时候,却往往是诸葛亮将事情处理得更为巧妙,这样的人物恰好与诸葛亮形成一种鲜明的对比。他的立场是为了东吴,然而却总是被诸葛亮巧妙利用,这样的人物常常给人们带来了一种幽默诙谐的感觉。再如评话小说《武松》里的肖城隍和李土地二人,两人是吃白食的典型,在武松杀嫂一段中,有对这两位白食先生的生动刻画。这类人物性格单一,然而却总是能够在关键时刻造成戏剧效果。这些人往往是怪才,出奇制胜。如长坂坡这样的危险时刻,张飞一声喝就可以解追兵之围;

却说张飞北至当阳长坂,张飞令军卒将五十面旗,北于阜高处一字摆开,

---

① ［英］爱·摩·福斯特著　苏炳文译:《小说面面观》,广州:花城出版社,1984 年版,第 60 页。

二十骑马军正觑南河。曹公三十万军至,"尊重何不躲?"张飞笑曰:"吾不见众军,只见曹操。"众军马一发连声便叫:"吾乃燕人张益德,谁敢共吾决死!"叫声如雷贯耳,桥梁皆断。曹军倒退三十余里。(《全相三国志平话》卷中)①

书筋与上文提到的扁平人物十分相似,但书筋人物在性格上更加极端化,而这种极端却又是一种"物极必反"的辩证统一。同样是张飞,当敌人普遍认为他是"粗人"的时候,他却偏偏"粗人弄细"起来:

> 又张飞西南远一百里,赴桂阳郡,太守蒋雄那汉,兼文带武。至来日,引三千军,去离桂阳无十里下寨。有人告太守蒋雄,蒋雄言曰:"张飞粗人也。孙武子兵书,马军行四不得来,步军行五不得行,多时尚乏。今张飞军可行百里,探得人困马乏。管仲言,远来可易袭,可击。乘势杀张飞,如去诸葛左右一臂。"蒋雄点五千军出城劫张飞寨,劫着空营,四面埋伏军皆起。蒋雄欲保桂阳,被张飞先取了,复来迎蒋雄,两军相接,二人交马,被张飞刺于马下,收了桂阳郡。(《全相三国志平话》卷下)②

这个张飞,在粗豪勇猛中隐藏着一些聪明智慧,不仅能给敌人造成误解,从而取得战争的胜利,而且还能给读者一些阅读的趣味性。这样的人物塑造非常奇妙,在某种极端性格的描写过程中,另一种与之相反的性格特点却能够相辅相成地发生作用。

英美民间传说中是否也有这样的"书筋"类人物呢?虽然"书筋"是中国的说唱艺术专用名词,然而与之类似的扁平人物中,是否也有这样的角色?答案是肯定的。在《睡谷的传说》中,就有这样的一位扁平人物,布鲁姆·凡·布兰特(Brom Bones)是睡谷无头骑士的假扮者,他深爱着当地的殷实的荷兰农夫的独生女儿卡特琳娜·凡·泰瑟尔。但是,她被很多人追求着,其中包括一位从康涅狄格州来的教师,名叫伊卡包德·克兰(Ichabod Crane),克兰对睡谷中的各种耸人听闻的传说笃信不移。故事的结果是克兰在某次聚会之后回家的路上遇到了无头骑士,由于惧怕逃离了睡谷镇,而布鲁姆最终与卡特琳娜结婚。在整个故事中,

---

① 钟兆华著:《元刊全相平话五种校注》,成都:巴蜀书社,1990年版,第431页。
② 钟兆华著:《元刊全相平话五种校注》,成都:巴蜀书社,1990年版,第458页。

布鲁姆是一个强壮鲁莽的浮荡青年,他对卡特琳娜的爱情在故事中并没有过多的刻画与描写,故事在结尾部分委婉地揭露了一下细节:布鲁姆是用一只南瓜装作无头骑士的样子把克兰吓跑的。布鲁姆好胜鲁莽的性格在整个故事中并没有多少变化,但这位鲁莽的青年人偶尔也会玩弄一点小狡猾。

诸如此类的角色还有美国民间故事中的狐狸老兄,这个角色出现在十九世纪美国民间故事家乔·哈里斯收集整理而成的瑞姆斯舅舅系列故事中。这个系列故事中的角色多以动物为主,而狐狸老兄虽然狡猾,但老是被捉弄,在他与大嘴巴兔的故事中,兔子成功地将他骗到了一口井中。狐狸历来被认为是一种狡猾敏捷的动物,而在故事当中,却常常被描写成一个聪明反被聪明误的角色。在狐狸老兄看到大嘴巴兔坐着空水桶下到井里去的时候,他的一番思考是贪婪的,他梦想这井里有金银财宝。而当他屏气安静地去听大嘴巴兔的动静时,却什么都听不到。最后,强大的贪欲还是让他开口问兔子,大嘴巴兔巧妙的回答让狐狸老兄误以为井下有很多鱼。因此,在听取了兔子的建议后,狐狸老兄终于坐上了另一只水桶,而像跷跷板一样,当载着狐狸老兄的桶下到水井中的时候,由于体重的差别,那只载着大嘴巴兔的水桶自然就被拉了上去。兔子摆脱了困境,而狐狸老兄被困到了井里。童话般的传说来源于哈里斯的民间搜集,以动物童话暗喻社会生活中形形色色的事件已不足为奇,但寓意深刻。狐狸老兄的遭遇以及它的性格也恰好展现了很多类似的扁平人物的基本特点,这些人贪婪而忘乎所以,自以为聪明却无比笨拙,因此也就陷入无法自拔的困境。在对贪婪狡诈的狐狸老兄性格的描写过程中,两种相反的性格特点同样也发挥着相辅相成的作用。

中国话本小说中书筋类人物与英美民间故事中扁平人物在审美效果方面的共同点是都能造成幽默诙谐、出人意料的效果,并给读者留下极深刻的印象。当然,它们之间也有很大的差异性。中国话本小说中的"书筋"人物所给读者的往往是意外的惊喜,他们的行为,对于推动故事情节的运行起到出奇制胜的作用。而英美民间故事中的"扁平"人物,往往本身就是故事的主人公,他们的行为往往就是故事的主干情节,因此不存在造成故事曲折性的因素。这些人物行为的主要审美作用就在于造成一种幽默诙谐的效果,同时蕴含着某些深刻的人生哲理。之所以有这样的差异,主要是因为中国的"讲史"话本大多表现长篇的重大历史题材,"书筋"人物在中间也要为这种"重大性"的题材做出贡献。而英美民间故事中的扁平人物,大多出现在短篇的生活小故事中间,他们身上所蕴含的往往更多是生活中的哲理。

二、书胆类人物与圆形人物

"书胆"往往被人们理解成为故事的主角,这并不能一概而论,然而在大多数情况下,书胆确实是复杂性格和情感的主要载体,与之相对应的"圆形"人物也是性格较为复杂的一类人物形象。这类人物的性格往往是多面的和多变的,具有纵向发展过程,同时又具有横向的多侧面。人们不能简单地将他们定义为"好人"或者"坏人"。在这种复杂的、存在内在矛盾的性格当中,人性的某些特定因素便凸现在这些人物的身上了。水浒故事中的宋江就是一个典型的"书胆",宋江的性格中有两个较为显著的特点,一个是"忠",另一个是"义"。在评话小说《宋江》中,这种矛盾统一的特点仍旧保留。小说一开始,就有一段十分细致的描写,已经初步勾勒出了一个心思缜密而又讲江湖义气的英雄形象:

> 宋江由瑞龙镇同武行者分手,武行者奔双龙镇二龙山,宋江奔青州管下清风寨,各奔前程。宋三爷走了没几步又站下来了。他实在心里是爱武松,看见武松上了小路,他心内还是依依不舍,痴呆呆地就望着武松,右手就拈着胡须,嘴里叽叽咕咕:'你看他走多快! 就这一向和我打伴同行,我走得慢,他的性子躁,他受了罪了,就被我累煞了! 今日离开了我,就如同把个石坠子去掉了。你看他走起路来一阵风,啊呀,倒看不见了。嗯,就这一刻又下去里把多了,嗯,二三里有了,四五里有了,七八里有了,十一二里,嗯,十四五里有了,⋯⋯'"①

这段接近于人物独白的细致描写突出了宋江的兄弟义气,不仅如此,早期的"水浒"故事中,宋江身上就有了一种草莽英雄的气概。《宣和遗事》写宋江杀奸题诗:"杀了阎婆惜,寰中显姓名。要捉凶身者,梁山泺上寻。"②这种粗莽而豪爽的英雄气概与杀嫂祭兄,斗杀西门庆的武松并没有什么区别。进而在聚集了各路英雄好汉之后,宋江又题诗一首:"来时三十六,去后十八双。若还少一个,定是不

---

① 王少堂口述,扬州评话研究小组整理,孙龙父、陈达祚整理:《宋江》,南京:江苏人民出版社,1985 年版,第 1 页。

② 无名氏编著 曹济平 程有庆 程毅中校点:《宣和遗事等两种》,南京:江苏古籍出版社,1993年版,第 33 - 34 页。

还乡!"①更显其领袖风采和视江湖义气如生命的英雄襟怀。在评话小说《宋江》中,宋江的英雄气概则被描写得更加夸张,当梁山好汉劫法场闹江州之后,《水浒传》中对此事的处理是大家按照计划好的步骤撤离了江州,回到梁山。在评话中,也许是说书艺人或民众觉得梁山众好汉包括宋江以较为平静的方式回去并不能显示出英雄气概,于是增加了一回宋江再上浔阳楼,重题另一首诗的情节。然而圆形人物的巧妙之处就在于作者并非一味地增加英雄气概来标榜宋江,在评话小说中,宋江也有落难消沉的时候,浔阳楼题反诗之后,宋江被抓进大牢,小说中有"宋江求救"一回,在与戴宗对话的过程中,宋江流露出的表情并不是英雄式的豪迈,而是一种意气消沉的感觉,要么唉声叹气,要么"两眼含泪,低头不语",②与武松落狱的描写全然不同,而这样的描写恰好突出了宋江复杂的性格特点。

再看宋江思想的"忠",他对国家、君王忠心耿耿,然而却一直不得志,在浔阳楼题诗也是对这种心情的抒发,却刚好被人利用,惨遭陷害。尔后他的"忠"却在生死关头发生了改变,在危及生命的时候,宋江不再坚持所谓的忠而求救于梁山英雄的"义"。评话小说《宋江》中则干脆写他浔阳楼再题诗一首:"偶然乘兴上江楼,浩荡风波感壮游。饮酒漫浇千古恨,题诗翻惹一朝忧。英雄大业须同建,豺虎当关尚未休。生死交情忠义士,且留佳话闹江州。——脱险后又题,郓城宋江。"③这种描写,所体现的正是宋江思想性格纵向的变异性。

宋江的"忠""义"之间的基本矛盾构成了这个角色的复杂性格,如果从福斯特的观点来看,他也是一个类似圆形人物的角色。另有刘备、曹操等,也都是《全相三国志平话》中复杂的人物性格的典型。这类人物在说唱艺术中被普遍称为"书胆",他们不仅仅是故事中的主要人物,还是体现作品思想深度的人物。

短篇的小说话本中也有这种塑造得很成功的书胆,或称"圆形人物",且看《崔待诏生死冤家》中的一个小小片断:

当日有这遗漏,秀秀手中提着一帕子金珠富贵,从左廊下出来。撞见崔

---

① 无名氏编著 曹济平 程有庆 程毅中校点:《宣和遗事等两种》,南京:江苏古籍出版社,1993年版,第36页。
② 王少堂口述,扬州评话研究小组整理,孙龙父、陈达祚整理:《宋江》,南京:江苏人民出版社,1985年版,第841页。
③ 王少堂口述,扬州评话研究小组整理,孙龙父、陈达祚整理:《宋江》,南京:江苏人民出版社,1985年版,第1376页。

宁,便道:"崔大夫,我出来得迟了。府中养娘各自四散,管顾不得,你如今没奈何只得将我去躲避则个。"当下崔宁和秀秀出府门,沿着河,走到石灰桥。秀秀道:"崔大夫,我脚疼了,走不得!"崔宁指着前面道:"更行几步,那里便是崔宁住处,小娘子到家中歇脚,却也不妨。"到得家中坐定,秀秀道:"我肚里饥,崔大夫与我买些点心来吃。我受了些惊,得杯酒吃更好。"当时崔宁买将酒来,三杯两盏,正是:三杯竹叶穿心过,两朵桃花上脸来。道不得个"春为花博士,酒是色媒人"。秀秀道:"你记得当时在月台上赏月,把我许你,你兀自拜谢。你记得也不记得?"崔宁叉着手,只应得"喏"。秀秀道:"当日众人都替你喝彩:'好对夫妻!'你怎地到忘了?"崔宁又则应得"喏"。秀秀道:"比似只管等待,何不今夜我和你先做夫妻,不知你意下何如?"崔宁道:"岂敢。"秀秀道:"你知道不敢?我叫将起来,教坏了你,你却如何将我带到家中?我明日府里去说。"崔宁道:"告小娘子,要和崔宁做夫妻不妨。只一件,这里住不得了,要好趁这个遗漏人乱时,今夜就走开去,方才使得。"秀秀道:"我既和你做夫妻,凭你行。"当夜做了夫妻。①

　　崔宁是市井中人,是一个独立的手工艺生产者。年纪虽然不大,但多年的生活磨练,使他相当成熟,但同时,小市民的身份又使得他为人处事十分谨慎。当时,他将年轻美貌的王府丫鬟璩秀秀从发大火的现场营救出来,想不到这个女孩却早已对他有意,并且反复言语挑逗。面对这种突如其来的情况,崔宁不知道璩秀秀心里到底是怎样想的,同时,又十分畏惧王府的威势,故而,一连两声应"喏",接着一声"岂敢"。直到小娘子进一步采取威逼手段之后,崔宁才接受了女孩的爱,并十分冷静、沉着地安排着一切。如此,一个敢于担当而又处事谨慎、心理成熟而又渴望爱情的年轻的市民人物形象就被展现出来,一个圆形人物形象也就在话本小说史上留了下来。而且,像崔宁这种成功的圆形人物形象,在中国古代的话本小说中并不在少数。

　　在美国民间故事中,也有类似书胆类的人物,大多数也是圆形人物。《睡谷的传说》中的伊卡包德·克兰就是一个圆形人物。克兰的性格是多层面的,首先是他的贪婪:

① [明]冯梦龙编:《警世通言》,北京:人民文学出版社,1956年版,第94-95页。

伊卡包德·克兰简直按捺不住心中的狂喜,他转动着绿色的大眼睛,看着这水草丰美的牧场,茂盛的小麦、黑麦、荞麦、玉米,还有环绕着卡特琳娜·凡·泰瑟尔温暖闺房的果实累累的果园,浮想联翩。他的心渴求着即将继承这一切的那位姑娘,想象也展开了翅膀;如何将这些东西转为现金,然后用钱购置荒地,再在荒地上建起宫殿;不仅如此,他不甘寂寞地想象已将希望变成了现实,使他娶到了鲜花怒放的卡特琳娜,还生了一大堆孩子,他们爬上装满家当的四轮马车,盆盆罐罐挂在车底。他看到自己骑着母马缓缓前行,身后跟着一匹小马,启程前往肯塔基州、田纳西州——或天知道什么地方!①

克兰的贪婪中也有他追求美好生活的一面,上述的描写表现他的梦想,而在梦想之后,他最终还是离开此地而去开始新的生活,这是他性格中较为复杂的一个层面。不仅如此,克兰的性格还经常处于变化之中,克兰由贪婪逐渐转向了对卡特琳娜的爱情,而这种爱情还面临着来自各方面的挑战:

伊卡包德·克兰要赢得的是一位乡村风流女子的心,她反复无常,充满奇思怪想,对他来说,新的困难和障碍层出不穷。他必须面对一大伙虎视眈眈、跃跃欲试的对手,一大堆乡村追求者,他们守在她心灵的每个入口。彼此保持警惕,怒目而视,随时准备对新来的竞争者大打出手。②

克兰的心理还是继续发展,于是,文中有一句话对他的性格进行了总结:"他天性中混合着柔韧与坚定,虽然容易弯曲,却从不会折断。尽管一点压力就会让他低头,但只要一松手——啪!——他又站得笔直,一如既往高昂着头。"③这句话描写的性格与中国的阿Q性格有些类似,而后克兰的行动与反应则更加证明了这一点:

公开与情敌作对,那是发疯,因为他如同狂暴的情人阿基里斯,在恋爱中不可阻挡。因此,伊卡包德·克兰以一种平静温柔、曲意逢迎的方式展开进

---

① [美]华盛顿·欧文著:《见闻札记》,西安:陕西人民出版社,2004年版,第289页。
② [美]华盛顿·欧文著:《见闻札记》,西安:陕西人民出版社,2004年版,第290页。
③ [美]华盛顿·欧文著:《见闻札记》,西安:陕西人民出版社,2004年版,第295页。

攻。在音乐老师身份的掩盖下,他经常出入农舍。①

　　克兰采取的行动是有计划的,然而计划却未能如愿以偿,他最终迎来的是无头骑士的恐怖遭遇。由于这种恐惧感,克兰逃走了,由此可以看出他的性格发生了转变,并不是"折不断"了。在面临爱情的时候,他考虑的并非所有关于爱情的因素,例如获得卡特琳娜家的资产,如何战胜其他的情敌等等。在故事结尾时关于他遇到无头骑士的大段描写也是对他性格刻画最生动的地方,在感觉害怕时,他选择了自己吹口哨来消除恐惧感,随即感受到了更多的恐惧,然而后来一系列的哥特式的景物让他彻底丢弃了下午参加聚会的心情和对周边相同景物的那种美好感受,留下的只有害怕和恐惧。当他看到无头骑士的时候,乡村教师平时所表现出的平静彻底被打破了,换来的是狂奔保命。
　　克兰作为一个典型的圆形人物,具有十分复杂的性格,在怪异的外表下有着一定的修养和音乐天赋,而在他柔韧的性格中又带有一种贪婪,然而这样的贪婪只是一种类似白日梦似的幻想,幻象破灭的时候他只顾逃命,再也不愿留在当地,他丢下所谓的爱情,逃离了睡谷。
　　圆形人物与扁平人物在小说中起到了一种相互调和的作用,正如诸葛亮与张飞,两个人物之间相辅相成,诸葛亮的复杂性格与张飞的天真思维形成了一种反差,而这种反差却恰好增强了两人的性格塑造,张飞有时做出的"粗人弄细"的举动,在一定程度上补充了诸葛亮的"智慧",让人产生一种"在诸葛亮身边生活时间长了莽撞之人也会用计"的感觉,这不能不说是一种矛盾统一、相辅相成的成功的写人艺术效果。在《睡谷的传说》中,克兰与布鲁姆也是类似的"一对",两者之间形成的一种较为明显的反差恰好成功塑造了矛盾的双方。
　　然而,如果将中国与英美对两类人物的描写或塑造进行比较分析,却可以发现一些不同之处。
　　首先是人物外貌特征与人物性格的关系问题。以扁平人物为例,中国话本小说中的扁平人物,其外貌特点常常十分显著,张飞等人被描写成"粗人",其相貌也是粗豪得很:"生得豹头环眼,燕颔虎须,身长九尺余;声若巨钟。"②最有意思的是,当中国民众遇到圆形人物时,其外貌特征也就带有某些复杂因素:如儒将关

---

① [美]华盛顿·欧文著:《见闻札记》,西安:陕西人民出版社,2004年版,第295页。
② 钟兆华著:《元刊全相平话五种校注》,成都:巴蜀书社,1990年版,第377页。

羽："生得神眉凤目虬髯，面如紫玉，身长九尺二寸，喜看《春秋左传》。"①以至于给后世留下关云长夜读《春秋》的造型，这就是一种"儒将"风采，既威猛又儒雅。至于凤子龙孙的刘备的"出场秀"，就更为复杂一些："乃汉景帝十七代玄孙，中山靖王刘胜之后，生得龙准凤目，禹背汤肩，身长七尺五寸，垂手过膝。语言喜怒，不形于色。"②以貌取人，强调给读者的第一感觉，这是中国话本小说所体现的一种审美惯性和民族心理投射。英美民间故事中的扁平人物或者圆形人物，并没有十分突出"第一印象"的外貌特点与之思想性格相对应，也就是说圆形人物中也有长相奇特的，扁平人物中也有长得人模人样的，外貌描写并没有造成多少让读者产生心理感受上的特异之处，这也是英美民间的一种审美习惯。由此可见，各不同民族在塑造人物给人第一印象时，所采用的模式也是与各自民族的文化心理有着一定关连的。

其次是圆形人物与扁平人物与情节发展之间的关系。中国的话本小说大多通过故事塑造人物，在故事中描写人物的心理与行为，在人物塑造与情节描述方面，情节多于人物塑造。而英美民间传说中，人物的塑造却多于故事的叙述，很多民间故事往往是围绕某个特定的人物展开的，而且还是系列故事，在众多的故事中，某个人物或者某几个人物成为了典型的圆形人物或扁形人物，皮袜子系列故事、莫瑞斯舅舅的故事、巨人捕手杰克的故事，以及众多的中古骑士传说都是较为突出的例子，在这些故事中，情节往往是为了刻画某些英雄形象服务的。

无论是在中国的话本小说中还是在英美的民间故事中，书筋——书胆、扁平人物——圆形人物多如繁星，这些人物的成功塑造恰好是故事作品中最精彩的地方，说书人所谓的传神，也许大多来自于对人物性格的把握，对书筋、书胆们绘声绘色的讲述，让观众直接领略两者之间对立统一，互存互补的和谐关系，进而言之，这也是一种中外艺术表现手段中的常用方法。而民间故事之所以能够流传久远，也许正是得益于这些人物的生动和典型。

三、戏仿英雄的替身

巴赫金提出："对待世界和人类生活的双重认识角度，在文化发展的最初阶段就已存在。在原始人的民间创作中，有严肃的（就其组织方式和音调气氛而言）祭

---

① 钟兆华著：《元刊全相平话五种校注》，成都：巴蜀书社，1990年版，第377页。
② 钟兆华著：《元刊全相平话五种校注》，成都：巴蜀书社，1990年版，第377页。

祀活动同时,还有嘲笑和亵渎神灵的诙谐性祭祀活动("仪式游戏"),有严肃的神话,同时还有诙谐和辱骂性的神话,有英雄,同时还有戏仿英雄的替身。"①中国话本小说与美国民间故事中就有这方面的情况存在。印第安传说中的"惹事者"与中国通俗文学中的"济公"在这方面的表现最为典型,他们都很符合巴赫金所述的"戏仿英雄的替身",或者说他们就是已经被戏仿之后的英雄。

济公故事自南宋流传至今,最初以口头方式传播,其文学形象家喻户晓,多半来自于民间故事与"说话"。《北碉集跋》云:"《北碉文集》十卷,宋释居简撰,……《湖隐方圆叟舍利塔铭》即俗所传济颠者也。道济,一号湖隐,又号方圆叟,亦世所罕知者。文颇简练,无南宋冗长之习。"②明代的《钱塘湖隐济颠禅师语录》是一部话本小说,其中塑造的济公形象得到当代学者好评:"在这个话本中,说话人塑造了济颠这样一位'活佛'他敢于藐视佛门礼教,不但吃肉喝酒,还敢大闹佛堂,不避男女清规;他足智多谋,不阿权贵;对于贫苦的市民、樵夫……,他充满了同情热爱,随处济困扶危。正是这样的'活佛',得到了人民的尊敬。"③此后,以济公为主要人物的作品颇多,如《济颠罗汉静慈显圣记》、《济颠大师醉菩提全传》、《南屏醉迹》、《济公传》、《麴头陀新本济公全传》、《评演济公传》、《醉菩提》等等。据当前的研究表明,济公既有历史真实性,也有文学虚构性,关于历史人物的真实考证,在此不论。而济公传说的兴起还是因为其故事情节不断增加,历代的知识分子和说书艺人的搜集整理,形成话本。济公角色具有一定的开放性和普适性,而不断增加的材料又是后人继续加工的基础。田汝成《西湖游览志余》卷十四"方外玄踪"云:"济颠者,本名道济,疯狂不饬细行,饮酒食肉,与市井浮沉,人以为颠也,故称济颠。"④

济公形象具有一定的独特性,"疯癫"是他区别于其他文学形象的一个显著特点,这也成为了济公形象的一个标志性特点。从声容笑貌到衣食住行,颠狂的个性始终孕育其中。《钱塘湖隐济颠禅师语录》中的济公狂放不羁的个性为民众所喜爱。从口头传说到话本小说《钱塘湖隐济颠禅师语录》,济公形象一直带有民俗

① [俄]巴赫金著 李兆林 夏忠宪等译:《巴赫金全集》,第六卷,《拉伯雷的创作与中世纪和文艺复兴时期的民间文化》,石家庄:河北教育出版社,1998年版,第7页。
② [清]陆心源 合著者冯惠民:《仪顾堂书目题跋汇编》卷十二,北京:中华书局,2009年版,第403页。
③ 路工 谭天合编:《古本平话小说集》,北京:人民文学出版社,1984年版,第1页。
④ [明]田汝成撰:《西湖游览志余》,杭州:浙江人民出版社,1980年版,第275页。

性的特点。在某种程度上来说,它是一部描写民俗民风的道德话本。因此,作品中的济公具有很强的亲和力,究其原因,还是因为济公形象具有很强的民俗性。接近民俗生活的故事才是民众接受文本的催化剂。在小说开头关于济公出生的描写中,就已经注入了由"神"到"人"的活力了,其中所蕴藏着的其实是"神仙""疯僧""游侠"三者的有机结合。"神仙"一面表达的是其活动能量,"疯僧"一面是其表现形态,"游侠"一面是其精神内核,这是一种市民阶层最欢迎的多重品格的结晶体。小说中,济公对世人行善救济的例子并不少见。如替人预言灾祸、显神通搭救孝子、帮助张工还债、替酒店家女儿治愈痨虫等;另一方面,济公饮酒吃肉不坐禅,然而"禅门广大岂不容一颠僧,颠者乃真字也。"神性与世俗道德中的人性有机地寓于济公故事之中。

无独有偶,在美国的印第安民间故事中,有"惹事者"(Trickster)形象,神似中国的济公形象。周永明《论济公形象的构成及其文化意义》①认为济公其实就是"惹事者"式的人物,是融合了捣蛋鬼、救赎者以及骗子等形象的复合体。

惹事者形象来自美国印第安的民间故事。惹事者故事并非仅仅是单一的故事,而是在漫长的历史过程中,它形成了一个故事系列。不同部族关于惹事者的故事不尽相同,在美国民俗学者斯蒂斯·汤普森所著的《北美印第安故事集》中,惹事者的称呼在不同地域的部族中也是不一样的:"Coyote"(郊狼),"Trickster"(惹事者),"Raven"(渡鸦)都是他的名字。这个角色常被描述成动物形体的半神,有的时候直接又以人形出现,不过他们一致的特点是这个角色喜欢恶作剧,拥有一些超自然的力量。该人物角色在美国民间影响很大,人们对其耳熟能详。国外对惹事者的研究非常丰富,有不少专著,如《神圣的惹事者与魔法师》(Divine Trickster and Master Magician)②从印第安土著居民的传统语言与咒语的角度对惹事者和魔法崇拜进行了分析研究。《自由的惹事者》则讨论了惹事者在神话与小说中的转变,正如沃里克(Warwick Wadlington)所说,"神话是稳定的代理人,而小说却是变化的代理人。神话需要的是一种绝对,而小说却需要相对的赞同。"③《惹事者:美国印第安神话研究》(The Trickster, A Study in American Indian Mythol-

---

① 周永明著:《论济公形象的构成及其文化意义》,《俗文学论坛》,1988 年第 2 期,第 45 页。

② Denise Alvarado: Divine Trickster and Master Magician《神性的惹事者与魔法师》, California: DBA of On - Demand Publishing LLC. , 2010.

③ Warwick Wadlington:The Confidence Men in American Literature《美国文学中的可信之人》, Oxford: Oxford University Press, 2008, p36.

ogy)中则从多个角度对惹事者进行了分析,书中不仅综合了具有代表性的惹事者系列故事,而且还分析了惹事者故事与希腊神话的关联,更多的专著不再赘述:如《惹事者——神话或传说》(Cycle Myth or Folktale)、《惹事者为主角的三个印第安叙事》(Trickster Protagonists of Three Contemporary Indian narratives)、《艺术中的惹事者》(The Trickster in the Arts)、《惹事者的神话形象》(Mythical Trickster Figures)等等。

　　惹事者的系列故事中充满着生活的气息,这类故事雅俗共赏,故事角色来源于神话,而情节却都是世俗的故事。惹事者巧设计谋抓取湖中鹅与鸭子的故事就是一例:惹事者并不是利用他的超自然能力去捕捉,而是通过玩游戏的方式骗取了鹅和鸭子的信任。他让鹅与鸭子闭上眼睛唱歌,结果很多鹅和鸭子上当被抓食。故事到此仍然是一种童话般的描述,然而接下来的情节则突出了它的生活化特点,当惹事者抓到很多鹅和鸭子之后,就开始焙烤吃掉,其间惹事者睡了一觉,醒来之后发现烤好的鹅和鸭子被聪明的印第安人偷去吃了。如此等等,不一而足,反映生活的这类故事俯拾皆是。又如惹事者戏弄两位盲眼印第安老人,通过恶作剧的手段巧设离间计,当两个盲眼老人争斗的时候,他快乐地享用了这两位老人准备的美食。伊斯莱塔部族的惹事者故事却则更加直接地将惹事者列为"俗人"。这个故事叙述的是郊狼(惹事者)偶遇啄木鸟,后请啄木鸟全家来自己家做客,其间因为啄木鸟无意中的展翅动作显露了美丽的羽毛而导致了郊狼的妒忌。后来,啄木鸟回请郊狼一家,郊狼让自己的孩子在身上绑上燃着的树枝,照亮身上的毛发,以此来媲美啄木鸟的漂亮羽毛。结果燃着的树枝不是将郊狼的孩子烫着,就是熄灭了,这让郊狼丢尽了颜面。当郊狼回家教训他的孩子的时候,啄木鸟却教导自己的孩子们不要为了面子而去尝试自己并不适合完成的事情。这个故事中的惹事者却没有任何神力或者魔力,几近于一个寓言故事。

　　惹事者在神话中扮演着一位"平民神"的形象,他有着神一样的魔力,却如人一般思维和行动,这也是惹事者名字的由来——正是因为"神性"与"人性"之间的辩证关系,才惹出了令人啼笑皆非的事端。惹事者并非史诗中的伟大神祇或英雄,虽然他拥有魔法的力量,但这些力量却经常消失,他与啄木鸟的这段故事就是例证。惹事者的故事更多地偏重在生活细节和生存智慧的描写方面,这与故事产生的现实形态紧密相连,印第安土著文学多以大自然为主题,揭示自然和谐的思想内涵。在印第安神话传说中,惹事者成功地将印第安人崇拜的神力与现实生活结合在了一起,如果用福斯特的观点来看,那么惹事者就是一个圆形人物,他也会犯错误,甚至是愚蠢的错误,这与高高在上的英雄与圣贤不同,因为圣贤与英雄往往是从现实中不断抽象出的形象,在日积月累的完美想象中不断丰满,而逐渐成为人们所崇拜的偶像。其实,现实的生活并不事事如愿,圣贤与英雄们的精神固然可贵,然而生活的智慧却远远不止他们身上所赋予的抽象的精神,古代的印第安人也明白这个道理,因此惹事者便成为了糅合神与人特点的角色。

惹事者形象中的神性和人性是难以区分的,毕竟神性和人性之间并不存在明确的分界线,两者之间相互转化的思想和内容很多。既然不是泾渭分明,那么从其他角度也许可见一二。惹事者故事的最大特点就是"开放性"——这是其他以某特定角色为主要人物的作品所不具备的。惹事者的系列故事分散在印第安不同的部族之中,虽然都以惹事者为主要人物,但是这些故事彼此之间并没有较大的联系,可谓"异曲同工"。从创作的角度来看,不同部族对这个形象的加工肯定是不同的,然而描写的内容大同小异,很多故事甚至是一种重复。这种创作角度上的开放性反映了惹事者神性的民俗化特点:当这个人物已经不再是完美的神祇和英雄时,与他相关的故事便能由任何熟知其故事情节的人们所加工和创作了,这是一个非常自然的过程,甚至在某些时候都不需要创作者的主观目的所驱动。生活化的细节于是越来越多,生活中的智慧便不断充实着这个人物形象。由于地域和环境的不同,惹事者的具体形象也不再统一了,于是他拥有了济公一般的变化手段。这种来自于民俗的人性中,又孕育了它的神性,较之神话传说中那些完美的神和英雄,也许惹事者才是最贴近人们生活的神祇。

济公形象同样是一个从神走向人的形象。与惹事者不同的是,济公故事并没有惹事者故事那么"开放"。描写济公故事的文本虽然在不同的朝代都有不同版本,而且内容也是越来越丰富,然而整个济公故事大多相互关联,不同版本中也有重复的故事,并非毫无牵连。如果说惹事者系列故事是一种"横向"的发展,那么济公故事则是一种"纵向"延伸了,济公作为一个相对固定的角色,还是具有一定封闭性的,这种封闭性来自于他的神性。《钱塘湖隐济颠禅师语录》中对济公的描写,就有意为之。在小说的开头就将济公的身份归于神灵:"适来紫脚罗汉厌静思动,已投他处去了。异日若等亦有知者。"①在接下来的文字中,更有烘托这身份的描写:"赞善乃令丫环捧出面僧。长老忙接过手,曰:'你好快脚,不要差走了路

① 路工 谭天合编:《古本平话小说集》,北京:人民文学出版社,1984 年版,第 2 页。

头。'儿但微微笑。长老看讫,递与丫环曰:'此子日后通天达地,入圣超凡。'"①文中多有烘托济公是罗汉转世的描写,然而这样的描写只是浮于表层的,若深入探寻济公神性的描写,还是要从故事中分析济公的言行举止。

济公又称济颠,这个"颠"字是济公言行举止的最大概括。疯癫的特点类似惹事者,甚至有过之而无不及。这是济公的神性与人性之间调和物。在嬉闹中含有对社会的讽刺,在逗笑中含有对生活的心酸,这正是现实生活的写照。在对其疯癫的描写中充满了幽默与讽刺。在《钱塘湖隐济颠禅师语录》中有济公"狎妓"的一段描写:

> 渐渐天晚,五官曰:"济公,晚了回寺不得。"五官令当直扶济公下楼,与李提点别了,二人径到新街刘行首家。虔婆接见,十分欢喜道:"五官人,今日如何带这醉风和尚来?"五官曰:"他晚了回寺不得,同来借歇。"虔婆曰:"无碍。"便叫两个女儿来相见,令排酒。五官曰:"我们已醉。"五官令大姐同济公去睡,五官与二姐睡了。大姐推济公入房中,坐在床上,关了房,与济公脱衣裳。济公曰:"阿呀,罪过相!被大姐缠得酒醒,起身开房门欲走,又怕巡夜的捉住。只见春台畔大火箱有些热,便扒上去,放倒头睡了。大姐也自去睡了。济公听得朝天门钟响,急扒起来,推窗一看,东方已动,遂题一绝云:"暂借夫妻一宿眠,禅心淫欲不相连。昨宵姑顺君台意,多与虔婆五贯钱。"题罢,见台子上有昨夜剩的酒一壶,乃饮毕。②

济公虽然喝酒吃肉,并且经常违背佛门的清规戒律,然而"狎妓"却是假的。此处寥寥数语,就将济公的神性和人性结合得非常贴切。可谓:酒肉穿肠过,佛祖心中留。俗世化的神灵和英雄身上的神性仍然可见,而这种神性其实也就是人类最本质的人性。

惹事者的形象在最初是何种模样已经难以考证,究其故事发展的特点,可见印第安人的生存方式和状态——相对独立分散的部落和族群之间既有相互影响、相互联系的文化基础,也有各自的独特性,由此才会产生分散而较为统一的惹事者故事。济公故事与此不同,中国传统思想对其影响较深,因此济公故事并不分

---

① 路工 谭天合编:《古本平话小说集》,北京:人民文学出版社,1984 年版,第 3 页。
② 路工 谭天合编:《古本平话小说集》,北京:人民文学出版社,1984 年版,第 21 页。

散,而多是在前者的基础上继续发展而成。

巴赫金提出的双重角度,实际上也含有话语权的变更问题:严肃的神话往往带有一定的封闭性,其严肃性本身就是保持封闭性的根本因素之一,在流传的过程中,不易被改动,民众并没有话语权。这也就是神话英雄与平民英雄之间的本质区别。而带有诙谐和辱骂性的"仪式游戏"则是相对开放的,话语权多属于平民百姓,在嬉笑逗乐的同时,民众对生活的态度也蕴含于作品之中。"巴赫金认为中世纪的人可以说过着两种生活:一种是'常规的生活',服从于严格的等级秩序生活,充满了恐惧、教条、崇敬、虔诚;另一种则是'狂欢广场式生活',自由自在的生活,充满了两重性的笑,充满了对一切神圣物的亵渎和歪曲,充满了不敬和猥亵,充满了同一切人、一切事的随意不拘的交往。"①两者都是从口头文学发展而来,具有俗文化的特征。民众对生活的态度与俗文化是紧密相连的,这些普世观念不仅是俗文化的主要内容之一,也是民众对美好生活的期待。

惹事者故事产生的年代久远,主要反映了的仍然是自然经济下的原始生活,因此故事的内容大多与大自然、动物相关,其中包含的哲理也是与生存息息相关的。上文中惹事者捕猎动物、偷吃食物等多个故事都佐证了这个特点。在残酷的生存环境中,人们能够通过一种诙谐有趣的方式对待生活,传递文化,这不仅反映了印第安人对生活的美好向往,更透射出了他们人性中美好向善的一面。

济公故事产生于中国宋元时期,是中国商业经济的萌芽时期,也是城市文化的雏形阶段。市坊格局的出现促进了民俗娱乐的发展。在传统文化以及伦理道德相对稳定和封闭的时代,济公的"癫狂"之所以能够被广泛接受与传播,其实并不仅仅因为其癫狂,他本身所具有的复杂性才是符合大众口味的主要原因。济公的形象满足了不同社会阶层的心理需求。癫狂不羁的性格暗合了文人向往自由的特质;而最突出的特点——救苦济世则在社会底层民众中产生了深远的影响。从另一个方面来看,济公救世济世的方式常常有着一笔"生意经",这与商业文化的发展不无关系。选择性的不畏权贵则深刻了反映出了市民阶层的主动性和局限性。在封建专制的社会中,中国民众的生存状况无外乎巴赫金所说的两种生活,而所谓的常态生活常常会引起人们的愤懑不满,因此对这种常态的社会生活的控诉和对美好生活的向往就以济公的疯癫的语言表达出来了。这种疯癫的行

---

① ［日］北岗诚司著 魏炫译:《巴赫金:对话与狂欢》,石家庄:河北教育出版社,2002年版,第268页。

为和"非常态"的语言恰是巴赫金所提到的"狂欢化"语言。当然,济公形象的形成并非一日之功,影响它形成过程的力量和因素也并不仅仅限于上文所述,这里能肯定的主要是济公故事中的"疯癫"描写实乃众多经典作品中少有的妙笔。

幽默与诙谐是口头文学传播中非常重要的方式和手段。在口耳相传的过程中,这种手段所达到的效果是显而易见的,它比书写的文本更加有效,也更方便,然而口传过程中的变更和遗失也是缺憾之一,所以它具有相对的不稳定性。济公故事的相关话本与惹事者故事相似,他们的起点都是口头文学,但是两者的发展特点却极不相同。由于两者所处地域、文化背景、传统观念等方面的不同,两者的文体就各不相同,济公故事从话本小说历经各个朝代发展到章回小说,而惹事者故事仍然还是呈现为短篇故事或者口述。笔者在这里并未有孰优孰劣之分的意思,文体发展的不同只是印证了两者的发展特点。最大的相似点还是幽默诙谐的方式,这在两者的文本中俯拾皆是,这种蕴含了人们美好愿望的幽默与诙谐也是该故事广泛传播、经久不衰的动力所在,如若这种幽默和诙谐不被广泛接受,这两种故事也许早就埋没在历史的尘埃之中,因此幽默诙谐的手段不论是因为巴赫金所提的"狂欢化"角度,还是由于饱含民众美好愿望的内容,它就是俗文学在传播过程中的特点之一。

但无论如何,济公与惹事者这种"戏仿英雄的替身"形象,却是既包含"书筋类人物与扁平人物"以及"书胆类人物与圆形人物"二者于其中又独立于二者之外的又一类人物形象,他们的出现,毫无疑问是中国话本小说和英美民间故事的创作者们对通俗文学作品中人物塑造的又一伟大贡献。

第三节 细节描写与人物塑造

中国话本小说的大部分内容都来自于生活,生活细节描写对刻画人物性格,揭示人物的心理特点,表现人物的复杂感情都起到了不可替代的作用。生动有趣的生活细节描写有助于作品情节的推动与人物塑造的深入。英美民间传说与故事也是植根于生活的,有所不同的是,这些生活细节往往有一些夸张、变异而已。

细节描写在话本小说中的精彩之处俯拾皆是,从宋元时期的话本到近现代的评话小说,关于生活的细节描写在不断增多、丰富。生活的细节就如一条长链中的单个环节,通过故事情节联系在一起的生活细节才能组成一部完整的作品。细节描写在评话、弹词的表演中还有专门的术语——"肉里噱"与"外插花"。与故事联系紧密、直接表现人物性格和主题思想的称为肉里噱；与故事联系不紧密，并不直接表现人物性格和主题思想的称为外插花。"前一种细节使故事具体化；后一种细节则使故事形象化。"①

一、揭示人物内心世界的生活细节描写

生活细节描写拉近了受众与故事情节的距离，同时，也是塑造人物的极佳手段，这方面，在话本小说中有不少例子。如评话小说《皮五辣子》中，就有一段贴近生活的幽默细节，生活的趣味尽显其中：

> 测字先生把鬼火都写出来了："我的太爷呀，这是什么对子！""请你不要罗嗦，你写你的。再写毛厕上的对子：'板斜尿流急，坑深粪落迟'。"测字先生不禁拍案叫绝："好！好！这副对联何其雅也！对仗工稳，其味无穷！五太爷，亏你想得起来的好句子！这倒叫人想起杜工部的两句诗'感时花溅泪，恨别鸟惊心'了！你大概模仿起杜工部的诗味儿来了。"测字先生也叫少见多怪。皮五辣子不知什么时候听人哼过这副对子，随嘴说说罢了，他还懂得什么模仿？"你先生写吵，不要酸溜溜的吧！再加个横批：'进来有限，出去无多'，""毛厕上写这个横批什么意思？""你先生还不懂得？穷人家常常挨饥受饿，进嘴的少，拉出来的也少啊！""不错，不错，真是'道在屎尿'了。好，写好了。"②

这一段细节描写还涉及到很多皮五辣子自撰的对联，每一幅都耐人寻味。皮五的言语之中充满了对生活心酸的体会，但通过对联的含义却使这层穷苦人的心酸用幽默的方式表达了出来。皮五辣子是一个破落子弟，他与同住的倪四不同，他有文化，在"自撰"对联时，也可以看出在流氓无赖的外表之下，还有一些破落文人的心酸；精细之处还体现在对联本身的内容上，对于每一个不同的场所，每副对联都有相应的幽默之处，如果任意罗列，则失去了细节描写的意义。对联的内容

---

① 汪景寿 王决 曾慧杰著：《中国评书艺术论》，北京：经济日报出版社，1997年版，第79页。
② 余又春口述 王澄 汪复昌 陈午楼 李真整理：《皮五辣子》，南京：江苏文艺出版社，1985年版，第301-304页。

从受众的角度来看,是在情理之中却又是意料之外的。而该处的巧妙在于皮五辣子与测字先生的对话,对话中形成了一个契合的桥段,对联由皮五说出,达到了语惊四座的效果,而后被测字先生评述,这评述又让这些对联不仅起到了幽默的效果,而且还带有讽刺的意味。最重要的是,通过这段细节描写,皮五辣子的形象得到了更为充分的塑造。

下面再看一个简练传神的细节描写的例子。小说话本《小夫人金钱赠年少》中,上元之夜,城中热闹非凡,老实巴交的主管张胜元夜观灯,与伙伴们走散了,信步走到旧主人张员外门前,结果发生了令人匪夷所思的一幕:

> 只见张员外家门便开着,十字两条竹竿,缚着皮革底钉住一碗泡灯,照着门上一张手榜贴在。张胜看了,唬得目睁口呆,罔知所措。张胜去这灯光之下,看这手榜上写着道:"开封府左军巡院,勘到百姓张士廉,为不合……"方才读到"不合"三个字,兀自不知道因甚罪?则见灯笼底下一人喝声道:"你好大胆,来这里看甚的!"张主管吃了一惊,拽开脚步便走。那喝的人大踏步赶将来,叫道:"是甚么人?直恁大胆!夜晚间,看这榜做甚么?"唬得张胜便走。渐次间,行到巷口,待要转弯归去,相次二更,见一轮明月,正照着当空。①

张胜原先在张士廉家当过伙计,也就是书中所谓"主管",后来,因为张士廉年轻美貌的小夫人对帅气的张主管颇有意思,张胜的母亲为避祸,不要儿子再去上班。张胜生来胆小怕事,在家中憋了一段时间以后,于上元夜进城观灯,鬼使神差地又来到旧主人家,同时也是魂牵梦绕的地方。突然发现小夫人家出事了,禁不住上前去探头探脑,突然被人大喝一声,张胜吓得掉头就逃。所有这些,都还是很普通的描写。这一个片段妙就妙在"一轮明月"。其实,十五夜的月亮早已升起来,很圆、很大。但是,一开始,张胜与朋友看花灯,注意力都在灯上,忽视了头顶上的明月。后来,张胜的注意力又在小夫人家门口"竹竿""泡灯""手榜"之上,仍然忽视了头顶上的明月。再后来,他又被人斥责、追赶,自己一路狂奔,紧张到了极点,就更加顾不上注意天上的明月了。直到奔跑至巷口,那人也没有追上来,张胜安全了,惊魂甫定,他才猛然"见一轮明月正照着当空"。高度紧张,突然放松,瞬间茫然,这就是张胜此刻心理活动的三部曲。生活中,很多人都有这种体验,在

---

① [明]冯梦龙编:《警世通言》,北京:人民文学出版社,1956年版,第228页。

高度紧张的时候,何曾注意到身边的美景？突然放松之后,美景凸显在面前,却又茫然不知所对,不会欣赏,只是强烈的感受而已。虽然很多人都经历过这种场景,但并非人人都说得清、道得明、写得出,惟有这些民间艺人、小说作家,他们善于捕捉生活中的细节,并将它以简练而生动的形式表现出来,进而为写好人物服务。这就是古代小说批评家们常常说的"化境",是天地间的美文、奇文,余味无穷的文字。

英美民间故事中,也有一些生活细节描写为塑造人物形象服务的例子,在《艾凡赫》中,描写塞得利克的心情不平静。有如下描写：

> 葛尔兹和他放的那些猪早该从树林里赶回来了,可是至今还没有消息。当时地面上那样不平静,这么晚不回家,很可能被附近森林中到处出没的强盗劫夺了去,也许被邻近的哪一个男爵抢走了……这是非同小可的事,因为撒克逊业主们的一大部分家产就是成群的猪,在森林地带尤其如此,那儿养猪容易找到饲料。
>
> 除了为这些事操心以外,这个撒克逊领主还因为他所宠爱的小丑汪巴不在身边而感到烦躁。每当他进晚餐时,在他一边吃饭一边按照习惯大口喝酒时,汪巴的谐趣总是一种助兴。这还不说,塞得利克从中午起还没吃过东西,而在平日这个时候,他早已吃过晚饭了；这也是使一切乡绅都会感到不耐烦的事。①

塞得利克是英雄艾凡赫的父亲,上述描写从一个生活的侧面反映了撒克逊领主在诺曼底征服之后面临的困境,他们不仅会被诺曼领主欺负,而且生活也得不到保障。因此猪群就如同文中所述那样的重要,而吃饭这个细节是一天中每个人都要经历的,这些细节描写为后文情节的发展起到了一个铺垫的作用,因为在后来有了更加令塞得利克烦恼的事情,因此在饭前的一切琐碎的生活细节成为了一根若隐若现的引子。

细节描写是艺术真实化的实际内容,在上述例子中,细节描写首先构成了被广大受众所接受的生活真实,拉近了文本与受众的距离,不仅如此,在这些细节描写中,受众进一步被这些细节化的生动描写带到了高于生活的层面,在塑造人物

---

① [英]司各特著 刘尊棋 章益译：《艾凡赫》,北京：人民文学出版社,2004年版,第24页。

的同时,产生了审美,于是艺术真实化的过程逐渐形成,这是对生活的细节描写的作用。

早期的话本小说在通过细节描写揭示人物心灵世界的时候,更多的是通过"写意"的方式,如《小夫人金钱赠年少》通过细节来写张胜的微妙心理,借助的就是"十五的明月"这一意象。后来,到了清代的评话小说,则越来越迁就说书场中的"现场性",逐步增加了"绘声绘色"的描写,已达到"冲击"听众的效果,如《皮五辣子》中的一些片段。而英美民间故事的生活细节描写,则多半与中国绘画的"白描"方法暗合,对生活如实写来,让读者或听众在作者更为客观的描写中不知不觉地领略到书中人物的神态和心理。

二、表现人物举止言行的生活细节描写

生活细节描写不仅能表现人物的心理,还能很好地展现人物的举止言行。例如评话小说《武松》中潘金莲挑帘子,这是一个普通的生活细节,但是却酿成了一个横生支节的故事。评话小说对此刻画得非常细致:

> 旁边现成的一根叉杆,这根叉杆就专为挑这个帘子用的。叉杆有六尺长,上边有尺把长铁叉头儿,将近七尺。把叉杆抓起,把这个帘子叉上去,就朝上槛左右外口两个反如意钩子高头一钩。钩牢了,叉杆子朝回头收了。她眼光望着上头,就未关顾底下,叉杆子这个光头子,就在底下下槛子上一撞,双手没有抓得紧,一失手叉杆子就掉了下去。……①

后面的故事既顺理成章又出人意料,叉杆恰恰打在西门大官人头上,缔造了西门庆与潘金莲的一段孽缘。但是试想,如果没有这样一个挑帘失杆的细节,西门庆与潘金莲的见面方式也许要重新安排,但却不一定有上述那样自然而然,叉杆掉落这种生活中的琐事让人觉得在情理之中,然而砸在西门庆的头上却是意料之外的了,所以,才有后来的故事。更重要的是在这一细节描写之中,西门庆与潘金莲的形象,都得到了成功的塑造。先看潘金莲在失手坠落叉杆之后第一时间的表现:"一声'哎唷',把身体朝回一缩,就扒在窗槛上,侧耳静听,脸吓得通红,犹如

---

① 王少堂口述,扬州评话研究小组整理:《武松》,南京:江苏人民出版社,1959 年版,第 78 页。

闯了一场大祸。心想窗子底下就是紫石街。虽说是后街也会有人走路啊。这个叉杆的铁头子掉下去,如打在人头上,把人头打破了,怎么办呢?"①潘金莲不是一个天生的十恶不赦的淫毒妇,这时她还是一个情感正常的小家碧玉,当自己有可能失手高空坠物打着人的时候,她逃避、恐惧、偷听的行为都是再正常不过的。那么,西门庆的表现如何? 且看:"这个铁叉头是重的,叉杆在空中一定要翻跟头,铁叉头朝下……哪晓铁叉头就在他这个万字方巾左边角上擦了下子,落在石头街上,当嘟一声响,接着叉杆朝下一倒。这一来西门庆不走了。这个畜生无风还三尺浪呢,何况打到他。他脚步停下,把白纸扇反手抓着,嘴里一声哼,抬头就朝上望了。不单望,两个指头就对着头巾上的珍珠来摸,生怕珠子损坏。"②这时的西门庆,与潘金莲不一样,他已经是一个横行霸道的商人暴发户。这样的人无事可以生非,何况他在街上行走时无端被人高空坠物所打,虽然只是蹭了一下,他也是绝不善罢甘休的,因此,他必然抬头寻找肇事者,同时,他此时又怕为了显摆而缀在头巾上的珍珠被打坏了,故而又用两个指头去摸头巾。这种举止行为描写,十分符合西门庆此时的身份和心理。

从某种意义上讲,细节其实并不"细小",在不少所谓大事件背后,往往会依赖于细节描写来刻画风口浪尖上的人物,例如著名的赤壁之战,在一系列错综复杂的预备阶段经历过后,最后,矛盾焦点归结到了"东风",请看《三国志平话》中的描写:

> 众官、元帅手内觑,皆为"火"字,无有不喜者。周瑜定睛,觑军师,对军师言:"此计者为火光也,出在管仲安人略干兵法。"惟军师手内偏写"风"字。诸葛曰:"此元帅好计! 至日发火,咱寨在东南,曹操寨在西北,至时倘若风势不顺,如何得操军败?"周瑜曰:"军师今写'风'字如何?"军师再言:"众官使'火'字,吾助其'风'。"周瑜曰:"风雨者,天之阴阳造化,尔能起风?"军师又说:"有天地,三人而会祭风:第一个轩辕黄帝,拜风后为师,使风降了蚩尤。又闻舜帝拜皋陶为师,使风困三苗。亮引收图文,至日助东南风一阵。"……后说军师度量众军到夏口,诸葛上台,望见西北火起。却说诸葛披着黄衣,披

---

① 王少堂口述,扬州评话研究小组整理:《武松》,南京:江苏人民出版社,1959 年版,第 78 页。

② 王少堂口述,扬州评话研究小组整理:《武松》,南京:江苏人民出版社,1959 年版,第 79 页。

头跣足,叩牙作法,其风大发。(卷中)①

　　这是一个戏剧性的情节,然而却又是生活中的细节问题,刮风助火势,人人都懂,而这样的细节却用在了一个大战的转折点上,按照故事中的逻辑,如若没有东风,也许赤壁之战就另是一种结局了。同时,就在"定计"过程中,作者通过众人之间富有生活细节的对话和行动描写,将众官员形象、周瑜形象、尤其是诸葛亮形象都写得跃然纸上。这样的例子,在英美民间故事中也可以找到,如郎世乐与桂乃芬王后偷情一段:

　　　　于是郎世乐骑士拾起宝剑,秘密来到预先放置一只扶梯的地方,他一手挟着扶梯,走进花园,将梯子依靠王后的楼窗立着,凭梯爬上,王后等候已久了,他俩隔着窗子谈心,叙述了别后的惊险遭遇,可是郎世乐骑士很想走进房里。王后说到:"要知道,我也这样想,最好能进来。"……他一面说,一面伸手拔去窗外的铁栏,才一使力,就把它们从壁石的洞眼里拉出,不想有一根铁杆刺穿了手掌,碰到骨头;可是他终于跳进了王后的卧房。……这时麦丽阿干斯骑士跑进了王后的卧室,……他拉开王后的床帐,向王后一瞧,看她还在瞌睡,满枕满席都沾着兰斯洛特骑士手上所留下的血渍。②

　　一个人在慌忙中用力,是很容易弄伤自己的,这本来是生活细节问题。但是,此处用于描写郎世乐骑士急于亲近王后而不顾一切的冲动行为,却更为贴切,也是更为奇妙的神来之笔。
　　由上可见,运用生动细节描写来描写人物举止言行的方法在中国话本小说和英美民间故事的作者们那儿都是经常性的,轻车熟路,而且具有异曲同工之妙。在这方面,中外作者并没有什么本质上的不同。

三、细节描写与审美感受
　　人们阅读小说或者听故事,往往对两方面的内容比较感兴趣:一是能找到自

---

① 钟兆华著:《元刊全相平话五种校注》,成都:巴蜀书社,1990年版,第436-437页。
② [英]托马斯·马洛礼著,黄素封译:《亚瑟王之死》,北京:人民文学出版社,2005年版,第962-963页。

我，人们往往能从某些自己熟悉的故事中读出"我"来，甚至是一些自我原本就具有的东西，也朦朦胧胧地可以感觉到，经过作者那么特别地一写，恍然大悟，从而领悟到更多的人生真谛。某些生活题材的小说、讽刺意味的小说，大都是通过这种方式走进读者心扉的。这也就是阅读过程中对书中某些人物的"角色认同感"。另一种情况是完全陌生的，这些故事可以使人产生新奇感，让读者从已知世界到未知世界，从而获得一种刺激和享受。那些探险故事、神异故事之所以讨好，主要就是因为这方面的原因。这就是所谓欣赏书中人物和故事的"陌生化感觉"。

中国话本小说和英美民间故事都可以通过生动的细节描写来达到上述目的。第一种情况上文已经讨论得很多，下面主要看第二种情况。

清代的拟话本小说《照世杯》中有一篇《走安南玉马换新绒》，它通过一位商人在安南的一段经历，给读者展示了奇奇怪怪的异地风俗和见闻，同时，也展示了主人公随着眼前境况的变化而不断变换的心理活动：

> 看那山嘴上，有一块油光水滑的石头，杜景山道："我且在这里睡一睡，待天亮时好去问路。"正曲臂作枕，伸了一个懒腰，恐怕露水落下来，忙把衣袖盖了头。忽闻得一阵腥气，刮得渐渐逼近，又听得像有人立在眼前大笑。那一笑连山都振得响动。杜景山道："这也作怪，待我且看一看。"只见星月之下，立着一个披发的怪物，长臂黑身，开着血盆大的口，把面孔都遮住了，离着杜景山只有七八尺远。杜景山吓得魂落胆寒，肢轻体颤，两三滚滚下山去，又觉得那怪物像要赶来，他便不顾山下高低，在那沙石荆棘之中，没命的乱跑，早被一条溪河隔断。杜景山道："我的性命则索休了！"又想道："宁可死在水里留得全尸，不要被这怪物吃了去。"扑通的跳在溪河里，喜得水还浅，又有些温暖气儿。要渡过对岸，恐怕那岸上又撞着别的怪物，只得沿着岸，轻轻的在水里走去。不上半里，听得笑语喧哗。杜景山道："造化，造化！有人烟的所在了，且走上前要紧！"又走几步，定睛一看，见成群的妇女在溪河里洗浴，还有岸上脱得赤条条才下水的。杜景山道："这五更天，怎么有妇女在溪河里洗浴？分明是些花月的女妖，我杜景山怎么这等命苦，才脱了阎王，又撞着小鬼，叫我也没奈何了。"又想道："撞着这些女妖，被他迷死了，也落得受用些。若是送与那怪物嘴里，真无名无实，白白龌龊了身体。"倒放泼了胆子，着实用

工窥望一番。①

　　原来这些女子，就是安南妇女，她们有"好浴"的风俗习惯。杜景山这一段遭遇，前半"真乃山摇地撼，使人毛发倒卓"；后半"又柳丝花朵，使人心魂荡漾也"。（金圣叹《水浒传》第二十三回回前总评）②而将这两种截然相反的"奇遇"放在一起，再加上委婉曲折而又生动细腻的人物心理活动描写，给人的感受只能是"新奇"与刺激，殊不知，当读者感到这新奇与刺激的同时，也已经落入作者彀中了。

　　在美国民间流传的浣熊故事中，细节描写的重要性同样得到了显现。有一段是这样写的：浣熊为了偷吃两个住在一起的盲老头的食物，观察了他们平时取水的习惯，于是在第一个盲老头取水的时候，浣熊将取水的绳子解开了，水没有取到。另一位盲老头又去尝试了一番，而这次却因为浣熊将绳子重新系了回去而取到了水。当他们折腾了许久回到屋里的时候，锅里的肉也快熟了，一共八块，浣熊偷吃了其中的四块，而当两个盲老头在发现剩下的只有最后两块时，都误认为对方吃得太快而占了便宜，于是第二位取了水的盲老头开始恼怒，两人的纠纷由此而起。随后浣熊各扇了两人一巴掌，这更加激化了盲老头之间的矛盾，当他们开始打斗的时候，浣熊拿走了最后两块肉。故事中对取水的描写非常细致，不仅详细说明了盲人取水的装置是如何工作的，而且还不厌其烦地说出了浣熊如何取掉了绳子，后又系了回去。生活的细节描写也不仅在吃肉，还有浣熊和两位盲人的动作、语言和心理表现。这些细节描写也体现了一种"美"，一种具有童话色彩的人与自然界"游戏相处"的诙谐的美。可见，英美民间故事中的细节描写同样与人物性格和审美效果联系紧密。

　　总而言之，细节描写对于小说创作和讲故事过程中的人物塑造而言都是很重要的，它本身就具有相当大的美感作用，它对揭示人物心理活动具有很大的帮助作用，它还可以推动情节的进展，还可以给人以陌生化的审美享受。在这一点上，中国话本小说和英美民间故事是基本相同的，所区别者，乃在于中国故事相对比较"正儿八经"，外国故事则更有"童心童趣"。

---

① ［清］酌元亭主人编：《照世杯》，上海：上海古籍出版社，1985年版，第60-61页。
② 陈曦钟 侯忠义 鲁玉川辑校：《水浒传会评本》，北京：北京大学出版社，1981，第431页。

第四节　描写语言与人物语言

中国话本小说和英美民间故事所使用的语言千差万别,但有一点却是共同的,即通俗化。无论是描写语言还是人物语言,都必须如此。因为二者从本质上讲都是起源于"听觉艺术"的民间创作,不通俗就会失去最为广泛的受众群。

一、故事·人物·描写语言

为了塑造生动的人物形象,描写人物的语言就必须恰到好处。无数事实证明,通俗文学作品不是凭借华丽的描写语言将人物刻画得栩栩如生的,相反,一些朴素无华的语言却能达到良好的效果。《张生彩鸾灯传》中写张舜美与一女子邂逅生情一段便是典型:

> 说那女娘子被舜美撩弄,禁持不住。眼也花了,心也乱了,腿也苏了,脚也麻了,痴呆了半响,四目相睃,面面有情。那女娘子走得紧,舜美也跟得紧,走得慢,也跟得慢,但不能交接一语。不觉又到众安桥,桥上做卖做买,东来西去的,挨挤不过。过得众安桥,失却了女手所在,只得闷闷而回。开了房门,风儿又吹,灯儿又暗,枕儿又寒,被儿又冷,怎生睡得? 心里丢不下那个女娘子,思量再得与他一会也好。①

就是在一连串的朴实无华的语言描写之后,张生和女娘子这一对初恋情人激烈、慌乱、惆怅的心理状态昭然若揭,在读者心目中留下了深刻的印象。

英美民间故事亦乃如此。《不列颠诸王史》中对英雄康林纽斯的描写,也是用朴实无华的语言塑造了一位勇猛超群的英雄形象。文中最先介绍他的时候,是这样描写的:"他们的首领叫做康林纽斯,是一个头脑冷静且有胆有识的人。他可以轻而易举地打垮一个巨人,就像打到一个小男孩一样轻松……后来的康沃尔就是

---

① 　[明]熊龙峰刊行 石昌渝校点:《熊龙峰刊行小说四种》,南京:江苏古籍出版社,1990 年版,第 7 页。

根据这位首领的名字命名的,在每一场战斗中,他都是布鲁图斯最为得力的帮手。"①书中对康林纽斯有较长篇幅的战斗描写,"康林纽斯身先士卒,率领着他的军队冲锋……康林纽斯在拼杀中失掉了他的剑,但幸运的是,他还有一把战斧。"战场上的勇猛过人在文中有多处描写,同时也描写了他的嗜血成性,在并不占优势的战斗中,他却要赶上跑开的敌人追着打,并且大声呼喊道:"逃兵们,你们要往哪里跑? 回来! 听见我的话了吗,回来呀! 同我康林纽斯打呀!"当真的有敌方将领返回打他的时候,他毫不退却,"康林纽斯用盾挡开了叙阿尔的一击,紧接着抄起手中的战斧,将战斧辉向空中,砍向叙阿尔的头盔,把他从上到下劈成了两半。然后康林纽斯冲向其他人,挥动着战斧,用同样的方式打击他们。他到处奔跑,丝毫不躲避敌人的进攻,也不停止他的攻势……"②除此之外,还有一段描写颇同于张飞喝退曹军气势的描写:"高卢人被康林纽斯从后面袭击时发出的震耳欲聋的吼声惊呆了,他们以为那是一支实力强大的军队,于是迅速放弃了阵地。"③对于这位如张飞般勇猛的武将,书中的文字并没有太多华丽的辞藻,取而代之的则是对气氛与真实细节的描写,战场上的勇猛并不是不惧怕敌人,而是追逐着寻找着自己的对手,这是嗜血成性的性格描写,描写的不仅是勇猛,也是一种鲁莽。

两相比较,《不列颠诸王史》描写的是西方世界的战场厮杀,而《张生彩鸾灯传》描写的则是东方国度的情窦初开,一个体现了阳刚之气,一个充满了阴柔之美,但却都能通过朴素无华的语言塑造人物,尽管因为民族语言风格的不同,一个多用散文句法,一个则喜用排比句法。

再换个角度来谈运用语言塑造人物的问题。如果《不列颠诸王史》中写康林纽斯寻着敌人找架打是一种对勇敢而鲁莽的行为的描写的话,那么,寻着人打赌也许就是对赌棍最为生动的举止行为的描写了。马克·吐温在讲述一个民间故事的时候,就用平实而幽默的语言成功地描写了一个赌棍:

　　这儿曾经住过一个名叫吉姆·斯迈利的家伙……他是这一代最最古怪

---

① [英]蒙茅斯的杰佛里著　陈默译:《不列颠诸王史》,桂林:广西师范大学出版社,2009 年版,第 15 页。

② [英]蒙茅斯的杰佛里著　陈默译:《不列颠诸王史》,桂林:广西师范大学出版社,2009 年版,第 15 页。

③ [英]蒙茅斯的杰佛里著　陈默译:《不列颠诸王史》,桂林:广西师范大学出版社,2009 年版,第 15 页。

的人。只要能够找到对手，他是见什么赌什么。倘若对手不乐意，他就与人对换局方。人家提出的赌法，他都乐意接受。总之，只要能够打赌，他就称心如意了。即使这样，他仍然十分走运，非同寻常地走运，几乎是有赌必赢。他随时随地在找机会打赌。无论什么事情，一经提起，这家伙就会找人打赌，而且像我刚才所说，让你随意挑选正方或者反方。如果遇上赛马，比赛结束时你准会发现他不是红光满面就是垂头丧气。遇上狗儿打架，他要打赌；遇上猫儿打架，他也要打赌；遇上鸡崽打架，他还是要赌。嘿，即使瞧见两只鸟儿停在篱笆上面，他也要和你赌哪一只先飞走。若是举行野营布道会，他必然参加，并拿沃克牧师来打赌……有一次，沃克牧师的老婆得了重病，而且病了很久，似乎是没治了。但是，一天早晨，牧师走了进来，斯迈利突然站起就问他太太的病情。牧师回答说她好多了，感谢上帝的大恩大德——她病情好转得那么快，上帝定会保佑她恢复健康的。可是斯迈利不假思索就说："唉，她的病绝对好不了。我敢跟你赌两块半。"①

通俗而又幽默的语言描写了这位喜欢打赌的人最终输在了一位外来者身上，而这种嗜赌成性的性格让人们看到了生活中好赌之人的真实，也看到了文学中的艺术夸张，最后打赌牧师夫人病好不了的逸事也让人啼笑皆非。

美国的马克·吐温能以幽默的语言写赌徒，中国的李渔也能以调笑的语言写嫖客，请看他在《连城璧》第九回《寡妇设计赘新郎　众美齐心夺才子》中的一段妙笔：

起先是吕哉生去嫖妇人，谁想嫖到后来，竟做出一桩歹事，男子不去嫖妇人，妇人倒来嫖男子，要宿吕哉生一夜，那个妓女定费十数两嫖钱，还有携来的东道在外。甚至有出了嫖钱，陪了东道，吕哉生托故推辞，不肯留宿，只闯得一次寡门，做了个乘兴而来、尽兴而返的，也不知多少。这是甚么原故？只因吕哉生风流之名，播于遐迩，没有一处不知道。他竟把他的取舍定了妓妇的优劣，但是吕哉生赏鉴过的，就称他为名妓，门前的车马，渐渐会多起来。都说吕哉生自己身上，何等温柔，何等香腻，不是第一等妇人，怎肯容他粘皮

① ［美］马克·吐温著 叶冬心等译：《马克·吐温十九卷集》，石家庄：河北教育出版社，2002年版，第27页。

靠肉？所以一经品题，便成佳士；若还吕哉生不曾识面，或是见过一两次，不去亲近他的，任你名高六院，品重一时，平昔的声价，也会低微起来。都说吕哉生不赏鉴他，毕竟有些古怪，不是风姿欠好，就是情意未佳，不然第一等妇人，与第一等男子，怎肯当面错过？这叫做伯乐失顾，即成驽马。①

李笠翁也是以幽默之笔墨写人间之烂事，只不过，除了调侃、讽刺之外，还有着李渔特有的贼智和油滑，这大概也是李渔和马克·吐温这两位作家在以幽默语言写故事时同中有异之处吧。

除了幽默的语言，也有令人伤感的语言，这种描写常常出现在痴情人的身上，在美国民间故事中，有一首芭芭拉·艾伦的民谣，流传的故事大致是关于一个痴情的领主爱上了一位叫芭芭拉·艾伦的女子，这位女子非常美丽，却很高傲。在这位痴情郎因相思而重病不起的时候，他感觉不久于人世，于是他请手下的士兵去请芭芭拉·艾伦来见他最有一面。当士兵焦急地找到芭芭拉的时候，她却动作缓慢地来到这位痴情的领主身边，明知这位领主快要死去，却不肯表达出一丝同情。在她拒绝了领主后，领主痛苦地死去。当人们抬着他的尸体走向墓地的时候，芭芭拉幡然醒悟了。然而为时已晚，当她看到领主入葬的时候，死神也爬到了她的身上，最后的描写非常简洁："因此这位女士死去了，/她想与他被安葬在一起，/她在死前悔悟了，/悔悟她以前不该拒绝他。"②

话本小说中也多有这种感伤语言塑造人物的篇章，其中，《二刻拍案惊奇》卷六《李将军错认舅 刘氏女诡从夫》就是一篇感人至深的作品，凌濛初是根据明初瞿祐的文言小说《剪灯新话·翠翠传》改编的。故事大要是："翠翠，姓刘氏，淮安民家女也。生而颖悟，能通诗书，父母不夺其志，就令入学。同学有金氏子者，名定，与之同岁，亦聪明俊雅。诸生戏之曰：'同岁者当为夫妇。'二人亦私以此自许。……遂涓日结亲，凡币帛之类，羔雁之属，皆女家自备。过门交拜，二人相见，喜可知矣！"③后来，由于战乱，翠翠被掳掠，成为李将军的妻子。金定辗转数千里，找到李将军府上，却只能以兄妹的身份见了一面。金定在将军府当文书，但无法与

① ［清]李渔著：《连城璧》，杭州：浙江古籍出版社，1988年版，第206-207页。
② John C. Hirsh：Middle English Lyrics，Ballads，and Carols《中古英语抒情诗、民谣与颂歌》，Oxford：Blackwell Publishing Ltd.，2005，p142.
③ ［明]瞿佑著 周楞伽校注：《剪灯新话》(《剪灯新话》外二种)，上海古籍出版社，1981年版，第74-75页。

翠翠见面,只好将一封书信藏在衣服的领子中,托人送进将军府,说是让妹妹浆洗。接着,发生了下面令人潸然泪下的一幕：

> 翠翠把布袍从头至尾看了一遍,想道："是丈夫着身的衣服,我多时不与他缝纫了!"眼泪索珠也似的掉将下来。又想道："丈夫到此多时,今日特地寄衣与我,决不是为要拆洗,必有甚么机关在里面。"掩了门,把来细细拆将开来。刚拆得领头,果然一张小小信纸缝在里面,却是一首诗。翠翠将来细读,一头读,一头哽哽咽咽,只是流泪。读罢,哭一声道："我的亲夫呵! 你怎知我心事来?"噙着眼泪,慢慢把布袍洗补好,也做一诗缝在衣领内了,仍叫小竖拿出来,付与金生。金生接得,拆开衣领看时,果然有了回信,也是一首诗。金生拭泪,读其诗道："一自乡关动战锋,旧愁新恨几重重。肠虽已断情难断,生不相从死亦从! 长使德言藏破镜,终教子建赋游龙。绿珠碧玉心中事,今日谁知也到侬。"金生读罢其诗,才晓得翠翠出于不得已,其情已见。又想他把死来相许,料道今生无有完聚的指望了。感切伤心,终日郁闷涕泣,茶饭懒进,遂成痞膈之疾。①

最终,金定与翠翠又见了生平最后一面,并"枕在翠翠膝上,奄然而逝"。翠翠不久也抑郁而终,临终前,请求李将军将"尸骨埋在哥哥傍边,庶几黄泉之下,兄妹也得相依。"②这也就是翠翠写给金定诗中所谓"生不相从死亦从"的意思了。这篇作品后半段的语言整体上是感伤动人的,这与芭芭拉·艾伦的民谣的效果是一样的。但是,话本小说在金定和翠翠难以相见而暗中互通情愫的诗歌中大量运用夫妻情侣间生离死别的典故,又与芭芭拉·艾伦的民谣中简短而又直白的语言形成各有千秋的审美效果。

中国话本小说中与英美民间故事中描写人物的语言有很多来自评话艺人表演现场,文本的语言经过整理,会显得比口头语言更加规范,但是艺术效果却没有减少。上述例文主要是"明笔"写人,这类描写语言大多是以直白的方式叙述人物的性格、行为或用语言来达到刻画人物的目的。而更有一种高超的笔法则是一种

---

① [明]凌濛初著,《古本小说集成》编委会编：《二刻拍案惊奇》,上海：上海古籍出版社,1995年影印本,第294－296页。

② [明]凌濛初著,《古本小说集成》编委会编：《二刻拍案惊奇》,上海：上海古籍出版社,1995年影印本,第317－319页。

"暗笔",这类语言多以传神的寥寥几笔勾勒出了某个人物性格中的冰山一角。例如前文中《艾凡赫》中关于罗文娜的描写,是从一位方丈口中说出的:

> "塞得利克不是她的父亲,"方丈回答说,"只是她的一个远亲。她自己的出身比塞得利克还要尊贵。他只是罗文娜的保护人,我想那也是他自封的;不过他把这个女孩子看得和他自己的女儿一样宝贵。她究竟多么美,不久你自己可以判断。反正你一见她洁白的脸儿和她那双淡蓝色眼睛里流露出来的庄重而又柔和的表情。"①

这段描写不仅介绍了罗文娜的漂亮,为后来情节的发展埋下了伏笔,也为塞得利克想将罗文娜嫁给一位贵族做好了铺垫。从旁人口中说出罗文娜的漂亮,为读者设置了悬念。而在随后方丈一行人在塞得利克家一同进餐的过程中,罗文娜不待见圣殿骑士的描写与此处描写遥相呼应,此处的暗笔与后处的明笔,一明一暗,巧妙地将罗文娜介绍给了读者。

中国话本小说中多半用"明写"的方式描写女子的美丽,但有时也有"暗笔"写来的。如《醒世恒言》卷八《乔太守乱点鸳鸯谱》写刘、孙两家联姻,刘家儿子刘璞忽然得了重病,其母要求亲家母孙寡妇将女儿珠姨送来成亲,为儿子"冲喜"。孙寡妇怕发生意外害了女儿,不愿嫁女,但又拗不过情理,只好想了一个歪点子,让比女儿小一岁的儿子孙润男扮女装代替姐姐"出嫁"。这孙润与姐姐长得十分相像,故而瞒过众人,嫁到刘家。想不到刘璞果然在"冲喜"的时候加重病情,只好让他的妹子慧娘代替哥哥拜堂。就在双方颠之倒之的情况下,假新娘终于进了洞房:

> 刘妈妈教刘公看着儿子,自己引新人进新房中去。揭起方巾,打一看时,美丽如画。亲戚无不喝采。只有刘妈妈心中反觉苦楚。他想;"媳妇恁般美貌,与儿子正是一对儿。若得双双奉侍老夫妻的暮年,也不枉一生辛苦。谁想他没福,临做亲却染此大病,十分中到有九分不妙。倘有一差两误,媳妇少不得归于别人,岂不目前空喜!"②

① [英]司各特著 刘尊棋 章益译:《艾凡赫》,北京:人民文学出版社,2004年版,第19页。
② [明]冯梦龙编:《醒世恒言》,北京:人民文学出版社,1956年版,第161－162页。

　　此处明写孙润之美丽如画,其实就是暗写珠姨之如画美丽。因为他们姐弟两个长得一模一样,甚至男扮女装的孙润都能瞒过在场的至爱亲朋。再加上众人的喝彩,刘妈妈的担忧,都是烘染珠姨美丽之笔。这种暗写女主人公美貌的笔法,较之直接写她沉鱼落雁之容、闭月羞花之貌不知要高明多少倍!

　　明笔描形,暗笔传神。这也许是用不同手法进行人物描写的技巧,描写的人物形象如果缺乏传神的性格特点与个性,则会缺乏审美价值,成为一个失败的作品。运用暗笔描写人物,常如画龙点睛,将人物塑造推向新的高度。

　　"暗笔"之外,还有一种素描之笔写人物性格的方法被作家们偶然使用。上文提到的《卡拉韦拉斯县驰名的跳蛙》中,曾写到沃克要与一位布道师打赌,作者在介绍这位布道师的性格就是用的素描笔法:

　　　　若是举行野营布道会,他必然参加,并拿沃克牧师来打赌,因为他认为沃克是这一带最优秀的布道师。这话不错,沃克确实一个面慈心善的人。①

　　虽然这位布道师并不是主要人物,但是简洁明快的介绍也让后来的情节更加幽默了,试想一位面慈心善的布道师遇到一位赌徒对他说出"唉,她(布道师妻子)的病绝对好不了。我敢跟你赌两块半"的时候,该是一个多么让人尴尬却又让受众感到幽默的场面。

　　与英美作家相比,中国话本小说的作者更擅长用素描之笔写人物的外貌,《简帖和尚》中一段对于茶肆中市井歹徒的描写便是典型:

　　　　当时,皇甫殿直官差去押衣袄上边,回来是年节第二节。去枣槊巷口,一个小小底茶坊。开茶坊人唤做王二。当日茶市方罢,相是日中,只见一个官人入来。那官人生得:浓眉毛,大眼睛,蹶鼻子,略绰口。头上裹一顶高样大桶子头巾,着一领大宽袖斜襟褶子,下面衬贴衣裳,甜鞋净袜。入来茶坊里坐下。开茶坊的王二拿着茶盏,进前唱喏奉茶。②

---

①　[美]马克·吐温著,叶冬心等译:《马克·吐温十九卷集》,石家庄:河北教育出版社,2002年版,第28-29页。

②　[明]洪楩编,谭正璧校点《清平山堂话本》,上海:上海古籍出版社,1987年新1版,第9页。

茶坊中的人物,茶坊中的生活都描写得很生动,而且,所用语言就是宋代开封城的俗语。尤其是对于后进来的那位"官人"的肖像服饰描写,简练而传神,通俗而生动。其实,这人就是"简帖和尚"乔装改扮的。更妙的是,在故事发展到后来的紧要关头,作者竟然又将对这位简帖和尚的肖像服饰描写通过受害者杨氏的眼睛基本重复了一次:"小娘子着眼看时,见入来的人:粗眉毛,大眼睛,蹶鼻子,略绰口,抹眉裹顶高装大带头巾,阔上领皂褶儿,下面甜鞋净袜。"①还是那样简练而传神,通俗而生动。这样,简帖和尚这个人物就牢牢吸引住读者眼球了。如此高度精炼而又形象的人物素描,出现在早期的话本小说中,真是了不起的艺术造诣。

总而言之,只要能写好人物,作者们调动了一切语言表达的手段,在这一点上,话本小说与英美民间故事的讲述者都是一样的,尽管他们的语言风格有很大差别。

二、使读者由说话看出人来

鲁迅在《看书琐记》中提到高尔基惊服巴尔扎克小说里写对话的巧妙,接着又说:"中国还没有那样好手段的小说家,但《水浒》和《红楼梦》的有些地方,是能使读者由说话看出人来的。"(《花边文学》)②

一部小说作品如果"能使读者由说话看出人来",那其实是非常高的艺术境界。这里所说的,就是小说创作怎样写出人物语言个性化的问题。中国古代的章回小说至少有一千多部保留到今天,在以具有"个性化语言"而能吸引读者方面,能入鲁迅法眼的,惟《水浒传》和《红楼梦》二书而已。至于源于"说话"的宋元话本小说,则又是章回小说的"父辈"。由于它们距离口头文学的时间距离更近,故而其间的人物语言个性化描写较之一般章回小说更显其特色。

人物语言本是最直接反映人物性格特点的因素,小说的根本任务是写人,而写人的重要手段之一就是通过人物语言来表现人物性格。一篇小说的人物语言,往往会有多种表现形态,如讲述、如对话,甚至还有内心独白。而且每一个人物的语言必将受其自身的地位、职业、年龄、性别以及生活时代、活动范围等诸多因素

---

① [明]洪楩编,谭正璧校点《清平山堂话本》,上海:上海古籍出版社,1987年新1版,第15页。

② 鲁迅著:《鲁迅全集》第五卷,北京:人民文学出版社2005年版,第559页。

的影响而迥然不同。将不同的人物以不同的语言进行区别化的描写和表现,就是人物语言的个性化。个性化的人物语言描写是刻画人物形象的常用手法。在不少的作品中,人物的语言不仅能表现人物情感和思维,还能推动情节发展,更有揭示隐喻情节的作用。话本小说中的优秀之作,人物语言大都能达到个性化水平。

中国古代的小说批评家们对人物语言个性化问题非常重视,并提出了很多可贵的观点和理论。如金圣叹在《读第五才子书法》中说:"《水浒传》并无之乎者也等字,一样人,便还他一样说话,真是绝奇本事。"①而张竹坡则进一步指出:"做文章,不过是'情理'二字。今做此一篇百回长文,亦只是'情理'二字。于一个人心中,讨出一个人的情理,则一个人的传得矣。虽前后夹杂众人的话,而此一人开口,是此一人的情理,非其开口便得情理,由于讨出这一人的情理方开口耳。是故写十百千人皆如写一人,而遂洋洋乎有此一百回大书也。"(《批评第一奇书〈金瓶梅〉读法》)②天花藏主人在《平山冷燕》第十二回的回前总评中也说:"凡有一人,自有一人之情性;既有一人之情性,则自发一人之议论。若作者高据史席,横拈史笔,欲发其人之议论,而不能曲体其人之情性,则须眉非我,啼笑不知为谁,出口则惭,在人则笑,奚其可也?"③

以上虽然是对中长篇小说的评论,其实在短篇话本小说的创作过程中同样要注重人物语言个性化问题,否则,很难塑造出个性鲜明的人物形象。所幸优秀的话本小说作者给读者留下了不少人物语言个性化的成功范例。

大体而言,人物语言个性化可分为两大层面来讨论。一是"独白式"的,包括心理活动描写的内心独白;二是"对话式"的,包括你一言我一语的混乱场面。

先看"独白式"的个性化语言。如《鼓掌绝尘》第三十一回,写鸨儿李妈妈的一段话语:"啐!我道是谁,原来是那说大话的张穷!我们开门面的人家,要的是钱,喜的是钞,你若有钱有钞,便是乞丐偷儿,也与他朝朝寒食,夜夜元宵;你若无钱无钞,总是公子王孙,怎生得入我门,那里管得什么新相知旧相知!看你这副穷骨头,上秤也没有四两重,身边錾口也没有一厘,兀自说着大话,甚么张二相公,张

---

① 陈曦钟 侯忠义 鲁玉川辑校:《水浒传会评本》,北京:北京大学出版社,1981 年版,第 17 页。

② 王汝梅 李昭恂 于凤树校点:《张竹坡批评第一奇书金瓶梅》,济南:齐鲁书社,1987 年版,卷首第 38 页。

③ [清]荻岸散人编次:《平山冷燕》,北京:人民文学出版社,1983 年版,第 140 页。

三相公,休得在此胡缠,快到别家利市去!"①这真是典型的妓院老鸨声口,贪钱势利而又口角锋利,翻脸不认人,毫不留情面。

李渔也是状写人物声口的高手,他在《连城璧》第一回《谭楚玉戏里传情 刘藐姑曲终死节》中塑造了一个施恩不望报的老渔夫形象。当被他所救的谭楚玉中了进士,携带妻子来接他们老两口到未来的衙门去享清福的时候,他说出了自己的心里话:

> 谭老爷、谭奶奶,饶了我罢。这种荣华富贵,我夫妻两个,莫说消受不起,亦且不情愿去受他。我这扳罾的生意,虽然劳苦;打鱼的利息,虽是轻微,却尽有受用的去处。青山绿水,是我们叼住得惯;明月清风,是我们僭享得多。好酒好肉,不用钱买,只消拿鱼去换;好朋好友,走来就吃,不须用帖去招。这样的快乐,不是我夸嘴说,除了捕鱼的人,世间只怕没有第二种。受些劳苦,得来的钱财,就轻微些,倒还把稳。若还游手靠闲,动不动要想大块的银子,莫说命轻福薄的人,弄他不来;就弄了他来,少不得要陪些惊吓,受些苦楚,方才送得他去。你如今要我跟随上任,吃你的饭,穿你的衣,叫做一人有福,带帮一屋,有甚么不好。只是当不得我受之不安,于此有愧。况且我这一对夫妻,是闲散惯了的人,一旦闭在署中,半步也走动不得,岂不郁出病来?你在外面坐堂审事,比较钱粮,那些鞭朴之声,啼号之苦,顺风吹进衙里来,叫我这一对慈心的人,如何替他疼痛得过?所以情愿守我的贫穷,不敢享你的富贵。你这番盛意,只好心领罢了。②

如此坦诚,如此潇洒,如此执着,如此善良,这样的语言,出自一位自食其力的老渔翁之口,该是多么恰当,怪不得书中人物谭楚玉也被他这一曲"渔家傲"唱得个透心凉,只得尊重恩人的选择。这就是语言的魅力,人物个性化语言的魅力。

有时候,书中人物并没有说出口的心理活动,也是一种带有个性化特色心理语言。如《喻世明言》卷一《蒋兴哥重会珍珠衫》中写蒋兴哥出门经商,长时间没有回家,不料妻子王三巧在家中"红杏出墙",情人是陈大郎。后来蒋兴哥在外乡巧遇陈大郎,双方都不知道与对方的这层关系。陈大郎居然叫蒋兴哥带些物品给

---

① [明]金木散人编:《鼓掌绝尘》,沈阳:春风文艺出版社,1985 年版,第 346 页。
② [清]李渔著:《连城璧》,杭州:浙江古籍出版社,1988 年版,第 20 - 21 页。

王三巧。对于蒋兴哥在此特殊境地的内心语言,作者有非常精彩的描写:

> 只等陈大郎去后,把书看时,面上写道:"此书烦寄大市街东巷薛妈妈家。"兴哥性起,一手扯开,却是八尺多长一条桃红绉纱汗巾。又有个纸糊长匣儿,内羊脂玉凤头簪一根。书上写道:"微物二件,烦干娘转寄心爱娘子三巧儿亲收,聊表记念。相会之期,准在来春。珍重,珍重。"兴哥大怒,把书扯得粉碎,撇在河中;提起玉簪在船板上一损,折做两段。一念想起道:"我好糊涂!何不留此做个证见也好。"便捡起簪儿和汗巾,做一包收拾,催促开船。急急的赶到家乡,望见了自家门首,不觉堕下泪来。想起:"当初夫妻何等恩爱,只为我贪着蝇头微利,撇他少年守寡,弄出这场丑来,如今悔之何及!"①

一个正常的男人,当他得知妻子有外遇时,已是恼怒万分。想不到那个"外遇"居然还要托他带东西回去。面对这种情况,蒋兴哥会有什么样的心理语言呢?首先当然是暴怒:扯破书信,摔断簪子。接着,稍稍冷静以后,又想到要将这些东西带回去做个见证。等到临近家门,痛苦"积淀"了,加上触景生情,他又有说不了的悔恨与自责。所有这些心理语言,并不随意属于任何一个人物,甚至不属于任何一个商人,而只能属于蒋兴哥。因为蒋兴哥是一个善良的商人,而且对妻子王三巧有着非常深厚的爱,同时,蒋兴哥生活在晚明那么一个特殊的时代,又是一个跑了很多地方的生意人。所有这一切,构成了蒋兴哥在对待妻子红杏出墙问题上的人道情怀。因为在"这一个"年轻商人心目中,妻子也是一个人、一个正常的年轻女人。自己经商在外数年不归,她耐不住寂寞,有了这种不轨的行为,难道做丈夫的一点责任也没有?因此,这里通过蒋兴哥心理语言的描写而展示了这个具有人道情怀的商人的独特性格,是非常真实可信的。这种真实可信的个性化心理语言的设置,就在小说史上留下了一个全新的年轻商人形象。

再看"对话式"的的个性化语言。如一个有了心上人的女孩寿儿和一个受男孩之托来给这女孩牵线的卖花粉的陆婆之间的对话,就很精彩,而他们的对话围绕的线索就是女孩赠送给男孩那一双"合色鞋"儿:

> 陆婆见潘婆转了身,把竹撞内花朵整顿好了,却又从袖中摸出一个红包

---

① [明]冯梦龙编:《喻世明言》,北京:人民文学出版社,1958年版,第27页。

儿,也放在里边。寿儿问道:"这包的是什么东西?"陆婆道:"是一件要紧物事,你看不得的。"寿儿道:"怎么看不得? 我偏要看。"把手便去取。陆婆口中便说:"决不与你看!"却放个空让他一手拈起,连叫阿呀,假意来夺时,被寿儿抢过那边去。打开看时,却是他前夜赠与那生的这只合色鞋儿。寿儿一见,满面通红。陆婆便劈手夺去道:"别人的东西,只管乱抢!"寿儿道:"妈妈,只这一只鞋儿,甚么好东西,你恁般尊重! 把儿包着,却又人看不得。"陆婆笑道:"你便这样说不值钱! 却不道有个官人,把这只鞋儿当似性命一般,教我遍处寻访那对儿哩。"寿儿心中明白是那人教他来通信,好生欢喜。便去取出那一只来,笑道:"妈妈,我到有一只在此,正好与他恰是对儿。"陆婆道:"鞋便对着了,你却怎么发付那生?"寿儿低低道:"这事妈妈总是晓得的了,我也不消瞒得,索性问个明白罢! 那生端的是何等之人? 姓甚名谁? 平昔做人何如?"婆子道:"他姓张名荩,家中有百万家私,做人极是温存多情。为了你,日夜牵肠挂肚,废寝忘餐,晓得我在你家相熟,特央我来与你讨信。可有个法儿放他进来么?"寿儿道:"你是晓得我家爹爹又利害,门户甚是紧急,夜间等我吹息灯火睡过了,还要把火来照过一遍,方才下去歇息。怎么得个策儿与他相会? 妈妈,你有什么计策,成就了我二人之事,奴家自有重谢。"陆婆相了一相道:"不打紧,有计在此。"①

这两个女人,一个老于世故,帮人家少男少女穿针引线;一个情窦初开,想得到别人的帮助而成其好事。两个人的内心本来都是对着同一个目标的,但一开始又要互相试探。然后,逐步深入。最后,打开天窗说亮话。在这逐步深入的对话之中,陆婆老练的步步引诱,寿儿青春的情不自禁,二者搭配在一起,煞是好看。这样的对话,加上辅助性的动作,直接搬上戏曲舞台,就属于"有戏"的表演语言,是最具个性化的。

上面一例还仅仅是两人之间的个性化对话,更妙的是在《警世通言》卷二十四《玉堂春落难逢夫》一篇中,刘推官用计骗取赵昂、皮氏、王婆、小段名四犯供词一段:

> 刘爷分付已毕,书吏即办一大柜,放在丹墀,藏身于内。……皂隶把这四

---

① [明]冯梦龙编:《醒世恒言》,北京:人民文学出版社,1956 年版,第 315 – 316 页。

人锁在柜的四角。众人尽散。却说皮氏抬起头来,四顾无人,便骂:"小段名! 小奴才! 你如何乱讲? 今日再乱讲时,到家中活敲杀你。"小段名说:"不是夹得疼,我也不说。"王婆便叫:"皮大姐,我也受这刑杖不过,等刘爷出来,说了罢。"赵昂说:"好娘,我那些亏着你,倘捱出官司去,我百般孝顺你,即把你做亲母。"王婆说:"我再不听你哄我。叫我圆成了,认我做亲娘,许我两石麦,还欠八升;许我一石米,都下了糠秕;段衣两套,止与我一条蓝布裙;许我好房子,不曾得住。你干的事,没天理,教我只管与你熬刑受苦。"皮氏说:"老娘,这遭出去,不敢忘你恩。捱过今日不招,便没事了。"①

这段多人组合的对话,真是精彩绝伦。四个嫌疑犯身份各各不同,有财主家的大娘子皮氏,有邻居家的监生赵昂,有皮氏的丫鬟小段名,还有拉皮条的王婆,这四个人涉及一桩杀人案,被杀者是皮氏的丈夫沈洪,凶手是皮氏和赵昂,小段名与王婆是知情者。但是,这四个人中间只有小段名熬不过拷打,招出真情,而其他三人抵死不认。刘推官出怪招,令一书吏躲在柜子中偷听他们的对话。而在他们自认为无人的前提下的对话,每一个人都是站在自己的立场上说话,每一个人的话语都带有自己身份色彩,将奸夫、淫妇、马泊六、小丫鬟的个性化对话组合在一起,真是五彩缤纷,令人目不暇接。同样,这样的个性化对话组合,完全可以搬上戏曲舞台,不加修饰就可以直接表演。

中国的话本小说如此,英美民间故事也是这样,其中有不少语言描写同样带有个性化色彩,甚至还兼有不同方面的作用:

你们为什么要在这件事情上摇摆不定呢? 我认为这关系到所有人将来的幸福。如果你们想为后人赢得持久的和平,就必须要求一件事:获准离开。如果你们以庞德拉苏斯的生命相要挟,让他勉强同意给予你们一块希腊的土地,并在那里同达那俄斯的子孙生活在一起,你们将永无宁日。因为那些被你们杀掉的人的兄弟和子孙就生活在你们左右。他们将一直记着亲人所遭受的屠戮,永远憎恨你们。他们会在哪怕是最微小的事情上找茬冒犯你们,竭尽全力地复仇。因为你们领导的力量比较弱小,所以没有足够的力量抵抗当地居民的攻击。如果你们和他们之间产生了纷争,他们的人数会与日俱

---

① ［明］冯梦龙编:《警世通言》,北京:人民文学出版社,1956年版,第372－373页。

增,而你们则日渐减少。因此,我的建议是,你们应该要求与庞德拉苏斯的大
女儿伊尼戈联姻,以协助你们的领袖。有了她,你们可以要求黄金白银、船只
谷物,以及旅程中所需要的其他一切东西。如果我们能将这一切筹备好,就
可以要求国王的允许,起航去别处的陆地。①

这段语言描写首先推动了情节的发展,在故事情节中,它是大不列颠民族形
成的一个转折点,因为这位智者的说话而让原居于欧洲大陆的人们开始离开,登
陆不列颠。虽然真实历史并未如此记载,而且这本书也只是一种传记类的文学,
并不能完全作为史料进行查证,但是从故事情节的角度来看,则是一个顺理成章
的解释。同时,这种个性化的语言还刻画了一位智者的形象,语言中逻辑清晰,利
害关系梳理得有条有理,具有军师一般的智慧和视野,并且通过政治联姻的手段
来钳制原统治者,以防日后的报复行为。

文中的这段语言描写明显是后人的文学创作,在历史的史料中是无法找到这
段记录的,这里的智者如昙花一现,在后来的故事中也再未出现,那么这段话的作
用到底是什么呢? 从内容的角度来看,这段话更像是历史学家对当时不列颠祖先
为了摆脱希腊人的统治的一种分析或猜测。在文学创作中,历史的重建需要有人
物言行举止来实现,因此不少类似"智者"的角色承担了这个任务,这些角色或许
只出现一次,却解决了情节的进展问题。因此这段语言描写糅合了历史真实与人
物虚构的双重特点,给受众带来了一种艺术真实感。

英美民间故事的人物个性化语言往往也能透过外在的言语而达到塑造人物
内心世界的效果,与以上引文紧接着的一段描写恰好证明了这一点,不列颠先祖
们抓住了曾经压迫他们的国王和他的兄弟,要求让国王同意给予他们自由并将国
王的女儿嫁给不列颠人的首领,此时国王作为阶下囚,说出了一番既可以保住颜
面又答应了所有要求的话:

　　　　既然神对我怀有敌意,并使我和我的兄弟阿纳克莱图斯落入你们手中,
我就必须服从你们的命令。因为你们现在掌握着生死大权,如果我拒绝了你
们,我们两个都会丢掉性命。我认为没有什么比生命更让人留恋,因此用物

---

① [英]蒙茅斯的杰佛里著,陈默译:《不列颠诸王史》,桂林:广西师范大学出版社,2009 年
版,第 11 页。

质财富来换取自己生命的做法也不会引起什么非议。虽然这违背我的意志,但是我服从你们的命令。

当我知晓要把我女儿许给这样一位孔武有力的青年时,我感到欣慰。他的高贵品格和他的声誉为我们所熟识……除了他,谁还能将特洛伊的遗民从这么多强大的君王的奴役之下解救出来? 除了他,谁还能领导这些人反抗希腊的国王;谁还能带着这么少的人,去挑战众多战士,并且在第一次交锋时就擒获敌人的首领? 由于这个高贵的年轻人如此勇敢地反抗我,我要将我的女儿伊尼戈许配给他,同时赐给他金银、船只和钱币,以及你们旅程中的一切必需品。如果你们改变了主意,想留下来同希腊人一起生活,我会赐给你们三分之一的领土。如果你们不该初衷,我也将兑现我的诺言。为了使你们更加安心,我将作为人质留在这里,直到你们的愿望实现。①

这段个性化的语言描写不仅叙述了一场和平的谈判,而且还塑造了一位严守骑士精神的国王形象。如果进行年代考证的话,本书大致写于 12 世纪,正值英国骑士制度的建立时期,因此其中的人物都带有中世纪思想和生活的特点。如果从书中所描述的年代来看,则是公元 3 - 4 世纪甚至更早,骑士制度还未形成,因此作者是按照所处时代的背景,塑造了一位恪守骑士精神的国王。

个性化的人物语言描写还能通过对话来表现,在英美流传已久的一段民谣中,就有这样的描写:

"噢,你到底去哪里了,吉米·蓝道尔,我的儿子,/噢,你到底漂泊于何处,我亲爱的长子?"/"噢,母亲,噢,母亲,请马上为我铺好床,/因为我的相好让我生病了,我很想马上躺下来。"/"你晚饭吃什么了,吉米·蓝道尔,我的儿子,/你晚饭吃的是什么,吉米·蓝道尔,我亲爱的长子?"/"一些油炸的鳗鱼和萝卜,快去为我铺下床吧,/因为我的相好让我生病了,我很想马上躺下来。"/"你将给我留下什么,吉米·蓝道尔,我的儿子,/你愿意给你的母亲留下什么,我亲爱的长子?"/"我的房子和我的土地,母亲,快为我铺下床,/因为我的相好让我生病了,我很想马上躺下来。"/"你将给你父亲留下什么,吉米

---

① [英]蒙茅斯的杰佛里著,陈默译:《不列颠诸王史》,桂林:广西师范大学出版社,2009 年版,第 12 页。

·蓝道尔,我的儿子,/你愿意给你的父亲留下什么,我亲爱的长子?"/"我的马车和我的手下,母亲,快为我铺下床,/因为我的相好让我生病了,我很想马上躺下来。"/"你将给你的兄弟留下什么,吉米·蓝道尔,我的儿子,/你愿意给你的兄弟留下什么,我亲爱的长子?"/"我的号角和我的猎狗,母亲,快为我铺下床,/因为我的相好让我生病了,我很想马上躺下来。"/"你将给你的相好留下什么,吉米·蓝道尔,我的儿子,/你愿意给你的相好留下什么,我亲爱的长子?"/"芦苇草,芦苇草,那些全部都枯萎的芦苇草,/因为我的相好给我了那些酒(毒药),我全部喝掉了。"/"当你死的时候还有何嘱咐,吉米·蓝道尔我的儿子,/当你死的时候还有何嘱咐,我亲爱的长子?"/"去在我祖父的儿子的墓旁挖一个墓穴吧,/因为我的相好让我生病了,我很想马上躺下来。"/①

这段民谣,据学者们考证有两个来源,其中有一个来源正是上述民谣所唱的妻子将丈夫下毒害死,源于 1232 年切斯特伯爵的蓝道尔三世的死亡事件。这段唱词全部由文中的吉米·蓝道尔与他母亲的对话构成,前六段对话在较固定的语言框架中仅仅改变了几个词语,而母亲的问询却始终没有让读者知晓蓝道尔的死亡,在最末的两段对话中,蓝道尔的死亡被点明,并且也暗指了下毒者,通过非常委婉的方式,为人们展现了一段流传已久的故事。民谣中语言描写不仅透露出了一位母亲看见自己儿子死亡的悲哀,也描写出了蓝道尔临死前的感受,在一问一答中,明写临终遗言,暗写毒害经过,而整段语言的安排又是一种倒叙的方式,为受众制造了悬念的效果,可谓妙笔。更为重要的是,这段母子间的对话,是非常符合两个人各自的身份和心理的,如此对话,如同上面引述的那些中国话本小说中的例子一样,是充分个性化的人物语言。

由上可见,通过具有个性化的语言来塑造性格鲜明的人物,是中外叙事文学作家的共识,中国话本小说的作者和英美民间故事的讲述者同样也都认识到这一点。当然,二者之间的相异处也是显而易见的两点:第一,各民族语言所形成的自身风格不同;第二,语言的表达着身份、气质的差别。正是这两点,构成了中国话本小说与英美民间故事人物语言描写的差别,但"个性化"原则则是中外作家所共同遵循的。

---

① John C. Hirsh：Middle English Lyrics, Ballads, and Carols《中古英语抒情诗、民谣与颂歌》,Oxford：Blackwell Publishing Ltd. ,2005, P147 – 148

第五节　外在行为与内在心理的多层面描写

文学作品中的人物性格十分复杂,多层面的描写使人物具有更强的立体感和真实感,这些多层面的描写可分为"双重奏"和"多重奏"两种状况。

一、中国话本小说人物行为与心理的"双重奏"

中国的话本小说中有许多外在行为与内在心理"双重奏"的人物,有时甚至体现在很多细小的层面。

《喻世明言》卷十《滕大尹鬼断家私》中的县令滕某就是一个"能员"与"贪官"复合统一的人物。倪某曾经当过太守,死后留下遗产的数额巨大,多名继承人为了争夺遗产,官司打到滕大尹那儿。滕大尹是一位很能干的官员,他反复研究了倪太守留下的"行乐图",终于弄清了倪的遗愿以及财宝埋藏地。但是,他并没有急于说穿,而是以虚拟动作与已故的倪太守鬼魂对话的方式告诉大家关于遗产的秘密:

> 滕大尹不慌不忙,踱下轿来。将欲进门,忽然对着空中,连连打恭,口里应对,恰像有主人相迎的一般。众人都吃惊,看他做甚模样。只见滕大尹一路揖让,直到堂中,连作数揖,口中叙许多寒温的言语。先向朝南的虎皮交椅上打个恭,恰像有人看坐的一般,连忙转身,就拖一把交椅,朝北主位排下,又向空再三谦让,方才上坐。众人看他见神见鬼的模样,不敢上前,都两旁站立呆看。只见滕大尹在上坐拱揖,开谈道:"令夫人将家产事告到晚生手里,此事端的如何?"说罢,便作倾听之状。良久,乃摇首吐舌道:"长公子太不良了。"静听一会,又自说道:"教次公子何以存活?"停一会,又说道:"右偏小屋,有何活计?"又连声道:"领教,领教。"又停一时,说道:"这项也交付次公子?晚生都领命了。"少停又拱揖道:"晚生怎敢当此厚惠?"推逊了多时,又道:"既承尊命恳切,晚生勉领,便给批照与次公子收执。"乃起身,又连作数揖,口称:"晚生便去。"众人都看得呆了。①

----

① ［明］冯梦龙编:《喻世明言》,北京:人民文学出版社,1958 年版,第 170 – 171 页。

就这样，滕大尹以装神弄鬼的方式，假装遵照倪太守的指示发掘并分配遗产。结果也确实做到了公平、公正、公开，而且符合倪太守的遗愿，还避免了不必要的纠纷和麻烦。这种断案方式，虽然在今天看来并不值得提倡，但在当时的情况下，应该算是一种较好的选择了。从中，也可看出滕大尹确确实实是一位能干的地方官。然而，这一切只是问题的一个方面，或者说是极为外在化的一面，滕大尹还有隐藏得很妙的"另一面"。他在断案过程中顺手牵羊，坐得黄金一千两，也就是上文中他表演的"少停又拱揖道：'晚生怎敢当此厚惠？' 推逊了多时，又道：'既承尊命恳切，晚生勉领。'"假装是倪太守要送他一坛金子以作酬谢。最后，他居然做出了所有贪官都会做的动作："将一坛金子封了，放在自己轿前，抬回衙内，落得受用。众人都认道真个倪太守许下酬谢他的，反以为理之当然，那个敢道个不字？"①滕大尹，表面上是一个能员，骨子里却也是一个贪官，他是一个能干的贪官，也为大家做一点较为公正判决的贪官。这样的能吏贪官，其实在现实生活中大量存在。作者写出了滕大尹这种人物表面的金碧辉煌和内在的灰暗昏黑的性格多层面描写，是其写人艺术达到较高水平的表现。

《喻世明言》中的滕大尹身上的多层面性格，或许是作者有意为之。通过这种描写，一方面写出了人性的复杂，另一方面，也对官场中那些"聪明人"做了一点小小的讥讽。但也有人却在无意中塑造出了多层面性格的人物。那就是《醒世言》第五回《淫妇背夫遭诛，侠士蒙恩得宥》中的耿埴。

一看这个标题，似乎耿埴是个"侠士"。那么，他的侠气体现在什么地方呢？答案是，他勾引了一个有夫之妇，后来听说这个有夫之妇要为了他而"摆布杀"自己的丈夫之后，耿埴愤而杀掉了这个女人。

> 这边耿埴一时恼起，道："有这等怪妇人，平日要摆布杀丈夫，我屡屡劝阻不行，至今毫不知悔。再要何等一个恩爱丈夫，他竟只是嚷骂。这真是不义的淫妇了，要他何用！"常时见床上挂着一把解手刀，便掣在手要杀邓氏。邓氏不知道，正揭起了被道："哥快来，天冷冻坏了。"那耿埴并不听他，把刀在他喉下一勒，只听得跌上几跌，鲜血迸流。②

---

① [明]冯梦龙编：《喻世明言》，北京：人民文学出版社，1958年版，第173页。
② [明]陆人龙著：《型世言》，长沙：岳麓书社，1993年版，第48页。

耿埴就这样杀死了正在向他嘘寒问暖的女人。耿埴的理论是,只要对丈夫不好的女人,就是不义的淫妇,跟这样的淫妇交往,保不定她丈夫的今天就是我的明天。有了这样一种理论,他就展开侠义行为,杀死了自己千方百计勾引到手的情妇。表面上看,耿埴是一个光明正大的侠义人物,而从内在本质上讲,他却是一个灭绝人性而又拙劣的封建伦理卫道士。耿埴的外在化表现和内在化心理也是一种多层面表现。

耿埴这种人物,其实在唐人传奇小说《冯燕传》中就已经初露端倪,他不仅有前面的榜样,甚至还有后继者。《欢喜冤家》第八回《铁念三激怒诛淫妇》中,真名叫做沈成的铁念三给结义的哥哥崔福介绍了一个妻子,名叫香娘。后来,他竟然又与这位嫂子勾搭成奸。再后来,他出人意料地将"情人嫂子"香娘杀害了。其间的原因,就是香娘将铁念三做了亲老公一般看待而同时也起了谋害亲夫的念头。当香娘将这个念头透露给铁念三时,这位侠义人物可就对"情人嫂子"毫不留情地痛下死手了:"'我想,这不过五两银子讨的,值得什么,不如杀了淫妇,大家除了一害,又救了哥哥一命,有何不好。'正在踌躇之际,香姐只想那样文章,去把他那物摸弄,激得念三往床下一跳,取了壁上挂的刀,一把头发扯到床沿,照着脖下一刀,头已断了,丢在地下。穿好衣服,开了大门,竟自去了。"①

铁念三的侠义行为,与耿埴不相上下。但这只能是表面的色调,实际上,铁念三比耿埴的心理更加阴暗,因为他除了那种维护封建伦理道德的卫道情结而外,还有贱视妇女的思想。他之所以杀死香姐,除了认为她是"淫妇"而外,还因为那女人很"低贱",他想得很清楚:"不过五两银子讨的,值得什么"? 于是,他屠杀这个女人就像宰一只母鸡一样干净利落,充满侠义英雄的"豪气"。

心地阴暗的耿埴、铁念三可以滥杀无辜,而心地光明磊落的赵匡胤竟然也可以害得一名无辜女子含恨自杀。《警世通言》卷二十一《赵太祖千里送京娘》讲的就是这个故事,塑造的就是赵匡胤这么一个多层面性格的英雄人物。一方面,他确实是男子汉大丈夫,见义勇为,千里护送一个孤身弱女子回家,而且路上二人保持纯洁的友情。但是,最后面对京娘父亲的恳切许婚和京娘的真心相爱,他却做出了违背人情的选择,最终导致他所救过的女子羞愤自杀。且看赵匡胤光明磊落的侠义行为背后隐藏的究竟是什么:

---

① [明]西湖渔隐主人编:《欢喜冤家》,沈阳:春风文艺出版社,1989年版,第144页。

　　酒至数巡,赵公开言道:"老汉一言相告:小女余生,皆出恩人所赐,老汉阖门感德,无以为报。幸小女尚未许人,意欲献与恩人,为箕帚之妾,伏乞勿拒。"公子听得这话,一盆烈火从心头撷起,大骂道:"老匹夫! 俺为义气而来,反把此言来污辱我。俺若贪女色时,路上也就成亲了,何必千里相送! 你这般不识好歹的,枉费俺一片热心。"说罢,将桌子掀翻,望门外一直便走。①

　　赵匡胤这种激烈的行为,所维护并非京娘的利益,而是自己的尊严和名誉。为了自己"义气"的名头,他完全不顾京娘的感受和尴尬处境,愤而拒绝,结果,将京娘置于死地。那么,京娘又是怎样想、怎样做的呢?

　　心下自想道:"因奴命蹇时乖,遭逢强暴,幸遇英雄相救,指望托以终身。谁知事既不谐,反涉瓜李之嫌,今日父母哥嫂亦不能相谅,何况他人? 不能报恩人之德,反累恩人的清名,为好成歉,皆奴之罪。似此薄命,不如死于清油观中,省了许多是非,到得干净,如今悔之无及。千死万死,左右一死,也表奴贞节的心迹。"捱至夜深,爹妈睡熟,京娘取笔题诗四句于壁上,撮土为香,望空拜了公子四拜,将白罗汗巾,悬梁自缢而死。②

　　京娘是真正了解赵匡胤的人,他不仅看到了赵匡胤见义勇为的一面,同时也看到了赵匡胤"爱护清名"的一面,因此,她用自己的死维护了赵匡胤的"清名"。从这个意义上讲,赵匡胤在救助了京娘之后又在无意中逼死了京娘,他是一个多层面性格的人物。

　　上述而外,这种将人物的外部矛盾与内在矛盾如复调一般融合在一起,却又彼此构成和谐旋律的艺术形象在话本小说中还有不少。如《喻世明言》卷三十九《汪信之一死救全家》中的汪信之,既是一方霸主,又是侠义之士。《醒世恒言》卷二十六《薛录事鱼服证仙》中的薛伟病体中灵魂出窍,在梦幻世界里化身为鱼,居然以充满童心童趣的"鱼"的心理来看待纷繁复杂的"人"的世界。而《二刻拍案惊奇》卷十九《田舍翁时时经理,牧童儿夜夜尊荣》中的寄儿,在现实世界中是一个

---

① ［明］冯梦龙编:《警世通言》,北京:人民文学出版社,1956年版,第304页。
② ［明］冯梦龙编:《警世通言》,北京:人民文学出版社,1956年版,第305页。

穷困不堪的牧童,而在梦幻世界中却读书做官,得到人间一切享受。作者将自己这种奇特的现实与幻想相结合的多层面描写对读者说得清清楚楚:"看官牢记话头,这回书,一段说梦,一段说真,不要认错了。"①最妙的是《警世通言》卷二十八《白娘子永镇雷峰塔》中的白娘子,是白蛇故事过渡时期的代表作,其特点就是白娘子身上人性与妖性的多层面,这篇作品中的白娘子形象,表面上是一个温柔、多情、美丽、善良少妇,实际上是一个令人恐怖的蛇精。她几次现出原形,给书中人物造成恐惧感。而最能体现其妖性与人性多层面的是她被法海禅师收服之后:"看那白娘子时,也复了原形,变了三尺长一条白蛇,兀自昂头看着许宣。"②从情理上讲,包括许宣在内的任何一个男人,从这里得到的不大可能是"温情"而只能是"恐怖",但从白蛇的角度来看,她的眼光却是温情脉脉的。

二、英美民间故事人物行为与心理的"多重奏"

在英美民间故事中,有著名的特里斯丹与伊索尔德之间发生的事,更是一种复仇与爱情多层面的描写。该故事影响深远,诗歌、电影以及小说等多种文学形式的作品一直流传至今,不仅得到了英国诗人马修·阿诺德和丁尼生的青睐,他也成为了音乐家瓦格纳的同名歌剧的素材,被誉为巅峰之作。在瓦格纳的歌剧中,人物的外部矛盾与内在矛盾多层面地融合在一起,却又彼此和谐地存在。

故事写特里斯丹是一位高贵的骑士,是英国马尔克国王的侄儿,而伊索尔德是爱尔兰的公主。特里斯丹率军征战爱尔兰,把伊索尔德的未婚夫摩罗尔德杀死,自己也深受重伤,后被伊索尔德救助,但此时的特里斯丹为了掩盖杀死伊索尔德未婚夫的事实而改变了自己的姓名。但由于已死未婚夫摩罗尔德伤口处残留的剑刃碎片与特里斯丹的剑上缺口一致,特里斯丹遭到了伊索尔德的怀疑,最终秘密被揭穿。杀夫之仇将报之时,特里斯丹并没有望着伊索尔德手中的宝剑,而是凝视着她的眼睛,最终伊索尔德放下了手中的剑。不料在放走特里斯丹后,他再次来到爱尔兰要求纳贡,伊索尔德气愤不已,随后就有了下文一段内容:

　　伊索尔德:我很注意倾听,他的任何话我都听清。你察觉到我受的羞辱,

---

① [明]凌濛初著,《古本小说集成》编委会编:《二刻拍案惊奇》,上海:上海古籍出版社,1995年影印本,第929页。

② [明]冯梦龙编:《警世通言》,北京:人民文学出版社,1956年版,第445页。

现在就听听，这事如何发生。……啊，瞎了眼睛！愚蠢的心！胆小怯懦，灰心丧气，默不吭声！我保守秘密的事，特里斯丹竟然公开吹嘘出去！正是她保持沉默，才在敌人复仇时隐藏他，保住了他的性命。她默默地保护他，为他疗伤，但是他背弃了她！他为胜利欢欣鼓舞，他多么热烈地声音洪亮地指着我说："她是一个宝贝，我的舅父大人：您想娶她为妻，我将把这个爱尔兰美女带给您，因为我熟悉去她那里的道路，只要您一挥手，我就立即飞赴爱尔兰，伊索尔德，一定属于您！冒险对我有吸引力！"诅咒你，无耻之徒！诅咒你，不得好死！复仇！死亡！我俩同归于尽！①

这段描写所体现的外部矛盾有两个层面：第一，民族矛盾，即英格兰与爱尔兰交战双方的矛盾。这也成为该故事的一个时代背景；第二，个人矛盾，即特里斯丹将伊索尔德的未婚夫杀死；在伊索尔德怜悯受伤的特里斯丹时，这两个层面的矛盾却被暂时冲淡了。伊索尔德思想中最基本的人性告诉她珍视生命的存在，因此她放弃了民族与个人的仇恨，帮助了这位负伤的骑士。这是该故事多层面描写的第一次凸显，外在矛盾与内心情感的一次斗争。而当她知道特里斯丹要回到爱尔兰将她如贡品一般带给养父马克国王的时候，民族与个人的仇恨上升到了定点，这种仇恨与之前的杀夫仇恨交织在一起，形成了一个仇恨的高潮，因此在这个时候，外部矛盾与内心世界的矛盾合在一起促成了引文末尾强烈的言辞："复仇！死亡！我俩同归于尽"。多层面的描写不仅将情节向前推进，也使故事中男女主角的矛盾升级到一个前所未有的高度——民族的、个人的，以及欺骗情感的许多仇恨交织在一起。

在这样的多层面描写中，两个人物也被生动的刻画了出来。伊索尔德从善良的公主变成了一位复仇女神，而特里斯丹却成为了一个傲慢但又多情的英雄。而这仅仅是故事的开始。

故事的转折点是伊索尔德计划使用母亲留给她的毒药去毒死特里斯丹这个情节，之所以发生转折，是因为这毒药其实是爱情魔药，当伊索尔德与特里斯丹双双饮下这"毒药"的时候，两人对视，互相爱上了对方。这是一种隐喻，而此时的外部矛盾与人物的内心世界发生了翻天覆地的变化。喝下"毒药"之前，伊索尔德试

---

①　[德]瓦格纳著 高中甫等译：《瓦格纳戏剧全集》北京：中国文联出版公司，1997年版，第552页。

图与仇人同归于尽,因此她说:

> 我为你的主效劳会多么糟,马尔克国王会说,我杀死他了,他最好的仆
> 人。他为主人获得了王冠和国土,能不是他最忠实的人? 你倒很少想,你给
> 他带回爱尔兰的新娘。他会为此感谢你。如果我杀死求婚人,他会不责骂
> 我? 是谁为此忠诚地将和平的保证交到他的手中? 拿住你的剑吧! 我曾挥
> 动过宝剑,当复仇的火焰在我胸中燃烧的时候;当你打量的目光在窥视我的
> 面貌,是否适合作马尔克国王的妻子的时候。这柄剑——我让它垂落。让我
> 们现在把和解饮下。①

　　随后的情节是伊索尔德与特里斯丹双双坠入爱河,戏剧化的情节让毒药成为
了魔药、仇恨化为爱情,暂且撇开文中的"爱情"——"毒药"这个贯穿故事的隐喻
问题,但看伊索尔德的思想变化就可看到一条情绪的情感线。从怜悯到怀疑,从
怀疑到仇恨,继而怜悯,再到愤怒,接下来则是外表平静下的仇恨,而"毒药"则改
变了她对特里斯丹的态度,最终却爱上了特里斯丹。特里斯丹则是这段故事中的
另一个旋律,他坚持的是骑士精神中的追逐胜利与荣耀,同时又对女性礼貌相待,
而最后还是让步了,他喝下了"毒药"。在男女主角喝下"毒药"后,两个层面合二
为一了,但这还不是故事的最终结局,因为一个新的矛盾马上开始了——本计划
嫁给马尔克国王的伊索尔德如今爱上了特里斯丹。两人的爱情与传统伦理构成
的多层面描写是故事中的主要矛盾,从相恨到相爱,然而这种爱情让马尔克国王
丢尽了颜面,也让众人对这种爱情议论纷纷,这种外在的矛盾与两人内心的情感
之间形成了一个层面的矛盾,而另一个层面的描写则是由马尔克国王的外部行为
与内心世界构成,这是一个极其复杂并且难以接受的事实,然而马尔克国王的最
后决定却没能挽回特里斯丹的性命。当伊索尔德看到特里斯丹死去,她也随之死
去。整个故事包含了很多多层面的描写,而贯穿整个故事的还有"真相"与"情
感"的多层面描写——这一对主题在故事中多次出现,例如特里斯丹杀死伊索尔
德未婚夫的真相与伊索尔德的情感,特里斯丹与伊索尔德之间的仇恨真相与共饮
"毒药"之后的情感,以及马尔克国王对两人共饮"毒药"真相的知晓与他和两人

---

①　[德]瓦格纳著 高中甫等译:《瓦格纳戏剧全集》北京:中国文联出版公司,1997 年版,第
570 页。

之间的情感纠葛,上述所有矛盾在整个故事中不断地转换,多层面的描写也使情节峰回路转、高潮迭起。故事通过多层面的描写向人们揭示出了很多深层次的哲理和道德问题,发人深省。该故事不仅在英国流传,至今在不少作品中都可以瞥见特里斯丹爱情模式的影子,不愧是英国民间故事中人物形象多层面描写的瑰宝。

尽管中外作家在有意无意之间都通过多层面描写的方式塑造了思想性格多样的人物,同时也表现了现实生活的纷繁复杂,但相比较而言,中国话本小说多层面描写的程度不是太高,真正写得好的思想性格"多重奏"的人物,恐怕要等到《红楼梦》的出现。而早期的话本小说,刚刚从诉诸听觉的"说话艺术"中转变过来,还不能将人物性格和他们面临的生活写得过于复杂。明代以后,长篇的讲史话本和说经话本逐步演变为章回小说,短篇的小说话本演变成拟话本。章回小说不在本文讨论之列,故而,即便如《红楼梦》中有某些性格层面非常复杂的人物,此处也不能大篇幅讨论。而拟话本小说一般篇幅较短,不利于将人物的多层面描写表现得太充分。

英美民间故事中的某些作品就不同了,尤其是其中的长篇故事,如"特里斯丹与伊索尔德之间的故事",如"亚瑟王、桂乃芬王后和兰斯洛特之间的故事",都是非常经典的,而且篇幅漫长,这中间有利于写出错综复杂的人物之间的矛盾和性格多层面的人物。质言之,在这个问题上,英美民间故事较之中国话本小说前进的步伐更大。

第五章

叙事角度与手法的比较分析

第一节　叙事时间与故事时间

　　时间是小说评论家谈论得最普遍的问题,诸多的论述中不仅涉及小说、叙事、时空等因素与时间的问题,还有关于时间的哲学理解,甚至还有论述物理学中的时间概念与文学中的时间相关联的著述。对于时间的理解人各有异,本节仅从中国话本小说与英美民间故事的作品中,抽出与叙事时间和故事时间相关的材料进行比较分析。

　　中国话本小说和英美民间故事都是从说唱文学演变而来。在讨论中外小说关于叙事脉络与时间问题的时候,浦安迪《中国叙事学》已有论述:"反观中国的古代文学传统,与上述'epic(史诗)—romance(传奇)—novel(小说)'的脉络相异趣,其主流乃是'三百篇—骚—赋—乐府—律诗—词曲—小说'的传统。前者的重点在叙事,后者的重点在抒情。"①而福斯特在《小说面面观》中指出,小说的基本面就是故事:"故事就是对一些按时间顺序排列的时间的叙述——早餐后是午餐,星期一后是星期二,死亡以后便腐烂等等。"②然而,叙事是叙事者讲述故事的行为和过程,中国话本小说虽然在古代被视为不入流的文学,却保持了一定的口头性与叙事性。不论是哪一种叙事,在叙事者讲故事的时候或者说唱艺人表演的时候,叙述本身必须花费一定的时间完成,受众要听取这个故事,也需要消耗时间,

---

① ［美］浦安迪著:《中国叙事学》,北京:北京大学出版社,1996 年版,第 9 页。
② ［英］爱·摩·福斯特著　苏炳文译:《小说面面观》,广州:花城出版社,1984 年版,第 24 页。

这是毫无疑问的。因此,这是一种叙事的时间,也就是说,从最为表层的意义上来看,叙事时间实际上与文本叙述或阅读的时间顺序基本一致。然而故事本身也有一个时间,那是故事发展的时间。"这种按时间顺序讲叙一个人或一件事的发展过程的正笔,适合那些人物少、故事情节比较简单,单线发展的评书作品。"①但是如果遇到了多个叙事线条且人物众多的作品,那么按照时间顺序进行叙述就不太可能了。正如水浒故事中的某些单个英雄的故事,作者不可能在同一时间内讲述石秀与宋江、或者鲁智深与武松等人的故事,因此对于这类故事的处理,中国话本小说基本按照以某位英雄为主而单列出来的"传记式"方式进行叙述,但话本小说与英美民间故事中的某些作者,又会在叙述过程中运用不同的方法对故事时间进行另外的安排,这些安排便与叙事手法和叙事技巧紧密联系。

一、打破时间顺序的叙事

一个最常用的办法就是,根据内容的需要有意打乱叙事时间,话本小说中这方面的例子不少,又可分为几种类型。一种是在时间节点上的错综叙事,如《醒世恒言》卷二十《张廷秀逃生救父》一篇结末:

> 朱四府即起身回到府中,差人至狱内将张权释放,讨乘轿子送到王家。然后细鞫赵昂。初时抵赖,用其刑具,方才一一吐实。杨洪又招出两个摇船帮手,顷刻也拿到来。赵昂、杨洪、杨江各打六十,依律问斩。两个帮手各打四十,拟成绞罪。俱发司狱司监禁。朱四府将廷秀父子被陷始末根由,备文申报抚按,会同题请,不在话下。且说廷秀弟兄送朱四府去后,回到里边,易下了公服。那时王员外已知先来那官便是张文秀。老夫妇齐出来相见。问朱四府因甚拿了赵昂?廷秀诉出其情。王员外咬牙切齿,恨道:"原来都是这贼的奸计!"②

此处,朱四府与张廷秀告辞,回去后审杨洪等人的一大段情节发生的时间靠后,作者却先叙一步;而张廷秀兄弟与送走朱四府后随即就到内宅会见岳父岳母,是很快就发生的事,作者却叙述在后。这就是故意混乱叙事时间,以求得叙事的

---

① 汪景寿 王决 曾慧杰著:《中国评书艺术论》,北京:经济日报出版社,1997年版,第119页。
② [明]冯梦龙编:《醒世恒言》,北京:人民文学出版社,1956年版,第446页。

方便,同时也使得故事情节发展具有错综之妙。

对付某些一条单线很难叙述清楚的复杂故事,作者们多半采取"插叙"的方式,有的"插叙"是倒根寻源,交代某人某事最早的根源。例如《全相平话秦并六国》卷上快要终了时,已经讲到:"秦帝敕问大臣:'寡人意图六合久矣,此事若何?'忽有大臣李斯谏曰:'未可侵于六国,且图养赡三军,精演武艺,它日图之未为迟晚。'圣旨依奏,令赏三军,一年四季教演诸军。"此时,作者觉得应该交代秦王的出生和身世之谜了,于是插入吕不韦的故事:"话说昔日有吕不韦,阳翟大贾人也,家富,为商,往来兴贩买卖。秦昭王太子安国君中男名子楚,为秦质于赵国。……吕不韦自度,恐秦诛之,乃饮鸩酒而死。诗曰:文信侯臣吕不韦,始皇国后恣奸淫;朝廷不赐诛淫法,故使渠人饮鸩亡。"①这段长达一千多字的内容,全部都是插叙,是将吕不韦与子楚的故事以及秦王政的出身这些"根源性"的故事插在秦并六国的过程中加以叙述。

《宣和遗事》中也有这方面的例子,不过"插叙"的原因是"特事特叙"而已。书中本来已经讲到"宣和四年……九月,金使期会兵于中康"了,紧接着,却又写"先是朱勔运花石纲时分,差着杨志、李进义、林冲、王雄、花荣、张青、徐宁、李应、穆横、关胜、孙立十二人为指使,前往太湖等处,押人夫搬运花石。"②这也是分明的插叙,否则,梁山好汉的故事就进不了这部关于宣和年间"遗事"的讲史话本之中了。因为宋江造反的事闹了好几年,如果不单独"插入"一段,零零碎碎是写不清楚的。

短篇话本亦有用插叙法者,如《俞仲举题诗遇上皇》写主人公俞良倒霉之时,在客店之中受尽辱骂,"俞良只推醉,由他骂,不敢则声。正是:人无气势精神减,囊少金钱应对难。"接着,作者突然插入宋高宗为贪官李直说情一段:"却说南宋高字天于传位孝宗,自为了太上皇,居于德寿宫。孝宗尽事亲之道,承颜顺志,惟恐有违。自朝贺问安,及良辰美景父子同游之外,上皇在德寿宫闲暇,每同内侍官到西湖游玩。或有时恐惊扰百姓,微服潜行,以此为常。"一日,碰到被罢官的李直,高宗被其蒙骗,三番两次为其说情,于是,有了皇帝父子之间的分歧描写:

---

① 钟兆华著:《元刊全相平话五种校注》,成都:巴蜀书社,1990年版,第187-189页。
② 无名氏编著 曹济平 程有庆 程毅中校点:《宣和遗事等两种》,南京:江苏古籍出版社,1993年版,第31页。

次日，孝宗天子恭请太上皇、皇太后，幸聚景园。上皇不言不笑，似有怨怒之意。孝宗奏道："今日风景融和，愿得圣情开悦。"上皇嘿然不答。太后道："孩儿好意招老夫妇游玩，没事恼做甚么？"上皇叹口气道："'树老招风，人老招贱。'朕今年老，说来的话，都没人作准了。"孝宗愕然，正不知为甚缘故。叩头请罪。上皇道："朕前日曾替南剑府大守李直说个分上，竟不作准。昨日于寺中复见其人，令我愧杀。"孝宗道："前奉圣训，次日即谕宰相。宰相说："李直赃污狼藉，难以复用。'既承圣眷，此小事，来朝便行。今日且开怀一醉。"上皇方才回嗔作喜，尽醉方休。第二日，孝宗再谕宰相，要起用李直。宰相依旧推辞。孝宗道："此是太上主意。昨日发怒，朕无地缝可入。便是大逆谋反，也须放他。"遂尽复其原官。①

在这段精彩绝伦的描写宋高宗荒唐透顶的"插叙"之后，故事随即又回到"俞良在孙婆店借宿之夜"。李直的故事本身完全是独立的，作者将其放在俞良的故事中插叙，从一个角度补充描写了宋高宗将国家大事视为儿戏、随便做滥人情的不良性格。

更多的"插叙"却与主体故事紧密相关，如《西湖二集》第十三卷《张采莲隔年冤报》一篇，故事主体讲到王立赌输了，准备做贼，同时，作者插入张采莲准备与哥哥理应外合偷主家一段："话说兄妹二人暗暗约的端正。是夜张泰不敢到饭店里去，就在古庙里存身，等待二更尽天气来做事。噫！你道世间有这般凑巧的事——再接前话——话说王立这厮因赌输了棉被，无计可施，要做那'贝戎'之事。那日恰好是下番之日，不该是他值宿。日间走到周思江后门相了脚头端正。"②结果，王立在门外接了张采莲递出的赃物，两条线索融为一体，造成新的案件。

还有一种相映成趣的"插叙"，如《拍案惊奇》卷三十四《闻人生野战翠浮庵　静观尼昼锦黄沙弄》，该篇在写闻人生与尼姑鬼混的故事尚未终结时，突然插入一段守寡的安人到尼庵与俊男鬼混的故事，两件事形式相反、本质则一，相反相成，相映成趣：

（尼姑们）正商量到场前寻他，或是问到他湖州家里去炒他，终是女人辈，

---

① ［明］冯梦龙编：《警世通言》，北京：人民文学出版社，1956年版，第72－73页。
② ［清］周清源著：《西湖二集》，杭州：浙江人民出版社，1981年版，第250页。

未有定见,却又撞出一场巧事来。说话间,忽然门外有人敲门得紧。众尼多心疑道:"敢是闻人生来也?"齐走出来,开了门看,只见一乘大轿,三四乘小轿,多在门首歇着。敲门的家人报道:"安人到此。"庵主却认得是下路来的某安人,慌忙迎接。①

与之相类似的是《二刻拍案惊奇》卷五《襄敏公元宵失子　十三郎五岁朝天》,该篇主要写十三岁的小孩南陔聪明勇敢,以智慧抓获了拐他的贼人。然而,在这个大故事叙述过程中,作者又插入了一个王府十七岁千金真珠被人骗走后无力自保而受尽蹂躏的故事,这也是形成了一种相反相成的"插叙":

> 大尹责了口词,叠成文卷。大尹却记口词,叠成文卷。大尹却记起旧年元宵真珠姬一案,现捕未获的那一件事来。你道又是甚事?看官且放下这头,听小子说那一头。……隔了一年,又是元宵之夜,弄出王家这件案来。其时大尹拿倒王家做歹事的贼,记得王府中的事,也把来问问看,果然即是这伙人。②

还有一种将故事中某人结局提前讲完,插在大故事中叙述的,是一种非常态的"插叙"。如《蔡瑞虹忍辱报仇》中于卞福夫妻对某事"正在进行时"突然交代他们的结局:"卞福脚影不敢出门。一日捉空踅到瑞虹住处,看见锁了门户,吃了一惊。询问家人,方知被老婆卖去久矣。只气得发昏章第十一。那卞福只因不曾与瑞虹报仇,后来果然翻江而死,应了向日之誓。那婆娘原是个不成才的烂货,自丈夫死后,越发恣意把家业倾完,又被奸夫拐去,卖与烟花门户。"③

英美民间故事中也有一些叙事时间与故事时间错位的安排的例证,如司各特《艾凡赫》中的一段插叙:

> 事实上塞得利克也正像我们所看到的那样,这是心情很不平静。罗文娜

---

① [明]凌濛初著,《古本小说集成》编委会编:《拍案惊奇》,上海:上海古籍出版社,1995 年影印本,第 1494－1495 页。

② [明]凌濛初著,《古本小说集成》编委会编:《二刻拍案惊奇》,上海:上海古籍出版社,1995 年影印本,第 264－265 页。

③ [明]冯梦龙编:《醒世恒言》,北京:人民文学出版社,1956 年版,第 768 页。

小姐曾经在一处很远的教堂望弥撒,刚刚回家,途中碰上大雨,正在更换衣服……除了为这些事操心以外,这个撒克逊领主还因为他所宠爱的小丑汪巴不在身边而感到烦躁。每当他进晚餐时,在他一边吃饭一边按照习惯大口喝酒时,汪巴的谐趣总是一种助兴……他断断续续地说着话,来表示自己的不快,这话有一半是对自己说,有一半是对身旁的听差说,特别是那个不时往他银杯里斟满安神酒的把盏的仆人说:"罗文娜小姐为什么还不来?""她正在换头上的首饰呢,"一个女仆答道……①

　　撒克逊领主塞得利克的心情烦躁来自于多个方面的原因:首先是葛尔兹和他放的那些猪没有回来,那么葛尔兹方面的时间并没有在此处直接叙述,葛尔兹身上发生的事情属于另一个故事时间段;葛尔兹是猪倌,由此而引出撒克逊领主在诺曼底征服之后的历史背景以及狮心王理查德十字军等事件则是又一个故事时间段;同时发生的事情还不止这些,例如汪巴不在塞得利克的身边,还有罗文娜因为之前淋了雨,在房间换头饰等等故事时间段,这些事情是不可能同时叙述的,然而它们发生在同一个客观的时间当中,而所有的这些故事时间段在后续的发展中自然会发生交汇和相互影响。

　　"插叙"而外,话本小说最常用的打乱时间顺序的方式是"分合叙事法",这在故事内容比较复杂、尤其是主人公不止一个且经常处于分离状态的小说作品中颇为多见。

　　例如《十五贯戏言成巧祸》,篇中写邻里看到刘贵被杀后,派人到其岳父王员外家报信,王员外父女"三步做一步,赶入城中"。接着,放下王员外,又写刘贵离家出走的小妾:"却说那小娘子,清早出了邻舍人家",路上怎么碰到崔宁,怎么同路而行,一直到被追上来的邻舍"厮挽着一路转来"。到家以后,"众人都和闹着,正在那里分豁不开,只见王老员外和女儿一步一攧走回家来。"②如此一来,刘贵的回娘家暂住的大娘子和回娘家报信小娘子两边的行程叙述终于在她们丈夫的尸体前合并在一起,这段长达数千字的故事运用的就是时而分开、时而交叉的分合叙事法。

　　《玉堂春落难逢夫》中也有一段采用分合叙事法,叙王公子和玉堂春事:

---

① 　[英]司各特著 刘尊棋 章益译:《艾凡赫》,北京:人民文学出版社,2004 年版,第 24 页。
② 　[明]冯梦龙编:《醒世恒言》,北京:人民文学出版社,1956 年版,第 697－699 页。

三官手足难挣,昏昏沉沉,挺到天明,还只想了玉堂春,说:"姐姐,你不知在何处去,那知我在此受苦!"——不说公子有难,且说亡八淫妇拐着玉姐,一日走了一百二十里地,野店安下。玉姐明知中了亡八之计,路上牵挂三官,泪不停滴。——再说三官在芦苇里,口口声声叫救命。许多乡老近前看见,把公子解了绳子,就问:"你是那里人?"三官害羞不说是公子,也不说嫖玉堂春。"①

诸如此类的还有《张廷秀逃生救父》,这是"三言"中情节最为复杂的篇章之一。作品中,作者多次采用分合叙事法,"话分两头""且说""却说""放下不表"等词语在篇中出现十多次。同样复杂的还有《苏知县罗衫再合》一篇,叙郑夫人,叙郑氏之子,叙苏知县,叙苏知县之母弟,叙徐能,将多个人的故事交叉叙述,是更为复杂的分合叙事法。该篇最后,各条线索终于以"罗衫"为媒介而交织在一起。

在英美民间故事中,也有不少"分合叙事法"的例子,尤以《亚瑟王之死》最为典型。该书原本就是收集了大量的关于亚瑟王及其"圆桌骑士"的民间传说故事编撰而成,故而通篇必须采取"分合叙事法"的方式。如该书第六卷、第十一卷、第十二卷、第十五卷、第十八卷、第十九卷、第二十一卷等卷次均以郎世乐骑士为主人公,而第八卷、第九卷、第十卷却以崔思痛骑士为主要描写对象,但是,这两位亚瑟王时代最勇敢的骑士的故事却又在第九卷第三十四回、三十五回、第四十三回以及第十卷第五回、第六回等地方交集,形成了圆桌骑士之间的故事的"有分有合"的叙事。其他圆桌骑士之间的故事的叙述,之所以错综复杂而又有条不紊,也大多是作者采用"分合叙事法"的结果。故而,该书中经常会留下一些表现"分合叙事"的言语,例如:"现在我们转头来讲郎世乐。"(第六卷第十八回)②"我们按下拿帮不提,再回头叙述拉麦若克骑士的事迹。"(第八卷第四十回)③"现在且丢开拉麦若克骑士不提,我们再把卡文英骑士的几位弟兄分别叙述一番。"(第十卷

---

① [明]冯梦龙编:《警世通言》,北京:人民文学出版社,1956 年版,第 346 页。
② [英]托马斯·马洛礼著 黄素封译:《亚瑟王之死》,北京:人民文学出版社,1960 版,第 231 页。
③ [英]托马斯·马洛礼著 黄素封译:《亚瑟王之死》,北京:人民文学出版社,1960 版,第 381 页。

第二十五回)①"关于良纳斯崔思痛骑士行侠尚义的种种事迹,已说过了不少,暂置不提;现在单就湖上郎世乐骑士怎样生育了一个贵子,长大成人,取名高朗翰骑士;且把这一段详细因缘,根据法兰西著作的记载,再来转述一番。"(第十一卷第一回)②如此等等,不一而足。《亚瑟王之死》这种近似于《水浒传》却比《水浒传》的结构更为复杂的叙事方式,可以说是大幅度打乱了作品中故事的叙述时间,将"分合叙事法"运用到极致。

为了条理清晰地反映纷繁复杂的生活,有的作者将作品中某些人物将来发生的事,在适当的时候提前展示一下,让读者心中有数。这种方法被称之为"预叙"。

例如《老门生三世报恩》中,屡试不第的老书生鲜于同题了八句诗,最后两句为:"铁砚磨穿豪杰事,春秋晚遇说平津。"作者接着写道:"汉时有个平津侯,复姓公孙名弘,五十岁读《春秋》,六十岁对策第一,到丞相封侯。鲜于同后来六十一岁登第,人以为诗谶,此是后话。"③引公孙弘为例,预告鲜于同将来也要老年高发,这种写法,在叙事手段上就是"预叙"。

诸如此类的笔法,在《云仙笑》第一册《拙书生礼斗登高第》中有多次运用:"当下卜升只得又择个富家,替侄女完姻。不料那家为了官事,费得一空,已是穷到极处,就〔是〕岳母的私蓄,也渐渐弄去大半。后来无处说骗,思量本地不好居住,逃到别府,求乞度日。此是后话。""那曾杰一来功名心急,二来为父丧,终日哭泣,忽然旧病复发,医治不好。可惜锦心绣肠,变个〔陈〕腐老儒。只有曾修后来依旧中解元,会试不第,遂选了无锡知县。到底为着恃才二字,得罪上司,被上司参劾,罢职而归。此是二曾的结局了。"④该篇中对上述这些次要人物的结局,为避免写起来啰嗦麻烦,故而,不断通过"预叙"的方式加以说明,是力求简洁的表现手法。当然,这种预叙过后并没有详细描写的做法,与插叙的效果几乎一致。

"三言"中,"预叙"手法运用的最有意思的是《李玉英狱底讼冤》一篇。该篇中的后娘焦氏想加害于丈夫前妻的孩子,她哥哥帮他出主意:

---

① 〔英〕托马斯·马洛礼著 黄素封译:《亚瑟王之死》,北京:人民文学出版社,1960版,第530页。

② 〔英〕托马斯·马洛礼著 黄素封译:《亚瑟王之死》,北京:人民文学出版社,1960版,第686页。

③ 〔明〕冯梦龙编:《警世通言》,北京:人民文学出版社,1956年版,第250页。

④ 〔清〕天花主人编次:《云仙笑》,沈阳:春风文艺出版社,1983年版,第9页、13页。

焦榕道:"毕竟容不得,须依我说话。今后将他如亲生看待,婢仆们施些小惠,结为心腹。暗地察访,内中倘有无心向你,并口嘴不好的,便赶逐出去。如此过了一年两载,妹夫信得你真了,婢仆又皆是心腹,你也必然生下子女,分了其爱。那时觑个机会,先除却这孩子,料不疑虑到你。那几个丫头,等待年长,叮嘱童仆们一齐驾起风波,只说有私情勾当。妹夫是有官职的,怕人耻笑,自然逼其自尽。是恁样阴唆阳劝做去,岂不省了目下受气? 又见得你是好人。"焦氏听了这片言语,不胜喜欢道:"哥哥言之有理! 是我错埋怨你了。今番回去,依此而行。倘到紧要处,再来与哥哥商量。"①

后来,焦氏就是按照哥哥的设计一步一步做下去的。这里,焦榕的设计其实也是一种预叙,一种作者借书中人物之口的"预叙"。

英美民间故事中也有作者借书中人物之口的预叙,这方面最典型就是《亚瑟王之死》中对预言家"魔灵"的描写。魔灵(Merlin)是《亚瑟王之死》中的魔法师,他在小说中几乎可以说是一个无所不能的人,最大的特点是法力广大,而且可以预知未来。魔灵的预言是准确的。在整个故事中,很多处都出现了他的预言,而就全书而言,魔灵的预言在不同的情节发展过程中都成为了现实。如第三卷第一回,亚瑟王向魔灵说出了他的心上人桂乃芬,这时,"魔灵暗地警告国王,说桂乃芬并非一个健全而可以娶做王后的好女子,他又说明郎士乐一定要爱她,她也爱郎士乐,随后魔灵就讲到'圣杯'冒险的故事。"②初看这个预言似乎很简短,但它却分明道出了故事的两条主要线索:一条是亚瑟王、桂乃芬和郎士乐的三角恋爱,这个矛盾贯穿于全书始终,矛盾冲突的最终结果是导致了亚瑟王的死亡和郎士乐的衰败。另一条线索便是圆桌骑士追逐圣杯的故事了,这个故事并不是在《亚瑟王之死》这本书中第一次出现。在此之前,就有《亚瑟王和圆桌骑士》一书叙述过圣杯的故事,圆桌骑士们最重要的任务就是追逐圣杯。

在《亚瑟王之死》中,武艺最高的便是郎士乐了,与郎士乐齐名的当数崔思痛了,而对于这两个人物,魔灵都曾经"预言"过:

---

① [明]冯梦龙编:《醒世恒言》,北京:人民文学出版社,1956 年版,第550 页。
② [英]托马斯·马洛礼著 黄素封译:《亚瑟王之死》,北京:人民文学出版社,1960 版,第89页。

魔灵来到马尔克王这里，一看到他的动作，就开口说道："就在这个地方，将来还有两个骑士，要展开一场空前绝后的大战，这两个人都是最最真诚的有情人，但没有一个会被对方杀死。"魔灵接着就把将要在这里交战的姓名，用金子写在碑石上，那便是湖上的郎世乐和崔思痛。（第二卷第八回）①

这两位骑士只大战过一次，事在遥远的第十卷第五回，崔思痛和郎士乐在墓碑旁边相遇，又因为不相识而互斗起来。这场战斗空前激烈，也是这本书中最精彩的决斗。另外，在魔灵上述的预言中还第一次引入了《亚瑟王之死》中两个动人的情节，那就是郎士乐与桂乃芬、崔思痛与绮秀婉儿的爱情悲剧。所有这些，都充分证明了魔灵在《亚瑟王之死》一书中所具有的一大叙事功能——作者借用魔灵的预言来展开情节，其实这就是一种"预叙"。

那么，作者为什么要借用魔灵之口通过预言的形式来展开情节呢？通观全书，发现书中涉及的人物众多，情节繁杂。这是因为《亚瑟王之死》集中了成书之前几乎所有的相关传说，这些传说涉及的人物很广泛，他们之间的故事有时甚至是互相抵牾的。作者要想处理好这一矛盾，就得协调好各个比较独立的情节，使情节之间相互联系贯通，并且使不相干的人物之间发生关系。然而，这些情节间的联系贯通并不能凭空结撰，因此，魔灵的预言就可以派上用场了。魔灵的预言既可以"迫使"读者相信其真实性，又能使全书整体情节紧凑并前后照应，它在《亚瑟王之死》的叙事中所起到的作用真是不可小视。同样的方法，在中国宋元讲史话本中也得到使用，如《三国志平话》一开始的那段"三国因"的描写："江东吴土蜀地川，曹操英勇占中原。不是三人分天下，来报高祖斩首冤。"②错综复杂而又生动活泼的三国人物和故事，在这里却被压缩成一个因果报应的情结。但这就是一种预叙，而且比《亚瑟王之死》中，魔灵的"预言"式预叙更具整体性特色。更有意味的是，这种"整体性特色"的预叙，又被宋元讲史话本的后裔，明清长篇章回小说中的名著所效仿，《水浒传》开篇的"误走妖魔"，《儒林外史》开篇的"一代文人有厄"，《红楼梦》第五回的"太虚幻境"，都对书中的主要人物和核心情节起到了"预叙"的作用。

---

① ［英］托马斯·马洛礼著 黄素封译：《亚瑟王之死》，北京：人民文学出版社，1960 版，第 65 页。

② 钟兆华著：《元刊全相平话五种校注》，成都：巴蜀书社，1990 年版，第 371 页。

叙事时间与故事时间的内在矛盾决定了叙事手法的多样性,只有通过如插叙、预叙以及"分合叙事法"等多种方法来处理同一时间节点或空间范围内发生的错综复杂的事情,才能合理安排和解决众多人物和故事之间的秩序和叙事的逻辑性。

二、"补叙"种种

"预叙"、"插叙"以及"分合叙事法"等混乱时间的叙事方法在中国话本小说和英美民间故事中各有妙用,"补叙"也不例外。

补叙是一种写作手法,也是一种叙述手段。先看评话小说《武松》中的景阳冈打虎一段。在武松打虎之前,小说对老虎进行了非常详细的说明:"老虎看见人一多,个个手上有利器,就不敢出来了。这几天没得人吃,何妨就吃飞禽走兽呢? 飞禽走兽现在也没得吃了。什么道理? 被它吃完了。莫忙! 这个飞禽在天上飞,它想吃如何够得着呢? 大约它也会飞吧? 不是的。……它居心要吃飞禽,就朝旷野的地方一坐,头一昂,望着天空,…… 雀子飞得兴兴的,掸到老虎的气味,周身就软了,两个大翅不能扇动,一软,就由上头掉下来……老虎不慌不忙,慢慢踱到面前,一口气,哒——! 吸到了嘴……就是一个雀子,也还能够当个早茶吃了玩玩。"①这段补叙很长,除了介绍老虎吃飞禽,还叙述了如何吃兔子等等,其作用并非为了使结构具有更完美的逻辑性,而是侧重于文本外部的观众接受与文化延伸。首先看观众接受,《武松》虽为小说,但它基于评话表演者的口头语言,其中涉及了大量的舞台表演技巧与艺术表现形式。对于老虎捕食的描述,其实是勾起读者对老虎的印象,如果是评话的现场表演,那么就使观众最大程度地能够身临其境,使表演具有现场感,可见这种手法来自于中国的民间说唱现场氛围的需要。其次,是文化的延伸。细心的读者会发现上述例子中描述老虎吃雀子时被比喻为"吃早茶",作为扬州评话,"吃早茶"与扬州当地的"早上皮包水"——重视早餐的这个习俗也许是一种契合。不论是侧重读者的接受,还是文化的延伸,这些都是文本外部的语境补充。

游离于主体故事情节之外的"补叙",还有两种特殊情况。

一种是"解释性补叙",如《一文钱小隙造奇冤》写由于两个小孩"撅钱"的赌

---

① 王少堂口述,扬州评话研究小组整理:《武松》,南京:江苏人民出版社,1959 年版,第 12 – 13 页。

博游戏,最终酿成十几条人命的大案。在故事开始两个小孩赌博游戏时,作者就顺便对"擲钱"游戏怎么一个玩法做了一个补叙:"那再旺年十三岁,比长儿到乖巧,平日喜的是擲钱耍子。——怎的样擲钱?也有八个六个,擲出或字或背,一色的谓之浑成。也有七个五个,擲去一背一字间花儿去的,谓之背间。——再旺和长儿闲常有钱时,多曾在巷口一个空阶头上耍过来。这一日巷中相遇,同走到常时耍钱去处,再旺又要和长儿耍子。"①

还有一种是"触类旁通性补叙",如《型世言》第二十五回《凶徒失妻失财 善士得妇得货》一篇,故事中有发大水的情节,而居心不良的朱安国趁机发财,结果却"失妻失财";他的叔叔朱玉性格相反,在发大水时见义勇为、乐于助人,结果却"得妇得货"。这本是一个普普通通的劝善惩恶的故事。有趣的是,在该篇故事讲完之后,作者却又讲了两个故事,一个相辅相成,一个相反相成:

> 这可不见狠心贪财的,失人还失财;用心救人的,得人又得财。祸福无门,唯人自召。故当时曾说,江西杨溥内阁,其祖遇江西洪水发时,人取箱笼,他只救人。后来生了杨阁老,也赠阁老。——这是朱玉对证。又有福建张文启与一姓周的,避寇入山,见一美女,中夜周要奸他,张力止,护送此女至一村老家,叫他访他家送还。女子出钗钏相谢,他不受。后有大姓黄氏招文启为婿,成亲之夕,细看妻子,正山中女子。是护他正护其妻。——可为朱安国反证。②

有了杨溥父亲和张文启的故事的补充性描写,就使得朱家叔侄故事的是非曲直更加清楚明白,而这篇作品劝善惩恶的目的就更容易达到了。

两种补叙分别侧重于文本内部与外部。文本内部结构的补叙使其逻辑性与情节结构更加合理;文本外部语境的补叙则使文本更具有时代性。

当然,随着说话艺术的书面化,中国的话本小说在更多时候的"补叙"却是为完善文本内部逻辑性服务的,这又分成两种情况:

一种是"事后补叙",如《三现身包龙图断冤》最后的一段描写:

---

① [明]冯梦龙编:《醒世恒言》,北京:人民文学出版社,1956年版,第711页。
② [明]陆人龙著:《型世言》,长沙:岳麓书社,1993年版,第237-238页。

　　元来这小孙押司当初是大雪里冻倒的人。当时大孙押司见他冻倒，好个后生，救他活了，教他识字，写文书。下想浑家与他有事。当日大孙押司算命回来时，恰好小孙押司正闪在他家。见说三更前后当死，趁这个机会，把酒灌醉了，就当夜勒死了大孙押司，撺在井里。小孙押司却掩着面走去，把一块大石头漾在奉符县河里，扑通地一声响，当时只道大孙押司投河死了。后来却把灶来压在井上。次后说成亲事。当下众人回复了包爷。押司和押司娘不打自招，双双的问成死罪，偿了大孙押司之命。①

　　在整个案件基本审理明白的时候，作者用"揭秘"的方式告知读者小孙押司犯罪的具体过程，使读者恍然大悟，在"原来如此"的叹息声中得到一次情节和心理的双重满足。这是公案小说经常使用的一种方法，英国女作家阿加莎·克里斯蒂的"波罗系列探案小说"也常常采用这种方法。

　　另一种是"中途补叙"，亦即在故事进行的过程中不断进行补充描写。如《李汧公穷邸遇侠客》在叙述李勉与房德的故事中，涉及一个叫王太的人，于是，顺便就把王太的情况补叙一番：

　　　　发落众人去后，即唤狱卒王太进衙。——原来王太昔年因误触了本官，被诬构成死罪，也亏李勉审出，原在衙门服役。那王太感激李勉之德，凡有委托，无不尽力。为此就参他做押狱之长。——当下李勉分忖道："适来强人内，有个房德，我看此人相貌轩昂，言词挺拔，是个未遇时的豪杰。有心要出脱他，因碍着众人，不好当堂明放。托在你身上，觑个方便，纵他逃走。"②

　　这样，一方面体现了王太是李勉的"嫡系"，完全可以信任，由他来放纵罪犯房德是没有问题的；另一方面，又说明李勉一贯做好事，尤其是对于他所认为的有用之人，他经常是利用职权网开一面的。

　　"补叙"的运用不仅在中国话本小说中十分常见，它还在英美民间故事中屡屡出现。前文中所述的那首爱情民谣就有一个补叙，当那位昔日情人劝歌中的女人离开木匠的时候，他补叙了一段歌词，这也是歌中最早提到的另一个故事："我不

---

① ［明］冯梦龙编：《警世通言》，北京：人民文学出版社，1956年版，第180-181页。
② ［明］冯梦龙编：《醒世恒言》，北京：人民文学出版社，1956年版，第634页。

能进来,不能坐下/我只有片刻光阴/人们说你嫁给了木匠/你的心不再属于我/说实话,我可以娶国王的女儿/她会嫁给我/但我舍弃了她的皇冠/只因为对你的爱……"。①

这个补叙十分重要,至少有三层意思,首先是证明"我"的感情始终如一;其次是证明"我"的价值;其三是劝导并鼓励女人离开现在的丈夫。另一首叙述发生在密苏里州苏利文郡谋杀案(1894年)的民谣也有相似之处:

大约距离布朗镇一英里的杰金斯山脚下,/发生了一起可怕的谋杀案,凶手是泰勒、乔治还有比尔。/高斯·米克的妻子和孩子从家里被(他们)带走了。/被泰勒这帮人带走了,害了性命。/他们曾经写信给高斯·米克,告诉他十点钟的时候准备好离开这个国家以保留一些尊严。/他是多么没有料到他们——泰勒、乔治和比尔一伙,/那天晚上在杰金斯山脚下谋杀了他和家人。/然而命运之手保护了小奈丽,/破晓之前她逃脱了。/她从茅草堆成的墓穴中爬了出来,然后去了卡特家/随即道出了这个令人悲恸的故事,这件事让我们整个国家都蒙羞。/她头上带着那可怕的伤疤站在门口;/她抽噎着,痛苦地哭泣着说:"一些非常凶恶的人昨晚来到我家将我们从床上带走。/他们用枪打死了我的爸爸妈妈,并且以为我们三人都死了。"/他们将我们放到了一个货车里然后将我们丢进了一个稻草铺着的墓穴中。/他们完全没有想到他们(奈丽双亲)的小奈丽还活着!/然而命运并不眷顾他们(凶手);正义之手就在那里/并没有让凶手们如愿,小奈丽活了下来。"②

这首民谣是补叙的典型例证,民谣在起始两句就已叙述了谋杀案的发生,但是紧接下来的是第一次补叙:凶手如何作案的;第二次补叙紧跟其后,故事时间跳到了作案前凶手对受害者的警告;第三次补叙则是从小奈丽的口中说出了事情的经过。这几次补叙的故事时间和角度都不相同,然而针对这起谋杀却叙述得十分清楚,最重要的事情被放在了故事的开始,在其后的补叙中,不仅有细节的添加,更有事情结果的表述,最终还有歌唱家的评论:"这件事让我们整个国家都蒙羞。"

---

① Jan Harold Brunvand:American Folklore Encyclopedia《美国民间故事百科全书》,Virginia:Taylor & Routledge,1996,p111.

② Jan Harold Brunvand:American Folklore Encyclopedia《美国民间故事百科全书》,Virginia:Taylor & Routledge,1996,p114.

与"正义之手就在那里"等等。

总的来看,补叙的内容不仅在于情节之外,更有情节本身的补叙,然而无论是哪一种补叙,都对故事起到了辅助和支撑的作用。先入为主的特点使得最重要的内容被最先叙述出来,而之后便是细节的补叙。在这一方面来看,中国的话本小说中的补叙与英美民间故事的补叙并没有太大的区别。

第二节 叙事空间与叙事角度

一、叙事空间与人物聚焦

叙事空间与故事中的环境描写密不可分,然而故事中的环境描写则包括更多内容,如时间、历史背景、社会背景等方面。叙事空间更加客观,在情节的发展和人物塑造中,空间的描写有助于表现人物的性格、烘托氛围,以及引发受众的共鸣。空间中的人物是叙事的焦点,然而聚焦的方式多种多样,不同的空间类型对塑造人物形象起到了不同的效果和作用,关于空间的描写有静态也有动态,有象征也有对比、反差,或者多个特点结合在一起的空间描写。

话本小说中有很多对于动态空间的描写,如《唐解元一笑姻缘》中,一开始描写的就是舟船这么一种"变动"的空间,恰恰是在这急速运动的空间中,秋香对着唐伯虎完成了勾魂摄魄的"一笑":

> 唐解元一日坐在阊门游船之上,就有许多斯文中人,慕名来拜,出扇求其字画。解元画了几笔水墨,写了几首绝句。那闻风而至者,其来愈多。解元不耐烦,命童子且把大杯斟酒来,解元倚窗独酌,忽见有画舫从旁摇过,舫中珠翠夺目,内有一青衣小鬟,眉目秀艳,体态绰约,舒头船外,注视解元,掩口而笑。须臾船过,解元神荡魂摇,问舟子:"可认得去的那只船么?"舟人答言:"此船乃无锡华学士府眷也。"解元欲尾其后,急呼小艇不至,心中如有所失。[①]

---

① [明]冯梦龙编:《警世通言》,北京:人民文学出版社,1956年版,第401页。

这是一段情景交融的描写,唐伯虎本为风流才子,在苏州阊门这个舟车辐辏之地的游船上卖弄才华。正在困倦不耐烦的时候,突然看见一艘美丽的画舫从边上摇过,这种景物真是妙不可言。而更令人拍案叫绝的还是在这美丽的江水上的美丽的画舫之上,居然有一个美丽的女子,从船舱中"秀"出她美丽的脸庞、美丽的身躯,并用美丽的大眼睛注视着青年才子,进而,竟然故意掩着其美丽的樱桃小口向着唐解元发出勾魂的一笑。这样的空间,出现这样的人物,真正是双重的秀色可餐,无怪乎唐解元要"未饮心先醉"了。更有意味的是,这个空间还是"动态"的,画舫在唐伯虎眼前摇过,美女的倩影在唐伯虎那儿也只能是稍纵即逝,这样,才更加令人神荡魂摇,才更加深刻地将美女的"笑态"铭刻在才子心中,故而,才有了后面跟踪追迹的一段风流韵事。由此可见,作者在描写秋香之美时,是充分利用了叙事空间的作用的,那就是通过空间描写来聚焦人物。

英美民间故事中的动态空间描写也十分精彩,例如在《艾凡赫》中就有一例:"这条路越走越平坦,不久就听见一阵叮叮当当的钟声,这时骑士知道不远的地方必定有一座教堂或者隐士的居处。"①作者在这里预先设置了一个教堂或隐士居住的环境,随着人物行走路线的转换,故事的空间也开始转换,同时,空间的聚焦也开始了,最先由近及远,随后又是由远及近:

> 不多一会,他就走到一片开阔的草地,草地的对面,在一个缓坡上耸立着一块岩石,过路的人一眼就能看到因风雨而剥落的灰色石壁。岩石的两边有些地方给爬山虎覆盖住,还有些地方长着橡树和冬青,树根盘生在岩石的空隙中,从那里吸取着养分。这些树木摇曳在这块峭壁上,酷似战士钢盔上的翎毛,给那块严峻可怕的山岩峭壁增添了几分风韵。②

这个空间景物描写实际上是一种类型化的描写,虽然有其特点,但只是造成一种哥特式效果和荒凉的感受,虽然描写的景物相对具体、清晰,但效果却是远景式的,带给受众的感觉也是一种较为模糊的空间。

> 岩石脚下,依傍着石壁,有一座粗陋的小屋,主要是用附近森林里砍下的

---

① [英]司各特著 刘尊棋 章益译:《艾凡赫》,北京:人民文学出版社,2004 年版,第 144 页。
② [英]司各特著 刘尊棋 章益译:《艾凡赫》,北京:人民文学出版社,2004 年版,第 144 页。

树干搭成的。树干之间的缝隙为了防御风雨都用青苔和泥糊住了。小屋门边立着一棵砍去了枝桠的笔直的无花果树,靠近树顶处横绑着一根木棍,这大概就算一座十字架了。右手边不远的地方,有一股清澈的泉水从岩石缝里流出来,储存在一个挖空的石瓮里。从这石瓮溢出的水又顺着一条因长久冲刷而形成的小沟潺潺流去,绕过平铺的草地,消失在邻近的树丛中。在这山泉旁边有一座很小的教堂遗址,屋顶一部分已经坍塌了。这座教堂原来完整时也不过十六英尺长,十二英尺宽,屋顶比较低。教堂的四角各有一根粗矮的柱子,柱顶架起四根拱木,攒集到中央,支着屋顶,其中两边只剩下空梁,顶盖已没有了,另外两边倒还完整。这座古旧的礼拜堂进口处有一个低矮的圆形拱顶,上面砌着些鲨鱼齿形的饰物,这是比较古老的撒克逊民族建筑物中常常可以见到的。廊沿上有一个用四根小柱子竖起的钟架,下面吊着一口绿色的、久经风吹雨打的钟,方才黑甲骑士听到的微弱的钟声,就是这座钟发出来的。①

在这段描写中,有景物描写逐渐移动,而移动的焦点在于黑甲骑士由钟声寻觅出处的过程,最终定位在一所破教堂的钟上。然而在这个过程中,他发现了一个隐士居住的地方,动态的空间描写糅合了人物的心理描写。动态的空间聚焦最终落在了隐士的身上:"这一片宁静的景色在黄昏中呈现在他的眼前,立刻使他安下心来,觉得可以好好度过这一夜了;因为大凡山林中的隐士,都有收留和款待一个迷路旅客的特殊义务。因此之顾,黑甲骑士……随即跳下马来,用他的枪柄敲了几下隐士的门,要求进去……"②

聚焦人物与空间描写有时是相辅相成的,但有的时候却又是相反相成的,与人物心理转变相关的环境描写中尤为突出,美国民间系列故事"皮袜子"中有一段描写:

一行人走进威廉·亨利堡的废墟时,已是暮色沉沉,更显得一片岑寂。侦查员和同伴们立即着手做过夜的准备,但他们神态凝重,举止严肃,足见他

_____

① [英]司各特著 刘尊棋 章益译:《艾凡赫》,北京:人民文学出版社,2004年版,第144－145页。
② [英]司各特著 刘尊棋 章益译:《艾凡赫》,北京:人民文学出版社,2004年版,第145页。

们目睹的那种惨景连他们见多识广的人也深为震动……"鹰眼"和两位印第安人点起篝火,吃着简单熊肉干晚餐,那年轻人此时却蹑到坍塌的要塞一处断垣旁边,从那里观看哈丽肯湖的湖面。风已经止息了,浪头已开始有规律地缓缓拍击他脚下的沙滩,乌云似乎也厌倦了疯狂的追逐,正在一一散开。那些沉重的黑云聚集在远处的地平线上,而轻巧的层云却在空中漂浮着,或者萦绕在山头上……环抱的群山中已是一片漆黑,整个原野像个废弃的巨大墓场,没有一丝声响惊动那些长眠于此的不幸的死者。①

文中所描述的空间渲染着由动转静的气氛,而在这安静中却又潜藏着不安,而这种不安与人物的心理马上融合在一起,同时也塑造了一位谨慎、敏锐的人物形象——"鹰眼":"我不知道。印第安人打仗时几乎不睡觉,也许还有一两个火伦人在他们的部族离开后还留在这儿准备打劫一番。最好把火灭掉。小心查看一番——听!你听到我讲的那声音没有?"②

这类空间描写通过环境景物的描写来模拟或象征着人物的心理,与即将发生或者已经发生的故事形成一个整体,也起到了深化主题的作用。

中国话本小说对于环境空间与人物心理的关系的描写,较之英美的民间故事中的描写更为直截了当,或者说,就是通过一定空间中特殊的环境描写来体现人物此时此境中的心理感受以及由心理感受导致的言语行为。这方面最典型的例子莫过于《三国志平话》中的"刘备马跃檀溪"一段:

蒯越、蔡瑁请皇叔出襄阳城外赴宴。蒯越暗使壮士,内一人,见皇叔面如满月,隆准龙颜,私奔于皇叔,附耳具说。皇叔大惊,使令人牵马于柳阴中。皇叔故粘衣私出,于柳阴上马。令人曰:"走了皇叔也!"蒯越、蔡瑁大惊,急令牵马,引军追赶。先主走至一河,是檀溪。先主仰面叹曰:"后有贼兵,前有大水,吾死于此水。"先主马曰的卢马。先主付马言曰:"吾命在尔,尔命在水;尔与吾有命,跳过此水。"先主打马数鞭,一踊跳过檀溪水。有蒯越、蔡瑁追至,

① [美]费尼莫尔·库柏著 陈兵译:《最后的莫希干人》,合肥:安徽文艺出版社,1996年版,第116页。
② [美]费尼莫尔·库柏著 陈兵译:《最后的莫希干人》,合肥:安徽文艺出版社,1996年版,第116页。

见先主跳过,曰:"真天子也。"(《三国志平话》卷中)①

这段描写,通过当时紧急斗争情势——蒯越、蔡瑁欲暗杀刘备,兼之刘备逃走时的天然障碍——大水滔滔的檀溪,将刘皇叔逼到绝境。随后,又通过刘备在特殊空间中的特殊言行,完成了一次扣人心弦的人境交融绝佳场面描写。其间,如果没有对"檀溪"这一特定空间的描写,就很难完成对刘备这一英雄形象的人物聚焦刻画。

众所周知,《三国志平话》中这一段马跃檀溪的故事后来被罗贯中在《三国志通俗演义》中又重重渲染了一番。因为那是一部章回小说,此不讨论。更令人瞩目的是,在明代的一本词话唱本《大唐秦王词话》中,"刘皇叔马跃檀溪"的故事却又演变为一个更精彩的空间描写与人物描写相结合的故事:"秦王三跳虹霓涧",且看:

秦王刚把飞虎蹬扇一扇,连增几鞭,只听得:一声响亮惊天地,那马跳过虹霓那岸存。秦王刚跳过涧去,敬德也追到涧边。秦王手指尉迟恭:"胡儿!你笑我父皇不是真命天子,怎么三五丈阔的虹霓涧跳过不伤吾命?"……那敬德一骑马,也跳过涧去。恰好秦叔宝也追到涧边,大喝一声:"胡儿休走,勿伤吾主!"敬德说:"唐将!你过涧来。"叔宝心下自想:"他如今脚踏实地,我若跳过去,到着贼手!得他退一箭之地,我方好跳涧。"……秦王就把箭头扭掉,箭绕身转,扯满弓,一箭射去,正中敬德乌油甲掩心镜,——一声响,敬德回头瞧见,大恼:"我不曾伤你,你怎么倒放冷箭!"高叫一声:"泼唐童休走!"兜转马又赶秦王。赶有四十余步,叔宝高叫:"胡儿! 莫伤吾主!"……秦叔宝也跳过涧来,一时间性急了些儿,被马鞍鞒前心只一扛,咽喉内骨碌碌泛起一口血来,又恐尉迟见了作笑话,连忙咽了下去,一连回红三口。……这个是三跳虹霓涧。②

在"虹霓涧"这个特殊空间表演的,再也不是"马跃檀溪"的那一个刘皇叔,而

---

① 钟兆华著:《元刊全相平话五种校注》,成都:巴蜀书社,1990 年版,第 423 – 424 页。
② [明]澹圃主人编次,《古本小说集成》编委会编:《大唐秦王词话》,上海:上海古籍出版社,1997 年影印本,第 607 – 611 页。

是当时身为秦王的李世民、当时还处于李世民敌对阵营的尉迟恭、还有李世民手下大将秦叔宝,这三位隋唐间名人先后跳过"虹霓涧",而且每个人"跳过"的时候情态和心理各有不同。于是,作者凭借凶险的"虹霓涧"这一特殊空间依次写出了三个性格迥异的英雄人物。

可见,中国的话本小说和英美民间故事,都很重视叙事空间与人物聚焦之间的关系,而且,都能根据各自的需要采取不同的方式达到相同的目的。

二、全知视角与限知视角

叙事角度最通俗的理解就是从不同的角度进行叙述,在英美民间故事中,叙事角度的变换常常与情节的发展联系在一起,较为典型的例子来自民谣中的不同人物叙述同一事件。在上文与补叙相关内容中提到的密苏里州苏利文郡谋杀案民谣中,小女孩的补叙实际就是叙事角度的变换,在歌词中,最开始的时候是歌手以第三人称的角度对整件谋杀案进行叙述,然而到了歌词唱过一半左右的时候,人称突然改为第一人称——谋杀案幸存者,故事重新由被害者的角度进行了更加生动的描述,而这种描述与前面的第三人称的叙事角度相吻合,在接受歌曲后半部分的时候,从叙事接受者的角度来看,他们实际上是不断地在切换角度去理解和感受这起案子,第三人称的叙述也许相对客观,更具有全景式的空间感,那么第一人称则更多的注重在情感的接受上,细致的感受加上客观的环境让受众融入了一个立体的对真实再现的场景中,这是叙事角度起到的作用。下面再举一例:

> 索尔·马汀他正躺着睡觉,/可怜的男孩正睡得鼾声迭起,/甲板仓里着火了/这一晚百协拉号烧掉了。//合声:噢!百协拉号她哭喊着,/百协拉号她呻吟着;/圣路易斯市回答着/这一晚百协拉号烧掉了。//当她离开圣路易斯市的时候/她容纳了五五百人;/当她到新马提科的时候/她只有一百一十人了。//难道这不是一种遗憾,/难道这不是一种罪孽和耻辱,/甲板仓里着火了/这一晚百协拉号烧掉了。//百协拉号是一艘好船。/噢!百协拉号她呻吟着;/但当她到达新马提科的时候/噢!百协拉号她沉了。//百协拉号她是一艘好船,/她冒出的浓烟将她染黄。/当火灾发生的时候…//噢!索尔·马汀他大声喘息着,他叫喊着,/索尔·马汀他是那么大声地叫喊着;/甲板仓里

着火了/这一晚百协拉号烧掉了。①

上述内容中的叙事角度是不同的,首先就是船舱里的男孩,从身处火灾现场的角度开始,到合声增加灾难现场的嘈杂和宏大场面,接着角度继续转换——以圣路易斯市港口的空间角度来叙述火灾前的状况,接下来再次改变场景,描写达到的时候发生了火灾;空间与时间的不断转换,叙事角度也随之改变,在接下来的叙述中,还有从船只本身拟人化的手法来描写火灾的状况,这也就是第一人称的角度了,在不断重复着索尔·马汀的呼喊来强调火灾带来的伤害和损失,这个角度的叙述一直伴随到最后。在整首民谣的叙事中,火灾是描写的对象,而叙事的角度有很多,从不同角度描述了这次火灾的规模、起因过程和结果,以及船上人员的情况。在短小精悍的描写中,并不缺乏叙事角度的转换,同时还兼顾了时间与空间的转换,可谓麻雀虽小五脏俱全。

中国的话本小说绝大多数采取的是第三人称全知叙事视角,作者无所不知,他的视角笼罩整个故事。甚至包括书中人物最隐秘的内心活动,也往往会被作者向读者暴露无遗。如《二刻拍案惊奇》卷三十五《错调情贾母詈女,误告状孙郎得妻》写少女贾闰娘因为母亲不同意自己与孙小官相爱,愤而自杀。其母又恨又悔,决定用女儿的尸体报复孙小官。贾母将孙小官骗到家里,将门反锁,自己跑到衙门告状去了。孙小官发现真情,紧张一阵之后,对着贾润娘尸体放声痛哭。哭着哭着,他看见心中情人美丽的脸庞就像活着的时候一样,禁不住想入非非,甚至产生了连他自己也没有预料到的想法:

　　孙小官见贾闰娘颜面如生,可怜可爱,将自己的脸偎着他脸上,又把口呜唼一番,将手去摸摸肌肤身体,还是和软的,不觉兴动起来。心里想道:"生前不曾沾着滋味,今旁无一人,落得任我所为。我且解他的衣服开来,虽是死的,也弄他一下,还此心愿,不枉把性命赔他。"就揭开了外边衫子与裙子,把裤子解了带扭,褪将下来,露出雪白也似两腿。②

---

① Jan Harold Brunvand：American Folklore Encyclopedia《美国民间故事百科全书》,Virginia：Taylor & Routledge, 1996, p113.

② ［明］凌濛初著,《古本小说集成》编委会编:《二刻拍案惊奇》,上海:上海古籍出版社,1995年影印本,第 1617 - 1618 页。

孙小官如此隐秘而又"临时"的想法,居然被作者捕捉到了,居然被作者写了出来,作者真正可以算得上是全知全能了。然而,中国的读者、尤其是话本小说的读者,多半是市井中的普通民众,他们倒是非常感谢作者的全知全能,因为只有这样的作者,才能给他们带来精彩的故事和鲜活的人物,而且,观赏这些人物和故事的时候,他们用不着死太多的脑细胞,因为一切都是作者给读者提供的现成快餐,这就是市井娱乐文学的一大特色。

至于那些长篇的讲史话本的作者,或者就是那些说话艺人,他们更是上下五千年,纵横九万里,士农工商,三教九流,无所不知,无所不晓。而且,无论何种人物、何种故事,只要进入他们的视野,只要被他们那生花妙舌讲出来,就往往会是"全覆盖"的。为了取得这种效果,他们必须"幼习《太平广记》,长攻历代史书"。(罗烨《醉翁谈录·小说开辟》)①只有阅读了大量的史籍和故事,他们才能揣摩各个时代不同人物的思维方式、行为习惯、活动规律乃至各色人等可能产生的隐秘心理,从而更为便捷地全知全能地占领叙事空间,将故事讲得既引人入胜又合情合理。

然而,当说话艺术发展到一定阶段的时候,随着叙说故事技艺的提高,随着更多文人的介入,话本小说在叙事空间方面也有很大的改进和尝试。有些作者,已经不再满足于全知全能的叙事,而读者呢?也不再完全希望叙述人平铺直叙地讲故事。他们希望故事有波澜,甚至有神秘不可知的地方。于是小说作者们便尝试着进行限知视角的叙事。"三言""二拍"以后,这方面的例子越来越多。读者在阅读这些限知视角叙事的作品时,先是不明底里,跟着故事的进程逐步前进,随着作者摆弄生花妙笔,进行剥茧抽丝、拨云去雾的描写,层层谜团逐步解去,之后,不禁豁然开朗,读者大多能从而获得一种审美快感。

有的篇章中的限知叙事是"片段"性的,亦即只有某一段故事是限知视角,而全文还是全知视角的。例如"三言"中的《桂员外途穷忏悔》一篇,写桂迁忘恩负义,有愧于施家父子。后来,他心灵深处产生负疚心理,于是,做了一个奇怪的梦,梦见自己全家都变成了狗。最后,幡然醒悟,重新做人,在精神层面上获得新生。这篇作品,在写桂迁入梦时,作者采用了限知叙事的方法,让读者并未感觉到主人公进入梦境,但在叙事手段上却有第三人称"暗换"为第一人称,很长一段梦境中的故事,都是通过桂迁灵魂的视角完成叙述的:

---

① 孔另境编辑:《中国小说史料》,上海:上海古籍出版社,1982年版,第4页。

事不关心,关心者乱,打点做这节非常的事,夜里就睡不着了。看见月光射窗,只道天明,慌忙起身,听得禁中鼓才三下,复身回来,坐以待旦。又捱了一个更次,心中按纳不住,持刀飞奔尤滑稽家来。其门尚闭,旁有一窦,自己立脚不住,不觉两手据地,钻入窦中。堂上灯烛辉煌,一老翁据案而坐,认得是施济模样。自觉羞惭,又被施公看见,不及躲避,欲与拱揖,手又伏地不能起。只得爬向膝前,摇尾而言:"向承看顾,感激不忘,前日令郎远来,因一时手头不便,不能从厚,非负心也,将来必当补报。"只见施君大喝道:"畜生讨死吃,只管吠做甚么!"桂见施君不听其语,心中甚闷,忽见施还自内出来,乃衔衣献笑,谢昔怠慢之罪。施还骂道:"畜生作怪了!"一脚踢开。桂不敢分辨,俯首而行,不觉到厨房下,见施母严老安人坐于椅上,分派肉羹。桂闻肉香,乃左右跳跃良久,蹲足叩首。诉道:"向郎君性急,不能久待,以致老安人慢去,幸勿记怀!有余肉幸见赐一块。"只见严老母唤侍婢:"打这畜生开去。"养娘取灶内火叉在手,桂大惊,奔至后园,看见其妻孙大嫂与二子桂高、桂乔,及少女琼枝,都聚一处。细认之,都是犬形,回顾自己,亦化为犬。……①

此后,还有很长一段"梦境"中的描写,但无论如何,相对于全篇而言,这只是个"片段"。"三言"中间,也有通篇采用限知视角来写中心故事的作品,如《刘小官雌雄兄弟》里面的女主人公刘方,出场时就是女扮男装,后来,一直以男性的身份在故事中活动。整个过程中,不仅男主人公刘奇不知道她是女性,就连读者也不知道他们二人是"雌雄"兄弟。直到故事的最后,刘奇以兄长的身份反复关心"弟弟"刘方的婚姻大事,刘方不得已,才慢慢故意露出些破绽。刘奇在刘方的暗示下,又经过自己的观察、试探、询问,终于明白这位多年与自己称兄道弟的小男孩原来是个妹子。真相大白,刘奇在惊喜之余赢得了婚姻,而读者在连呼"上当"的同时则获得了审美享受。

当初无心时,全然不觉是女。此时己是有心辨他真假,越看越像个女子了。刘奇虽无邪念,心上却要见个明白,又不好直言,乃道:"今日见贤弟所和燕子词,甚佳,非愚兄所能及。但不知贤弟可能再和一首否?"刘方笑而不答,

---

① ［明］冯梦龙编:《警世通言》,北京:人民文学出版社,1956年版,第392页。

取过纸笔来，一挥就成。词曰：营巢燕，声声叫，莫使青人空岁月。何怜和氏璧无瑕，何事楚君终不纳？刘奇接来看了，便道："原来贤弟果是女子。"刘方闻言，羞得满脸通红，未及答言。刘奇又道："你我情同骨肉，何必避讳。但不识贤弟昔年因甚如此妆束？"刘方道："妾初因母丧，随父还乡，恐途中不便，故为男扮。后因父殁，尚埋浅土，未得与母同葬。妾故不敢改形。欲求一安身之地，以厝先灵。幸得义父遗此产业，父母骸骨，得以归土。妾是时意欲说明，因思家事尚微，恐兄独力难成，故复迟延。今见兄屡劝妾婚姻，故不得不自明耳。"①

"三言"作者在《刘小官雌雄兄弟》中通篇的限知叙事让主人公刘奇在惊诧的同时花好月圆，而"二拍"的作者却在《赵县君乔送黄柑　吴宣教干偿白镪》中利用通篇限知叙事的方法让他笔下的主人公懊恼不已。吴宣教被一个美丽的贵妇人所迷，丑态百出，最后落入无赖布置的"仙人跳"的圈套中。不仅赔了很多钱，而且丢尽了面子。当他被敲诈之后，闷闷不乐去寻找旧相好妓女丁惜惜的时候，这个妓女才向他、同时也向读者揭秘骗局：

　　宣教浑如做了一个大梦一般，闷闷不乐，且到丁惜惜家里消遣一消遣。惜惜接着宣教，笑容可掬道："甚好风吹得贵人到此？"连忙置酒相待。饮酒中间，宣教频频的叹气。惜惜道："你向来有了心上人，把我冷落了多时。今日既承不弃到此，如何只是嗟叹，像有甚不乐之处？"宣教正是事在心头，巴不得对人告诉，只是把如何对门作寓，如何与赵县君往来，如何约去私期，却被丈夫归来拿住，将钱买得脱身，备细说了一遍。惜惜大笑道："你枉用痴心，落了人的圈套了。你前日早对我说，我敢也先点破你，不着他道儿也不见得。我那年有一伙光棍，将我包到扬州去，也假了商人的爱妾，扎了一个少年子弟千金，这把戏我也曾弄过的。如今你心爱的县君，又不知是那一家歪剌货也！你前日瞒得我好，撇得我好，也教你受些业报。"宣教满脸羞惭，懊恨无已。②

---

① ［明］冯梦龙编：《醒世恒言》，北京：人民文学出版社，1956 年版，第 213－214 页。
② ［明］凌濛初著，《古本小说集成》编委会编：《二刻拍案惊奇》，上海：上海古籍出版社，1995 年影印本，第 702－704 页。

原来如此！让吴宣教"心仪"了老半天的文质彬彬、风采动人的赵县君原来不过是某家妓院中的"歪刺货"！在吴宣教无地自容的同时，读者却是非常惬意的。一方面，大家增长了见识，另一方面大家也欣赏了一幕人间闹剧，而这一切，都是限知叙事所造成的绝佳效果。试想，如果作者一开始就交代一伙流氓包了一个妓女用"美人计"来对一个好色的"憨头狼"进行诈骗，那么，读者读起来还会这样有滋有味吗？

"二拍"中的《赵县君乔送黄柑　吴宣教干偿白镪》用限知叙事的方式展现了一场"恶骗"，殊不知，在话本小说作者那儿也有通过限知视角来描写"善骗"的。话本小说界的幽默大师李渔，他鼓吹"一夫不笑是吾忧"。(《风筝误》第三十出《释疑》)①写戏曲作品如此，写小说作品也如此。他《十二楼》的最后一篇《闻过楼》，通篇就是一个以限知视角表现的"善骗"故事。故事中一群闲得无聊的士人，为了"迫使"一位名叫"呆叟"的隐士到城里生活，想尽办法，甚至动用国家机器，甚至采取非法手段，最终将其诓骗到城中。故事本身很无聊，但作者采取的限知叙事方式却令人击节赞叹。因为，不仅"呆叟"落入这群人的"彀中"，就连读者也一直上当受骗，跟着"呆叟"一起担惊受怕，紧张得要命。结果，发现是虚惊一场，一切都是那么美好而充满谐趣。

> 原来那三桩横祸、几次奇惊，不是天意使然，亦非命穷所致，都是众人用了诡计做造出来的。只因思想呆叟，接他不来，知道善劝不如恶劝。他要享林泉之福，所以下乡，偏等他吃些林泉之苦。(《十二楼·闻过楼》第三回)②

从冯梦龙到凌濛初，再到李渔，诸如此类的还有不少。这些话本小说的作者一个比一个会编故事，让他们笔下的故事无比精彩、引人入胜。从理论上讲，这就是善于叙事。而在叙事过程中，叙事空间问题必须引起重视。实践证明，但凡善于利用叙事空间来讲故事的作者、尤其是那些时或弄点限知叙事的小说作者，他们的作品就会取得绝佳的效果，否则，老是平铺直叙的全知全能叙事，读者总会感到腻味的。

在叙事角度方面，中国话本小说与英美民间故事既有相同也有差别。相同点

---

① ［清］李渔撰：《风筝误》，上海：上海古籍出版社，1985年版，第152页。
② ［清］李渔著：《十二楼》，北京：人民文学出版社，1986年版，第246页。

在于,中外作品都具备全知视角和限知视角的认识和运用;相异之处则在于,英美民间故事中长期以来一直是两种叙事角度的交相并用,而中国话本小说则有一个发展过程:宋元讲史话本多半是全知视角,而明清小说话本和拟话本则逐步将限知视角与全知视角交叉使用。

第三节　叙事形式反映的文化异同

一、潜移默化的教育与喋喋不休的训导

说唱艺术来自民间,流传于民间,而当它发展成为一种书面文学形式的时候,又有了文人所特有的"雅"文化内容孕育其中,因此在中外话本小说和民间故事作品流传过程中,雅俗共赏就成为它的一个特点。而所谓"赏",不仅仅是欣赏其故事内容、情节或说书艺人精湛的表演,更多的"赏"来自于人们的审美感受。在这一过程中,人们的审美趣味得到了提高,同时,社会伦理道德得到了接受和传播,而民族的文化也因此被传承下来,民族传统也随着时间的推移逐渐形成,这是中国话本小说与英美民间故事的共性。在这两种文学作品中,不同的叙事方法与叙事角度促成了更好地审美,也使作品中的教育意义寓于无形之中。

英国民间故事中的戈黛瓦夫人(Lady Godiva)是一位传奇式的女英雄,关于她最早的传说如下:

> 戈黛瓦夫人一直渴望将考文垂镇的人民从繁重的赋税中解放出来,于是她请求她的丈夫以耶稣与圣母玛利亚之名免除征收人民的赋税,并且也减免其他的生活重担。这位伯爵严厉地指责了戈黛瓦夫人,因为她的要求会让伯爵失去很多税收,伯爵还禁止戈黛瓦夫人再次提出这个提议。然而这位持之以恒的女性,仍然不断地请求她的丈夫,直到有一天她的丈夫对她说:"骑上你的马匹,然后当着所有镇上民众的面裸体穿过集市,从一头走到另一头,当你完成了这件事情回来的时候,你可以再次向我提出减免赋税的要求了。"戈黛瓦夫人回答说:"如果我准备真的去做这件事,你允许吗?""允许,"她的丈夫回答道。随后,这位受着上帝爱护的伯爵夫人松开了头发,任其垂落下来,如纱幔一般遮住了她的身体。这时,她骑上马,由两位骑士陪伴着,骑行穿过

了集市。除了她白皙漂亮的腿,其他的什么都没有被看到,当她完成了这次骑行之后,她开心地回到了她那惊讶的丈夫那里,并且实现了她之前的请求,雷奥弗里克伯爵减免了考文垂镇上所有民众的赋税。①

这是十三世纪早期由一位名叫罗杰(Roger)人所著断代史中的一段记载。据相关研究,戈黛瓦夫人确有其人,但是并没有这样的经历。而后人将这个故事添加上去,也许是因为民间艺术的加工。这个故事设定了一个非常特殊的空间与视角——在热闹的集市中人们对情色的视而不见,而从另一个视角来看,戈黛瓦夫人要将一个热闹非凡的地方当作无人之境,这种反差造就了一种审美。在后来几个世纪的艺术家和文人中,不乏有人以此为题进行创作。女性的尊严与民众的疾苦在戈黛瓦夫人看来,她宁可放下自己的尊严用来减轻民众的疾苦,这种无畏的精神在伯爵提出的苛刻要求下得到了出乎意料的体现。不同的时期,对该故事的理解也是不同的,所注重的叙事视角也不尽相同。在最初的故事中也许还有一个隐形的视角,即上帝对民众的试验。该故事随后的版本有两个较大的变化,一个是民众都尊重戈黛瓦夫人,所以没有人去偷看她;另一个则是其中有一位裁缝,忍不住偷窥了,后来遭到了大家的谴责和上帝的惩罚。在第一种故事情节中,民众因不去偷看戈黛瓦夫人,不仅尊重了夫人本人,也尊重了伯爵,因此伯爵减免了赋税。而在第二种中,明显是更具有教育意味,举出了一位更贴近真实情形的偷窥者,而这位偷窥者也因此受到了惩罚。两种不同的演变,也可以看出叙事角度的不同而偏重的教育内涵的不同。

中国话本小说中也有不少这种通过一段精彩叙事而达到潜移默化的教育作用的例子。如《喻世明言》卷八《吴保安弃家赎友》就是明显例证。

却说熟蛮领了吴保安言语,来见乌罗,说知求赎郭仲翔之事。乌罗晓得绢足千匹,不胜之喜,便差人往南洞转赎郭仲翔回来。南洞主新丁,又引到菩萨蛮洞中,交割了身价,将仲翔两脚钉板,用铁钳取出钉来。那钉头入肉已久,脓水干后,如生成一般。今番重复取出,这疼痛比初钉时,更自难忍,血流满地,仲翔登时闷绝。良久方醒。寸步难移。只得用皮袋盛了,两个蛮子扛

---

① Robert Lacey:Great Tales from English History《英国历史上的伟大传说》,Boston:Little,
   Brown & Company,2003,p84 – 85

抬着,直送到乌罗帐下。乌罗收足了绢匹,不管死活,把仲翔交付熟蛮,转送吴保安收领。吴保安接着,如见亲骨肉一般。这两个朋友,到今日方才识面。未眼叙话,各睁眼看了一看,抱头而哭,皆疑以为梦中相逢也。郭仲翔感谢吴保安,自不必说。保安见仲翔形容憔悴,半人半鬼,两脚又动掸不得,好生凄惨,让马与他骑坐,自己步行随后。①

吴保安的故事是一个历史真实存在,《新唐书·忠义传》有吴保安传记,但这并非吴保安故事的原始材料,最先记载吴保安事迹的是唐人牛肃的文言小说集《纪闻》,其中就有《吴保安》一篇。还有清人编辑的《全唐文》,其中辑录了吴保安、郭仲翔二人往来的书信原文,可见此事历史确实发生过。这是一篇"润物细无声"的感人至深的故事,通过普通人生活中完全可以做得到但很多人却很难做到的事情,向人们表达朋友真情的弥足珍贵。下级官吏吴保安因为俸禄不足以养活家人,不得已给未曾谋面的老乡郭仲翔写信,希望这位慷慨助人、名声在外的公子能通过其人脉给自己调换一个工作岗位。郭仲翔接信后,通过关系解决了这位未曾谋面的老乡的问题。然而,吴保安还未到任,郭仲翔就已经随军出征南蛮,二人没有能够见面。不料,南征的队伍因深入敌境而全军覆灭,郭仲翔当了俘虏,沦为奴隶。南蛮的洞主让战俘亲属以高价赎人质,一般人员也就绢三十匹,郭仲翔因为是宰相郭元振的堂侄,赎身价格高达绢千匹。郭仲翔不得已向郭元振、吴保安发出求救信。吴保安收到书信时,郭元振已不在人世,吴保安只好独自承担拯救朋友的义务。因为所需费用太高,吴保安变卖家产也只够一小半。在这种情况下,吴保安四处募集资金,经过十年的努力,加上别人的协助,才将郭仲翔赎回。上面所引的那一段,就是两个只有书信往来而肝胆相照的朋友第一次见面的情景。后来,吴保安过世,郭仲翔又负其骸骨徒行数千里,又为吴保安的儿子谋求工作,并为其娶妻,以此为报恩。"三言"中的这篇小说本身写得很好,叙述吴保安、郭仲翔在未曾谋面之时,能以赤诚相待,后来又相互帮助,并能善始善终。通篇基本上都是缓缓道来,并无多少惊天动地的描写和故作惊人之态的笔墨,达到了潜移默化的效果。但是,在故事没有展开之前,作者却有一番议论:

古人结交惟结心,今人结交惟结面。结心可以同死生,结面那堪共贫贱?

① [明]冯梦龙编:《喻世明言》,北京:人民文学出版社,1958年版,第136-137页。

九衢鞍马日纷纭，追攀送谒无晨昏。座中慷慨出妻子，酒边拜舞犹弟兄。一关微利己交恶，况复大难肯相亲？君不见，当年羊、左称死友，至今史传高其人。这篇词名为《结交行》，是叹末世人心险薄，结交最难。平时酒杯往来，如兄若弟；一遇虱大的事，才有些利害相关，便尔我不相顾了。真个是：酒肉弟兄千个有，落难之中无一人。还有朝兄弟，暮仇敌，才放下酒杯，出门便弯弓相向的。所以陶渊明欲息交，嵇叔夜欲绝交，刘孝标又做下《广绝交论》，都是感慨世情，故为忿激之谭耳。如今我说的两个朋友，却是从无一面的。只因一点意气上相许，后来患难之中，死生相救，这才算做心交至友。①

这种在通过潜移默化教育人的小说中大发议论的方式，英美民间故事中很少见到，但在中国的话本小说中却很常见。"三言"中的议论虽未形成规模，但自"二拍"以下，却逐渐声势浩大起来。凌濛初喜欢将搜集来的故事经过自己咀嚼以后再告知读者，并且还有卖弄自己的知识和社会经验的嫌疑。如《转运汉遇巧洞庭红，波斯胡指破鼍龙壳》开篇就是议论，后来，又针对文若虚在海外一筐"洞庭红"的橘子卖了好价钱这件事而大发议论：

说话的，你说错了。那国里银子这样不值钱，如此做买卖？那久惯漂洋的带去多是绫罗缎匹，何不多卖了些银钱回来，一发百倍了？看官有所不知：那国里见了绫罗等物，都是以货交兑。我这里人也只是要他货物，才有利钱，若是卖他银钱时，他都把龙凤、人物的来交易，作了好价钱，分两也只得如此，反不便宜。如今是买吃口东西，他只认做把低钱交易，我却只管分两，所以得利了。说话的，你又说错了。依你说来，那航海的，何不只买吃口东西，只换他低钱，岂不有利？反着重本钱，置他货物怎地？看官，又不是这话。也是此人偶然有此横财，带去着了手；若是有心第二遭再带去，三五日不遇巧，等得希烂。那文若虚运未通时卖扇子就是榜样。扇子还放得起的，尚且如此，何况果品？是这样执一论不得的。②

---

① ［明］冯梦龙编：《喻世明言》，北京：人民文学出版社，1958 年版，第 128 页。
② ［明］凌濛初著，《古本小说集成》编委会编：《拍案惊奇》，上海：上海古籍出版社，1995 年影印本，第 25－26 页。

这段话很啰嗦，而幸尚没有完全脱离故事情节，只是打断了读者审美趣味而已。如此议论，已经让人生厌。更有甚者，在《程元玉店肆代偿钱，十一娘云岗纵谭侠》一篇中，作者干脆终止故事的叙述，让女主人公大谈"剑侠论"，令人不堪卒读。"二拍"中有些作品，故事本来也还不错，但读完之后却大倒胃口，原来那故事竟是作者阐述某种观点的"论据"。如《赵五虎合计挑家衅，莫大郎立地散神奸》，故事未开始就将作者的立意说得清清楚楚：

"些小言词莫若休，不须经县与经州。衙头府底赔杯酒，赢得猫儿卖了牛。"这首诗，乃是宋贤范奔所作，劝人休要争讼的话。大凡人家些小事情，自家收拾了，便不见得费甚气力；若一个不伏气，到了官时，衙门中没一个肯不要赚钱的。不要说后边输了，就是赢得来，算一算费用过的财物，已自合不来了。何况人家弟兄们争着祖、父的遗产，不肯相让一些，情愿大块的东西，作成别个得去了。①

此番议论之后，再以一个"赵五虎"云云的故事来论证之。诸如此类的作品，在"二拍"中还有《感神媒张德容遇虎，凑吉日裴越客乘龙》、《东廊僧怠招魔，黑衣盗奸生杀》、《硬勘案大儒争闲气，甘受刑侠女著芳名》、《贾廉访赝行府牒，商功父阴摄江巡》、《庵内看恶鬼善神，井中谭前因后果》、《程朝奉单遇无头妇，王通判双雪不明冤》等篇。尤其令人大倒胃口的是，凌濛初在直接发表议论进行说教的同时还在某些作品中大谈因果，鼓吹善恶有报，丝毫不爽。"二拍"中这种议论化倾向和因果描写的日趋浓重，是与其作者凌濛初对话本创作的认识具有直接联系的。这位即空观主人在《拍案惊奇序》中说："宋、元时，有小说家一种，多采间巷新事，为宫闱承应谈资。语多俚近，意存劝讽；虽非博雅之派，要亦小道可观。"②此外，凌濛初又在《拍案惊奇凡例》中说；"是编主于劝戒，故每回之中，三致意焉。"③正是基于上述这种陈腐的认识，凌濛初才在其"二拍"中多有说教，多谈因果，并对

① [明]凌濛初著，《古本小说集成》编委会编：《二刻拍案惊奇》，上海：上海古籍出版社，1995年影印本，第485－486页。
② [明]凌濛初著，《古本小说集成》编委会编：《拍案惊奇》，上海：上海古籍出版社，1995年影印本，第3－4页。
③ [明]凌濛初著，《古本小说集成》编委会编：《拍案惊奇》，上海：上海古籍出版社，1995年影印本，第2页。

此后的话本小说创作多有影响。在凌濛初的影响之下,从明末到清末的话本小说可以说是劝诫声一片、议论声一片。《型世言》、《石点头》均为这种强调教化功能、忽视娱乐性的标本,告诫连篇,喧宾夺主。如《型世言》中的《烈士不背君,贞女不辱父》、《避豪恶懦夫远窜,感梦兆孝子逢亲》、《击豪强徒报师恩,代成狱弟脱兄难》均为宣扬忠、孝、节、义思想的篇什,而且每篇必有议论,甚至是长篇大论。聊举两例:

> 尝阅割股救亲的,虽得称为孝,不得旌表。这是朝廷仁政,恐旌表习以成风,亲命未全,子生已丧,乃是爱民之心。但割股出人子一段至诚,他身命不顾,还顾甚旌表?果然至孝的,就是不旌表也要割股;不孝的,就是日日旌表,他自爱惜自己身体。又有一种迂腐的倒说道:"割股亏亲之体。"不知若能全亲之生,虽亏也与全无异。保身为置身不义的说:"不为。"那以身殉忠孝的说:"若执这个意见,忠孝一般。比如为官的或是身死疆场,断头刎颈;或是身死谏诤,糜骨碎身,这也都是不该的了。"古往今来割股救亲的也多。如《通纪》上记的,锦衣卫总旗卫整的女割肝救母,母子皆生的;近日杭州仁和沈孝子割心救父,父子皆亡的;都是我皇明奇事。不知还有个剖肝救祖母,却又出十四岁的女子,这是古今希见!(第四回)①

这一篇作品题为《寸心远格神明,片肝顿苏祖母》,写一个十四岁的小姑娘陈妙珍,父母双亡,由祖母抚养。后来,祖母得了重病,陈妙珍听别人讲要想祖母病愈必须割股疗亲。这位孝顺的孙女先是将自己胳膊上的肉割了一块熬粥给祖母吃,仍无效用。最后她又受神明指示,将自己的肝脏割下一片,给祖母煎药,果然治好了祖母的顽疾。在写这个故事之前,作者发表了上述议论,将割股疗亲之事讲得振振有词、头头是道,其实,这是最不科学、最不人道的一件事。话本小说写到这个份上,应该说是一种严重的堕落。然而,事情尚不止于此,作者陆人龙先生对节妇的鼓吹,更是让人难以接受:

> 妇人称贤哲的有数种,若在处变的,只有两种。一种是节妇,或是夫亡子幼,或是无子,或是家贫,他始终一心,历青年皓首不变,如金石之坚;一种是

---

① [明]陆人龙著:《型世言》,长沙:岳麓书社,1993年版,第34页。

烈妇,当夫之亡,便不欲独生,慷慨捐躯,不受逼抑,如火焰之烈。如今人都道慷慨易,从容难,不知有节妇的肝肠,自做得烈妇的事业;有烈妇的意气,毕竟做得节妇的坚贞。(第十回)①

如果按照陆人龙先生的要求,真不知道女人该怎样生存于天地之间。要么当节妇,为死去的丈夫守节终身,要么当烈妇,在丈夫离开人世时以死殉夫,跟随而去。明清两代,对中国妇女而言,无疑是最黑暗的时代。程朱理学在宋代只不过是思想学术界的一家之言,在明代才成为统治阶级的思想,并以此来统治人民大众尤其是广大妇女。在明末的小说尤其是像《型世言》这样的话本小说中,这种陈腐的观念被形象化的描写所包装,更成为束缚妇女的精神枷锁,而那些渗透在作品中的议论,更是体现着封建伦理道德的说教气氛的无比浓厚。与《型世言》并驾齐驱的还有《石点头》,这部同样产生于明末的话本小说集中的陈腐不堪的议论也是成篇累牍、触目可见。例如:"止因女子家是个玻璃盏,磕着些儿便碎。又像一疋素白练,染着皂煤便黑。这两个女人虽则复合,却都是失节之人,分明是已碎的玻璃盏,染皂煤的素白练。"(卷二《卢梦仙江上寻妻》)②对妇女的贞洁问题被重视到扭曲的程度,另有"话说人当以孝道为根本,余下来的都是小节。所以古昔圣贤,首先讲个孝字。"(卷三《王立本天涯寻父》)③对孝道进行了极大的鼓吹,《石点头》中这些议论与《型世言》相比完全一致。它们的共同点就在于不惜冲淡小说作品的故事性以鼓吹封建伦理纲常,而且絮絮叨叨,令人生厌。

入清,话本小说写作过程中这种告诫连篇、喧宾夺主的现象愈演愈烈,乃至不可收拾。更有甚者,晚清的有些作者竟别出心裁,在小说作品后面附以专门的议论。石成金是这方面的代表,他的《雨花香》《通天乐》二书,都是这种告诫连篇之作。

小说话本和拟话本中这些直接将议论当作治疗社会弊病良药的作者,他们低估了读者对作品的解读能力,冲淡了小说自身的审美效果,其结果,只能使得话本小说这种文学形式最终退出历史舞台,成为"文学化石"。从这个意义上讲,过多

---

① [明]陆人龙著:《型世言》,长沙:岳麓书社,1993年版,第96页。
② [明]天然痴叟著,《古本小说集成》编委会编:《石点头》,上海:上海古籍出版社,1993年影印本,第65-66页。
③ [明]天然痴叟著,《古本小说集成》编委会编:《石点头》,上海:上海古籍出版社,1993年影印本,第145页。

的议论,是造成小说话本死亡的根本原因之一。相比较而言,英美民间故事更多的还是通过有趣的故事情节和生动的人物形象潜移默化地影响着读者,并没有像中国的话本小说那样喋喋不休地议论。从这一点出发,它们拥有更为鲜活的艺术生命。

二、民间文学叙事方式不同的发展演变

英美民间故事的叙事特点有很多,从叙事角度来看,这些作品有两种趋势,首先是从古代流传至今的传说、神话等改编过来的故事,这些故事大多沿用原先的模板,有的发展成了小说,有的则发展成为了话剧或影视,或者兼而有之。叙事时间、空间以及叙事角度的运用是受到重视的,其目的主要是围绕故事情节,或者深化主题、或者塑造人物、或者为了推动情节的发展。另一类则多存在于美国本土的民谣,这类民谣的来源综合了黑人音乐、流浪歌手、传统故事以及民族音乐等多方面的元素,而歌唱的内容存在阶段性:从最初歌唱欧洲大陆流传过来的故事到歌唱时事、身边发生的事情,再到有歌唱者插入某些评论的语句,这些特点与中国话本小说的叙事风格十分相像。不同的是,就民谣而言,其内容并非如话本小说那样具有很强的故事性,对时事的歌颂是美国民谣的特点,也是不同于中国话本小说的地方。

从传统观念到个性解放,在美国民谣的发展过程中可见一二,例如早期的美国民谣多继承来自英国和欧洲大陆的民间故事,其中有一首如下:

> 领主阿诺德惊奇地发现利德·玛瑟正与他的妻子躺在床上:
> "我的舒适的羽毛褥垫的床,你喜欢么,/我的床单铺盖,你喜欢么,/还有我可爱的夫人,/躺在你怀中睡着的夫人,你都喜欢么?"/
> "我非常喜欢你的舒适的羽毛褥垫的床。/也非常喜欢你的床单铺盖/但这些不及我喜欢你的可爱的夫人/她在我的怀中睡着了。"/
> "现在你起来,小利德·玛瑟,/然后穿上你所有的衣服;/我永远也不愿在老英格兰有人说/我杀死了一个裸着的男人。"/
> "我这就起来,"小利德·玛瑟说,/"然后用我的生命与你决斗,/尽管你身上配有两把明亮的剑,/而我连把折叠刀都没有。"/
> "尽管我有两把明亮的剑在身边,/他们十分昂贵,/你可以从中挑一把好的/而我留下那把差的。"/

小利德·玛瑟的第一击/伤到了领主阿诺德,他疼痛不已。/但是领主阿诺德的第一击/则让小利德·玛瑟再也没有第二击了。/①

这是一个非常典型的传统故事,而采用的叙事角度却是决斗的双方,两人的对话虽然显得非常平静,但平静中暗潮汹涌,领主阿诺德的愤恨在最后的一击中体现出来。在传统道德观念的继承中,这一首民谣与欧洲的骑士精神一致,领主在决斗的时候也体现出了一种绅士风度,这个传统不仅深深地影响了美国西部牛仔的行事风格,它还是美国的个人英雄主义的文化源头。在这首民谣中,还没有歌唱者的议论,而在前文中所举的两起与凶杀案有关的民谣中,则明显多出了议论的话语,可见民谣在演变的过程中,增加了不少内容。民谣作者不仅唱的是传统,而且还更多地采用新鲜的素材,通过一些日常所见所闻的事情,来抒发自己的感受,这是民谣发展到今天的现状。当今的民谣有不少取材并不经典,然而通俗易懂。在这些民谣中,甚至歌唱者用一种愤世嫉俗的风格演唱出来,其内容大多反映生活中的困扰和苦闷。这是民间故事发展到现代的一个"去中心化"的体现。不仅民谣的发展方面是这样,民间故事中的鬼故事、恐怖故事和哥特式的故事,他们的发展趋势也是如此,即在一个较为传统的故事框架中,揉入了不少贴近现代生活的内容。与中国话本小说不同的是,这些故事的文本并不固定,因为很多故事是即兴创作,更多的则是类似的故事却有很多版本,而没有一个相对稳定、权威的文本。这种发展的特点体现了英美追求个性解放的方式的过程,与中国国话本小说的发展过程并不相同。

中国的话本小说发展到后来,出现了两种结局。

一种是在叙事方式上越来越讲究,尤其是那些讲史话本、说经话本演变成的章回小说,对于事件的叙写、人物的刻画,都到了精雕细琢的地步。上面提到美国民谣中的刀剑,这里,也举一个关于"刀剑"的例证。《水浒传》是章回小说中的四大名著之一,而其中"杨志卖刀"的片段是写得非常精彩的,甚至成为章回小说创作中的经典片段。但如果翻阅一下宋元讲史话本,就会发现其中早有这方面的叙写,只不过显得较为粗糙而已。

① Jan Harold Brunvand:American Folklore Encyclopedia《美国民间故事百科全书》,Virginia:Taylor & Routledge,1996,p110.

首先来看《水浒传》中"杨志卖刀"故事的直接来源,那就是讲史话本《宣和遗事》中的"杨志卖刀",书中写道:

> 那杨志为等孙立不来,又值雪天,旅途贫困,缺少果足,未免将一口宝刀出市货卖,终日价没人商量。行至日晡,遇一个恶少后生要买宝刀。两个交口厮争,那后生被杨志挥刀一斫,只见头随刀落。杨志上了枷,取了招状,送狱推勘结案。①

《水浒传》中"杨志卖刀"一段,有一千多字,很细腻,很精彩,而《宣和遗事》中的"杨志卖刀"却显得很粗糙、干瘪。从叙事的角度来讨论,二者之间的艺术水平不啻天壤之别。更有意味的是,诸如"某某卖刀"或"某某买刀"而激情杀人的故事,在宋元讲史话本中绝非《宣和遗事》这一例,而是反复出现,多次状写。《梁史平话》卷上和《周史平话》卷上分别写到刘文政、郭威二位因买刀剑杀人,但与杨志有很大差别:杨志是穷途末路因"卖刀"遇见无赖而杀人,是被迫的。而刘、郭二位却是吃饱了撑的没事找事为了"买刀剑"而杀人,是为了面子而主动杀人。但不管怎样,这两段描写较之《水浒传》中的"杨志卖刀"从叙事的角度看也差了很远,因为它们没有深刻地表现刘文政、郭威杀人的"必然性"。

相对而言,宋元话本小说中也有写得较好的与"刀剑"相关的英雄杀人片段,那故事也发生在《周史平话》之中,主人公还是郭威。

> 郭威吃董璋争了这功,又隶属他部下,思量与他厮争不出,呕了一肚价怒气,没奈何,他是粗汉,只得多吃了几碗酒,消遣愁闷。连泛了二三斗酒,该酒钱一贯有余,身下没钱,未免解个佩刀问店家权当酒钱,候有钱却来取赎。店家不肯当与,被郭威抽所执佩刀将酒保及店主两人杀死了。地方捉将郭威解赴节度使司去。②

这里的描写较之前面两段要稍稍细腻一些,因为它交代了郭威杀人的背景和

---

① 无名氏编著　曹济平　程有庆　程毅中校点:《宣和遗事等两种》,南京:江苏古籍出版社,1993年版,第31页。

② 无名氏原著　程毅中　程有庆校点:《新编五代史平话》(《宣和遗事等两种》),南京:江苏古籍出版社,1993年版,第165页。

心情。首先，郭威作为董璋的部下，在战场上救出了被俘的上司，还打了大胜仗，却被无耻的上司董璋冒认战功，郭威此时是"呕了一肚价怒气"的。接着，郭威借酒消愁，"连泛了二三斗酒"，处于迷狂状态。再往后，郭威虽无钱付款，但并非蛮不讲理赖账，而是"解个佩刀问店家权当酒钱"，还是很有节制的。最后，只是在店家不愿意接受的前提下，他杀了两个无辜者。郭威这种有些"无可奈何"的"半被动"杀人，已经向着《水浒传》中的杨志杀人时的心态迈进了一步，或者说，作者对郭威、杨志这些草莽英雄在为什么要"杀人"的环境心态的描写方面前进了一步。但《周史平话》中郭威"质刀杀人"如果认真与《水浒传》中杨志"卖刀杀人"相比，却仍然在叙事艺术方面有着很大的差距。正因如此，当有了章回小说《三国志通俗演义》《水浒传》《残唐五代史演义传》《西游记》《封神演义》之后，宋元话本中诸如《三国志平话》《宣和遗事》《五代史平话》《大唐三藏取经诗话》《武王伐纣平话》等作品就基本上无人问津了。

　　另一种结局是由宋元小说话本发展为明代小说话本再发展成为明清拟话本。在叙事艺术方面走的却是一条更为曲折的道路。从明代的《清平山堂话本》《熊龙峰刊行小说四种》到"三言""二拍"，在叙事艺术方面基本上是逐步前进的。冯梦龙编撰的"三言"，达到短篇话本小说叙事艺术的巅峰。但问题同时也就出现了，主要有三点：第一，过多的封建意识形态的介入；第二，议论日多，乃至告诫连篇，喧宾夺主；第三，太多的色情描写。这三点，在"三言"中初露端倪，到"二拍"日趋严重。延至明末清初的《型世言》《宜春香质》《弁而钗》《欢喜冤家》《石点头》《一片情》《连城璧》《十二楼》等拟话本集，或过分鼓吹伦理道德，或长篇累牍劝解训导，或沉迷于女色男风描写，愈演愈烈。清中叶以后，诸如《豆棚闲话》《五色石》《八洞天》《雨花香》《通天乐》《娱目醒心编》《鬼神终须报》《阴阳显报水鬼升城隍全传》等等，更是在上述三大叙事缺陷的基础上增加了大量的宗教迷信内容。这样一些作品，从说教劝诫到描写淫秽，从忠孝节义到因果报应，简直让人不堪卒读。最终，从宋元小说话本发展而来的明清拟话本小说就这样走向穷途末路，离开了广大读者的审美视野。

　　综上所述，话本小说在叙事方面的发展过程与英美民间故事相比不可同日而语。而长篇的讲史话本、说经话本发展为明清章回小说与小说话本发展为明清拟话本小说的过程，也体现了话本小说内部在叙事艺术方面发展的大相径庭。所有这些，都体现了一个明白无误的事实：发源于民间的叙事文学方式必须保持其健康的本质，过多的干扰会导致其变质变性，直至腐朽衰亡。英美民间故事一直到今天仍然时有生动活泼的作品出现,而话本小说则随着清王朝的灭亡而消亡,这种鲜明的对比,正好再一次证明,民间文学必须永远扎根于民间的颠扑不破的道理。

第六章

余论：比较研究的基本点、难点与展望

中国话本小说与英美民间故事的比较研究是一项很有意义的工作，但其间的难度也是可想而知的。笔者虽然竭尽全力做了一点这方面的尝试，但当文章即将收结的时候却又深深感到不尽人意。因此，希望通过最后一章"余论"，来专门讨论一下中国话本小说与英美民间故事比较研究的基本点、难点与展望这几个问题。

第一节　基本点：中国话本小说与英美民间故事的诸多异同

在很多方面，中国话本小说与英美民间故事都存在着相同点和相异处，这些相同与相异，正是他们之间具有可比性的基本点。其中，最重要的则是以下两个方面。

一、具有可比性的一个重要基本点：通俗而又复杂的思想蕴含

中国话本小说与英美民间故事的思想倾向既有相通之处，也有不同的特点。话本小说与平民生活十分贴近，其思想倾向也是最接近民众思想及其价值观的。话本是说话人的底本，说给平民百姓听的，而这些话本小说中的故事，既有神魔英雄，也有凡夫俗子，还有淑女书生、侠盗商贾，封建社会生活中形形色色的人和事都能成为小说中的内容。话本小说中蕴含的思想并不简单，对此早有学者进行过总结。胡士莹先生在《话本小说概论》中已分析过说话人的基本立场与思想倾向："说话艺人都是中下层社会的人，他们大多数是市民群众中比较贫苦的人，他们是被压迫者，他们和统治阶级有矛盾。他们的服务对象也主要是市民，因而他们的立场、思想以及说话的内容，必然和广大市民大体一致，可以说，说话人的基本立

194

场是市民的立场,说话人的思想倾向反映着市民的意识。"①说话艺人的身份既与统治阶级有联系,又主要服务于市民群众,因此在他们表演的说话内容中往往受到封建制度和思想的制约,具有局限性。然而另一方面,在广大市民当中不乏受欺凌压迫者,因此,说话艺人对这些受压迫者往往又是同情的。正如胡士莹先生所指出的那样:"我们分析说话人的基本立场和思想倾向时,既要重视他们和市民的关系,把这关系放在主要的地位;也要注意到他们社会联系的复杂性,不忽视社会各方面对他们的影响。"②

这种局限性与民众的反抗精神通过不同的作品反映了出来。例如水浒故事中梁山好汉聚众起义,而后又被招安。隋唐故事中的英雄最终功成名就的途径只能是忠君、服从封建制度,其宣扬的伦理道德和观念既是为民众描绘了一幅理想的发迹变泰的幻景,也是为了缓和阶级矛盾的一种方法。又如公案类话本小说,包公案的故事其实也还有宣扬封建礼制、歌颂封建官府的公正廉明等因素,包公等清官形象具有体察民情、认真办案的可贵精神,但仍带有一定的时代局限性。诸如杨家将、岳家将等抗击外侮和忠奸斗争的作品在暴露了市民阶层的软弱性和妥协性、忠君思想达到极致的同时,还反映了民族矛盾中人们的立场,对外族侵略者和卖国奸臣的痛恨。然而从另一个角度来看,民族矛盾为背景的故事大多还是为了巩固封建统治的,通过民族矛盾和民众的民族情感的激化和鼓动,可以在某种程度上消减民族内部的阶级矛盾。尤其是南宋以来,人们对失地的耻辱感非常明显,《醉翁谈录》中《杨令公》、《五郎为僧》等篇目应该就是该类故事的代表。杨家将故事流传至今,在很多层面上与市民阶层的需求形成吻合,而最主要的原因还是抵抗外族侵略与尚武精神的体现,爱国思想和民族情结也是广大人民在受难之时最直接的感受和表达。然而,民众受这些作品的影响,将抵抗外族侵略的希望主要寄托在了统治阶级身上,这也是其局限性的又一体现。

除此之外,话本小说中还有很大一部分作品都是与爱情、婚姻、家庭生活方面相关的。前面提到的现实题材的作品尤为突出,这类作品中宣扬的思想是以封建伦理道德为基础的以男权为主的封建思想,然而在肯定男权的同时,作品中又会去赞扬相对自由的爱情,或者并不是门当户对的爱情,这是与市民阶层的实际情况密不可分的。市民阶层中有没落的贵族,也有刚刚入仕的青年,还有通过经商

---

① 胡士莹著:《话本小说概论》,北京:中华书局,1980 年版,第 76 页。
② 胡士莹著:《话本小说概论》,北京:中华书局,1980 年版,第 77 页。

而致富的暴发户,在小说中往往是该类并无社会地位的市民阶层人物与名门望族的女性产生了爱情,而这段爱情困难重重。这明显体现了新兴的市民阶层对家庭和社会生活的美好愿望,并且有着"更进一步"的打算,而这一切仍然逃脱不了时代的约束和局限——通过婚姻来提高自身的社会地位还是在根本上得到认可。这些爱情婚姻类的小说大多都是完满的结局,从统治者的角度来说,这是一味市民阶层进行自我麻醉的良药。因为这种美好的生活正如小说中描写的一样,并不会太难,而是有希望获得的。当然,并非所有的话本小说都是如此,譬如《快嘴李翠莲记》则不是一个大家想看到的结局,李翠莲最终出家的原因还是因为她挑战了封建思想中的种种禁忌。

如果仅从以上方面归纳中国话本小说的思想倾向,则仅限于从说书人的角度出发了。这样并不能从根本上理解其思想性。话本小说经历了不同朝代,每个朝代的特点又有所不同,南宋时期的民族矛盾到了明代并不是那么明显了,到了明代后期,由于商品经济的畸形发达,以情色为内容的作品多了起来,这与统治阶级的兴趣爱好是吻合的,进而也影响了广大民众。因此,不能仅仅从某些方面简单概括中国话本小说的思想倾向。以上所论述的只能是较具代表性的几个特点而已。还是要回到胡士莹先生所指出的"重视说书人与市民的关系"上来。研究话本小说的思想倾向,得从市民思想和观念上入手,那么在众多的小说作品中,首先已经确定的便是话本小说的主要内容确实是与生活息息相关的,然而是什么影响了或者决定了这些生活的内容呢?从这个角度入手的话,很快便追溯到了自古至今中国的传统思想的传承和演变。中国的封建社会持续时间非常久远,思想的演变是较为复杂的,在此不再赘述其演变过程,而最重要的是在封建思想影响下的民众究竟持有怎样的生活态度、处世观念与思想行为呢?在董国炎先生的《明清小说思潮》一书中,可以看到最接近本质的回答:"最基本特点是,以善为核心,以实用理性为指导,以功利目的为指归。与此并行的是非标准,则是以经典之言、圣人之说为依据。"[①]这是对明代后期小说的思潮的概括,然而以"善"为核心的思想则是贯穿于整个话本小说发展过程中的。善字包含了很多层意思,《国语·晋语》相关解释为:"善,德之建也。"[②]通俗而言,善即美好、完美、和谐。在"善"的基础

---

① 董国炎著:《明清小说思潮》,太原:山西人民出版社,2004年版,第53页。
② 上海师范大学古籍整理组校点:《国语·晋语》,上海:上海古籍出版社,1978年版,第345页。

上建立起来的道德与民众的生活观念有着直接联系。美好的、良好的道德与和谐的人伦关系在话本小说中屡屡出现,这些小说或正面宣扬,或反面对比,在描写人伦关系的同时,"善"自然而然的显现出来。这种以伦理道德为主要描写对象的小说话本作品有:"单篇《王魁》、《绿珠坠楼记》;《古今小说》之《金玉奴棒打薄情郎》、《李秀卿义结黄贞女》、《任孝子烈性为神》;《警世通言》之《桂员外途穷忏悔》;《醒世恒言》之《三孝廉让产立高名》、《佛印师四调琴娘》、《蔡瑞虹忍辱报仇》;……《跻春台》之《节寿坊》、《错姻缘》、《香莲配》等等。"①至少有数十篇之多。

不论在哪个朝代,向善是中国民众较深层次的意识形态,这并不仅仅存留在朴实观念的深处,而在平时的社会生活中也是很常见的。

"善"还体现在了和谐的人际关系上。中国传统道德观念中所强调的是人与人之间的关系,儒家思想中的"仁"即人际关系。礼制、道德、规范等约束人们社会关系的规则其实就是人际关系的约定俗成。伦理纲常有"五伦",即君臣、父子、兄弟、朋友、夫妻这五种人伦关系。所谓"父子有亲,君臣有义,夫妇有别,长幼有叙,朋友有信"。(《孟子·滕文公上》)②这五个方面中,君臣、父子、夫妻三者之间的关系是尤为重要的。"三纲"即"君为臣纲,父为子纲,夫为妻纲"。(《白虎通》)③"三纲"是一种统治与被统治的关系;"五伦"则是人与人相互间的义务和责任关系。在封建思想体系中,这种纲常伦理是不能破坏的,这是体系中的主干,为了维护它的权威性和稳定性,可以舍弃一切,甚至生命。在话本小说中,作者们揭露批判的就是那些破坏和违背了纲常伦理的人,这些人的所作所为导致了人际关系的紊乱。例如《熏莸不同器》中的许敬宗之子许昂,便是不忠不孝的典型,违背了人伦;《赵六老舐犊丧残生,张知县诛枭成铁案》中的赵聪不孝至极——虐待父母、误杀亲父;翁媳关系、婆媳关系的悖逆者,同样在小说作品中有典型存在。《任孝子烈性为神》的中淫妇梁圣金,以猫儿扒胸来诬陷盲瞽公公,而正面形象的任珪虽然已经不能用人间的规则挽留他的生命,只好借孩童之口道出:"玉帝怜吾是忠烈孝义之人,各坊城隍、土地保奏,令做牛皮街土地。汝等善人,可就我屋基立庙,春秋

---

① 石麟著:《话本小说通论》,武汉:华中理工大学出版社,1998年版,第53页。

② [汉]赵岐注[宋]孙奭疏,廖名春 刘佑平整理 钱逊 审定:《孟子注疏》,北京:北京大学出版社,2000年版,第174页。

③ [清]陈立撰,吴则虞点校:《白虎通疏证》,北京:中华书局,1994年版,第373-374页。

祭祀,保国安民。"①《悍妇计去媚姑,孝子生还老母》中的泼妇用诡计卖掉守寡婆母。也有善恶颠倒的婆媳关系,身为长辈的婆母竟放纵、唆使自己的奸夫去污辱自己的媳妇,如《村犊浪占双桥,洁流竟沉二璧》中的陈氏,还有《完令节冰心独抱,全姑丑冷韵千秋》中的朱寡妇。至于夫妻关系则被表现得更多,小说中多是描写妻子不贞的事实或假设,这也是因为封建时代男权思想所造成的。然而小说中描写的则更加生动,情节也复杂许多,例如《王有道疑心弃妻子》中无故怀疑妻子不贞而弃之的;《挺刃终除鹦悍,皇纶特鉴孝衷》中的崔佑自己在外嫖荡而不顾家室;不贞的淫妇也不乏其人——《淫妇背夫遭诛,侠士蒙恩得宥》中的邓氏,《铁念三激怒诛淫妇》中的香姐等篇中均有类似的描写。兄弟姊妹之间关系,应该是相互帮助,相互关爱,而《占家财狠婿妒侄,延亲脉孝女藏儿》一篇却描写了一个财主家中的子、侄、婿之间的剧烈冲突。在摈弃这种不"善"之人的同时,小说又要树立光辉伟大的"善"人而褒扬,这是中国话本小说中的一个重要思想倾向。

回头再看英美民间故事中的思想倾向,则是以人文精神为主的。英美民间故事中有不少与欧洲中世纪流传的传奇故事关系密切,多有劝善惩恶、弘扬正义的思想倾向。中世纪晚期的英格兰人文主义兴起,文艺复兴以人文主义为主导思想遍及整个欧洲大陆,在随后的思想发展中,人本主义思想一直发展壮大。在北美殖民地时期,人本主义也随着美利坚民族的形成而逐渐成为主流思想,以人为本的思想在美国更是发展成为了独立主义、英雄主义的思潮,美国独立宣言就足以彰显了人文主义思想。不论是英国还是美国,在他们的民间故事中,人本主义的思想充分地体现在作品之中。中国话本小说中常常通过个人的遭遇与发生的事件及其结果来宣扬传统道德观念,给予的评价或者造成的影响往往是针对一种人物显性的、外部的行为。与此不同的是英美民间故事所描述的不仅是故事情节,更多的则是人物性格和内心的真实写照。

英国较早的民间故事有贝奥武甫故事,故事是盎格鲁撒克逊人的祖先从北欧带到英格兰的,故事中的贝奥武甫是个英雄,然而这个英雄并未被神化,在垂老之年力战火龙的时候,终于因为伤重力衰而牺牲。说到底,在关于他的故事中,作者始终是以"人"的特点去传颂贝奥武甫的。如果这还是被称为史诗阶段的话,那么接下来的传奇时代,则是更多描写人性的民间故事了,故事中强调的是人性内部的矛盾。《高文骑士与绿色骑士》中的高文骑士是一位真真切切的人,他虽然勇敢

---

① [明]冯梦龙编:《喻世明言》,北京:人民文学出版社,1958 年版,第 176 页。

地接受了绿色骑士的挑战，为了亚瑟王朝廷的荣誉和骑士的荣耀，他舍身赴死，然而在最后真的可能要了他的性命的那一刻，他还是畏缩了，毕竟人人都惧怕死亡，故事也并未对这样的行为进行批判；高文骑士对城堡女主人的诱惑并未完全抵抗的描写，正是对人性真切的写照，情色之欲人人都有，因此在故事的结尾也并未导致致命的结果。更有《高文骑士与芮格娜尔女士的婚礼》故事中关于丑陋的描写和讽刺。高文骑士虽然能够在伦理道义上与芮格娜尔女士结婚，然而芮格娜尔最初显现出来的丑陋和衰老是高文骑士难以接受的，在故事中，高文骑士步入了一场丧气的、失落的婚礼，而当芮格娜尔变成年轻漂亮的模样时，高文骑士心中的郁闷才得以释怀，如果这仅仅是人性的多面性，还不足以证明其复杂的心理描写，那么在特里斯丹与伊索尔德的故事中，特里斯丹与伊索尔德共饮魔汤时的勇气是否真的违背了伦理道德，这样的讨论是一个恒久的话题。比较爱情与理智这样的哲学话题在民间并非以学术讨论而进行，话题的讨论是通过不断变化的故事载体而进行的，在前文《木匠》的故事中，其情节与特里斯丹与伊索尔德的故事相仿。两位昔日恋人共饮的魔汤应该就是曾经的那份感情和回忆，在他们追溯过去美好回忆中的幸福生活时，灾难发生了，这种灾难与特里斯丹与伊索尔德的悲剧简直是一模一样，生命的代价是沉重的，然而情感和理智、冲动与浪漫，与人性之中的东西在故事中一一展现，随之而来的思考和回味是留给受众的。人性描写在美国民间故事中也是栩栩如生，正如《睡谷的传说》中的无头骑士让人们恐惧，伊卡包德最终被吓跑，丢下了他追求的卡塔琳娜；在惹事者系列故事中，惹事者并不是一个万能的神，他也有人性，在朋友面前，他喜欢炫耀，为此还付出了烫伤自己的代价；他也不是一个非常聪明的神，在非常"聪明地"骗取了鸭子们的信任后，他所捕到的鸭子却被聪明的印第安人偷走了。这种走向平民的神在印第安人的传说故事中并没有神的神圣感和庄重感，更多的是诙谐和幽默，被世俗化的神身上充满了人的性格和特点。

因此，中国话本小说中所强调的道德伦理与英美民间故事中描写的人文主义精神是两种截然不同的思想倾向，他们分别聚焦于人的外在世界和内心世界。上文所述的伦理道德的描写体现在人物和情节的发展和结局方面，违背了伦理纲常的人往往受到了严厉的惩罚，不论是从人物，还是到最后的结果，描写整个事情的发展是主体，而人物的内心描写是较为欠缺的。

以上所说的中国话本小说与英美民间故事在通俗而又复杂的思想蕴含方面的相同和相异之处，正是二者之间具有可比性的重要依据，因此，这也成为第一个重要的可比性基本点。

二、具有可比性的另一个重要基本点：迥然有异的人物塑造

中国话本小说多采用借事说理。其中的人物多是扁形人物，即人物的性格是单一的，"好"人与"坏"人泾渭分明，很少有所谓的"中间人物"，善良的榜样便是符合伦理纲常之人，这样的人即使死了，也是当地的土地神（《任孝子烈性为神》），而"坏人"最终会受到惩罚，《熏莸不同器》中的许敬宗最先受到的惩罚就是自己儿子的乱伦犯上；公案故事中包公的形象是刚正不阿的；杨家将故事中，杨家的武将们并没有较为显著的特点，他们都是爱国忠君的民族主义形象；隋唐故事中也有类似的人物，众多好汉均具有豪爽的江湖义气和尚武精神。扁形人物也并不是没有心理活动，而是这类人物的心理活动的趋向较为一致，并没有交错复杂的矛盾冲突。因此，从读者的感受方面来看，中国话本小说中的人物形象在较大程度上是服务于情节发展需要的，毕竟小说叙述的是以事理为目的。情节的发展与结果是事理的直接体现，而小说塑造人物形象在整个情节的发展活动中应该具有典型性和代表性，因此在小说的描写中很容易出现扁形人物。

与之相对的便是英美民间故事中的圆形人物了。前文已经列举了较多圆形人物的例子，从更深的层面剖析则可以看到更多的根源性思想倾向。英美民间故事中对"人"的描写较多，在人物心理描写中往往着力于自身性格的局限性和内在矛盾冲突。例如亚瑟王故事中对亚瑟王这一人物的描写就是典型例证，亚瑟王既是英雄主义的化身，却又有懦弱的一面——在"石中剑"的传说中，他勇于拔出石头中的宝剑，而因此成为国王，但在之后的一次奇遇中，他再次遇到"石中剑"，却借故推诿，不愿意尝试拔剑了，究其原因还是因为心虚，心虚则是因为他曾有过失和错误。高文骑士的故事同样道出了人性的善良，在高文骑士与兰斯洛特骑士生死一战中，曾是莫逆之交的两人最终以高文骑士被重创而结束了战斗，垂死的高文骑士在临终之前并未怪罪或仇恨兰斯洛特，而是给他写了一封发自肺腑的休战书，结果兰斯洛特也因此而被感动，最终避免了持久不休的缠斗。这段感人的情节闪耀着人性的光芒，放下个人恩怨而放眼于众生的理念在高文骑士临终时被深刻领悟。一个又一个的例子不仅仅证明了英美民间故事中的人性特点，而且在更深层面上寻求如何发扬人性真诚善良的一面，这也是这些故事较为深刻的原因之一。

人性的解放与进步在英国人看来是通过"自律"或"自省"的方式进行的，人

们能够通过不断自省的方式进行自我的纯洁化。在另一段亚瑟王的传说故事中,
就体现了这一特点:

> 　　国王(亚瑟王)说到:"不要再哀恸多哭啦,哭也无济于事⋯⋯"他又接着
> 对拜底反尔骑士说道:"请你快去拿出我的截钢剑,这是我的宝贝,请你走到
> 对面的河边,及至抵达之后,将剑丢进水里,然后把你所看到的情形,回来报
> 告我听。"拜底反尔骑士答道:"王上,我一定遵命去办,随后赶来向您报告。"
> 拜底反尔骑士衔命走出之后,在途中看到这剑把上面嵌满了珍贵的宝石,不
> 忍释手;还自言自语道:"把这柄珍贵的宝剑丢到水里,有何意义,不过造成一
> 个损失而已。"说罢,他就将剑藏在林里。随即赶快返回,奏报国王,说他已经
> 到了河边,并且把剑也丢下水了。国王问道:"你在那里看到了什么?"他答
> 道:"王上,只见风浪,没有别样东西。"国王答道:"你说的是假话,赶快再去,
> 找我的吩咐去做吧。你曾经说过,你很爱我,何必吝啬这把剑呢,就把它丢在
> 水里好啦。"于是拜底反尔骑士又回到河边,把剑握在手里,依然觉得丢了这
> 件宝物,实在可惜,同时也是一个罪过,因而又把它藏匿起来,又转到国王面
> 前,硕士确实遵命丢掉了。国王又问:"你在那里看到什么呢?"他答道:"王
> 上,我只看见河里波浪起伏,其他没有什么异样。"这时国王亚瑟怒道:"哎,你
> 欺骗我两次了,也成了个叛徒啦!有谁会想到,你这个口口声声敬爱我的人
> 也会背叛我呢?你这个著名的骑士,竟贪图剑上的珠宝而欺骗我呀!你赶快
> 再去一趟,耽延久了,会使我感受风寒,遭到意外危险哦;赶快照我的命令去
> 办吧,不然,若是只看重我的宝剑,置我于死地,那么我将来看见你,一定要亲
> 手打死你。"随后,拜底反尔骑士径自前去,来到从前放剑的地方,慌忙拾起
> 剑,走到河边,将腰带系在剑柄上面,用力向河里一掷,水面上登时伸出一只
> 臂膀,张手把剑接住,握得很紧,还挥动了三次,忽然连手带剑,缩进水里,化
> 归乌有了。①

　　自省的方式并不限于此一例,与英国人纯洁性的思想内涵相对应则是该民族
关于"正义"的理解。在众多的英国民间故事中,"正义"是其思想倾向之一,而正

---

① 　[英]托马斯·马洛礼著 黄素封译:《亚瑟王之死》,北京:人民文学出版社,2005 年版,第
　　1043 页。

义的载体则多是以人为主的角色,这些角色并非都是大贤大德之人。小说描写的重点偏重于人性中正义感的闪光之处。正如以上引文故事中一样,拜底反尔人性中的贪婪与最后的忠君思想形成了对比,而这种忠君思想中却又有一丝人性的自省和正义的闪光,这才是小说中圆形人物的生动刻画。

美国民间故事中,对人性的描写与英国民间故事大同小异,然而稍有不同的则是美国民间故事多以个人英雄主义的方式来表现人性的复杂。这种思想根源也是与美国初期的民众遭遇分割不开的,在殖民地时期和早期的西进运动中,英雄主义和冒险主义是被广泛推崇的。面对广袤的西部土地,美国民众的民族情感中孕育着新兴资产阶级的冒险开拓精神,因此在大多数的牛仔故事中,人本主义多以勇敢行为与冒险牺牲形成的对比为载体而体现出来;而在与爱情、情感为主题的西部传说故事中,牛仔们的抉择往往是个人内心情感世界与大自然的和谐统一为依据,"皮袜子"的故事也可以算是这种思想的较早体现了。

中国的话本小说中虽然扁形人物众多,却不是仅有这类人物。例如蒋兴哥就是一个圆形人物,他对女性的尊重具有超越时代的思想内涵;隋唐故事中的秦叔宝与罗成交换武艺时,还是有所保留的,这也体现了他性格的复杂性;评话小说《皮五辣子》中的皮五,虽然是一位泼皮无赖,却仍然怀有向善的心肠,帮助了穷人,而最终洗心革面;评话小说《武松》中的武松却又不似《水浒传》中的武松如天人一般,在斗杀西门庆时却是比平日多想了许多,而在如何处理武大郎留下的房子和财产时也是一一交代得十分清楚,如此等等,不一而足。这些描写使人物跃然纸上,犹如现实生活中的真实人物一般。然而,这些描写却还是离不开因果、轮回的情节框架。

由以上分析可见,中国的话本小说强调外部世界的善,这种善是人与人、人与社会、人与自然之间的一种和谐、完美的关系和联系,从狭义的角度来看,这种善在小说中的体现主要是因果轮回的思想,人们只有通过努力遵照伦理纲常的思想,才能得到美满幸福的生活。究其原因,因果轮回的思想是与中国封建社会时期,社会意识形态长期受到儒家、道家和佛教的思想影响分不开的。英美民间故事中的人文主义则着重对"人性"的描写,与中国话本小说一样,"人性"的描写也是一种向善思想的宣扬,人性中向善的一面是英美民间故事赞许和推崇的,不同之处在于,他们更偏向于人们内部精神世界的探求。不论是"自省"还是纯洁性,个性独立与个性解放是英美民间故事的一个焦点。两种文学的思想倾向各自的特点来自于民众在不同的历史、文化背景下的不同遭遇和经历,不同的遭遇和经历产生了不同的民族精神和民族情感,这也是起源于民间口头文学思想倾向的根源所在——民众情感的根源指向即是思想根源的倾向。

第二节 中外文学比较的困境与解决途径、遗留问题

一、时间差异及解决途径

在中国话本小说与英美民间故事的比较过程中,首先遇到问题就是时间差异性,即文本所处的年代问题。本文中有很多作品并没有按照相应的时间段进行比较分析,进而言之,在进行比较取材的过程中,没有过多考虑文本对应的时间。之所以这样做,实在是出于很多的不得已。

不得已的原因之一,既想找到相对应的时间,又想找到相似的文本,是一件非常困难的事情。这种时间问题的产生实际上是因为中国和英美的文学起始时间的不同所造成的。如果从叙事的角度来看,英国文学最初是由史诗开始的,接下来的罗曼斯则在中世纪流行,而小说则在文艺复兴后期逐渐形成。中国最早的小说《燕丹子》则至少在东汉就已成书,英国文学中的《贝奥武甫》据记载在公元五世纪开始传诵,八世纪成书,因此就当今可以用文本佐证的材料而言,中国"讲故事"之类的叙事文学产生的时间比英国早。从历史的角度来看,中、英两国社会发展的阶段也不一样,美国的历史就更为短暂了。不同社会制度发展下的文学及其反映的内容肯定是不一样的,如前文已举的《不列颠诸王史》中记载的内容,其中所描述的生活大部分属于中世纪的繁盛时期;又如中国"三言"中的很多篇目,描写的也都是明代的生活。但是如果从时间的角度来看,是不相对应的,英国的中世纪大概在中国的宋代就开始了。那么"三言"中的某些内容是否就不能与《不列颠诸王史》中的内容进行比较了呢?当然不能武断地这样做,上文的比较分析中,从其他的角度已经做出了分析。困难在于,由于文本所处时代的不同,是否能够通过分析让不同的作品凸显自身的特点和魅力,这是本文选材和分析过程中遇到的困难之一,也是论述的焦点之一。

不得已的原因之二,中国的话本小说始于市民生活中的"说话",说书艺人通过说唱的方式讲述故事,继而在不断的积累和艺术创作中,形成了相对固定的底本,这就是话本小说的主要形成过程。因此,话本小说最初来源于口头文学。同

样,英美民间故事也有相类似的历程,经过历代的讲述而形成固定的文本,这类文本或多或少还是带有"讲故事"的特点。故而,源于口头文学的作品与社会生活联系紧密,时代性也会体现在文本之中。从口头文学到书面文学的这个过程,对于中国话本小说与英美民间故事这两种"积累型"的艺术形式而言,同样都是漫长的。毋庸讳言,这一漫长的"成书"阶段的意识形态乃至民风民俗都是有很大变化的,这些不断变化的文化因子又极有可能"共存"于同一文本之中。很难说"三言"所反映的究竟是宋代的意识形态还是明代的意识形态;同样,也很难说清楚《亚瑟王之死》所代表的是亚瑟王时代的思想意识还是托马斯·马洛礼时代的思想意识。这种由于"积累型"作品所造成的"历时性"超大包容的状态,毫无疑问也增加了比较分析的难度。

正因为以上的"不得已",造成了本文很多局限和缺陷,最大的问题就是不能将东西方"共时性"的作品进行对比。但是,针对以上困难,笔者还是竭尽全力,力图通过以下途径来解决问题。

由于作品所处的时代不同,因此在比较的过程中,对于反映时代特点的因素并未进行太多的分析,毕竟时代背景相隔甚远。然而不能因为作品时代的不同就不进行分析和比较,因为这两种文学在各自发展的阶段中都有自身发展的规律性。从口头文学的角度来看,这些规律之间也有相同之处。首先是民俗性,口头文学本身就是源于民间俗文学,最初的表演方式也是以民众娱乐为主要目的的,所以民俗性是中国话本小说与英美民间故事的相通之处,那么解决两者可比性的出发点也就是民俗性了。然而民俗性又与时代性是水乳交融的,这又带来了比较方面的困难,因此对于时间问题是无法回避的,虽然在分析的过程中并没有进行大量的分析,但是因为时代的不同,也许只能从具体的时代中去分析作品的特点了,正因为这样,作品的时代性才会被突出,作品在其该类文学发展中的意义才能更加清晰。

二、体裁交错与问题的遗留

关于体裁的交错,在本文第一章中,笔者已经言及英美没有与中国话本小说完全对应的文体。在选取话本小说与英美民间故事比较研究的过程中,发现在这两者之间也不是完全对应,而是中国话本小说中的某些题材与一部分英美民间故事相似,换句话说,中国话本小说中的部分故事题材与英美民间故事中的部分题材具有一定的相似性。因此在选定比较的文本和题材上,只能从题材、思想内涵和其他方面入手进行比较。

体裁方面的不对应,会招致多方面的怀疑。毕竟不同体裁的文本是否具有可比性,或者说即使比较了之后,其价值体现在哪里?

通过上文中的诸多分析和比较,还有作品材料的阅读与收集,可以看出中国话本小说的一部分作品与英美民间故事中的部分作品,在人物塑造、叙事技巧以及取材方面还是存在不少可比性的。首先,这些因素都是文学体裁内部的,并非外部的显著特征。其次,本文是以中国话本小说为主要"标的物",而选取英美民间故事中相关的文本作为"参照物"进行比较分析的。因此,从英美方面的文本选择来看,则较为繁杂,既有民间传说,又有民谣故事,还有史诗传奇等多种文体。这似乎造成了对比研究中的"文体错位"。然而,仔细分析,其实这并没有多大关系。笔者抓住的核心点就是"大众化的传说故事",而这一点,中国话本小说与英美民间故事都是"全方位具备"的。更何况文学本身就是一种顺承的关系,各种文体之间也有时间前后的连贯性和内在品质的交叉性。故而,在以上章节中,通过比较分析,笔者还是找出了不少有趣的相似点,也发现了不少相异的地方。相似性说明了文学内部发展规律的一种自在特点,而相异性则是文学在文体、题材等方面反映出来的不同的文化背景以及民族传统和精神。

通过以上各种文本的比较,与中国话本小说最相似的是英国文学中的罗曼斯与美国文学中的民谣。罗曼斯是法国传入英国的一种文体,这种文体记载的故事大多是骑士故事,因此罗曼斯在中国又称浪漫传奇。罗曼斯最早就是口头吟唱的,之后发展成为文本,这与中国的话本小说在形成过程中很相像,然而并不是仅有罗曼斯是这样形成的,而中国话本小说中的题材也不仅仅是骑士或豪侠类的故事。本文仅仅从题材的角度选取了两种文学文本的部分材料进行了比较分析,至于体裁或形成规律方面的研究,只能留待以后再作新的课题。美国的民谣是一种说唱艺术,唱多于说,篇幅短小,这与中国的话本小说的篇幅完全不同,然而从"评"与"话"的角度来看,它又非常像中国的话本小说。美国的民谣中经常会出现表演者的议论,虽然仅有寥寥无几的几句话,但是这些对故事或事件的评述又与中国话本小说中的一些评述所起的作用很相似,既有对时事的针砭,又有对生活的感慨。至于美国民谣这种艺术形式与中国话本小说中含量不小的诗词歌曲等歌谣体形式从文体表现角度的比较和解析,也将是留待以后深入研究的一个不大不小的课题。

总而言之,如果固守于体裁,那就很难找出与中国话本小说完全对应的文本,这样一来,属于各自民族的口头文化的遗产也就难以发掘其比较性研究的珍贵价值了。

　　当前,将中国古代小说作品与国外小说作品进行比较的学术著作和论文并不少,但是从"体裁"的角度将其中某一类作品进行比较的研究成果却不多见,个中原因,已如上述。本文试图突破一些固有的比较角度,从文本的内部因素出发,分析研究了以中国话本小说与英美民间故事为主的诸多文本,发现了不少有价值的内容和特点。尽管中间还存在很多缺陷和问题,但从本质上讲,这种研究应该是有意义的,并且是可持续发展的。在将来的研究中,笔者将逐步改进本文的不足,克服已见的和未见的困难,结合中外相近的文体,针对各民族传统观念与文化观念的特点等问题,作出进一步的尝试和努力,争取将中外民间大众化叙事文学的比较研究课题做得更令人满意一点。

参考文献

中文文献

一、原著

1. [晋]陈寿撰，裴松之注：《三国志》，北京：中华书局，1959 年版。

2. [南朝(宋)]僧佑编撰，刘立夫 胡勇译注：《弘明集》，北京：中华书局，2011 年版。

3. [唐]李延寿撰：《南史》，北京：中华书局，1975 年版。

4. [宋]孟元老等著：《东京梦华录(外四种)》，上海：古典文学出版社，1957 年版。

5. [宋]西湖老人著：《西湖老人繁胜录》，上海：古典文学出版社，1956 年版

6. [宋]周密撰：《癸辛杂识》，北京：中华书局，1988 年版。

7. [明]施耐庵 罗贯中著：《水浒传》，北京：人民文学出版社，1975 年版。

8. [明]瞿佑等著，周楞伽校注：《剪灯新话》(外二种)，上海：上海古籍出版社，1981 年版。

9. [明]洪楩编，谭正璧校点：《清平山堂话本》，上海：上海古籍出版社，1987 年新 1 版。

10. [明]熊龙峰等刊行：《熊龙峰刊行小说四种》，南京：江苏古籍出版社，1990 年版。

11. [明]澹圃主人编次，《古本小说集成》编委会编：《大唐秦王词话》，上海：上海古籍出版社，1997 年影印本。

12. [明]田汝成撰：《西湖游览志余》，杭州：浙江人民出版社，1980 年版。

13. [明]冯梦龙编：《喻世明言》，北京：人民文学出版社，1958 年版。

14. [明]冯梦龙编：《警世通言》，北京：人民文学出版社，1956 年版。

15. [明]冯梦龙编:《醒世恒言》,北京:人民文学出版社,1956 年版。

16. [明]凌濛初著,《古本小说集成》编委会编:《拍案惊奇》,上海:上海古籍出版社,1991 年影印本。

17. [明]凌濛初著,《古本小说集成》编委会编:《二刻拍案惊奇》,上海:上海古籍出版社,1991 年影印本。

18. [明]张岱撰:《陶庵梦忆·西湖梦寻》,上海:上海古籍出版社,1982 年版。

19. [明]金木散人编:《鼓掌绝尘》,沈阳:春风文艺出版社,1985 年版。

20. [明]陆人龙著:《型世言》,长沙:岳麓书社,1993 年版。

21. [明]天然痴叟著,《古本小说集成》编委会编:《石点头》,上海:上海古籍出版社,1993 年影印本。

22. [明]华阳散人编辑:《鸳鸯针》,沈阳:春风文艺出版社,1985 年版。

23. [明]天花藏主人编次:《醉菩提传》,北京:人民文学出版社,2006 年版。

24. [明]西湖渔隐主人编,周有德等校点:《欢喜冤家》,沈阳:春风文艺出版社,1989 年版。

25. [明]陈忱著:《水浒后传》,长沙:岳麓书社,1998 年版。

26. [清]香婴居士重编:《鞠头陀传》,北京:人民文学出版社,2006 年版。

27. [清]东鲁古狂生编:《醉醒石》,上海:上海古籍出版社,1985 年版。

28. [清]周清源著:《西湖二集》,杭州:浙江人民出版社,1981 年版。

29. [清]徐震等原著:《珍珠舶等四种》,南京:江苏古籍出版社,1993 年版。

30. [清]艾衲居士编:《豆棚闲话》,上海:上海古籍出版社,1983 年版。

31. [清]酌元亭主人编:《照世杯》,上海:上海古籍出版社,1985 年版。

32. [清]天花主人编次:《云仙笑》,沈阳:春风文艺出版社,1983 年版。

33. [清]古吴墨浪子辑:《西湖佳话》,杭州:浙江人民出版社,1981 年版。

34. [清]谷口生等著:《生绡剪》,沈阳:春风文艺出版社,1987 年版。

35. [清]笔炼阁编述:《五色石》,沈阳:春风文艺出版社,1985 年版。

36. [清]五色石主人著:《八洞天》,北京:书目文献出版社,1985 年版。

37. [清]浦琳著,《古本小说集成》编委会编:《清风闸》,上海:上海古籍出版社,1990 年影印本。

38. [清]菊畦子辑:《醒梦骈言》,北京:中华书局,2000 年版。

39. [清]心远主人著,《古本小说集成》编委会编:《二刻醒世恒言》,上海:上海古籍出版社,1992 年影印本。

40. ［清］草亭老人编：《娱目醒心编》,上海：上海古籍出版社,1988 年版。

41. ［清］刘省三编辑：《跻春台》,南京：江苏古籍出版社,1993 年版。

42. ［清］石玉昆述：《龙图耳录》,上海：上海古籍出版社,1981 年版。

43. ［清］荻岸散人编次：《平山冷燕》,北京：人民文学出版社,1983 年版。

44. ［清］李斗著：《扬州画舫录》,北京：中华书局,2007 年版。

45. ［清］孙诒让撰：《墨子间诂》,北京：中华书局,2001 年版。

46. ［清］李渔著：《连城壁》,杭州：浙江古籍出版社,1988 年版。

47. ［清］李渔著：《十二楼》,北京：人民文学出版社,1986 年版。

48. ［清］无名氏 编撰,王秀梅点校：《说唐》,北京：中华书局,2001 年版。

49. 中央研究院历史语言研究所俗文学丛刊编小组编辑：《俗文学丛刊》,台北：中央研究院历史语言研究所、新文丰出版股份有限公司,2003 年版。

50. 上海师范大学古籍整理组校点：《国语·晋语》,上海：上海古籍出版社,1978 年版。

51. 关德栋,周中明编：《子弟书从钞》,上海：上海古籍出版社,1984 年版。

52. 王少堂口述,扬州评话研究小组整理：《武松》,南京：江苏人民出版社,1959 年版。

53. 王少堂口述,扬州评话研究小说整理,孙龙父、陈达祚整理：《宋江》,南京：江苏人民出版社,1985 年版。

54. 王筱堂口述,欣士敬整理：《后水浒》,北京：中国文联出版社,2002 年版。

55. 王丽堂：《扬州评话王派水浒·武松》,北京：中华书局,2005 年版。

56. 余又春口述,王澄 汪复昌 陈午楼 李真整理：《皮五辣子》,南京：江苏文艺出版社,1985 年版。

57. 康重华口述,李真,张棣华整理：《火烧赤壁》,南京：江苏人民出版社,1985 年版。

58. 康重华口述：《火烧博望坡》,南京：江苏文艺出版社,1992 年版。

59. 康重华口述：《火烧新野》,南京：江苏文艺出版社,1992 年版。

60. 戴宏森,耿瑛主编：《中国评书精华·讲史卷》,沈阳：春风文艺出版社,1991 年版。

61. 戴宏森,耿瑛主编：《中国评书精华·神怪卷》,沈阳：春风文艺出版社,1991 年版。

62. 戴宏森,耿瑛主编：《中国评书精华·侠义卷》,沈阳：春风文艺出版社,

1991 年版。

63. 袁阔成著：《水浒外传》，沈阳：春风文艺出版社,1996 年版。

64. 汪雄飞等著：《古城会》，杭州：浙江人民出版社,1982 年版。

65. 费骏良口述,费力整理：《过五关斩六将》，南京：江苏文艺出版社,1986 年版。

66. 唐耿良口述,辜彬彬整理：《三国群英会》，北京：中国曲艺出版社,1988 年版。

67. 张国良著：《群英会》，上海：上海文艺出版社,1985 年版。

68. 张国良著：《火烧赤壁》，上海：上海文艺出版社,1985 年版。

69. 扬州评话研究小组编：《扬州评话选》，上海：上海文艺出版社,1982 年版。

70. 佚名著：《京本通俗小说》，上海：上海古籍出版社,1988 年版。

71. 路工 谭天编：《古本平话小说集》，北京：人民文学出版社,1984 年版。

72. 欧阳健 萧相恺编订：《宋元说经话本集》，郑州：中州古籍出版社,1991 年版。

73. 钟兆华著：《元刊全相平话五种校注》，成都：巴蜀书社,1990 年版。

74. 佚名著：《古代白话小说选》，上海：上海古籍出版社,1979 年版。

75. 无名氏原著,程毅中、程有庆校点：《新编五代史平话》(《宣和遗事等两种》)，南京：江苏古籍出版社,1993 年版。

76. 佚名著：《薛仁贵征辽事略》,(《中国古代珍稀本小说续》第五册)，沈阳：春风文艺出版社,1997 年版。

77. 苗深等标点：《明清稀见小说丛刊》，济南：齐鲁书社,1996 年版。

78. 王汝梅 李昭恂 于凤树校点：《张竹坡批评第一奇书金瓶梅》，济南：齐鲁书社,1987 年版。

79. 陈曦钟 侯忠义 鲁玉川辑校：《水浒传会评本》，北京：北京大学出版社,1981

80. 无名氏编著,曹济平、程有庆、程毅中校点：《宣和遗事等两种》，南京：江苏古籍出版社,1993 年版。

二、参考资料

1. 鲁迅著：《中国小说史略》，北京：人民文学出版社,1973 年版。

2. 蒋瑞藻编：《小说考证》，上海：上海古籍出版社,1984 年版。

3. 陆澹安编著:《小说词语汇释》,上海:上海古籍出版社,1979 年版。

4. 郑振铎著:《郑振铎全集》,石家庄:花山文艺出版社,1998 年版。

5. 孙楷第著:《中国通俗小说书目》,北京:人民文学出版社,1982 年版。

6. 孙楷第著:《日本东京所见小说书目》,北京:人民文学出版社,1958 年版。

7. 阿英著:《小说闲谈》,上海:上海古籍出版社,1985 年版。

8. 阿英著:《小说二谈》,上海:上海古籍出版社,1985 年版。

9. 阿英著:《小说四谈》,上海:上海古籍出版社,1981 年版。

10. 梁启雄著:《韩子浅解》,北京:中华书局,1960 年版。

11. 陈汝衡著:《说书小史》,北京:中华书局,1936 年版。

12. 胡士莹著:《话本小说概论》,北京:中华书局,1980 年版。

13. 谭正璧著,谭寻补正:《话本与古剧》,上海:上海古籍出版社,1985 年版。

14. 谭正璧 谭寻著:《古本稀见小说汇考》,杭州:浙江文艺出版社,1984 年版。

15. 谭正璧编:《三言两拍资料》,上海:上海古籍出版社,1980 年版。

16. 赵景深著:《中国小说丛考》,济南:齐鲁书社,1980 年版。

17. 聂绀弩著:《中国古典小说论集》,上海:上海古籍出版社,1981 年版。

18. 孔另境编辑:《中国小说史料》,上海:上海古籍出版社,1982 年版。

19. 黄霖等著:《中国小说研究史》,杭州:浙江古籍出版社,2002 年版。

20. 杨伯峻撰:《列子集释》,北京:中华书局,1979 年版。

21. 叶德均著:《戏曲小说丛考》,北京:中华书局,1979 年版。

22. 朱一玄编:《明清小说资料选编》,天津:南开大学出版社,2006 年版。

23. 朱一玄 刘毓忱编:《水浒传资料汇编》,天津:百花文艺出版社,1981 年版。

24. 朱一玄 董泽云 刘建岱编:《古典小说戏曲书目》,长春:吉林文史出版社,1991 年版。

25. 朱一玄 宁稼雨 陈桂声编著:《中国古代小说总目提要》,北京:人民文学出版社,2005 年版。

26. 王利器辑录:《元明清三代禁毁小说戏曲史料》,上海:上海古籍出版社,1981 年版。

27. 娄子匡,朱介凡编:《五十年来的中国俗文学》,台北:正中书局,1963 年版。

28. 柳存仁编著:《伦敦所见中国小说书目提要》,北京:书目文献出版社,1982 年版。

29. 潘建国著:《中国古代小说书目研究》,上海:上海古籍出版社,2005 年版。

30. 路工著:《访书见闻录》,上海:上海古籍出版社,1985 年版。

31. 夏志清著:《中国古典小说史论》,南昌:江西人民出版社,2001 年版。

32. 戴不凡著:《小说见闻录》,杭州:浙江人民出版社,1980 年版。

33. 吴小如著:《古典小说漫稿》,上海:上海古籍出版社,1982 年版。

34. 谭达先著:《中国评书评话研究》,台北:台湾商务印书馆,1992 年版。

35. 聂石樵 邓魁英著:《古代小说戏曲论丛》,北京:中华书局,1985 年版。

36. 李希凡著:《论中国古典小说的艺术形象》,上海:上海文艺出版社,1982 年版。

37. 李悔吾著:《中国小说史漫稿》,武汉:湖北教育出版社,1992 年版。

38. 贾文昭 徐召勋著:《中国古典小说艺术欣赏》,合肥:安徽人民出版社,1982 年版。

39. 程毅中著:《宋元小说研究》,南京:江苏古籍出版社,1999 年版。

40. 程毅中著:《明代小说丛稿》,北京:人民文学出版社,2006 年版。

41. 宁宗一 鲁德才编:《论中国古典小说的艺术》,天津:南开大学出版社,1984 年版。

42. 曾祖荫等选著:《中国历代小说序跋选注》,武汉:长江文艺出版社,1982 年版。

43. 丁锡根编著:《中国历代小说序跋集》,北京:人民文学出版社,1996 年版。

44. 郭箴一著:《中国小说史》,上海:上海书店,1984 年版。

45. 鲁德才著:《古代白话小说形态发展史论》,天津:南开大学出版社,2002 年版。

46. 李福清著:《古典小说与传说》,北京:中华书局,2003 年版。

47. 刘世德主编:《中国古代小说百科全书》,北京:中国大百科全书出版社,1998 年版。

48. 郭豫适著:《中国古代小说论集》,上海:华东师范大学出版社,1985 年版。

49. 汪景寿 王决 曾慧杰著:《中国评书艺术论》,北京:经济日报出版社,1997 年版。

50. 薛宝琨 鲍震培著:《中国说唱艺术史论》,石家庄:花山文艺出版社,1990

年版。

51. 王汝梅 张羽著:《中国小说理论史》,杭州:浙江古籍出版社,2001 年版。

52. 倪钟之著:《中国曲艺史》,沈阳:春风文艺出版社,1991 年版。

53. 齐裕焜 王子宽著:《中国古代小说研究》,福州:福建人民出版社,2005 年版。

54. 齐裕焜著:《独创与通观——中国古代小说论集》,上海:上海三联书店,2009 年版。

55. 叶朗著:《中国小说美学》,北京:北京大学出版社,1982 年版。

56. 周钧韬主编:《中国通俗小说家评传》,郑州:中州古籍出版社,1993 年版。

57. 黄清泉 蒋松源 谭邦和著:《明清小说的艺术世界》,武汉:华中师范大学出版社,1992 年版。

58. 萧相恺著:《宋元小说简史》,沈阳:辽宁教育出版社,1992 年版。

59. 欧阳健著:《古代小说作家漫话》,沈阳:辽宁教育出版社,1992 年版。

60. 欧阳代发著:《话本小说史》,武汉:武汉出版社,1994 年版。

61. 吴功正著:《小说美学》,南京:江苏文艺出版社,1985 年版。

62. 吴士余著:《古典小说艺术琐谈》,武汉:长江文艺出版社,1985 年版。

63. 周良著:《苏州评话弹词史》,北京:中国戏剧出版社,2008 年版。

64. 浦安迪著:《中国叙事学》,北京:北京大学出版社,1996 年版。

65. 杨义著:《中国古典小说史论》,北京:人民出版社,1998 年版。

66. 吴圣昔著:《明清小说与中国文化》,南京:南京大学出版社,1991 年版。

67. 高洪钧编著:《冯梦龙集笺注》,天津:天津古籍出版社,2006 年版。

68. 王恒展著:《中国小说发展史概论》,济南:山东教育出版社,1996 年版。

69. 董国炎著:《扬州评话研究》,北京:社会科学文献出版社,2009 年版。

70. 董国炎著:《明清小说思潮》,太原:山西人民出版社,2004 年版。

71. 陈大康著:《明代小说史》,北京:人民文学出版社,2007 年版。

72. 刘上生著:《中国古代小说艺术史》,长沙:湖南师范大学出版社,1993 年版。

73. 孟昭连 宁宗一著:《中国小说艺术史》,杭州:浙江古籍出版社,2003 年版。

74. [丹麦]易德波著:《扬州评话探讨》,北京:人民文学出版社,2006 年版。

75. 姜昆,倪钟之主编:《中国曲艺通论》,北京:人民文学出版社,2005 年版。

76. 陈桂声著:《话本叙录》,珠海:珠海出版社,2001 年版。

77. 王齐洲著:《古典小说新探》,杭州:浙江古籍出版社,1993 年版。

78. 石麟著:《话本小说通论》,武汉:华中理工大学出版社,1998 年版。

79. 蔡铁鹰主编:《中国通俗小说百部精华》,郑州:中州古籍出版社,1993 年版。

80. 陈平原著:《中国小说叙事模式的转变》,上海:上海人民出版社,1988 年版。

81. 宋克夫著:《宋明理学与章回小说》,武汉:武汉出版社,1995 年版。

82. 段玉明著:《中国市井文化与传统曲艺》,长春:吉林教育出版社,1992 年版。

83. 傅承洲著:《冯梦龙与侯慧卿》,北京:中华书局,2004 年版。

84. 谭帆著:《中国小说评点研究》,上海:华东师范大学出版社,2001 年版。

85. 刘勇强著:《话本小说叙论》,北京:北京大学出版社,2015 年版。

86. 吴文科著:《中国曲艺通论》,山西:太原教育出版社,2002 年版。

87. 冯汝常著:《中国神魔小说文体研究》,上海:上海三联书店,2009 年版。

88. 纪德君著:《在书场与案头之间——民间说唱与古代通俗小说双向互动研究》,北京:文化艺术出版社,2009 年版。

89. 纪德君著:《明清通俗小说编创方式研究》,北京:社会科学文献出版社,2012 年版。

90. 纪德君著:《中国历史小说的艺术流变》,北京:中国社会科学出版社,2002 年版。

91. 李忠明著:《17 世纪中国通俗小说编年史》,合肥:安徽大学出版社,2003 年版。

92. 徐大军著:《小说戏曲关系史》,北京:人民文学出版社,2010 年版。

93. 罗筱玉著:《宋元讲史话本研究》,北京:中国社会科学出版社,2010 年版。

94. 方正耀著:《中国小说批评史略》,北京:中国社会科学出版社,1990 年版。

95. 中国艺术研究院曲艺研究所:《说唱艺术简史》,北京:文化艺术出版社,1988 年版。

96. 王昕著:《话本小说的历史与叙事》,北京:中华书局,2002 年版。

97. 王平著:《中国古代小说叙事研究》,石家庄:河北人民出版社,2001 年版。

98. 聂付生著:《冯梦龙研究》,上海:学林出版社,2002 年版。

99. 缪咏禾著：《冯梦龙和三言》，上海：上海古籍出版社，1979 年版。

100. 双翼著：《今古奇观杂谈》，天津：百花文艺出版社，1981 年版。

101. 何宁撰：《淮南子集释》，北京：中华书局，1998 年版。

102. 刘光民著：《古代说唱辨体析篇》，北京：首都师范大学出版社，1996 年版。

103. 陈建一主编，杭州文化广电新闻出版局编：《杭州评话研究》，杭州：浙江摄影出版社，2009 年版。

104. 王庆华著：《话本小说文体研究》，上海：华东师范大学出版社，2006 年版。

105. 黄禄善著：《美国通俗小说史》，南京：译林出版社，2003 年版。

106. 石坚 林必果 李晓涛主编：《圣经文学文化词典》，成都：四川大学出版社，2003 年版。

107. 北京大学中文系著：《中国小说史》，北京：人民文学出版社，1978 年版。

108. 南开大学中文系：《中国小说史简编》，北京：人民文学出版社，1979 年版。

109. 中国戏曲研究院编：《中国古典戏曲论著集成》，北京：中国戏曲出版社，1959 年版。

110. 江苏社会科学院明清小说研究中心编：《中国通俗小说总目提要》，北京：中国文联出版公司，1990 年版。

111. 大连图书馆参考部编：《明清小说序跋选》，沈阳：春风文艺出版社，1983 年版。

112. 扬州曲艺志编委会编撰：《扬州曲艺志》，南京：江苏文艺出版社，1993 年版。

三、译作

1.［英］蒙茅斯的杰佛里著，陈默译：《不列颠诸王史》，桂林：广西师范大学出版社，2009 年版。

2.［英］乔叟著，方重译：《坎特伯雷故事》，上海：上海译文出版社，1983 年版。

3.［英］托马斯·马洛礼著，黄素封译：《亚瑟王之死》，北京：人民文学出版社，2005 年版。

4.［英］司各特著，刘尊棋 章益译：《艾凡赫》，北京：人民文学出版社，2004

年版。

5.[英]肯尼斯·摩根主编,王觉非等译:《牛津英国通史》,北京:商务印书馆,1993年版。

6.[英]伊恩·P.瓦特著,高原 董红钧译:《小说的兴起》,北京:生活·读书·新知三联书店,1992年版。

7.[英]爱·摩·福斯特著,苏炳文译:《小说面面观》,广州:花城出版社,1984年版。

8.[英]麦克斯·缪勒著,金泽译:《比较神话学》,上海:上海文艺出版社,1989年版。

9.[美]华盛顿·欧文著:《见闻札记》,西安:陕西人民出版社,2004年版。

10.[美]浦安迪著:《中国叙事学》,北京:北京大学出版社,1996年版。

11.[美]马克·吐温,叶冬心等译:《马克·吐温十九卷集》,石家庄:河北教育出版社,2002年版。

12.[美]费尼莫尔·库柏著,陈兵译:《最后的莫希干人》,合肥:安徽文艺出版社,1996年版。

13.[美]阿兰·邓迪斯编,朝戈金 尹伊 金泽 蒙梓译:《西方神话学论文选》,上海:上海文艺出版社,1984年版。

14.[美]理查德·鲍曼著,杨利慧 安德明译:《作为表演的口头艺术》,桂林:广西师范大学出版社,2008年版。

15.[美]约瑟夫·坎贝尔著,张承谟译:《千面英雄》,上海:上海文艺出版社,2000年版。

16.[苏]Д.Е.海通著,何星亮译:《图腾崇拜》,桂林:广西师范大学出版社,2004年版。

17.[俄]巴赫金著,李兆林 夏忠宪等译:《巴赫金全集》,石家庄:河北教育出版社,1998年版。

18.[意]欧金尼奥·加林著,李玉成译:《中世纪与文艺复兴》,北京:商务印书馆,2012年版。

19.[德]瓦格纳著,高中甫等译:《瓦格纳戏剧全集》,北京:中国文联出版公司,1997年版。

20.[日]北冈诚司著,魏炫译:《巴赫金:对话与狂欢》,石家庄:河北教育出版社,2002年版。

21. [法]列维—斯特劳斯著,知寒 勒大成 高炳中 袁阳译:《面具的奥秘》,上海:上海文艺出版社,1992年版。

四、研究论文

1. 赵奇恩:《从关汉卿元杂剧到话本小说的流变——以〈单鞭夺槊〉中的尉迟恭形象为例》,社会科学论坛,2015年09期。

2. 秦川:《明清话本小说之人物群像与社会风习》,上海师范大学学报(哲学社会科学版),2015年01期。

3. 顾春军:《江南社会生活对“话本小说”创作的影响——以话本小说〈崔待诏生死冤家〉为考察对象》,文艺评论,2014年04期。

4. 秦川:《试论明清话本小说的民族特征与社会风习》,明清小说研究,2014年01期。

5. 夏明宇:《宋元话本小说的预叙艺术》,文艺评论,2014年08期。

6. 杨宗红:《明清拟话本小说前世、转世叙事研究——以韦皋、韩滉为例》,甘肃社会科学,2014年04期。

7. 吉玉萍:《从〈跻春台〉文学性的缺失管窥明清拟话本小说的式微》,西南民族大学学报(人文社会科学版),2014年11期。

8. 王䜣:《论话本小说对早期传统相声之影响》,中国文化研究,2013年04期。

9. 肖少宋:《话本小说与潮州歌册——简论说唱文学对话本小说的因革》,明清小说研究,2013年04期。

10. 罗小东:《明代话本小说的视角选择与叙事策略》,中国社会科学院研究生院学报,2013年01期。

11. 王委艳:《论话本小说之叙述特性:叙述代理和角色跳跃》,河南师范大学学报(哲学社会科学版),2013年02期。

12. 欧阳祯人:《试析刘咸炘的话本小说〈瞀瞍杀人〉》,中华文化论坛,2013年06期。

13. 杨宗红:《明末清初拟话本小说疾病叙事的理学隐喻》,明清小说研究,2013年02期。

14. 夏明宇:《葫芦与双环:宋元话本小说的空间结构》,河南师范大学学报(哲学社会科学版),2012年01期。

15. 杨宗红:《明清拟话本小说"掘藏"、"银走"、"悭客"叙事隐喻》,求索,2012 年 01 期。

16. 李建明:《从文言小说到话本——〈大桶张氏〉与〈闹樊楼多情周胜仙〉》,扬州大学学报(人文社会科学版),2012 年 02 期。

17. 项裕荣:《试论中国古代小说中的淫僧形象——以明代话本小说为讨论中心》,明清小说研究,2012 年 04 期。

18. 王委艳:《话本小说文化标志物的形态与叙事功能》,文艺评论,2012 年 12 期。

19. 王委艳:《论话本小说的奇书文体、转折性结构和劝谕图式——以〈八洞天〉为例》,社会科学论坛,2011 年 02 期。

20. 冯保善:《明清江南出版业与明清话本小说的兴衰》,明清小说研究,2011 年 02 期。

21. 王委艳:《论话本小说"场面化"叙事》,文艺评论,2011 年 08 期。

22. 周永明:《论济公形象的构成及其文化意义》,《俗文学论坛》,1988 年第 2 期。

23. 邵敏:《从场域理论看明清拟话本小说创作的兴衰》,当代文坛,2011 年 06 期。

24. 宁稼雨:《胡士莹先生的学术生涯与〈话本小说概论〉(附:〈胡士莹学术年表〉)》,明清小说研究,2011 年 04 期。

25. 秦军荣 李显梅:《话本小说"头回"的演变史考察》,小说评论,2011 年 S2 期。

26. 郑海涛 赵义山:《寄生词曲与明代话本小说的文体变迁》,云南社会科学,2011 年 06 期。

27. 董国炎:《扬州评话论纲》,扬州大学学报(人文社会科学版),2004 年 04 期。

28. 董国炎:《论市井小说的深化发展——从〈清风闸〉到〈皮五辣子〉》,明清小说研究,2006 年 03 期。

29. 黎藜:《易性乔装与话本小说的女性观》,明清小说研究,2010 年 02 期。

30. 李桂奎:《话本小说中的"局骗"叙事及其审美效果》,中国文化研究,2009 年 01 期。

31. 褚殷超:《从〈豆棚闲话〉看明末清初拟话本小说创作的新变与困境》,东岳论丛,2009 年 08 期。

32. 刘勇强:《略论话本小说版本问题的特殊性》,明清小说研究,2009 年 04 期。

33. 朱玲 林佩璇:《城市和山水:话本小说的空间修辞幻象》,福建师范大学学报(哲学社会科学版),2008 年 06 期。

34. 董国炎:《论〈水浒传〉对〈五代史平话〉的承袭》,明清小说研究,2015 年 01 期。

35. 朱玲:《叙述节奏:话本小说的一种话语秩序建构》,文艺研究,2008 年 04 期。

36. 倪钟之:《说书艺人的底本研究——兼论话本小说的形成》,明清小说研究,2008 年 03 期

37. 朱玲 肖莉:《话本小说:市民道德修辞的话语类型及其语义》,福建师范大学学报(哲学社会科学版),2007 年 03 期。

38. 项裕荣:《试论话本小说中因果模式的盛行、局限与消退》,湖南社会科学,2007 年 03 期。

39. 董国炎:《平民文学与市民文学之争》,吉林:吉林师范大学学报,2014 年 04 期。

40. 赵勰 吴建国:《明末清初拟话本小说婚恋叙事的基本走向》,中国文学研究,2007 年 04 期。

41. 吴礼权:《话本小说"头回"的结构形式及其历史演进的修辞学研究》,复旦学报(社会科学版),2006 年 02 期。

42. 黎蘖:《从头回看话本小说创作主旨的衍化》,明清小说研究,2006 年 01 期。

43. 张勇:《从文言小说到话本——以〈杨思温燕山逢故人〉为例看中国小说文体的发展》,云南民族大学学报(哲学社会科学版),2006 年 04 期。

44. 董国炎:《论〈清风闸〉的演变及其意义》,黑龙江社会科学,2008 年 01 期。

45. 王庆华:《论明末话本小说文体之雅俗分流》,明清小说研究,2006 年 04 期。

46. 赵勰:《从〈娱目醒心编〉的叙事操作看多回体拟话本小说的衰亡》,湖南农业大学学报(社会科学版),2005 年 04 期。

47. 中里见敬:《思〈宝文堂书目〉所录的话本小说与清平山堂〈六十家小说〉

之关系》,复旦学报(社会科学版),2005 年 06 期。

48. 董国炎:《明清小说批评与细节描写》,文学遗产,1986 年 06 期。

49. 赵勖 吴建国:《〈鼓掌绝尘〉与多回体拟话本小说》,中国文学研究,2005 年 04 期。

50. 胡莲玉:《关于"话本小说"概念的一些思考》,明清小说研究,2005 年 01 期。

51. 王昊:《略论敦煌话本小说人物塑造的艺术方法》,中国社会科学院研究生院学报,2004 年 03 期。

52. 傅承洲:《宋元小说话本志疑》,云南民族大学学报(哲学社会科学版),2004 年 05 期。

53. 许并生:《"话本"词义的演变及其与白话小说关系考论》,明清小说研究,2004 年 02 期。

54. 孙福轩:《话本小说叙事的经典——李渔叙事美学特征论》,明清小说研究,2004 年 04 期。

55. 张兵 李桂奎:《论话本小说中的"女助男"母题》,复旦学报(社会科学版),2003 年 05 期。

56. 王昊:《试论敦煌话本小说的情节艺术》,中国社会科学院研究生院学报,2003 年 06 期。

57. 董国炎 徐燕:《论〈绿牡丹〉在侠义小说发展史上的价值》,明清小说研究,2009 年 02 期。

58. 王庆华:《话本小说文体形态的初步独立——〈清平山堂话本〉文体形态论考》,华东师范大学学报(哲学社会科学版),2003 年 01 期。

59. 孙旭:《西湖小说与话本小说的文人化》,明清小说研究,2003 年 02 期。

60. 董国炎:《论扬州评话小说侠风扩展与诸葛亮形象之演变》,文艺研究,2008 年 10 期。

61. 安正璭:《中国古代小说中爱情观念的变化——以唐传奇和明清话本为例》,明清小说研究,2002 年 01 期。

62. 程毅中:《明代的拟话本小说》,明清小说研究,2002 年 02 期。

63. 张勇:《说话的艺术特征及其对话本小说的文体影响》,苏州大学学报,2001 年 02 期。

64. 王毅:《明代拟话本小说之文化理念与历史哲学的发生——拟话本作为

平民社会伦理小说的成因》,文学遗产,1999 年 05 期。

65. 董国炎 刘明坤:《论口述史小说的发生与发展》,扬州大学学报(人文社会科学版),2007 年 04 期。

66. 苏兴遗 苏铁戈:《纵谈〈金瓶梅〉承袭、借用宋人话本小说〈张主管志诚脱奇祸〉》,东北师大学报,1998 年 02 期。

67. 刘兴汉:《"因果报应"观念与中国话本小说》,吉林大学社会科学学报,1997 年 05 期。

68. 张晓军:《商业要求与话本传统——李渔小说叙述与议论的娱乐色彩》,解放军外语学院学报,1997 年 02 期。

69. 林辰:《明代话本小说的勃兴及其原因》,中国文学研究,1996 年 01 期。

70. 董国炎:《武侠小说起于运河流域说》,明清小说研究,2004 年 04 期。

71. 程国赋:《从唐传奇到话本小说之嬗变研究》,江苏社会科学,1995 年 01 期。

72. 梁建军:《莫里哀的喜剧与明代的拟话本小说》,南京大学学报(哲学.人文科学.社会科学版),1995 年 01 期。

73. 张兵:《〈型世言〉:话本小说的又一重大发现》,复旦学报(社会科学版),1994 年 02 期。

74. 董国炎 徐燕:《隋炀帝推动之功与隋唐扬州说唱文艺的发展》,扬州大学学报(人文社会科学版),2010 年 04 期。

75. 薛洪:《中国小说史上的一个发展环节——明代"文言话本"纵横谈》,社会科学战线,1992 年 01 期。

76. 肖明翰:《英美文学中的哥特传统》,外国文学评论,2002 年 02 期。

77. 彭文奉:《拓荒者的浪漫传奇——浅析美国文化中的西部牛仔形象》,作家杂志,2009 年 04 期

78. 游友基:《话本小说对中国现代小说的影响》,中共福建省委党校学报,1990 年 03 期。

79. 颜宗祥:《〈春香传〉与中国话本小说》,国外文学,1990 年 02 期。

80. 黄进德:《论宋代的话本小说》,扬州师院学报(社会科学版),1990 年 03 期。

英文文献

1. John C. Hirsh：Middle English Lyrics，Ballads，and Carols《中古英语抒情诗、民谣与颂歌》，Oxford：Blackwell Publishing Ltd. ,2005.

2. George Dekker：The American Historical Romance《美国历史浪漫传奇》，Cambridge：Cambridge University Press，1987.

3. Jane Garry，Hasan El－Shamy：Archetypes and Motifs in Folklore and Literature《民间传说与文学中的原型与母题》，New York：M. E. Sharpe, Inc. , 2005.

4. Katharine Briggs：British Folk－Tales and Legends，A Sampler《不列颠民间故事与传说选》，London：Routledge & Kegan Paul Ltd. , 1977.

5. Kenneth O. Morgan：The Oxford History of Britain《牛津不列颠史》，Oxford：Oxford University Press，1984.

6. Melissa McFarland Pennell：Masterpieces Of American Romantic Literature《美国浪漫文学经典》，Westport：Greenwood Publishing Group，Inc. , 2006.

7. Anthony Kenny：Medieval Philosophy《中世纪哲学》，Oxford：Oxford University Press，2005.

8. Benedek Lang：Unlocked Books：Manuscripts of Learned Magic in the Medieval Libraries of Central Europe《未锁之书：中欧中世纪图书魔法馆存抄本》，Pennsylvania：The Pennsylvania State University Press，1974.

9. Burton D. Fisher：Tristan and Isolde《特里斯丹与伊索尔德歌剧导读》，New York：Opera Journeys Publishing，2002.

10. Charles Perrault：The Complete Fairy Tales《童话故事全集》，Oxford：Oxford University Press，2009.

11. W. J. Craig Edited：Shakespeare Complete works《莎士比亚全集》，London：Oxford University Press，1905.

12. Daniel Donoghue：Lady Godiva，A Literary History of the Legend《文学史中的戈黛瓦夫人传说》，Oxford：Blackwell Publishing Ltd. , 2003.

13. Daniel T. Kline Edited：The Medieval British Literature Handbook《中世纪不列颠文学指南》，Bungay：CPI Antony Rowe Ltd. , 2009.

14. David Punter，Glennis Byron：The Gothic《哥特》，Cornwall：Blackwell Publishing Ltd. , 2004.

15. David Punter：A New Companion to the Gothic《新编哥特文学指南》，Ox-

ford：Blackwell Publishing Ltd. , 2007.

16. Hilda Ellis Davidson：The Lost Beliefs of Northern Europe《北欧的失落信仰》，London：Routledge & Kegan Paul Ltd. , 1993.

17. E. M. Forster：Aspects of the Novel《小说面面观》，London：Harcourt Inc. , 1927.

18. Elizabeth Archibald, Ad Putter：The Cambridge Companion to the Arthurian Legend《剑桥亚瑟王传说指南》，Cambridge：Cambridge University Press, 2009.

19. George Holmes Edited：The Oxford Illustrated History of Medieval Europe《牛津插图中世纪欧洲史》，Oxford：Oxford University Press, 1988.

20. Hilda Ellis Davidson：Gods and Myths of Northern Europe《北欧诸神与神话》，London：Penguin Books Ltd. , 1964.

21. Edwin Sidney Hartland Edited：English Fairy and Other Folk Tales《英国童话与民间故事》，London：DoDo Press, 1890.

22. Richard A. Horsley Edited：Oral Performance, Popular Tradition《口头表演与通俗传统》，Atlanta：Society of Biblical Literature, 2006.

23. Ian Watt：The Rise of The Novel，Studies in Defoe, Richardson and Fielding《小说的兴起：笛福，理查生与菲尔丁研究》，Berkeley：University of California Press, 1957.

24. Jean－Denis, G. G. Lepage：Castles and Fortified Cities of Medieval Europe《中世纪欧洲的城堡与要塞城市》，London：McFarland & Company, Inc. , Publishers, 2002.

25. Judith M. Bennett & Amy M. Froide：Singlewomen in the European Past, 1250－1800《欧洲单身女性，1250－1800 年》，Philadelphia：University of Pennsylvania Press, 1999.

26. Judith M. Bennett：Women in the Medieval English Countryside《中世纪英国农村女性》，Oxford：Oxford University Press, 1987.

27. Katharine M. Briggs：A Dictionary of British Folk－Tales《大不列颠民间传说辞典》，London：Routledge & Kegan Paul, 1970.

28. H. P. Lovecraft：Supernatural Horror In Literature《文学中的超自然恐惧》，London：Dover Publications, 1973.

29. Maria Tatar：The Classic Fairy Tales《经典传说故事》，New York：Norton &

Company, Inc. , 1999.

30. Marianne E. Kalinke: The Arthur of the North《北欧亚瑟王传说》,Cardiff: University of Wales Press, 2011.

31. Martin Coyle, Peter Garside, Malcolm Kelsall, John Peck: Encyclopedia of Literature and Criticism《文学批评百科全书》,Cardiff: University of Wales, 1981.

32. M. H. Abrams: Tradition and Revolution in Romantic Literature《浪漫主义文学中的传统与变革》,London: W. W. Norton & Company, Inc. , 1971.

33. Owen Wister: The Virginian《弗吉尼亚人》,New York: Barnes & Noble Classics, 2005.

34. Peter Childs & Roger Fowler: The Routledge Dictionary of Literary Terms《劳特利奇文学术语辞典》,London: Routledge Taylor & Francis Group, 1987.

35. R. B. Onians: The Origins of European Thought《欧洲思想溯源》,Cambridge: Cambridge University Press, 1951.

36. Robert Lacey: Great Tales from English History《英国历史上的伟大传说》, Boston: Little, Brown & Company, 2003.

37. Ronald Carter and John McRae: The Routledge History of Literature in English《劳特利奇英国文学史》,London: Routledge Taylor & Francis Group, 1997.

38. Rodica Prato: Isolde, Queen of the Western Isle《伊索尔德,西岛的女王》, New York: Three Rivers Press, 2002.

39. Stephen Rabley: Customs and Traditions in Britain《不列颠风俗与传统》,Edinburgh: Longman Group UK Limited, 1986.

40. Stith Thompson: Motif - index of Folk - Literature《俗文学母题索引》, Bloomington: Indiana University Press, 1955 - 1958.

41. Maria Tatar: The Annotated Classic Fairy Tales《经典传说故事集注》,New York: W. W. Norton & Company, 2002.

42. Wassily Kandinsky: Concerning the Spiritual in Art《论艺术的精神》,London: The Floating Press, 2008.

43. Will Hasty Edited: A Companion to Gottfried Von Strassburg's "Tristan"《戈特弗里德·冯·斯特拉斯堡作品〈特里斯丹〉指南》,New York: Camden House Boydell & Brewer Inc. , 2003.

44. Savage, William W. : Cowboy Life: Reconstructing an American Myth《牛仔

生活：美国神话的重构》，Denver：University Press of Colorado，1993.

45. Savage，William W.：Indian Life：Transforming an American Myth《印第安生活：美国神话的转型》，Norman：University of Oklahoma Press，1977.

46. Marylyn Parins Edit：The Critical Heritage：Sir Thomas Malory《批评遗产：托马斯·马洛礼》，New York：Routledge，1987.

47. Victor H. Mair & Mark Bender：The Columbia Anthology of Chinese Folk and Popular Literature《哥伦比亚中国民俗通俗文学选集》，New York：Columbia University Press，2011.

48. Kip Lornell：Exploring American Folk Music《美国民谣探究》，Mississippi：University Press of Mississippi，2012.

49. Jan Harold Brunvand：American Folklore Encyclopedia《美国民间故事百科全书》，Virginia：Taylor & Routledge，1996.

50. Denise Alvarado：Divine Trickster and Master Magician《神性的惹事者与魔法师》，California：DBA of On - Demand Publishing LLC. ，2010.

51. Warwick Wadlington，The Confidence Men in American Literature《美国文学中的可信之人》，Oxford：Oxford University Press，2008

52. Norris J. Lacy：Lancelot - Grail《兰斯洛特与圣杯》，Cambridge：D. S. Brewer Garland Publishing Inc. ，2010.

53. Jason Marc Harris：Folklore and the Fantastic in Nineteenth - Century British Fiction《19 世纪英国民间故事与传奇小说》，Burlington：Ashgate Publishing Company，2008.

54. Lynn Arner：Chaucer，Gower，and the Vernacular Rising《乔叟、高尔与白话的兴起》，Pennsylvania：The Pennsylvania State University，2003.

55. D. H. Green：The Beginnings of Medieval Romance《中世纪传奇起源》，Cambridge：Cambridge University Press，2002.

56. George Perkins Barbara Perkins：The American Tradition in Literature《美国文学中的传统》，New York：R. R. Donnelley Sons Company，1999.

57. Simon J. Bronner：The Meaning of Folklore《民间传说的意义》，Utah：Utah State University Press，2007.

58. Bonnie C. Marshall：The Flower of Paradise and Other American Tales《天堂之花及其他美国故事》，London：Libraries Unlimited，2007.

59. Charlie T. McCormick & Kim Kennedy White：Folklore：An Encyclopedia of Beliefs, Customs, Tales, Music, and Art《民间传说：信仰、风俗、故事、音乐和艺术的百科全书》,California：ABC - CLIO, LLC, 2011.

60. D. L. Ashliman：Fairy Lore《传说故事》,Westport：Greenwood Press, 2006.

61. Dan Keding & Amy Douglas：English Folktales《英国民间故事》,Westport：Greenwood Press, 2005.

62. Gerina Dunwich：Herbal Magick《草本魔法》,Wayne：Career Press, 2002.

63. Jacqueline Simpson & Steve Roud：A Dictionary of English Folklore《英国民间故事词典》,Oxford：Oxford University Press, 2000.

64. John Storey：Inventing Popular Cultural：From Folklore to Globalization《创造大众文化：从民间故事到全球化》,Oxford：Blackwell Publishing, 2003.

65. Josepha Sherman：Storytelling：An Encyclopedia of Mythology And Folktale《讲故事：神话与民间传说百科全书》,New York：M. E. Sharpe Inc, 2008.

66. Patricia G. Kirkpatrick：The Old Testament and Folklore Study《旧约全书与民间故事研究》,Sheffield：Sheffield Academic Press, 1988.

67. Patricia Monaghan：The Encyclopedia of Celtic Mythology《凯尔特神话百科全书》,New York，Infobase Publishing, 2004.

68. Wlad Godzich and Jochen Schulte - Sasse edit,Theory and History of Folklore《民间故事理论与历史》,Minneapolis：University of Minnesota Press,1984.

致　谢

感谢杭州师范大学外国语学院对本书的资助与支持,本书的资金项目来自于:杭州市哲学社会科学规划课题基地立项重大项目"中国话本小说与英美民间故事比论"(项目号:2018JD17);杭州师范大学外国文学与话语传播研究中心;外国语言文学浙江省一流学科 A 类建设项目;杭州师范大学攀登工程二期高水平培育学科建设项目。

同时,我还要感谢我的博士生导师董国炎教授与我的父亲石麟教授,还有我的同事、朋友与家人对我在学术研究方面的积极影响与支持。